D1996250

9,

Sabine Schulter

Azur

Wenn eine Diebin liebt

Vielen Dank an meine persönlichen Lektoren, die meine Bücher aus der Sicht meiner Fans erkunden und sich dabei selbst oft in meinen Welten verlieren.

Sabine Schulter

Azur

Wenn eine Diebin liebt

Roman

Impressum

Bibliografische Information der Deutschen Nationalbibliothek:
Die Deutsche Nationalbibliothek verzeichnet diese Publikation in der Deutschen Nationalbibliografie; detaillierte bibliografische Daten sind im Internet über http://dnb.dnb.de abrufbar.

Azur – Wenn eine Diebin liebt

© 2015 Sabine Schulter

Illustration: Subbotina Anna – Shutterstock.de

Erstauflage

Herstellung und Verlag: BoD – Books on Demand, Norderstedt
ISBN: 9783738645033

MIX
Papier aus verantwortungsvollen Quellen
Paper from responsible sources
FSC® C105338
FSC
www.fsc.org

Kapitel 1

Traumdiebe

Jess

Mein Ziel liegt direkt vor mir. Ein unscheinbares Fenster eines fünfstöckigen Mehrfamilienhauses mitten in einem mittelmäßigen Viertel unserer Millionenmetropole. Nie hätte ich erwartet, dass ein hoher Richter, der die wichtigsten Urteile des Landes fällt, ein so schlichtes Heim bevorzugt. Nun, so leicht irrt man eben.

Nervös lecke ich mir über die Lippen und lasse meinen Blick über die Umgebung schweifen. Ruhig liegen die vielen Häuser vor mir, erstrecken sich wie dunkle Giganten in den Himmel, nur unterbrochen von den langen, wie Flüsse anmutenden Straßen, die in dem gelben Licht der Straßenlampen dreckig und gruselig wirken.

Mir macht das nichts aus. Die Nacht und die Dunkelheit sind meine Heimat und ich sehe sie nicht als Feind. Da gibt es ganz anderes, das ich fürchte. Die vielen, verschachtelten Ecken und unzureichend beleuchteten Gassen bergen für mich keine Orte der Gefahr, sondern der Möglichkeiten. Sie sind meine Welt und werden es wohl immer sein.

Es ist bereits vier Uhr morgens und damit der dunkelste Teil der Nacht angebrochen, der nur noch von den abertausenden Straßenlaternen erhellt wird. Aber die Behüter bewachen diese Wohnviertel am nördlichen Rand des Stadtparks sehr genau, da gerade die Einfachheit der Hochhäuser hier viele Einstiegsmöglichkeiten bietet. Ein wahres Festmahl also für Diebe aller Art. Und auch wenn ich es nicht gern zugebe, gehöre auch ich zu jenen unauffälligen Gestalten. Doch ich interessiere mich nicht für Schmuck, Kunst oder andere weltliche Dinge. Mein Metier ist etwas Flüchtigeres. Ich besitze eine Gabe, die nur wenige Menschen aufweisen: ich kann die Träume von schlafenden Menschen stehlen.

Kurz atme ich durch, springe von der Dachkante, auf der ich bereits eine geraume Weile saß, und greife auf der Hälfte meines Falls nach der Querstange einer Straßenlampe. Einmal muss ich einen Überschlag machen, um meinen Schwung abzufedern, bevor ich mich lautlos auf den Asphalt fallenlassen kann. Ein kurzer Blick, aber die Umgebung bleibt wie erwartet ruhig, weshalb ich schnell zu der Häuserecke gegenüber in eine einsame Gasse eile. Meine Informationen besagen, dass dort eine alte Feuerleiter hinauf bis zum Wohnzimmerfenster meines heutigen Opfers führt. Leise flattert mein Mantel hinter mir her und der Stoff, der über meinem Mund liegt und fast mein gesamtes Gesicht verbirgt, lässt meinen Atem lauter klingen, als er sollte.

Aufregung befällt mich, aber ich darf sie nicht zulassen. Wenn ich aufgeregt bin, mache ich Fehler, was wiederum tödlich enden kann. Ich habe die Gegend fast eine Stunde beobachtet und weiß daher, dass niemand auch nur ahnt, dass ich hier bin. Die Wahrscheinlichkeit, entdeckt zu werden, ist also mehr als gering, weshalb ich mich entscheide, etwas gegen meine Unruhe zu tun. Während ich laufe, drücke ich also auf den Startknopf meines MP3-

Players und sofort hämmert mir ein schneller Bass ins Ohr. Kein anderes Geräusch dringt mehr durch die Musik, aber gerade das beruhigt mich. Denn wenn mich etwas nervös macht, dann ist es Stille.

Ich erreiche die Hausecke und die angrenzende Gasse. Sie ist äußerst schmal und nicht für häufige Passage gedacht, sondern nur um einen Weg zu den Hinterhöfen zu ermöglichen und den Bewohnern eine Abstellmöglichkeit zu bieten. Tatsächlich schraubt sich hier zwischen Abfallbehältern und einer einzelnen, flackernden Straßenlampe eine Feuerleiter die Mauer hinauf. Zwar liegt die erste Sprosse in gut drei Metern Höhe, aber das hält mich nicht auf. Ohne langsamer zu werden, sprinte ich zu einem der Behälter und springe über ihn auf die Mauer zu. Sie als weiteren Trittstein nutzend, erreiche ich die Sprosse und ziehe mich geschickt daran hoch. Auch wenn ich durch die Musik nichts höre, weiß ich, dass ich dabei nicht das leiseste Geräusch verursache. Schließlich bin ich die Beste meines Faches, sonst hätte mir Saphir diesen Auftrag nicht zugeteilt. Geschwind erklettere ich die Leiter, blicke mich noch einmal kurz um und schiebe dann vorsichtig das Fenster auf.

Die Gefahr, nachts bestohlen zu werden, ist groß in der heutigen Zeit, aber das Vertrauen auf die Behüter ebenfalls. Sie sind dafür zuständig, Leute wie mich von meinem Job abzuhalten, weshalb sie so etwas wie die Polizei gegen die Traumdiebe sind. Doch sie tragen zu ihrem Schutz schwere, mit Metall verstärkte Kleidung, die sie ausbremst und behäbig macht. Deshalb kann ich mir nicht vorstellen, dass auch nur einer von ihnen gut genug ist, mich zu fangen. Mit meiner leichten, hautengen Kleidung, die nur von dem weiten Mantel umhüllt wird, bin ich so viel schneller und beweglicher.

Natürlich werde ich mich hüten, sie zu unterschätzen, aber ich habe zu viel Erfahrung im Entkommen, um mich von Behütern schnappen zu lassen.

Geschmeidig lasse ich mich durch das Fenster fallen und rolle lautlos ab. Sofort komme ich wieder auf die Füße, lasse kurz meinen Blick durch das Zimmer gleiten und eile dann weiter. Das Schlafzimmer, in dem der Richter neben seiner Frau schläft, befindet sich auf der rechten Seite der Wohnung, was bedeutet, dass ich einmal quer durch das Wohnzimmer muss, Flur und andere Räume aber meiden kann. Eine Alarmanlage, einen Hund oder Kinder besitzen sie nicht. Leise schleiche ich durch den Raum, an Möbelstücken und möglichen Stolperfallen vorbei, und schiebe schließlich die Tür zu meinem Zielort auf. Nun schalte ich die Musik wieder ab. Nicht weil sie mich behindert hätte, ganz im Gegenteil. Nein, ich will mein Ziel nicht wecken.

Als ich neben das Bett trete, das nur durch das wenige Laternenlicht vor dem Fenster erhellt wird, blicke ich auf den schlafenden Mann hinab. Er tut viel Gutes für diese Stadt und es ist mir zuwider, ihm seinen Traum zu stehlen. Aber ich habe keine Wahl.

Das zarte, goldene Leuchten um den Kopf des Mannes zeigt mir, dass er träumt. Nur Menschen mit meiner Begabung sind dazu fähig, diesen Schimmer überhaupt zu sehen und noch weniger besitzen das Geschick, die Träume auch zu stehlen. Sacht strecke ich meine Hand nach ihm aus und kaum, dass ich ihn berühre, entfaltet sich der Traum wie ein strahlender Film um mich herum, umhüllt mich mit seiner goldenen Herrlichkeit. Es ist ein guter Traum, von einem ruhigen Tag zusammen mit seiner Frau auf einer Wiese in der Sommersonne. Kurz sehe ich zu und zertrenne dann die Verbindung zwischen Traum und Mann. Er regt sich kurz, schläft aber weiter. Der Traum bildet eine kleine Kugel vor mir in der Luft und ich greife sie mir, wodurch sie weltlich wird.

Jetzt muss ich mich sputen, denn wenn sich Behüter in der näheren Umgebung aufhalten, haben sie das Verschwinden des Traumes gespürt. Kein Geräusch begleitet meinen Rückzug und ein stolzes Lächeln versucht sich auf meine Lippen zu stehlen, als ich wieder auf die Feuerleiter klettere und das Fenster zuziehe. Aber ich unterdrücke es, denn noch bin ich nicht in Sicherheit.

Ich greife schon nach der ersten Sprosse, um über die Dächer zu flüchten, als ich eine Bewegung aus den Augenwinkeln sehe. Ohne zu zögern, katapultiere ich mich mit einer gewaltigen Kraftanstrengung mehrere Sprossen hinauf. Etwas prallt kurz unter meinen Füßen gegen die Leiter und fällt dann hinab in die kleine Gasse. Verdammt, sie sind schon hier!

Mein Blick schießt hinauf und findet zielsicher auf dem Dach des gegenüberliegenden Hauses einen Mann stehen. Er ist kaum zu erkennen gegen den nachtschwarzen Himmel, aber er blickt eindeutig auf mich herab. Im Gegensatz zu mir ist er unverhüllt und seine Körperhaltung zeugt davon, wie ungehalten er darüber ist, dass er mich verfehlt hat. Auch bei dem wenigen Licht erkenne ich, dass er jung ist, höchstens so alt wie ich. Gespannt, zu was er bereits in der Lage ist, klettere ich die Leiter weiter hinauf, so schnell, dass auch das zweite Seil, das mich binden soll, nutzlos gegen die Leiter schlägt. Diesem Behüter zu entkommen, sollte ein Kinderspiel sein.

Womit ich mich jedoch wieder irre, ein weiteres Mal in dieser Nacht.

Denn kaum erreiche ich das Flachdach, als ich auch schon einem zweiten Behüter ausweichen muss. Scheinbar will dieser mir den Weg über die Dächer abschneiden, weshalb ich vermute, dass unten auf der Straße ein dritter wartet. Eiligst rolle ich zur Seite ab, als starke Hände nach mir greifen. Nur um Millimeter verfehlt er den dunklen Stoff meines Mantels, setzt mir aber sofort nach. Er muss erfahrener sein als sein Freund auf dem anderen Dach, der fern bleibt, wohl um zu verhindern, dass ich einfach das Gebäude wechsele. Aber so einfach will ich es ihnen nicht machen.

Kurz blicke ich über meine Schulter zu dem Behüter, um seine Stärke, Schnelligkeit und Hartnäckigkeit abzuschätzen. Auch er ist jung, höchstens Mitte zwanzig, aber groß und athletisch gebaut. Erstaunlich schnell folgt er mir, trotz der verstärkten Kleidung und dem schweren Gürtel, an dem allerhand Gerätschaften hängen. Seine braunen Haare sind leicht gelockt und fallen ihm ein wenig in die braunen Augen, die mich mehr als entschlossen anblicken. Er gibt nicht so leicht auf, das ist mir jetzt schon klar, aber so wird das Spiel nur aufregender. Denn die kleinen Kämpfe gegen die Behüter machen im Gegensatz zu den Diebstählen durchaus Spaß. Verwundert entdecke ich an meinem Gegenüber sowohl eine gepiercte Augenbraue als auch einen Ring an seiner Unterlippe. Das ist gewagt, wenn man gegen Diebe kämpft, die im Notfall jede Schwachstelle für sich nutzen. Irgendwie gefällt mir das.

Er setzt mir nach und wieder weiche ich zurück, entschlüpfe seinen Fingern so, dass ich ihn weg von der Dachkante und somit von seinem Partner auf dem anderen Dach locke. Überraschend macht er einen Ausfall und fegt mir fast die Füße weg, doch ich kann mich mit einem Rückwärtssalto aus seiner Reichweite bringen.

„Du entkommst mir nicht“, knurrt er.

„Wieso bist du davon so überzeugt?“, frage ich und überrasche ihn damit. Normalerweise antwortet ihm wohl kein Dieb.

Er bleibt mir allerdings eine Antwort schuldig und greift lieber an. Erneut weiche ich ihm aus – auch wenn es dieses Mal etwas knapp ist – und springe auf die breite Brüstung des Daches, als ich die andere Seite erreiche. Die Reklame eines bekannten Handyanbieters beleuchtet uns und als der Behüter die markante Farbe meiner Kontaktlinsen sieht, erstarrt er für eine Sekunde. Mit mir hat er scheinbar nicht gerechnet, denn seine Lippen bilden überrascht meinen Namen.

„Azur!“

Bevor er sich fängt, lege ich mir den Zeigefinger an die Lippen und zwinkere ihm zu. Ehe er reagieren kann, lasse ich mich nach hinten in den Abgrund der Straßen fallen. Mit einem Keuchen eilt der Behüter ebenfalls an den Rand, doch hat er nicht das spezielle Gerät dabei, um mir folgen zu können. Im Fall ziehe ich eine kleine Pistole hervor, ziele auf die Häuserecke gegenüber und drücke ab. Ein kleiner Haken schießt hervor, verkeilt sich in der Wand und hält meinen Sturz auf. Fest kralle ich meine Finger um die Waffe, die mir durch die Wucht fast entrissen wird, und schwinge um die nächste Ecke. Gekonnt komme ich auf dem Asphalt der Straße auf und renne sogleich weiter. Mit einem leisen Lachen verschwinde ich in der Nacht.

Kapitel 2

Erste Begegnung

Cedric

Aufmunternd klopft mir Vincent auf die Schulter. „Du darfst es dir nicht so zu Herzen nehmen, dass dir Azur entwischt ist. Sie ist die beste Diebin, die es in der Stadt gibt und wir konnten nicht ahnen, dass wir ihr auf der Spur sind.“

Natürlich ist mir das klar, aber es änderte nichts an der Tatsache, dass sie mir entkommen ist.

„Ich habe mich wie ein Neuling verhalten“, knurre ich und kippe den Rest meines Bieres hinunter. Menschen, die tagsüber arbeiten, würden dies missfällig um halb acht Uhr morgens aufnehmen, aber für mich und meine Freunde ist dies unser Feierabendbier und meiner Meinung nach daher gerechtfertigt. Vor allem nach einer Nacht wie dieser.

„Ja, in Ehrfurcht zu erstarren ist normalerweise nicht so dein Ding“, grinst Leander und fängt sich dafür einen mehr als finsteren Blick von mir.

„Ich habe sie nur nicht erwartet, also hör auf, deine Späße mit mir zu machen.“

Beschwichtigend hebt er die Hände, aber ich sehe ihm die Belustigung weiterhin an. An jedem anderen hätte ich meine schlechte Laune ausgelassen, aber nicht an ihm. Leander ist der Älteste unserer Gruppe und ich kenne ihn bereits, seit ich meine Ausbildung zum Behüter vor über sieben Jahren begann. Als ich fertig wurde, hat er mich in sein Team aufgenommen und nun arbeiten wir schon mehr als drei Jahre zusammen. Ich schätze seinen kühlen Verstand und die Ruhe, die er auch in gefährlichen Situationen behält. Ich, Vincent und Leander haben alle mit den besten zu erreichenden Noten abgeschlossen und bilden inzwischen eine unschlagbare Einheit. Nun, so unschlagbar aber scheinbar doch nicht.

„Tut mir leid“, seufzt nun Julian. Er ist unser Neuzugang und kommt ganz frisch aus der Ausbildung. Besonders gut ist er als Behüter nicht, aber ein unglaublich schlauer und durchdachter Kopf, was gut zu meinem und Vincents hitzigen Wesen passt. Er ist ein kleiner, fast schon zierlicher Mann, der gegen Vincent ein wenig schmächtig und blass wirkt. Doch er ist ein guter Kerl und ich bin froh, dass er sich uns auf Leanders Anfrage hin angeschlossen hat.

„Muss es nicht, Kleiner“, erwidert Leander und schlägt dem Jungen auf den Rücken. „Wir haben alle mal klein angefangen und es war gut, dass du auf dem anderen Dach geblieben bist. Azur ist eine Nummer zu groß für dich.“

„Und scheinbar auch für Cedric“, lacht Vincent und fängt sich von mir einen Schlag in die Seite.

„Tön du nur. Du standest schließlich ganz zufällig am anderen Ende der Straße und hast sie davonlaufen lassen.“

„Mann, ich hätte sie nie eingeholt! Die ist wie eine Gazelle.“ Missmutig schiebt sich Vincent die Ärmel seines Pullovers hoch, wodurch man die Tattoos auf seinen Armen sehen kann. Er ist mein bester Freund, schon seit wir uns das erste Mal im Trainingslager in die Haare bekommen haben. Er trug damals ein blaues Auge davon und ich eine aufgeplatzte Lippe. Obwohl man es nicht meinen würde, hat uns gerade diese anfängliche Feindseligkeit zusammengeschweißt. Wahrscheinlich weil wir uns gegenseitig Respekt einflößten und schnell merkten, dass wir ziemlich gleich ticken. Seitdem sind wir unzertrennlich und uns wurde schon damals klar, dass wir auch zusammen arbeiten würden. Wir können uns aufeinander verlassen und kennen sowohl Schwächen als auch Stärken des anderen.

„Aber wenn Azur geschickt wurde, um den Traum von Richter Lorenz zu stehlen, muss etwas Großes dahinterstecken", vermutet Julian. Müde fährt er sich durch das kurze, blonde Haar.

„Das befürchte ich auch. Wir haben schon lange nichts mehr von ihr gehört", stimmt Leander ihm zu und stützt sich mit den Ellenbogen auf den Tisch, an dem wir sitzen. „Du hast Lorenz nach dem Diebstahl geweckt?"

Ich nicke, bin aber unzufrieden. „Ja natürlich, aber auch wenn wir ihn dadurch vor Alpträumen beschützen konnten, ist Azurs Plan aufgegangen. Allein durch den Schlafmangel ist er heute und wohl auch für die nächsten Tage nicht so gut zu sprechen. Eine schlechte Voraussetzung für einen Richter."

„Wir hätten ihm einfach einen anderen Traum geben sollen", sagt Vincent schon zum gefühlten zehnten Mal.

„Und damit riskieren, dass er süchtig nach Traumperlen wird? Nein, das ist keine gute Idee", erwidert Leander geduldig.

Ich runzele die Stirn, denn mir gefällt der Gedanke

nicht, dass Azur genau das erreichen wollte. Wenn jemandem mehrmals ein Traum entrissen wird, ist es eine der Nachwirkungen, dass derjenige Alpträume erleidet. Wenn dieser gestohlene Traum jedoch von jemand anderem geschluckt wird, ermöglicht dies, die Bilder daraus zu erleben. Das ist an sich nichts Schlechtes und wird sogar in der Medizin verwendet, um Schlafstörungen zu beheben und Schmerzen zu lindern, aber es kann auch missbraucht werden. Wenn ein einzelner zu viele fremde Träume konsumiert, machen sie süchtig.

Die Traumperlen, die bei einem Diebstahl entstehen, erzielen auf dem Schwarzmarkt horrende Summen und jeden Tag werden weitere Süchtige in die Kliniken eingeliefert. Es ist inzwischen genauso schlimm wie mit herkömmlichen Drogen. Und deswegen hasse ich die Traumdiebe. Nicht nur, dass sie Leute bestehlen, nein, sie beeinflussen damit die gesamte Stadt. Menschen, denen die Träume gestohlen wurden, sind aggressiver und ihr Urteilungsvermögen ist eingeschränkt. Wenn dies einem Politiker oder – wie in dieser Nacht geschehen – einem Richter angetan wird, kann das schlimme Konsequenzen nach sich ziehen.

Die Spannungen zwischen den verschiedenen Ländern der Erde sind so schon groß, da müssen nicht noch die Diebe mitmischen.

Unsanft werde ich aus meinen Gedanken gerissen, als die Tür zu unserem Stammcafé aufgestoßen wird und ein kalter Wind hereinweht. Wir sehen alle auf, während eine junge Frau eintritt. Sie ist recht zierlich und versucht, ihre mangelnde Größe durch umso höhere Schuhe wieder wett zu machen. Ihre langen, braunen Haare fallen ihr von den schmalen Schultern und ein Pony bedeckt halb die Sonnenbrille, die auf einer kleinen Nase sitzt, obwohl die Sonne draußen gerade einmal aufgeht. Sie schüttelt sich kurz, als sie aus der Kälte tritt.

Meine eh schon schlechte Laune wird durch ihren Anblick nicht besser. Sie ist äußerst modisch angezogen, trägt bis auf den schwarzen Mantel nur Pastelltöne und ist daher ganz offensichtlich jemand, der nicht in ein Szenecafé wie das *Rockkitten* passt. Hier treffen sich Leute, die ein wenig aus der Reihe fallen, weil sie sich nicht an den Mainstream anpassen wollen: Skater, Gothik, Tattooliebhaber und Gestalten wie wir vier halt. Das Mädel jedoch scheint sich verlaufen zu haben.

Sie hebt die Hand, um die Sonnenbrille zurückzuschieben und ich weiß, dass ich gleich einen abfälligen Blick sehen werde. Doch sie überrascht mich mit einer ganz anderen Reaktion. Ihre großen, grünen Augen scheinen aufzuleuchten, als sie über das kunstvolle schwarze Tribal an der Wand uns gegenüber, die alten, dunklen Holzbohlen und die nicht ganz zusammenpassende, rustikale Einrichtung blickt. Ein Lächeln zeigt sich auf ihren Lippen und sie zieht sich Kopfhörer aus den Ohren, die ich bisher gar nicht bemerkt habe. Überrascht hebe ich eine Augenbraue, als ich daraus ziemlich deutlich harten Rock herüberschallen höre.

„Jess!“, ruft Leander erfreut aus und drückt sich von seinem Stuhl hoch. Ihm gehört das Café, in dem er tagsüber arbeitet und nachts, wenn er geschlossen hat, unsere Einsätze leitet.

Die als Jess betitelte sieht zu ihm und zeigt ein Grinsen, das mich unerwartet erbeben lässt. Na hoppla…

„Leander, du musst mich retten“, ruft sie aus und tritt an die Theke, die die komplette Wand gegenüber der Tür einnimmt. Nur kurz sieht sie zu uns und als ihr Blick meinen streift, stockt mir der Atem. Trotz meiner schlechten Laune muss ich mir eingestehen, dass sie verflucht hübsch ist. Ihr Mund öffnet sich leicht, so als wäre sie überrascht, doch dann wendet sie sich wieder Leander zu und stützt sich mit einem Seufzen auf die Theke.

„Ich brauche einen Kaffee, einen starken, sofort“, bittet sie.

„Eine kurze Nacht gehabt?“, fragt Leander und dreht sich bereits um, um ihren Wunsch zu erfüllen.

„Frag besser nicht!“

„Und was ist mit der Uni? Fällt die heute aus?“

„Nein, ich habe eine Kommilitonin gefragt, ob sie für mich mitschreibt. Eine Kollegin ist ausgefallen und ich muss im Laden einspringen.“ Scheinbar ziemlich müde, schließt sie kurz die Augen.

„Ah, deswegen bist du heute schon so früh da. Lass dich von deinem Chef aber nicht ausbeuten“, ermahnt Leander und stützt sich auf die Kaffeemaschine. Er reibt sich kurz über den gut gestutzten Bart.

Jess winkt ab und reißt Leander regelrecht den Kaffee aus der Hand, als er ihr den Becher reicht. „Danke. Vielleicht komme ich in der Mittagspause noch einmal vorbei. Bis dann.“

Und damit macht sie sich wieder auf den Weg hinaus. Als sie an mir, Vincent und Julian vorbeikommt, fällt ihr wohl auf, dass wir sie die ganze Zeit angestarrt haben, denn sie muss ein Lächeln hinter dem Pappbecher verbergen, während sie sich die Ohrstöpsel wieder in die Ohren steckt.

Dann ist sie weg.

„Das, meine Herren, war Jessica Read", sagt Leander mit einem breiten Grinsen, als er wieder an den Tisch tritt und wir Jess noch immer hinterhersehen.

Übertrieben hingerissen legt sich Vincent eine Hand an die Brust. „Sie ist ein Traum. Wieso habe ich sie bisher noch nicht gesehen, wenn du sogar schon ihren Namen weißt?"

Ich rolle innerlich genervt mit den Augen. Vincent ist ein Aufschneider und leider auch ein ziemlicher Frauenheld. Mit seiner gebräunten Haut und dem hübschen Gesicht fallen ihm die Frauen nur so zu Füßen. Sein Badboy-Image und die Tattoos an den Armen helfen ihm nur zu oft dabei. Und scheinbar hat er sich nun Jess als sein nächstes Opfer auserkoren.

„Sie arbeitet drüben im Dekoshop, um ihr Studium zu finanzieren. Sie hat dort vor etwa vier Wochen angefangen und zählt seither fast schon zu meinen Stammkunden. Allerdings übernimmt sie meist die Spätschichten, weswegen ihr sie noch nie gesehen habt", berichtet Leander bereitwillig.

Ich sehe Jess durch die Glasfronten hinterher, wie sie die Straße überquert. Auf der anderen Seite wendet sie sich für einen flüchtigen Moment um und ich habe das Gefühl, dass sich unsere Blicke treffen. Etwas entbrennt in mir, das ich so noch nie gespürt habe. Verwirrt runzele ich die Stirn.

Jess

So ein verdammter Mist!, fluche ich in Gedanken, als ich die Straße mit klopfendem Herzen überquere. Warum muss so etwas nur immer mir passieren? Wenn ich gewusst hätte, dass mein neues Stammcafé einem ganzen Trupp an Behütern als Treffpunkt dient, wäre ich niemals auch nur mit dem großen Zeh hineingegangen. Ist es denn zu viel verlangt, neben meiner Diebesarbeit auch ein normales Leben besitzen zu wollen? Ich stehle nicht gern und Saphir beansprucht meine Fähigkeiten nicht besonders oft, weil ich ihm zu wertvoll bin, um kleine Arbeiten zu erledigen. Deswegen habe ich schon lange den Traum, einem ganz normalen Job nachzugehen und aus diesem Grund vor einem halben Jahr ein Studium angefangen. Warum also muss ich ausgerechnet hier auf die Behüter treffen, die mir letzte Nacht nachjagten? Was für ein unbeschreibliches Glück…

Kurz blicke ich zurück zum *Rockkitten* und überlege, ob ich ab sofort nicht mehr hingehen soll. Aber das wäre wohl mehr als auffällig. Vor allem da ich fast jeden Tag, den ich arbeite, dort vorbeischaue. Mein Blick streift über die bodentiefen Fenster und undeutlich sehe ich den Behüter mit dem lockigen Haar, der mir in der letzten Nacht so nah gekommen ist. Er schaut mir nachdenklich hinterher, wobei er unbewusst sein Lippenpiercing zwischen die Zähne zieht.

Schnell drehe ich mich weg. Hoffentlich erkennt er mich nicht! Aber es ist dumm, das zu befürchten, denn nicht umsonst sieht man in meiner Diebeskleidung nur die Augen. Und dann trage ich immer Kontaktlinsen, damit ich meinem Namen alle Ehre machen kann: Azur.

Jeder weiblichen Diebin in unserer Gilde wird eine Farbe zugeteilt und damit auch die passenden Kontaktlinsen. Ich bin stolz darauf, dem hellen Blau zu einem so hohen Status verholfen zu haben, aber ein Dieb bin ich nicht gern.

Schnell ziehe ich mein Handy hervor und wähle Mirandas Nummer. Sie ist unter den Dieben die Person, der ich am meisten vertraue.

„Ja?“, antwortet sie recht schnell.

„Miranda, du musst mir helfen. Kannst du mir bitte alle Informationen über die Mitglieder einer Behütergruppe besorgen, die im Café *Rockkitten* abhängt?“ Hoffentlich gehört Leander nicht ebenfalls dazu, sonst muss ich mir wirklich ein neues Café suchen.

„Wieso? Hast du dir die falschen Freunde gesucht?“, fragt Miranda belustigt. Sie hat für eine Frau eine tiefe, rauchige Stimme, die gut zu ihren dunklen Locken und der schokobraunen Haut passt.

„So in etwa“, schnaube ich. „Mein neues Lieblingscafé ist gerade um einiges weniger attraktiv geworden.“

Miranda schnaubt unwillig. „Süße, du machst dir zu viele Sorgen. Es ist doch egal, ob sie Behüter sind. Sie werden niemals herausbekommen, dass du eine Diebin bist. Außer du erzählst es ihnen, zeigst ihnen das Gildentattoo oder lässt dich schnappen. Alle drei Dinge werden mit Sicherheit nicht passieren.“ Ich schweige und Miranda deutet dies richtig. „Na gut, wenn es dich beruhigt, werde ich dir die Informationen besorgen. Aber ich lege dir trotzdem ans Herz, dich nicht so beeinflussen zu lassen. Saphir beherrscht dein Leben schon genug, da brauchst du dich von deiner Arbeit nicht auch noch im Privatleben abhalten zu lassen.“

„Das mache ich nicht, versprochen. Wir hören uns dann

später, wenn ich von dem Richter zurück bin.“

„Bis dann, Süße!“

Ich lege auf und stecke mein Handy zurück in meine Handtasche. Kurz streiche ich mir in Gedanken über meinen Bauch, wo an der rechten Seite, direkt über dem Hüftknochen ein kleiner, blauer Schmetterling prangt. Dieses Tattoo stigmatisiert mich nicht nur als einen von Saphirs Dieben, sondern bindet mich unwiderruflich an ihn. Selbst wenn ich wirklich wollte, käme ich nicht von dem Leben als Diebin weg.

Kapitel 3

Reibungspunkte

Jess

Mitten in der darauffolgenden Nacht sitze ich verborgen im Schatten auf einem Dach ganz in der Nähe vom Haus des Richters und beobachte die Umgebung. Es ist sehr wahrscheinlich, dass ich den drei Behütern aus dem *Rockkitten* heute wieder begegne. Sie wissen nun, wer mein Ziel ist und damit werden sie versuchen, mich von einem weiteren Diebstahl abzuhalten. Bisher habe ich sie aber nicht entdecken können.

Fröstelnd ziehe ich meinen Mantel enger, denn diese Nacht Anfang März ist besonders klar und kalt. Als ich hinauf in den Himmel sehe, glaube ich sogar ein paar Sterne funkeln zu sehen. Aber das bilde ich mir wahrscheinlich nur ein, denn das Licht der Millionenmetropole überstrahlt alles.

Da sich in meiner unmittelbaren Umgebung nichts bewegt, wage ich mich weiter vor. Ich husche hinter dem Lüftungsschacht auf dem Flachdach hervor und ducke mich, als ich bei der Brüstung ankomme. Mit geübten Blick suche ich die Gegend ab, doch sehe ich nur zwei ältere Männer, die nach ihrem wankenden Gang zu urteilen, aus einer Kneipe auf dem Weg nach Hause sind. Von Behütern ist weit und breit nichts zu sehen. Und das macht mich misstrauisch.

Sie wissen, dass ein hohes Mitglied der Stadt auf der Liste von Azur steht. Dies zu ignorieren ist nicht die Art der Behüter. Wenn ich an den unnachgiebigen Blick des Lockenkopfes gestern denke, ist es auch nicht die seine.

Ich will erneut meine Position ändern, als mir eine Bewegung auffällt. Ich versuche, mit den Augen den Schatten einer Nebenstraße zu durchdringen, aber noch einmal lässt sich nichts entdecken. Habe ich mich vielleicht getäuscht? Doch ich will auf Nummer sicher gehen. Über Umwege nähere ich mich der Gasse, versuche dabei so viel Deckung wie möglich mitzunehmen und spähe schließlich vom Dach direkt über der Stelle hinab. Und tatsächlich: dort unten verbirgt sich der Blondschopf in einem Hauseingang.

Konzentriert blickt er die Straße hinab, dorthin, wo sich die Wohnung des Richters befindet. Amüsiert schmunzle ich hinter meinem Mundschutz. Er muss wirklich noch ein Frischling sein, wenn er keinen Blick hinauf wirft. Gerade hebt er die Hand zum Mund. Wahrscheinlich ruft er durch das Mikro an seinem Handgelenk seine Kollegen. Wachsam ziehe ich mich ein Stück zurück, ohne den jungen Behüter aus den Augen zu verlieren.

Meine Vorsicht wird belohnt, denn nur Momente später taucht der tätowierte Schönling auf. Er schlendert herbei, als ob er nicht gerade einer Diebin auflauert, aber mir fällt auf, wie er seine Umgebung geschickt mit Blicken absucht. Er tut nur so unprofessionell, was mich ein wenig irritiert und seine möglichen Reaktionen für mich undurchsichtig machen.

Fehlt noch einer. Mein Herzschlag beschleunigt sich

ein wenig bei der Erwartung auf den Lockenkopf. In der letzten Nacht habe ich ja schon festgestellt, dass er recht interessant zu sein scheint. Im Tageslicht habe ich jedoch bemerkt, dass er zudem ziemlich attraktiv ist. Vor allem wenn seine braunen Augen neugierig und offen blicken und nicht voller finsterer Entschlossenheit.

Als er schließlich eintrifft, entdeckt er mich trotz meiner Vorsicht beinahe. Er kommt über das Dach gegenüber und vergisst im Gegensatz zu dem Blondschopf nicht, die Dächer in der Umgebung mit den Augen abzusuchen. Im letzten Moment ducke ich mich und da er nicht neben mir auftaucht, hat er mich wohl nicht gesehen. Aufatmend schaue ich wieder hinab, wo sich die drei nun besprechen und dann abwartend zur Wohnung meines Opfers blicken.

Natürlich weiß ich, wie der Richter heißt. Aber ich versuche, zu vermeiden, meine Aufträge beim Namen zu nennen. So halte ich mein schlechtes Gewissen, dass ich ihnen Leid zufüge, im Zaum.

Ich bin noch am Überlegen, wie ich die drei Behüter am besten abwimmeln kann, um meinen Auftrag zu erfüllen, als mir plötzlich jemand auf die Schulter tippt. Meine eintrainierten Reflexe übernehmen mein Handeln. Schnell werfe ich mich zur Seite und gehe in Abwehrhaltung. Doch mein Gegner ist genauso gekleidet wie ich: In einen schwarzen Mantel mit einer großen Kapuze und einer Maske, die nur die Augen freilässt. Durch diesen Sehschlitz sieht mich mein Gegenüber erheitert an.

„Violett!“, zische ich vorwurfsvoll, denn ich habe die lilafarbenen Kontaktlinsen sofort erkannt.

„Hey Kleine. Habe ich dich erschreckt?“ Meine Freundin muss sich deutlich ein Lachen verkneifen.

„Ja, natürlich! Schleich dich doch nicht so an mich heran."

„Aber du sahst so schön abgelenkt aus. Da konnte ich nicht widerstehen", lacht sie leise.

„Wenn die Behüter da unten uns gehört hätten, würden wir einiges an Problemen bekommen!"

Violett wirft einen Blick hinab und zieht die Augenbrauen zusammen. „Das sind ja die drei, um deren Informationen du mich gebeten hast."

Ich horche auf. „Hast du etwas über sie herausgefunden?"

Ganz kann ich die Aufregung nicht aus meiner Stimme verbannen und Violett, die ich jedoch öfter mit ihrem richtigen Namen Miranda rufe, zwinkert mir wissend zu. „Habe ich. Deswegen bin ich hier. Mein Auftrag liegt nur ein paar Blocks entfernt und da dachte ich, dass ich kurz bei dir vorbeischaue. Wenn ich gewusst hätte, dass du hier schwer beschäftigt bist, hätte ich es auf später verschoben."

Sie zieht aus einer der vielen verborgenen Taschen des Mantels eine Mappe hervor und reicht sie mir. Die Neugier brennt mir schon unter den Nägeln, aber ich habe zuerst einen Auftrag zu erledigen und stecke den schmalen Ordner deswegen weg.

„Soll ich dir vielleicht ein wenig helfen?", fragt Violett und deutet hinab zu den drei Männern, die abwarten, dass ich auftauche.

Mir gefällt ihr Vorschlag nicht wirklich. „Ich will dich nicht in Gefahr bringen…"

Die größere Frau winkt ab. „Ich lenke sie doch nur ab. Oder hast du eine bessere Idee?" Als ich schweige, tätschelt sie mir liebevoll die Wange. Niemals hätte ich einem anderen Dieb solch eine Geste durchgehen lassen. Doch Miranda ist meine beste Freundin und in der Diebesgilde haben wir Dinge durchgestanden, die uns so fest zusammengeschweißt haben, wie es nicht einmal Familienbande gekonnt hätten. „Ich gehe keine Risiken ein, versprochen. Wir sehen uns dann morgen, Süße."

Damit läuft Miranda geschwind zur rückwärtigen Wand und springt mit flatterndem Mantel hinab. Dass ich nichts von ihr höre, beweist, dass sie heil unten angekommen ist. Also wende ich mich wieder den Behütern zu und warte auf Mirandas Ablenkungsmanöver.

Cedric

Meine Nerven sind zum Zerreißen gespannt, während wir auf Azur warten. Es wird Zeit für sie, denn es ist bereits nach vier Uhr und bald würde die morgendliche Betriebsamkeit die Diebe in ihren Unterschlupf zurückzwingen. Am liebsten würde ich Julian und Vincent auf andere Positionen schicken, aber bei Azur haben wir nur zu dritt eine Chance. Und ein weiteres Mal lasse ich sie sicher nicht entwischen.

„Vielleicht kommt sie nicht", flüstert Julian und blickt gebannt die Straße hinab.

„Doch, mit Sicherheit", antwortet Vincent und lehnt sich lässig an die Wand der Gasse. Er tut gern so, als wären unsere Schichten das Einfachste der Welt, doch ich kenne kaum jemanden, der seinen Job so ernst nimmt wie er.

„Und wenn sie bereits mehrmals bei Richter Lorenz gewesen ist?", gibt Julian zu bedenken.

„Wir haben die drei Tage zuvor nichts bemerkt und in

so großen Abständen bringen ihr die Diebstähle nichts. Nein, sie wird noch kommen", sage ich und blicke die glatten Wände der Backsteinhäuser um uns hinauf, die so typisch sind für die Gegend hier.

„Da", rüttelt Vincent uns auf. Ich folge seinem Blick und tatsächlich huscht eine geschmeidige Gestalt quer über die Straße auf das Haus des Richters zu. Ein wenig verdutzt runzle ich die Stirn, denn die Diebin scheint mehr als sicher zu sein, wenn sie so offen herumläuft.

„Also Männer, ihr wisst, was ihr zu tun habt", raune ich meinen Kollegen zu. Die nicken und verschwinden eilig in der Nacht.

Ich lasse Azur noch einen kleinen Vorsprung und renne dann los, um ihr den Weg an der abgesprochenen Häuserecke abzuschneiden. Die Diebin bemerkt mich schnell und versucht auszuweichen, doch blitzschnell ziehe ich eines der Seile von meinem Gürtel, die an beiden Enden beschwert sind und sich somit besonders leicht um Beine und Füße schlingen. Ich werfe es nach der Frau, aber bewusst so schlecht, dass sie ohne Probleme ausweichen kann. Sie wechselt die Richtung, wie ich es zu erreichen gehofft habe, und läuft damit direkt in Vincents Arme.

Bevor der kräftigere Mann Azur packen kann, lässt diese sich einfach fallen und schlittert durch seine Beine hindurch. Schneller als das Auge folgen kann, ist sie wieder auf den Beinen und will flüchten. Allerdings taucht nun auch Julian auf und zu dritt setzen wir der Frau schwer zu. Natürlich haben wir auch Schusswaffen dabei, die den Kampf schnell beenden würden. Aber unser Ziel ist es nicht, die Diebe zu töten. Wir wollen sie fangen und Informationen zur Diebesgilde aus ihnen herausbekommen.

Denn auch wenn die Gilde in dieser Stadt schon so lang existiert, ist es ein wohlbehütetes Geheimnis, wo ihr Versteck liegt und wer ihre Mitglieder, die wir nur mit Decknamen kennen, wirklich sind. Jede Kleinigkeit kann uns helfen, gegen die Machenschaften von Saphir anzugehen und je nachdem wie kooperativ die Gefangenen sind, umso mehr Güte wird später bei der Gerichtsverhandlung walten gelassen.

Doch Saphir hat seine Diebe mehr als gut unter Kontrolle. Sie sterben lieber, als in unser Gewahrsam zu gelangen und viele haben wir schon verloren, ohne zu wissen, wodurch. Wie in einem abgekupferten Spielfilm sterben sie wie aus dem Nichts und die Todesursache bleibt uns verborgen. Herzstillstand ist die Diagnose. Und wenn wir die Diebe erschießen würden, brächte uns das nicht weiter. Außerdem wäre Missmut unter der Bevölkerung vorprogrammiert, wenn wir jeden zweiten Tag jemanden auf offener Straße erschießen würden. Ja, einfach ist unser Job sicher nicht.

Als ob sie wüsste, wer von uns dreien der Unerfahrenste ist, rennt Azur auf Julian zu und springt ihn regelrecht an. Kurz ist der blonde Mann von dieser Offensive überrascht und geht in Verteidigungsposition. Das nutzt die Diebin, legt Julian die Hände auf die Schultern und springt einfach über ihn hinweg. Ich fluche und jage ihr nach.

„Vinc!“, rufe ich und deute nach links. Schon weicht er in eine Nebenstraße aus und wird versuchen, die Diebin an anderer Stelle abzupassen. Julian, wild entschlossen, seinen Fehler wieder gutzumachen, ist dicht neben mir. Am liebsten hätte ich ihn die Verfolgung über die Dächer fortführen lassen, doch er ist noch nicht so schnell im Erklimmen der Hauswände. Das muss ich in nächster Zeit ändern. Also gebe ich noch mehr Kraft in meine Schnelligkeit und merke, wie der Abstand zu der Diebin geringer wird.

Da fällt mir etwas auf. Ich bin Azur gestern sehr nah gekommen und kann ihre Größe daher recht gut einschätzen. Heute erscheint sie mir größer und auch nicht ganz so grazil, was mich stutzig macht. Wie Schuppen fällt es mir von den Augen.

„Verdammter Mist, das ist nicht Azur!“, rufe ich in das Mikro an meinem Handgelenk. Julian sieht mich fast entsetzt an, während ich Vincent fluchen höre.

„Dann dreht um! Ich kümmere mich um die Lady hier“, versichert Vincents Stimme in meinem Ohr. Ein Schatten fällt vom Himmel und mein Partner rollt sich nur einen Meter von der unbekannten Diebin ab. Ich nicke ihm zu und spurte wieder zurück.

Wenn das ein Ablenkungsmanöver war, hätte Azur genügend Zeit gehabt, in aller Ruhe den nächsten Traum zu stehlen. Ich bedeute Julian nun doch, auf die Dächer zu wechseln, und spurte so schnell es geht zurück zu Richter Lorenz‘ Haus. Fast habe ich die Straße erreicht, als ich ein leicht flaues Gefühl im Bauch spüre. Wild fluche ich. Dieses Gefühl sagt mir, dass ein Traum gestohlen wurde, aber das heißt nicht, dass sich Azur mir erneut entziehen kann. Schlitternd komme ich am Zugang zu der schmalen Seitengasse zum Stehen. Mit Sicherheit nimmt Azur wieder die Feuerleiter. Sie ist der leichteste Zugang zur Wohnung. Doch dort oben rührt sich nichts.

„Du bist ein klein wenig zu langsam gewesen“, weist mich eine weiche Stimme auf mein Versagen hin. Als ich zum gegenüberliegenden Dach blicke, fällt mir die schmale Gestalt auf, die oben auf der Dachkante hockt und den Kopf auf eine Hand stützt.

„Und du musst mich natürlich auch noch verhöhnen“, knurre ich. Wild rasen meine Gedanken, um einen Weg zu finden, die Diebin noch zu schnappen. Julian müsste ebenfalls fast heran sein. Also muss ich Azur nur etwas hinhalten. Die Diebin strafft sich, als hätten meine Worte sie getroffen.

„Nein, ich will dich nicht verhöhnen. Ich will dir noch eine Chance geben.“ Sogar auf die Entfernung hin kann ich die Erregung in ihren Augen sehen. Heiße Wut lässt mich fest die Zähne zusammenbeißen.

„Für dich bedeuten diese Diebstähle wohl nur Spaß“, vermute ich mit finsterer Stimme.

Azur reißt die Augen auf und steht voller Empörung auf. „Nein, da missverstehst du etwas.“

Sie greift in eine Tasche ihres Mantels und sofort bin ich bereit auszuweichen. Doch sie zieht bloß eine Traumperle hervor. Sie sieht wunderschön aus in ihren schwarz behandschuhten Fingern, makellos und golden funkelnd. „Dies hier ist nur ein Job, den ich machen muss. Aber gegen euch Behüter ein wenig Fangen zu spielen, macht durchaus Spaß.“

Einen Moment weiß ich ob ihrer Anmaßung keine Worte zu finden. Bevor ich antworten kann, taucht Julian auf und stürzt sich ohne zu zögern auf Azur. Die scheint kurz ehrlich überrascht zu sein, doch ist sie zu erfahren für den jungen Mann. Sie lässt zu, dass er sie packt, greift aber gleichzeitig nach seinem Kragen, lässt sich nach hinten fallen und drückt dem Mann den Fuß in den Bauch. Zur Untätigkeit verdammt, kann ich nur vom Boden aus zusehen, wie Julian durch seinen eigenen Schwung über die fallende Azur hinwegfliegt und direkt in den Abgrund der Straßenflucht stürzt.

„Julian!“, rufe ich entsetzt.

Die Mauer besitzt keine Fenster wie ihr Gegenpart gegenüber und der junge Mann hat keine Chance, sich irgendwo abzufangen. Er würde die knapp vier Stockwerke ohne Bremsung hinabstürzen. Ich spurte los, um ihn irgendwie aufzufangen, aber ich weiß jetzt schon, dass es für uns beide äußerst schmerzhaft werden wird. Wenn wir Glück haben, überstehen wir es mit ein paar Knochenbrüchen. Soweit kommt es aber nicht.

Noch bevor Julian einen Meter hinabstürzt, packt eine zarte, behandschuhte Hand seine hilfesuchend nach oben gereckte. Azur hält seinen Fall auf und wird dabei selbst fast über den Rand des Flachdaches gezogen. Es muss eine gewaltige Kraftanstrengung sein, den Mann erst zu halten und dann wieder hinaufzuziehen. Doch Julians zweite Hand erreicht die Kante und er hievt sich geschwind hoch. Azur wirft mir einen Blick zu und ergreift die Flucht, bevor Julian ganz hinauf kommt. Ich folge ihr nicht. Eher bin ich zu überrascht und weiß nicht, was ich von dieser Aktion halten soll. Azur hat gerade Julians Leben gerettet.

Jess

Mein Herz klopft immer noch, als ich bereits zu Hause und aus dem Mantel sowie dem hautengen Bodysuit geschlüpft bin. Eigentlich hatte ich wirklich nur Lust auf ein wenig Sparring mit dem Lockenkopf gehabt. Dass es gleich so eskaliert, habe ich nicht kommen sehen. Aber zum Glück konnte ich den Blondschopf noch retten, ehe er am Boden der Straße zerschlagen wäre. Er muss wirklich ganz frisch von der Ausbildung kommen, wenn er sich von mir so leicht abwehren lässt. Mit seinem Kollegen hätte ich wohl mehr zu tun gehabt.

Bei dem Gedanken an ihn kommt mir der wütende Blick wieder in den Sinn und ein schweres Seufzen entringt sich meiner Kehle. Wieso verstanden Behüter nicht, dass nicht jeder Dieb stiehlt, weil es ihm Spaß macht oder weil er eine finstere Seele besitzt?

Ich schüttle den Kopf, weil diese Gedanken müßig sind und ziehe die Mappe aus meinem Mantel. Ich befreie meine Haare aus dem strengen Dutt und gehe hinüber in meine kleine, aber gemütliche Küche, um mir einen Tee zu machen. Schlafen zu gehen lohnt sich nicht mehr. Es ist bereits halb sechs und um acht muss ich an der Uni sein. Müde reibe ich mir über die Augen. Wenigstens habe ich vor dem Einsatz vier Stunden schlafen können, aber am Wochenende würde ich viel nachzuholen haben. Studieren, nebenbei arbeiten und nachts noch Träume stehlen laugt wahrlich aus. Hoffentlich lässt mich Saphir verschnaufen, wenn dieser Auftrag vorbei ist.

Ich mache mir den Tee und setze mich dann an den kleinen Küchentisch, der gegenüber der Küchenzeile steht, um die Akte aufzuschlagen. Beeindruckt, wie viel Miranda in der kurzen Zeit herausgefunden hat, lese ich mir die Informationen durch.

Zuerst kommt Julian, der kleine Blondschopf. Tatsächlich hat er seine Ausbildung erst vor wenigen Wochen abgeschlossen. Kein Wunder also, dass er so ungeschliffen wirkt. Er wird mir bei meinen Einsätzen kaum Probleme bereiten. Was mich stutzen lässt, ist sein IQ. Der Junge ist ein wahres Genie und scheint damit seine körperlichen Makel auszugleichen. Vor ihm muss ich mich also als Jess bedeckt halten. Ein falsches Wort und er würde vielleicht Verdacht schöpfen.

Ich blättere weiter und sehe auf dem nächsten Bild den tätowierten Schönling. Vincent ist Mitte zwanzig und mich beeindrucken seine Ergebnisse im Nahkampf. Scheinbar ist er sehr stark und geschickt, doch nicht sonderlich schnell, was ich ebenfalls zu meinem Vorteil ausnutzen kann. Ausgebildet ist er in insgesamt sechs Nahkampftechniken und zudem ein sehr geschickter Kletterer.

Eine Seite weiter blickt mir der Lockenkopf vom Foto entgegen. Sein Name ist Cedric und scheinbar haben er und Vincent die Ausbildung zusammen absolviert. Als ich seine Referenzen lese, verziehe ich den Mund. Er wird mir tatsächlich die meisten Probleme bereiten. Er ist nicht nur geschickt und äußert gut ausgebildet, sondern auch noch clever. Keine gute Mischung, wenn man zusätzlich seinen Biss und das scheinbar große Temperament hinzuzählt. Ich stutze, als mir sein Nachname auffällt. Er ist ein Connors. So heißt eine der einflussreichsten Familien der Stadt, aber ich kann mir nicht vorstellen, dass ein Sohn dieser Familie zu den Behütern geht. Ich greife nach meinem Handy und suche im Internet nach der Familie.

„Hm“, mache ich überrascht. Tatsächlich heißt der einzige Sohn der Connors Cedric. Ein älteres Foto findet sich auch und bestätigt mir meine Vermutung.

„Wie hast du es denn aus den Verpflichtungen dieser Familie geschafft?“, murmle ich und blicke auf das Foto hinab. Meine Lippen zucken belustigt. Mit den beiden Piercings und dem kühnen Blick sieht er wirklich nicht aus wie ein Kind aus gutem Hause.

Erheitert blättere ich weiter und seufze auf. Leander gehört also tatsächlich zu der Truppe. Er ist der Einsatzleiter und auch mit Ende zwanzig der Älteste. Seine Referenzen sind beeindruckend, doch liegt seine Stärke in der Analyse und Taktik. Kein Wunder also, dass er die Einsätze koordiniert. Wahrscheinlich sogar aus meinem Lieblingscafé heraus…

Nachdenklich klopfe ich mit dem Finger auf die Mappe. Eigentlich sollte ich mich von diesen vier Männern fernhalten und vielleicht sogar meinen Nebenjob in dem Dekoladen aufgeben. Andererseits ist es unwahrscheinlich, dass sie herausfinden, in welche Rolle ich nachts schlüpfe und Miranda hat mir ebenfalls geraten, mich von Saphir nicht von meinem Privatleben abhalten zu lassen. Was soll schon passieren, wenn ich ihnen ab und an als Jess begegne?

*

Nach diesen Überlegungen ist es nicht überraschend, dass ich auf dem Weg zur Uni kurz bei Leander für einen Kaffee anhalte.

„Guten Morgen, Jess“, begrüßt er mich mit einem Lächeln. Leander ist groß und ein wenig schlaksig, doch wirkt er mit den kurzen, dunklen Haaren und dem gut gestutzten Bart sehr reif.

„So früh schon gute Laune?“, frage ich und unterdrücke ein Gähnen. Bis auf die morgendlichen Kunden ist niemand im *Rockkitten.* Scheinbar sind die Behüter noch unterwegs. Ein wenig enttäuscht mich das.

„Natürlich! Draußen geht die Sonne auf und ich werde schon jetzt mit deiner Anwesenheit beehrt. Da kann man doch nur gute Laune bekommen“, meint Leander und bringt mich trotz meiner Müdigkeit zum Lachen.

„Musst du heute arbeiten?“, fragt er mich.

„Nein, ich habe den ganzen Tag Uni und bin nur für einen Kaffee und einen netten Plausch vorbeigekommen.“

„Jederzeit gerne und wenn du dadurch Geld in meine Kasse bringst, macht mich das noch glücklicher.“

Er reicht mir meinen Becher und ich will noch etwas erwidern, doch da stützt sich plötzlich Vincent neben mir an die Theke und sieht mich mit einem einnehmenden Lächeln an. So nah bin ich ihm noch nie gekommen und fast hätte ich ihm aus Reflex meinen Kaffee ins Gesicht geschüttet. Stattdessen japse ich nur überrascht.

„Guten Morgen, Schönheit. Dich nach einer anstrengenden Schicht zu sehen, versüßt mir den Feierabend“, grinst er. Vincent ist groß, durchtrainiert und von einer fast ehrfurchtgebietenden Makellosigkeit, aber es sind eher seine Worte, die mich sprachlos machen. Hatte er mich gerade angebaggert?

„Vincent“, wirft Leander missbilligend ein. „Lass Jess in Ruhe. Sie hat es eilig.“

„Zu schade.“ Vincents Blick sagt deutlich, dass er mit mir gern ganz woanders hingehen würde.

„Ähm“, mache ich, „ich gehe dann besser mal. Bis dann.“

„Ciao, Jess“, sagen die beiden Männer fast im Chor.

„Morgen darfst du mir gern wieder den Morgen versüßen“, ruft mir Vincent hinterher.

Ich schnaube belustigt und drehe mich im Laufen noch einmal um. „Das muss ich mir aber noch sehr genau überlegen. Die Auswahl der Kandidaten, die den Morgen versüßt haben wollen, ist so groß!“

Vincent lacht und ebenfalls lächelnd wende ich mich um, damit ich die Tür nicht verfehle. Doch dort, wo ich meinen nächsten Schritt hinsetzen will, steht bereits jemand. Mit Leichtigkeit hätte ich ausweichen können, doch in dem Bruchteil einer Sekunde erkenne ich dunkle Locken und die schwere Kleidung der Behüter, weswegen es zu auffällig wäre, wenn ich nicht mit ihm kollidiere. Also pralle ich gegen Cedric und wäre tatsächlich fast umgefallen, weil ich genauso gut gegen eine Mauer hätte laufen können. Eine Mauer hätte allerdings nicht hilfsbereit nach mir gegriffen und mich in einer aufrechten Position gehalten.

„Entschuldigung“, sage ich und reibe mir über die Nase, die ich mir an seiner Brust gestoßen habe.

„Schon okay. Dir hat es scheinbar mehr wehgetan als mir“, stellt Cedric fest, während sich Julian an uns beiden vorbeidrückt und ziemlich schlecht gelaunt zu Vincent und Leander geht. Scheinbar hat dem jungen Mann diese Nacht keine Freude bereitet. „Aber das nächste Mal solltest du vielleicht auch in die Richtung blicken, in die du läufst.“

Cedrics Worte sind nicht zurechtweisend, sondern mit einem gewissen Grad an Humor ausgesprochen, weswegen ich mit einem Lächeln antworte. „Und damit verhindern, dass ich neue Leute kennenlerne? Das will ich nicht riskieren.“

Ein Lächeln zeigt sich auf Cedrics Gesicht, das mich einen Moment gefangen hält. Manche Menschen besitzen ein Lächeln, dem man nicht widerstehen und für das man sie mehr als beneiden kann. Cedric ist solch ein Mensch. Kurz mustert mich der Mann mit seinen braunen Augen, die erstaunlich viel Wärme bergen.

„Dann sollten wir diese Gelegenheit nutzen“, sagt er und hält mir seine Hand entgegen, während er die andere lässig in seine Hosentasche schiebt. „Ich bin Cedric.“

Kurz zögere ich und greife dann nach seiner Hand. Sie ist angenehm warm und kräftig.

„Jess.“

„Es war schön, dich kennenzulernen“, grinst Cedric und zwinkert mir zu, bevor er sich abwendet und zu seinen Freunden geht. Auch ich gehe und verlasse das Café, frage mich jedoch, wieso meine Wangen plötzlich so heiß sind und mein Herz wie wild klopft.

Kapitel 4

Über der Stadt

Jess

Die nächsten beiden Wochen gehen vorbei, ohne dass mir die vier Behüter größere Beachtung schenken als einer jungen Frau, die sie ab und an in einem Café treffen. Drei weitere Besuche muss ich dem Richter abstatten und jedes Mal begegne ich den Jungs. Bei unserem beruflichen Aufeinandertreffen treten oft die Situationen auf, die ich vermutet habe.

Vincent ist ein ausgezeichneter Kämpfer, aber recht langsam. Ihm entkomme ich sehr leicht, wenn ich schnell genug bin und ihm nicht zu nah komme. Dafür muss ich mich sehr in Acht vor ihm nehmen, wenn ich als Jess unterwegs bin. Er scheint es sich zur Aufgabe gemacht zu haben, mir hinterherzustellen.

Julian bereitet mir nicht viele Sorgen. Er ist ungeschliffen und zeigt kein sonderlich großes Talent als Behüter. Er scheint mir dadurch ein wenig fehl am Platze, wurde von Leander aber wohl wegen seines Verstandes in die Gruppe aufgenommen. Das ist nur verständlich, wenn ich bedenke, wie heißblütig Vincent und Cedric sind. Zum Glück interessiert sich der blonde Mann nicht für mich als Jess, weshalb ich eine Aufdeckung meiner zweiten Identität nicht fürchte.

Und dann wäre da noch Cedric. Er ist irgendwie… interessant. Schneller und energischer als Vincent ist er es, der mir während unserer Zusammentreffen am meisten Probleme bereitet. Geschickt erlernt er meine Art zu kämpfen und hat es beim letzten Mal glatt geschafft, meine Hand zu packen. Dass ich ihm danach die seine schmerzhaft verdrehte, hat ihm den ganzen nächsten Tag die Laune verdorben. Das weiß ich, weil ich mich entschieden hatte, nach meiner Schicht noch im *Rockkitten* zu lernen und den Jungs somit begegnet bin.

Miranda findet die ganze Situation sehr lustig und ermutigt mich auch, weiterhin das zu tun, was mir Spaß macht. Und das machen die Jungs. Sie erheitern mich. Genau wie die Leute aus meinem Studium geben sie mir das Gefühl, normal zu sein. Obwohl man es schon als ziemlich tollkühn bezeichnen kann, dass ich die Nähe meiner Feinde suche.

„Hey, Jess“, säuselt Vincents Stimme dicht an meinem Ohr.

Mein Herz bleibt eine Sekunde stehen, denn ich mag es nicht, wenn er auf Flirtkurs mit mir geht. Das macht mich nervös. Eigentlich wollte ich gerade den Außenbereich des Dekoladens reinbringen, da wir in zehn Minuten schließen, und der Behüter scheint das ausnutzen zu wollen.

„Hi, Vincent. Ich habe leider gerade keine Zeit für dich“, versuche ich ihn abzuwimmeln, aber heute funktioniert das wohl nicht.

„Aber wenn du Schluss hast, wäre doch ein Kaffee drin, oder?“, fragt er und lehnt sich lässig an den Eingang zum Laden, sodass ich nicht vorbei kann. Er sieht mich mit einem Blick an, der wohl schon bei vielen Mädchen für weiche Knie gesorgt hat, eine Mischung aus Verführung und Versprechen, doch mich lässt er kalt. Ich bin in der rauen Welt der Diebe aufgewachsen und habe gelernt, Männern nie auch nur den kleinsten Hoffnungsschimmer zu lassen, da sie sich sonst einbilden, öfter Annäherungsversuche zu starten oder sie am Ende gar handgreiflich werden.

„Nein, dafür habe ich keine Zeit. Ich muss noch ein paar Sachen für die Uni fertig bekommen."

Auffordernd sehe ich ihn an, damit er mir Platz macht. Seit ich ihm und den anderen das erste Mal als Jess begegnet bin, kommt er häufig früher zum *Rockkitten*, damit er mich nach der Arbeit abfangen kann. Ständig fragt er mich nach einem Date und immer sagte ich bisher nein.

„Ach komm, ein Kaffee tut doch nicht weh", bleibt er beharrlich.

„Vinc, lass sie in Ruhe. Du machst sie nur nervös mit deiner Buhlerei", unterbricht ihn eine neue Stimme.

Überrascht sehe ich über meine Schulter und atme auf, als ich Cedric erkenne. Er hat Vincent recht gut im Griff, wodurch ich hoffe, ihn bald los zu sein. Eine Hand in seiner Jeans vergraben und lässig eine Zigarette rauchend, steht Cedric hinter mir. Tief inhaliert er den Rauch und ich kann ihm den Genuss dabei ansehen.

Irgendwie sind die vier Behüter, die ich inzwischen fast jeden Tag sehe, ganz anders, als ich immer dachte. Wenn ein unabhängiger Beobachter sie neben mir sehen würde, hätten sie die besseren Karten zu den Dieben gezählt zu werden als ich. Durch Cedrics Piercings und Vincents Tattoos, genauso wie durch ihre selbstbewusste Lässigkeit, die oft dunklen Klamotten und den kleinen Funken Gefahr, den sie immer zu versprühen scheinen, wirken sie viel düsterer als ich es jemals könnte.

„Ach, Ced, du bist ein Spielverderber“, beschwert sich Vincent mürrisch, gibt aber den Weg in den Laden wieder frei.

„Das bin ich nicht und das weißt du ganz genau, aber Leander will den nächsten Einsatz besprechen.“

Vincent wirft mir einen Blick zu, wohl weil er in meiner Gegenwart nicht darüber reden will. Es ist schon irgendwie witzig, dass diejenige, die sie so gern fangen wollen, direkt neben ihnen steht. Ich verkneife mir ein Lächeln bei dem Gedanken.

„Na gut, aber irgendwann bekomme ich meinen Kaffee, Jess“, meint Vincent überzeugt, verschränkt die Arme hinter dem Kopf und schlendert über die Straße zum Café.

„Dir ist bewusst, dass er nicht aufgeben wird?“, fragt Cedric und zieht meine Aufmerksamkeit wieder auf sich, gerade als er langsam den inhalierten Rauch in den Himmel bläst. Ich gebe ein bestätigendes Brummen von mir, weil ich das nur zu genau weiß. Die Sorte Mann kenne ich genau, denn solche Trophäensammler gibt es zuhauf in der Gilde.

„Sag einfach ja und tu dann während des Dates besonders uninteressant. Das ist die beste Methode, ihn loszuwerden“, verrät er und zwinkert mir mit einem leichten Lächeln zu, bevor er seine Zigarette auf die Straße schnippt und Vincent folgt.

Ich sehe ihm mit einem leisen Seufzen nach, denn ich bin verwirrt. Seit wir uns einander vorgestellt haben, tauschen Cedric und ich immer mal wieder ein paar Worte aus und mir scheint, dass unsere Gespräche länger werden. Irgendetwas an ihm macht mich neugierig, schürt in mir den Wunsch, mehr über ihn zu erfahren. Er bringt in mir etwas zum Klingen, das ich noch nie vorher gespürt habe und das, obwohl er nichts Besonderes macht. Dadurch, dass mir dieses Gefühl vollkommen neu ist, kann ich es nicht genau einordnen, aber fast könnte ich meinen, dass er mich anzieht. Was ausgeschlossen ist! Natürlich, er ist hübsch und sein Lächeln überaus attraktiv. Aber solchen Menschen bin ich auch früher schon begegnet und die haben mich vollkommen kaltgelassen. Doch bei ihm ist das anders. Ich freue mich inzwischen, ihm zu begegnen. Sowohl als Azur als auch als Jess. Und irgendwie macht mir das Angst…

Da klingelt mein Handy und allein durch den Klang weiß ich, dass es sich um Saphir handelt. Ich runzele die Stirn und ziehe das Gerät aus meiner Hosentasche. Er benötigt mich in letzter Zeit häufig.

„Ja?“

„Jessica, ich will dich in einer halben Stunde sehen.“ Das ist alles und bevor ich etwas erwidern kann, legt er auf. Mit einem Seufzen gehe ich in den Laden, um abzuschließen. Dann wird aus dem Lernen heute wohl nichts mehr.

Cedric

Mein Blick wandert automatisch zum Fenster, als ich bemerke, wie Jess gegenüber abschließt und dann auf ihre Armbanduhr sieht. Was diese ihr zeigt, scheint ihr nicht zu gefallen, denn sie runzelt die Stirn und eilt dann die Straße entlang. Ich sehe ihr nach und kann währenddessen die Augen nicht von ihr nehmen. Sie trägt heute eine Jeansshorts und eine Strumpfhose. Ihr schwarzer Mantel fällt so weit hinab, dass es fast scheint, als ob sie nichts darunter trägt. Ihre Stiefel liegen eng an ihren Waden an und während sie die Straße hinabgeht, fällt mir auf, wie anziehend ihr Gang wirkt. Er hat etwas geschmeidiges, wie bei einer Katze – was mir sehr gefällt. Nachdenklich ziehe ich meine Unterlippe und damit auch mein Piercing zwischen die Zähne. Bisher haben wir nur Belanglosigkeiten ausgetauscht, die ich jedoch sehr genossen habe. Jess hat etwas Besonderes an sich, das ich nicht erklären kann.

„Da läuft meine Verabredung davon“, seufzt Vincent neben mir und blickt Jess ebenfalls hinterher.

„Ganz ehrlich, Vinc? Du kannst sie dir abschminken. Sie sagt auch noch in zehn Jahren nein zu dir“, prophezeit Leander und stellt einen Kaffee vor mir ab. Nun dreht sich auch Julian zu Jess um, gerade als sie zurückblickt, um den Verkehr abzuschätzen und dann über die Straße und aus unserem Blickfeld verschwindet.

„Sie sieht müde aus“, stellt unser Neuling fest.

„Wahrscheinlich ist es nicht einfach, Arbeit und Studium unter einen Hut zu bringen“, meine ich. Zwar habe ich als Bester meines Behüterjahrgangs abgeschnitten und ich bin weiß Gott nicht dumm, aber Lernen ist nichts für mich. Die vier Jahre Ausbildung haben gereicht und ich brauche den Nervenkitzel der nächtlichen Einsätze. Ein Studium wäre mir zu langweilig.

„Also?“, frage ich, um auf das eigentliche Thema zurückzukommen. „Was liegt an?“

Leander schnaubt und greift hinüber zum nächsten Tisch, wo eine Zeitschrift liegt. „Du solltest außerhalb der Arbeit vielleicht öfter einmal Nachrichten sehen.“

Schicksalsschwanger lässt er die Zeitung auf unseren Tisch fallen. Vincent und ich beugen uns darüber, während Julian nur von seinem Kaffee trinkt. Scheinbar hat er seine Hausaufgaben gemacht.

„Das ist nicht den ihr Ernst, oder?“, fragt Vincent außer sich und reißt die Zeitung an sich, um die Titelstory zu lesen. Mir reicht allein schon die Schlagzeile und frustriert streiche ich mir mit beiden Händen durch die Haare. Groß und Breit wird in diesem Artikel unser Versagen beschrieben.

Vincent lässt es sich natürlich nicht nehmen und liest ihn laut vor: „Heute am frühen Morgen fiel das Urteil über den ausländischen Diplomaten, der während seiner Amtszeit an mehreren, für unser Land schädlichen Aktionen teilgenommen haben soll. Darunter fallen sowohl manipulative Beratungen wichtiger Politiker, Bestechung und ein Mord. Obwohl sein Heimatland und unser direkter Nachbar ausdrücklich darum gebeten hat, selbst ein Urteil über ihn fällen zu dürfen, entschied sich der oberste Richter Siegmar Lorenz, diesem Gesuch kein Gehör zu schenken. Entgegen all seiner Berater bestrafte er den Diplomaten nicht mit einer milden Geldbuße, um ihn dann seiner eigenen Justiz auszuliefern, sondern verurteilte ihn zu der Höchststrafe unseres Landes: Tod durch öffentliche Hinrichtung.“

Bei dieser Eröffnung fluche ich hemmungslos und trete fest gegen den Tisch, sodass die Tassen darauf unwillig klirren und einige andere Gäste überrascht zu uns schauen. Aufgebracht springe ich von meinem Stuhl. „Ein demütigenderes Urteil konnte es gar nicht geben. Es denunziert unseren Nachbar, setzt sein Urteilsvermögen öffentlich herab und lässt die Spannungen nur weiter wachsen!“

„Komm runter, Ced“, meint Leander ruhig und zieht mich wieder auf meinen Stuhl. Aber ich kann gerade nicht still bleiben.

„Und das alles nur, weil wir Azur nicht aufhalten konnten!“

„Das muss nicht allein daran liegen. Vielleicht war dies wirklich Richter Lorenz Meinung und hat nichts mit seinen gestohlenen Träumen zu tun“, wirft Julian ein.

„Das denkst du doch nicht wirklich, oder?“, fragt Vincent finster. Julians Schweigen ist Antwort genug.

„Nimm es dir trotzdem nicht so zu Herzen, Ced“, sagt nun auch Leander. „Es liegt nicht daran, dass wir Azur nicht aufhalten konnten. Sie ist auch nur ein kleiner Teil von vielen. Das Problem sitzt tiefer.“

„Saphir“, knurre ich.

Leander nickt. „Er ist das Übel, das alle Diebe zusammenhält. Ohne ihn würde die Diebesgilde zerfallen.“

„Oder ein neuer Anführer übernimmt das Zepter“, wirft Julian ein.

Vincent sieht ihn mit finsterem Blick an. „Man, musst du immer so negativ denken?“

„Wohl eher realistisch.“

„Unwichtig“, unterbreche ich die beiden. „Um Saphir kümmern sich andere. Unsere Aufgabe war es, Azur aufzuhalten, doch damit sind wir gescheitert. Wir wissen nicht, was der Diebesboss damit bezweckt, aber es kann nichts Gutes bedeuten.“ Damit stehe ich auf und schnappe mir meine Jacke.

„Was hast du vor?“, fragt Vincent und folgt meinem Beispiel.

„Was wohl? Meinen Frust an ein paar Dieben auslassen. Und gnade Azur Gott, wenn sie mir heute Nacht in die Finger gerät.“

Jess

Wer glaubt, dass sich Diebe in dunklen Tunneln tief unter der Erde verstecken, der täuscht sich. Inzwischen wurde das alles in die größten Höhen umgelagert. Saphir liebt die Ironie, weshalb er gar nicht daran denkt, sich vor der Welt zu verstecken. Das Hauptquartier seiner Diebe liegt in einem der prunkvollsten Hochhäuser der Stadt und er ist ein sehr bekannter und einflussreicher Mann. Offiziell leitet er mehrere Automobilfirmen und finanziert mit ihnen, von allen ungeahnt, die hier ansässige Diebesgilde. Er hat eine blütenreine Weste und absolut niemand vermutet hinter ihm Saphir. Vielleicht weil er zu öffentlich lebt.

Müde streiche ich mir unter den Augen entlang, um mein Make Up nicht zu verwischen, während mich ein Fahrstuhl hinauf in den hundertfünfundachtzigsten Stock bringt. Falls Saphir heute keinen Auftrag mehr für mich hat, sollte ich vielleicht einmal länger als vier Stunden schlafen. Auf Dauer wird das wirklich anstrengend und langsam leidet auch meine Wahrnehmung darunter.

Bei einem Aufeinandertreffen mit Behütern konnte das tödlich sein. Vor allem wenn ich Cedric begegne. Er hat viel zu schnell herausgefunden, wie ich als Azur ticke. Das gefällt mir nicht, aber ich sollte mir keine Sorgen machen. Meine Arbeit bei dem Richter ist vorbei und es daher unwahrscheinlich, dass mein nächster Auftrag wieder in die Nähe der vier führt.

Als der Fahrstuhl ankommt, öffnet sich vor mir ein großer, heller Eingangsbereich, der nur mit einigen schwarzen Ledersofas und einer Empfangstheke an der gegenüberliegenden Wand bestückt ist. Ein schwarzer Teppich lenkt die Besucher dieser Etage direkt von den Fahrstühlen hin zu der Theke und zu zwei großen Portalen, die rechts und links von dieser tiefer in das Gebäude führen. Ich gehe zielstrebig auf das linke zu.

„Hallo Jessica, dein Vater wartet schon auf dich. Geh einfach durch“, begrüßt mich Cloud, die hinter der Theke sitzt.

Sie ist eine Frau Ende vierzig und bewahrt die Geheimnisse von Saphir schon, so lange ich mich zurückerinnern kann. Die Hierarchie unter den Dieben ist sehr ordnungsliebend. Jeder bekommt einen Decknamen, damit niemand einen anderen verraten kann, weder aus Zwang noch aus bösen Absichten heraus. Einfache Mitarbeiter wie Cloud bekommen Namen von Naturgebilden, weibliche Diebe die von Farben und die Männer sind nach Steinen benannt.

„Hallo Cloud, nenn ihn bitte nicht meinen Vater“, begrüße ich die andere Frau, ohne langsamer zu werden.

„Er besteht aber darauf. Das weißt du.“

Und wie ich das weiß. Auf einem offiziellen Dokument steht sogar, dass er wirklich mein Vater ist. Wenn auch nur durch Adoption. Doch immer wenn ich ihn als meinen Vater betitelt höre, hält mir das vor Augen, dass Saphir der Grund ist, wieso ich überhaupt adoptiert werden musste.

Ich trete durch das Portal, das sich trotz seiner Größe leicht aufschieben lässt und betrete den Hauptbereich der in diesem Land dominierenden Diebesgilde. Auf der Höhe von fünfzehn Etagen finden sich hier noble Büros, Trainingsräume und Wohnungen, die den Dieben ermöglichen, sich auf ihren Job vorzubereiten, aber auch abgeschieden von der Welt, die sie jagt, zu leben. Es hat lange gedauert, bis ich Saphir überreden konnte, dass ich nicht mehr hier wohnen musste. Ich hasse diese Räume mit einer nie da gewesenen Leidenschaft und noch immer quälen mich die Erinnerungen aus der Zeit, bevor ich in meine eigene, kleine Wohnung gezogen bin.

Die Diebe sind ein hartes Volk, was nur verständlich ist, denn die meisten von ihnen sind sich nur zu bewusst, dass sie mit ihren Diebstählen Verbrechen begehen. Viele sind rau und ohne Skrupel und Frauen werden oftmals wie Freiwild behandelt. Mich wagte nie einer anzufassen, denn als Saphirs persönlichen Schützling drohte jedem eine harte Strafe, der mir zu nah kam. Nicht dass es nicht doch einige versuchten, aber die habe ich nie wiedergesehen. Wenn ich jedoch nachts allein in meinem Bett gelegen habe, die Stille komplett war, hörte ich das, was den anderen angetan wurde. Deswegen bekomme ich auch heute noch manchmal Panik, wenn es zu still um mich herum ist. Und wenn ich hier im Hauptquartier vorbeischauen muss, drängt sich all das wieder auf.

Tief atme ich durch, ehe ich durch einen langen, mit weißen Steinfliesen ausgelegten Flur gehe. Die Wand zu meiner Linken besteht vollständig aus Glas und gewährt mir einen Blick weit über die Stadt, die jetzt bereits der Dunkelheit anheimgefallen ist und sich mit tausenden, künstlichen Lichtern dagegen wehrt. Hierauf folgt eine Art Gemeinschaftsraum. Drei Etagen hoch schraubt sich vor mir eine gigantische Halle hinauf, auf deren Boden sich mehrere bequeme Sitzgruppen aneinanderreihen, manche mit einem niedrigen Tisch dazwischen, wieder andere mit Blick auf die Glasfront, die erneut eine ganze Wand des Raumes einnimmt. Treppen und Flure führen tiefer in die Gilde und hoch über meinem Kopf funkelt ein zarter Kronleuchter, beleuchtet die Szenerie vor mir mit einem weichen Licht, das mir viel zu sanft für die raue Gemeinschaft hier wirkt. Alles ist sehr modern und einfach eingerichtet, weil Saphir keinen Schnickschnack mag.

Um diese Zeit ist bereits viel los, da die Diebe ausgeschlafen haben und sich auf ihren nächsten Einsatz vorbereiten. Auch wenn Saphirs Gilde die mächtigste des Landes ist, beherbergt sie gerade einmal zweihundert Diebe, die für unsere Stadt zuständig sind, und zusätzlich viele vorbeiziehende Diebe, die Aufträge aufnehmen und dann wieder weiterreisen, um Saphirs Willen in anderen Städten auszuführen oder diplomatischen Aufgaben nachzugehen. Das Netz der Diebe ist in etwa so komplex wie eine Regierung und auch genauso empfindlich. Wenn nur ein wenig an der Waage in den Beziehungen der Gildenführer gedreht wird, kann ein Krieg ausbrechen.

„Wenn das nicht unsere Azur ist“, sagt jemand dicht neben mir und schwer legt sich ein kräftiger Arm um meine Schultern. Er gehört zu Opal, einem großen, blonden Mann mit einem strahlenden Lächeln, das jedoch noch nie seine Augen erreicht hat. Er ist kaum älter als ich und erst seit zwei Jahren in der Gilde, aber seitdem geht er mir regelmäßig auf die Nerven.

„Ich habe keine Zeit für dich“, wimmle ich ihn unhöflich ab.

Wegen ihm habe ich gelernt, nicht zimperlich mit meinen Ablehnungen zu sein. Denn Opal ist geschickt. Er macht sich an mich heran, ohne je eine Grenze zu überschreiten, weswegen Saphir ihn gewähren lässt. Wenn ich jedoch die kleinste Unsicherheit zeige, wird er das nutzen und am Ende behaupten, dass ich es ja gewollt hätte. Also entwinde ich mich ihm und will meinen Weg fortsetzen, aber er folgt mir.

„Ach sei doch nicht so abweisend, kleine Azur. So macht das alles doch keinen Spaß." Er lächelt mich einnehmend an, aber ich denke gar nicht daran, darauf einzugehen.

„Es ist auch kein Spaß. Ich muss zu Saphir, also lass mich in Ruhe."

Erneut legt er mir seinen schweren Arm um die Schultern.

„Ach Azur, meine Süße, irgendwann knickst du doch ein und ich verspreche dir, dass ich dann zur Stelle sein werde, um dir zu zeigen, was ein richtiger Mann ist", raunt er mir ins Ohr und es schüttelt mich vor Ekel.

Zu meinem Glück tritt ein weiterer Dieb auf uns zu und ich bin ehrlich erfreut, ihn zu sehen.

„Lass sie in Ruhe, Opal. Diamant sucht schon nach dir, er will mit dir deinen Einsatz heute Abend durchgehen", sagt Malachit und deutet hinter sich, wo genannter Dieb bereits ungeduldig wartet. Opal stößt ein unwilliges Schnauben aus und löst sich von mir, natürlich nicht, ohne seine Hand dabei über meinen Hintern streichen zu lassen.

„Bis zum nächsten Mal, süße Azur", zwinkert er und geht dann ohne Eile zu Diamant.

„Er ist ein Widerling“, stellt Malachit fest, als Opal außer Hörweite ist. Missbilligend verschränkt er die muskulösen Arme vor der Brust. Er ist um einiges größer als ich und für einen Dieb recht schwer gebaut, aber ein unheimlich netter Kerl. Er kam durch schwere Schicksalsschläge zu Saphir und macht den Job aus Not, nicht weil es ihm Spaß macht. Außerdem ist er so nett, ein wenig auf mich aufzupassen, vor allem seitdem ich ihn mit meiner Freundin Miranda – oder eher Violett – bekannt gemacht habe.

„Wohl wahr. Allein dass ich ihm nicht begegnen muss, war es wert, hier auszuziehen“, gebe ich ihm recht und mache mich wieder auf den Weg.

„Wie läuft es bei dir?“, fragt Malachit und folgt mir. Doch bei ihm stört mich das nicht. „Violett hat mir erzählt, dass du jetzt auch noch nebenbei arbeitest?“

„Ja, das ist wahr. Das Studium ist teurer, als ich zu Anfang dachte und ich muss nun ein wenig dazuverdienen.“

„Du weißt schon, dass du dir dafür eine ungünstige Zeit ausgesucht hast?“

Ich ziehe die Augenbrauen zusammen. „Wieso das?“

„Hast du es noch nicht gehört? Saphir hat etwas Großes vor, auch wenn es bisher nur Gerüchte gibt.“

„Nein, davon habe ich nichts gewusst. Mir ist nur aufgefallen, dass er mich in letzter Zeit öfter beansprucht als sonst.“

„Dann kannst du ja vielleicht jetzt mehr aus ihm herauslocken“, zwinkert er.

Ich grinse zurück. „Und ich berichte dir sofort, wenn es so sein sollte. Hast du heute frei und schaust bei Violett vorbei?“

Er nickt. „Das war mein Plan.“

„Alles klar, dann sehen wir uns dort.“

Malachit nickt und bleibt stehen, um mich allein zu der Tür gehen zu lassen, die in Saphirs Büro führt. Ohne zu klopfen trete ich ein und stehe sogleich in einem kleinen, aber schicken Raum, in dem Rainforest an einem großen Schreibtisch sitzt. Sie ist eine schlanke Brünette Mitte dreißig und die persönliche Assistentin von Saphir.

Sie wirft mir nur einen kurzen Blick und ein Lächeln zu, ehe sie wieder auf ihrer Tastatur tippt. „Hallo, Jessica. Du kannst gleich durch. Er erwartet dich schon.“

Ich nicke ihr zu und gehe durch die nächste Tür neben Rainforests Schreibtisch, die sich lautlos hinter mir schließt. Sie mündet in ein großes Büro, das vollkommen leer erscheint bis auf einen mächtigen Schreibtisch, der vor einer Glasfront steht und mit einer ledernen Couch davor.

Malachit hat mir einmal erzählt, dass letztere nur dort steht, wenn ich zu Saphir geladen bin, weil ich mich einmal beschwert hatte, dass ich nicht immer stehen wollte. Auf seine eigene, schräge Weise liebt mich Saphir wohl wirklich wie eine Tochter, denn er tut viel mehr für mich als für seine anderen Diebe. Aber er weiß noch immer nicht, wie er mit einer jungen Frau umzugehen hat, vielleicht will er es aber auch gar nicht.

Es hat viele Opfer meinerseits und viel Frust seinerseits gebraucht, damit wir miteinander auskamen. Er merkte, dass er mich nicht durch Schläge dazu brachte, meine Arbeit gut zu tun und ich stellte schnell fest, wo die Grenzen liegen, die zu überschreiten Saphirs Geduld nicht mitmacht.

Langsam gehe ich durch den Raum, dessen grauer Teppich jeden Schritt schlucken würde, wenn ich denn beim

Laufen zu hören wäre.

Auf dem schwarzen, riesig erscheinenden Stuhl hinter dem Schreibtisch sitzt ein Mann. Er ist Anfang fünfzig, mit bereits ergrautem Haar und einer recht stämmigen Statur, ohne dadurch jedoch dick zu wirken. Soweit ich weiß, trainiert er noch immer drei Mal die Woche. Vielleicht auch um ein Zeichen an seine Feinde zu setzen, dass er noch lange nicht aus dem Geschäft auszusteigen bereit ist. Von der Ausstrahlung her erscheint er zwar streng, aber trotzdem würde niemand Saphir hinter ihm erwarten. Er hebt den Blick und unterzeichnet noch das letzte Dokument vor sich, bevor er mit dem Stift auf das Sofa zeigt.

„Setz dich, Jessica", sagt er mit einer dunklen, kühlen Stimme.

Ich kenne das schon. Er wird mich nun ein paar Minuten warten lassen, bevor er die wichtigsten Sachen fertig bekommt und sich mir widmen kann. Er überrascht mich, als er den Stift weglegt, kaum dass ich Platz genommen habe. Seine Kiefermuskeln spannen sich kurz an, als ich meine Füße hoch auf die Polster ziehe. Er hasst das, aber er hat eingesehen, dass er mir das nicht ausprügeln kann.

„Du hast bei deinem letzten Auftrag gute Arbeit geleistet", eröffnet er mir.

Dankbar über dieses Lob neige ich den Kopf. Eine Antwort erwartet er von mir nicht.

„Ich habe mir erlaubt, dir einen Bonus auf dein Konto zu überweisen."

Das überrascht mich nun aber doch. Ich bin seine Tochter, weshalb ich kein geregeltes Gehalt bekomme. Saphir übernimmt die Miete meiner Wohnung und überweist mir eine mehr als geringe Summe, um über die Runden zu kommen. Sehr selten nur erhalte ich eine Belohnung für meine Arbeit, also muss ihn die Sache mit dem Richter in seinen Plänen sehr viel weitergebracht haben.

„Aber du wirst dich darauf einstellen müssen, dass ich deine Fähigkeiten in den nächsten Wochen öfter benötige“, fährt er fort, unterbricht sich aber selbst, als ich ein wenig auf dem Sofa herumrutsche. „Frag!“

„Was genau hast du denn vor, dass nur ich dir dabei helfen kann? Die anderen Diebe sind nicht so viel schlechter als ich, dass sie die Aufgaben nicht ebenfalls übernehmen könnten.“

Saphir lässt ein finsteres, durchtriebenes Lächeln sehen. Als Kind hat mir das immer Angst gemacht, nun nehme ich es einfach hin. „Nein, Jessica, so viel schlechter sind die anderen Diebe wirklich nicht, aber es reicht aus, dass ich ihnen diese Aufträge nicht übergeben will. Du bist mein Meisterwerk und das erkennt man sowohl in deiner Schnelligkeit, in deinen geschmeidigen Bewegungen und in der Finesse deiner Arbeit. Zudem ist die Stärke deiner Gabe unangefochten. Diese Phase meines Planes darf nicht scheitern, also schicke ich meine Beste.“

„Darf ich fragen, was genau du vorhast?“ Normalerweise ist mir das egal, aber seine Bemühungen sind größer als sonst und wecken daher meine Neugier.

Wieder erscheint dieses durchtriebene Lächeln und Saphir faltet die Hände vor sich auf dem Tisch. „Es freut mich, dass du endlich Interesse an diesem Geschäft entwickelst. Vielleicht gibt es ja doch noch Hoffnung, dass du die Gilde übernehmen willst.“

Sicher nicht. Aber das werde ich ihm nicht sagen.

„Jessica, dir ist bewusst, dass wir in einem sehr einflussreichen Land leben?“

Ich nicke langsam. Tatsächlich sind wir Wirtschaftsführer und gleichzeitig das stabilste Land, wenn es um die Innenpolitik geht.

„Dadurch haben wir viele Neider, was ich nutzen will. Die Spannungen in der Welt werden immer größer, Ressourcen knapper und die Worte rauer. Weißt du, was die einzige Möglichkeit für einen Diebeschef ist, sein Gebiet zu erweitern?“

„Dass er einen anderen tötet“, fällt mir nur ein. Aber das hat Saphir bereits alles hinter sich. Seine Gilde beherrscht fast den gesamten Warentransfer der Traumperlen im Land, auch wenn es durchaus noch kleinere Gilden gibt, die sich ihm aber alle unterstellen.

„Das stimmt nur bedingt, da es ein ungeschriebenes Gesetz gibt, dass wir nie aus den Grenzen unseres Landes hinaus unser Gebiet erweitern dürfen. Da mir hier bereits alles gehört, bleibt nur ein weiterer Weg.“

Erwartungsvoll sieht er mich an und einen Moment muss ich überlegen. Doch als mir klar wird, was er meint, weigere ich mich, das zu glauben. So grausam konnte nicht einmal Saphir sein. Oder doch?

„Krieg“, flüstere ich leise und versuche dabei mein Entsetzen zu verbergen.

„Kluges Mädchen“, sagt Saphir zufrieden. Er lehnt sich zurück und blickt hinaus, über die tausenden Dächer und die hellen Lichter der Stadt. „Wenn die Spannungen zu groß werden, wird unserem Land Krieg erklärt und ich gedenke, den richtigen Menschen die richtigen Motivationen einzuflüstern. Mit geschickten Zügen wird es möglich sein, unsere Politiker anzuspornen, unsere Feinde nicht nur zurückzuschlagen, sondern sich auch ihre Ländereien einzuverleiben. Und mit einem Mord hier und einer Bestechung dort wird es unseren Streitmächten umso leichter fallen. Die Grenzen erweitern sich und damit auch das Gebiet, das ich beherrsche."

Er scheint sehr zufrieden mit sich zu sein und sieht aufmerksam zu mir zurück. Doch ich teile seine Begeisterung kein Stück. Eher entsetzt es mich aufs Tiefste und ich muss mich zusammenreißen, um Saphir das nicht auch zu zeigen. Wie kann er einen Krieg wollen, nur um seine Macht zu steigern? Und dann gibt er die Verantwortung und all die schmutzigen Entscheidungen dazu auch noch ab. Er widert mich an, aber ich neige nur den Kopf, um ihm zu zeigen, dass ich verstanden habe. Schon früher habe ich ihm entgegengeschrien, was für ein Schwein er ist, aber mehr als eine heftige Ohrfeige hat das nie gebracht. Also bleibe ich still. Und schäme mich dafür.

„Um dieses Ziel zu erreichen, fehlt noch ein ganzes Stück Arbeit. Und du wirst einen großen Teil davon übernehmen." Kritisch sieht er mich an. „Aber wohl nicht mehr heute. Du siehst zu müde aus, um deine Arbeit noch gut machen zu können. Geh heim und leg dich hin. Ich habe dir erlaubt, dieses Studium anzufangen, aber wenn es dich zu sehr beansprucht und meine Pläne dadurch in Verzug geraten, bist du schneller wieder hier, als dir lieb ist. Merk dir, wo deine Prioritäten liegen, sonst muss ich dich daran erinnern."

Ich versuche, ihm nicht zu zeigen, wie sehr mir diese Vorstellung zuwider ist. Denn nichts liegt mir ferner, als mein ganz normales Leben herzugeben. „Das weiß ich. Du brauchst dich nicht zu sorgen."

Er sieht nicht überzeugt aus, winkt mich aber weg. Erleichtert stehe ich auf und verlasse Saphirs Büro. Draußen nehme ich von Rainforest eine Mappe mit meinem neuen Ziel an mich und mache mich auf den Weg raus aus der Gilde. Was genau ich über diesen Abend denken soll, weiß ich nicht. Aber es bereitet mir Sorgen, dass Saphir noch größenwahnsinniger ist, als ich bisher dachte. Ein Bedürfnis mit jemanden darüber zu reden, steigt in mir auf. Aber mir bleibt dazu kaum jemand, höchstens noch Miranda und Malachit.

Überaschenderweise kommt mir Cedric in den Sinn. Er wäre genau der Richtige für solch ein Gespräch. Mit ihm könnte ich darüber fachsimpeln, wie man Saphir aufhalten kann, ohne dass dabei zu viele Menschen sterben. Er könnte vielleicht sogar den Krieg aufhalten, da er die richtigen Kontakte hat. Außerdem – und das gebe ich jetzt nur ungern zu – fühle ich mich wohl in seiner Nähe. Dass ich ihm und den anderen Jungs erst vor zwei Wochen das erste Mal begegnet bin, scheint dabei egal zu sein.

Obwohl ich mir das eigentlich nicht erlauben darf, gestatte ich meinen Gedanken, zu ihm zu schweifen. Im Gegensatz zu Vincent kann man Cedric nicht als einen Schönling bezeichnen. Seine Gesichtszüge sind sehr markant, ohne dabei grob zu wirken und meiner Meinung nach sehr ansprechend, attraktiver noch als Vincents Makellosigkeit. Wenn er mich ansieht, könnte ich in seinen braunen Augen, die so viel zu verbergen scheinen, versinken und ich mag seine stürmische, kraftvolle Art, wenn er mich als Azur zu schnappen versucht. Als ich daran denke, wie er sein Lippenpiercing zwischen die Zähne zieht, wenn er nachdenkt, fährt mir glatt ein warmer Schauer durch den Bauch.

Oh nein, denke ich entsetzt und werde auf meinem Weg aus der Gilde hinaus langsamer. Was für Gefühle bitte sind das? So genau weiß ich das nicht, denn durch das raue Leben in der Gilde habe ich mir nie erlaubt, aber auch nie das Bedürfnis gehabt, einen Mann in mein Leben zu lassen. Und nun weckt gerade ein Behüter etwas in mir, das Zuneigung zu sein scheint? Das durfte weiß Gott nicht sein!

„Jessica, warte kurz!“

Aus meinen Gedanken gerissen, blicke ich auf und sehe Cloud hinter ihren Tresen hervorkommen. Sie breitet die Arme aus und ich kann mir ein Lächeln nicht verkneifen.

Bevor ich zu Saphir kam, lebte ich in einer sehr liebevollen Familie, die mich an Umarmungen und Liebkosungen gewöhnte. Hier in der Gilde konnte ich jedoch froh sein, wenn ich keine Schläge kassierte und von zärtlichen Berührungen war einzig zu träumen. Nur Cloud hatte mich wie eine Tochter in ihr Herz geschlossen und als ich im Alter von neun Jahren einmal mit schlechten Noten hergekommen war und mich Saphir wüst beschimpft hatte, war sie es, die mich tröstete. Seitdem schließt sie mich jedes Mal in den Arm, wenn ich die Gilde verlasse. Inzwischen bin ich zwanzig, aber noch immer genieße ich die Zuneigung der älteren Frau. Fest zieht sie mich in ihre Arme und ich erwidere die Umarmung.

„Beiß die Zähne zusammen, mein Mädchen. Du schaffst das alles schon. Und nimm dir das nächste Mal ein wenig Zeit, mir von der Arbeit und dem Studium zu erzählen“, bittet sie.

„Das werde ich, Cloud, versprochen.“ Fest drücke ich sie noch einmal und löse mich wieder. Mit einem Lächeln verabschiede ich mich von ihr und trete in den Fahrstuhl. Diese kurze Umarmung hat meine Laune um einiges gebessert. Ab und an geschieht halt auch mir etwas Gutes. Davon beflügelt, lehne ich mich an die kühle Wand des Fahrstuhls und erlaube es mir, an Cedric zu denken.

*

„Das ist doch nicht dein Ernst, oder?“, ruft Miranda aufgebracht und steht so schnell auf, dass Malachit nach ihrem Stuhl greifen muss, damit er nicht umfällt. „Ist Saphir jetzt vollkommen übergeschnappt?“

Ihre Stimme ist vor Empörung höher als sonst und sie stampft wütend durch ihre kleine Küche.

„Wussten wir das nicht längst?“, fragt Malachit und schiebt ihren Stuhl an den Tisch.

Wütend wirbelt Miranda zu ihm herum und ich bewundere die Ruhe des Mannes, dass er ihrem Blick so leicht standhalten kann. Miranda ist eine kleine Naturgewalt, ihr Temperament so wild wie ihre dunkle Lockenpracht und wenn sie wütend ist, sollte man ihr nicht im Weg stehen. Und außerdem ist sie meine beste Freundin. Wir sind beide bei Saphir, obwohl wir es nie wollten und wurden stattdessen in die Welt der Diebe gezwungen. Miranda ist ganze fünf Jahre älter als ich und hat es sich zur Aufgabe gemacht, mich zu schützen, bereits als sie mit vierzehn zu Saphirs Dieben kam. Das Warum verheimlicht sie mir sogar noch heute.

Doch leider konnte ich sie nie beschützen. Auch wenn ich mich mit allem einsetzte, was mir zur Verfügung stand, konnte ich nicht verhindern, dass ihr das angetan wurde, was jede weibliche Diebin ertragen muss. Vor allem wenn sie in die Gilde gezwungen wird. Erst als ich Saphir bat, für meine gute Leistung eine Wohnung für mich suchen zu dürfen und Miranda mit mir zu nehmen, ließen die anderen Diebe von ihr ab. Zumindest meistens. Als ich dann Malachit in ihr Leben brachte, machte er den anderen Männern unmissverständlich klar, dass Miranda ihm gehöre und nicht mehr anzufassen sei.

Das klingt sehr besitzergreifend, aber anders verstehen es die Diebe nicht. Ich weiß jedoch, dass Malachit sie sofort gehenlassen würde, wenn sie das wirklich will. Er liebt sie zu sehr, um sie gegen ihren Willen bei sich zu behalten. Die Beziehung der beiden ist unglaublich zärtlich und ich beneide Miranda darum. Auch dass sie Malachit nach allem, was ihr angetan wurde, so vertrauen kann. Ob ich je dazu fähig sein werde, weiß ich nicht, bezweifle es aber.

Jetzt, fünf Jahre nachdem wir aus der Gilde ausgezogen sind, wohnen wir zwar nicht mehr zusammen, aber Miranda wollte nicht weit weg von mir ziehen. Meine eigene Wohnung liegt nur zwei Türen weiter den Flur hinunter und ich bin dankbar für die Freundschaft zu ihr. Und auch zu Malachit. Deswegen bin ich nach dem Treffen bei Saphir noch zu ihr gegangen, um ihr alles zu erzählen.

„Aber ein Krieg?“, fragt Miranda sichtlich bestürzt. „Das bedeutet nicht nur für uns sehr große Gefahr, sondern treibt noch mehr Macht in Saphirs Hände. Ganz zu schweigen von den Konsequenzen für das Volk. Saphir ist das egal, aber ich will nicht, dass die Menschen leiden. Mir reicht es schon, dass wir aus den Traumperlen eine Droge machen mussten.“ Unbewusst streicht sie sich über die Stelle kurz über der rechten Hüfte. Dort prangt so wie bei mir und Malachit auch ein kleiner, blauer Schmetterling: Saphirs Gildensymbol.

„Kannst du ihn vielleicht von der Idee abbringen?“, fragt mich Malachit.

Kurz verziehe ich den Mund. „Wahrscheinlich nicht. Er schien sehr begeistert von diesem Plan zu sein und hat ihn wohl schon komplett durchstrukturiert. Meine Stimme verdampft bei dem, was sich ihm durch den Krieg eröffnet, wie ein Tropfen auf dem heißen Stein.“

Miranda seufzt frustriert. Dann scheint ihr jedoch ein Gedanke zu kommen und sie setzt sich wieder auf ihren Stuhl. Verschwörerisch beugt sie sich zu uns. „Und wenn wir ihn aufhalten?“

„Wie sollen wir das deiner Meinung nach anstellen?“, fragt Malachit mit einem Stirnrunzeln. Er mag es nicht, wenn Miranda sich irgendetwas in den Kopf setzt, was ihr schaden konnte.

„Wir gar nicht, aber Jess kann es.“

„Ich?“ Mir gefällt gar nicht, in welche Richtung dieses Gespräch geht.

„Ja natürlich, Saphir will dich als seine Beste einsetzen, um die kritischen Diebstähle durchzuführen. Also liegt es auch in deiner Hand, da ab und an etwas zu drehen.“

„Aber das würde sie in große Gefahr bringen“, wirft Malachit ernst ein und Miranda verzieht den Mund.

„Außerdem kommt mir Saphir schnell auf die Schliche. Wenn ich ihm nicht die gewünschten Träume bringe, wird er keine Gnade kennen“, sage ich.

„Dann klau sie halt und tu, was dir die Natur in die Wiege gab. Selbst Saphir weiß nicht, zu was sich deine Gabe inzwischen gewandelt hat. Natürlich ist es waghalsig, aber selbst wenn wir den Krieg nur für eine bestimmte Zeit aufhalten, würde das viele Leben retten. Saphir darf einfach nicht noch mehr Macht erhalten!“

Miranda spricht so voller Überzeugung, aber mir gefällt das alles nicht. Ich bin normalerweise die erste, die dabei ist, wenn es darum geht, Saphirs Pläne ein wenig durcheinanderzubringen. Aber dieses Mal hängt mehr davon ab und ich bezweifle nicht, dass Saphirs Rache grenzenlos sein wird, wenn er herausbekommt, wer am Misslingen seines Plans Schuld ist. Andererseits kann ich auch nicht tatenlos zusehen, wie er einen Krieg auslöst.

„Ich werde es mir durch den Kopf gehen lassen“, sage ich deswegen.

Nun grinst Miranda. „Vielleicht können wir ja auch irgendwie deine vier Behüter mit einbringen, von denen du mir neulich erzählt hast. Ein paar von ihnen an der richtigen Stelle, werden Saphir viele Probleme machen.“

Oh Gott, das nun auch noch... Da fällt mir wieder ein, was ich vorhin in der Gilde gespürt habe und unruhig rutsche ich auf meinem Stuhl hin und her.

„Deswegen wollte ich noch kurz mit dir reden“, beginne ich, verstumme aber mit einem Blick auf Malachit. Der versteht, lächelt mir sacht zu und verlässt die Küche, nicht ohne Miranda einen Kuss auf ihr Haar zu geben.

„Irgendwie klingt das ernst“, meint meine Freundin.

Mein Seufzen ist so tief, als ob die gesamte Welt auf meinen Schultern lastet.

„Ich befürchte, dass ich beginne, ein wenig für Cedric zu schwärmen“, gestehe ich leise.

Miranda sieht mich einen Moment ausdruckslos an. „Du willst mich jetzt auf den Arm nehmen, oder?“

Ein Kopfschütteln von mir bringt sie zum Schnauben.

„Verdammt, Jess! Endlich verliebst du dich einmal und dann muss es gleich ein Behüter sein? Wieso kannst du dir nicht einen ganz normalen Jungen suchen? Einen, der nicht so auffällig und Saphir egal ist. Außerdem: selbst wenn das zwischen euch klappt, würde sich das sofort ändern, wenn er das Gildensymbol auf deiner Hüfte sieht. Dann wird er dich nicht mehr lieben, sondern einsperren! Er ist unser Feind."

„Das weiß ich, Miranda, und ich habe nie etwas davon gesagt, dass ich mich verliebt hätte. Er…" Ich zucke ungehalten mit den Schultern.

Eigentlich will ich diese Gefühle in mir gar nicht, aber Cedric zieht etwas in mir an wie eine Blume eine Biene. Wenn ich an ihn denke, geht es mir gut und wenn er in der Nähe ist, vergesse ich die Schwere meines Lebens, selbst wenn ich gerade Azur bin. Aber Miranda hat Recht. Das alles ist bereits jetzt zum Scheitern verurteilt, wo sich gerade einmal Gefühle zu bilden beginnen. Niemals wird es mir möglich sein, Cedric vorzuenthalten, dass ich eine Diebin bin. Und dann wird er mich hassen.

Ich runzele die Stirn und beiße mir auf die Lippen, als ich merke, wie sehr mich diese Tatsache mitnimmt. An all dem ist nur Saphir Schuld.

„Ach Jess… so schlimm bereits?", fragt mich Miranda und tätschelt sacht meinen Arm, wohl verwundert, dass ich schon nach zwei Wochen so von ihm eingenommen bin. Dabei bin ich wohl diejenige, die am meisten davon überrascht ist.

Tief atme ich durch. „Nein. Du hast ja Recht. Ich werde ihn mir aus dem Kopf schlagen."

Jetzt, da ich es laut ausspreche, trifft es mich hart. Noch

nie zuvor habe ich für jemanden geschwärmt und es ist überraschend, wie schwer es mich gleich erwischt hat. Verflucht, ich kenne ihn doch erst seit zwei Wochen! Wieso nur zieht er mich so an?

Milde lächelnd sieht mir Miranda den Wandel meiner Gefühle im Gesicht an. „So leid es mir tut, aber ich glaube nicht, dass du das kannst. Er ist das Gleiche wie Malachit für mich. Es zieht dich zu ihm hin, besetzt deine Gedanken und erfüllt deinen ganzen Körper. Das sieht man dir mit jeder Sekunde mehr an. Aber, Süße, das darf nicht sein. Er ist ein Behüter, unser Feind. Selbst wenn du ihm alles über dich erzählst, wirst du immer eine Diebin für ihn sein."

„Jemand, den er aus tiefster Seele hasst", stelle ich niedergeschlagen fest. Solche Empfindungen meiner dunklen Seite gegenüber bin ich schon fast gewohnt.

„Du musst vielleicht doch aufhören, in dieses Café zu gehen. Wenn du die vier dort einfach nur gesehen und vielleicht ab und an mit ihnen gesprochen hättest, wäre alles kein Problem gewesen. Aber so…" Sie schüttelt den Kopf. „Am besten suchst du dir auch eine andere Arbeit. Es wird dich vernichten, wenn du dort bleibst."

Miranda hat Recht, aber ich will es nicht ganz wahrhaben. Meine rationale Seite ist eigentlich sehr stark, aber wenn es um Cedric geht, scheint sie sich seit neustem abzuschalten.

„Ich werde darüber nachdenken", weiche ich aus und Miranda verzieht den Mund, drängt mich aber nicht weiter.

„Tu das. Und jetzt solltest du heimgehen und schlafen. Du siehst mehr als müde aus. Saphir hat dir neben dem Studium und der Arbeit zu viel zugemutet", tadelt sie.

„Du kennst ihn doch. Er ist der Meinung, dass die Gilde

meine oberste Priorität verdient, aber ich will den Rest meines Lebens dafür nicht aufgeben."

„Dann ab ins Bett, damit du das beibehalten kannst."

Miranda zieht mich auf die Beine, drückt mich noch kurz an sich und setzt mich dann vor ihre Tür. Ich weiß, dass sie nun mit Malachit über alles reden wird, aber das ist okay. Er wird mich nicht verraten oder sein Wissen gegen mich benutzen. Ich dafür schwöre mir, dass ich Cedric aus meinem Herzen verbannen werde. In meinem Leben ist kein Platz für ihn und ich werde es schon schaffen, ihn zu vergessen. Glück ist für mich nicht vorgesehen. Eine Diebin verdient es nicht.

Kapitel 5

die Traumgärten

Cedric

Draußen ist es heute besonders kalt und ich sollte eigentlich nicht hier sein. Aber ab und an muss ich mir dieses Viertel geben. Unterm Tag ist es eines wie jedes andere auch, aber wenn die Sonne untergeht, kommen die Schläfer hervor. Diejenigen, die von den Traumperlen süchtig sind. Diese Menschen huschen dann durch die Gassen, handeln mit den Perlen und geben sich manchmal schon an der gleichen Straßenecke ihren nächsten Kick. Die Straßen und heruntergekommenen Häuser, die sich dicht an dicht drängen, besitzen einen Namen, der viel zu schön für den Drogenschwarzmarkt der Stadt ist: die Traumgärten.

Hier wird gefeiert, getrunken, gehurt und natürlich auch im ganz großen Stil gedealt, und das nicht nur mit Traumperlen. Die Polizei weiß von den ganzen Machenschaften, kann ein ganzes Viertel aber nicht kontrollieren und die Dealer lassen das auch gar nicht zu. Dass ich mich hier in meiner Dienstkleidung zeige, kann gefährlich werden, weil auch Behüter nicht gern gesehen sind. Solange ich mich aber nicht einmische, werde ich ignoriert.

Vielleicht einmal im Monat komme ich her, um mir vor Augen zu führen, für was ich jede Nacht kämpfe. Ich traue mir nicht zu, dass ich alle kriminellen Handlungen beenden kann, aber ich möchte zumindest, dass sich die Menschen nicht mehr mit fremden Träumen zudröhnen. Das eigene Leben ist viel zu viel wert, um sich mit den Fantasien anderer zu messen.

Während ich durch die bunt erleuchteten, lauten Straßen laufe, deprimiert mich der Anblick der schmierigen Leute genauso wie er mich in meinen Überzeugungen beflügelt. Es ist nur Zufall, dass ich genau im richtigen Moment den Blick von meiner Zigarette hebe und sehe, wie eine junge Frau überrascht in eine dunkle Gasse gezerrt wird. Ihr Schrei geht fast in der lauten Musik unter, aber in mir weckt er grimmige Entschlossenheit. Schnell dränge ich mich an den vielen Menschen vorbei, springe über einen bereits berauschten, am Boden liegenden Süchtigen hinweg und eile in die Gasse.

„Nein! Ihr könnt sie nicht haben", ruft die Frau gerade und versucht, einem von drei Männern ihre Tasche wieder aus der Hand zu reißen.

„Willst deine Beute wohl nicht mit uns teilen, hm?", fragt einer der Männer undeutlich.

„Die Perlen sind nicht für mich."

„Das sagt jeder! Drei kannst du doch wohl entbehren."

„Nein, sie sind abgezählt und werden gebraucht."

„Wir brauchen sie doch auch", meint der Mann und zeigt auf seine beiden Kumpel. Dann drückt er die überraschte Frau an die dreckige Wand. „Oder willst du lieber, dass wir uns etwas anderes holen?"

Kurz scheint sie tatsächlich darüber nachzudenken. Süchtige… Immer dasselbe. Aber ich gehe lieber dazwischen, bevor sich die Frau wirklich noch verkauft.

„Hey, lasst sie in Ruhe", rufe ich und schlendere betont

unbeeindruckt, aber aufmerksam tiefer in die Gasse hinein. Wenn ich nicht sofort meine Überlegenheit allein durch die Körpersprache zeige, werden die Typen am Ende noch aufmüpfig. Die drei Kerle wenden sich mir zu, während die Frau ihre Tasche an sich reißt.

„Was willst du denn?“, fragt mich einer der Typen, der bisher nur danebenstand. Er hat eine Glatze und fühlt sich wohl sehr abschreckend mit seiner vom Hanteltraining aufgepumpten Gestalt. Doch ich traue ihm nicht einmal einen ordentlichen Schlag mit seiner Rechten zu.

„Ich will euch davon abhalten, der Kleinen da wehzutun“, erwiderte ich und schiebe demonstrativ entspannt meine Hände in die Hosentasche. Ich bin ziemlich sicher, dass ich die Kerle sogar mit verbundenen Händen fertig machen könnte, aber soweit muss es ja nicht kommen.

Der muskelbepackte Mann lacht grob. „Und wer bist du, dass du uns davon abhalten willst?“

„Jemand, der euch durchaus kräftig in den Arsch treten kann. Oder wollt ihr euch mit einem Behüter anlegen?“

Nun halten die drei inne und betrachten mich genauer. Ihnen fällt nicht nur die verstärkte Kleidung auf, sondern auch die Waffen, die an meinem Gürtel hängen. Neben einem Messer und allerlei Hilfsmitteln befinden sich dort auch zwei Pistolen.

Der Typ, der nicht mehr deutlich reden kann, wohl weil ihm einige Zähne fehlen, hebt abwehrend die Hände. „Mit euch wollen wir keinen Ärger, okay?“

Ich neige den Kopf und deute mit einer Hand hinter mich. Die drei behindern sich fast selbst, als sie sich an mir vorbeidrücken und in der vollen Straße verschwinden.

„Da hattest du aber Glück, dass ich gerade in der Nähe

war“, beginne ich und wende mich der jungen Frau zu. Da legen sich bereits zarte Arme um meine Schultern und das süchtige Ding hängt sich eng an mich.

„Vielen Dank für deine Hilfe!“, ruft sie aus und drückt mich fest an sich.

Ich verdrehe die Augen und schiebe sie von mir. „Schon gut, du brauchst mir nicht *so* zu danken.“

Irritiert löst sie sich von mir und sieht mich mit überraschend klaren, blauen Augen an.

„Wieso betonst du das so?“, fragt sie verwirrt, doch ich sehe sofort, dass sie zu verstehen beginnt. Empört stemmt sie die Hände in die Hüften. „Herrgott, ich wollte mich dir nicht anpreisen, sondern einfach nur danke sagen. In diesem Viertel trifft man nicht sonderlich oft Menschen, die einem helfen.“

„Und auch nicht viele, die sich nicht gleich für ein paar Traumperlen ausziehen.“

Zu meiner Verwunderung neigt sie wenig erfreut den Kopf. „Da hast du Recht. Aber ich bin keine Süchtige.“

„Und was ist dann da in dem Beutel?“

„Traumperlen“, sagt sie ungerührt, bevor sie das Kinn trotzig vor reckt. „Aber sehe ich für dich aus wie eine Süchtige?“

Ich betrachte sie ein wenig genauer. Sie ist fast so groß wie ich, von aufrechter Gestalt und viel zu drall für eine ausgezehrte Süchtige. Außerdem leuchten ihre Augen klar und nicht wie erwartet stumpf, wie ich schon bemerkt habe.

„Nein, das nicht. Aber die Menge an Traumperlen, die du in der Tasche hast, bedeuten in dem Fall, dass du eine Dealerin bist. Und das ist auch nicht besser“, sage ich tadelnd, woraufhin die Frau aber nur mit den Augen rollt.

„Wieder falsch.“ Sie hebt das kleine leinene Säckchen, das locker zwanzig Perlen enthalten kann. „Die hier sind für meine Patienten.“

Neugierig horche ich auf. Leander hat mir neulich erzählt, dass es eine gemeinnützige Organisation in den Traumgärten gibt, die den Krankenhäusern so gut es geht die Süchtigen abnimmt und versucht, sie von den Perlen zu entwöhnen.

„Du bist eine derjenigen, die sich um die Traumsüchtigen kümmern?“

Die Frau streicht sich das schwarze Haar zurück und tippt sich dann gegen die Nase. „Endlich richtig.“ Dann hält sie mir die Hand hin. „Ich bin Val und führe ein kleines Krankenhaus direkt am Flussufer.“

„Ganz allein?“, frage ich beeindruckt und ergreife ihre Hand. Dabei fällt mir auf, dass ihre Nägel äußerst gut gepflegt sind. Keine Hände, die in diese Gegend passen.

„Nein, ich habe ein paar Helfer. Allein würde ich das alles gar nicht schaffen. Aber es sind Freiwillige und ich suche weiterhin nach welchen. Als Behüter wärst du wie geschaffen dafür.“

„Ach ja?“, frage ich, weil ich nicht weiß, was sie damit meint.

Doch Val zwinkert mir nur zu. „Wenn du wissen willst, wie das gehen soll, komm mich einmal besuchen. Ich bin fast jeden Nachmittag hier.“ Sie entzieht mir ihre Hand und wendet sich bereits halb von mir ab. „Danke noch einmal für deine Hilfe, aber ich muss jetzt weiter. Meine Patienten warten. Denk über mein Angebot nach, okay?“

Ich lächle schief und stecke die Hände wieder in die Hosentasche. „Vielleicht mache ich das.“

Val lacht und geht ein paar Schritte rückwärts. „Du gefällst mir. Sagst du mir noch deinen Namen?“

Kurz bin ich mir da nicht sicher, verrate ihn ihr dann aber doch. „Cedric.“

„Dann bis zum nächsten Mal, Cedric“, sagt sie, wendet sich ab und hebt die Hand zum Gruß.

„Lass dich aber nicht wieder in eine dunkle Gasse ziehen“, rufe ich ihr nach, woraufhin Val lacht.

„Ich versuche es zu vermeiden.“ Damit taucht sie auf der anderen Seite der Gasse wieder in die Menschenmenge ein und ist im nächsten Moment verschwunden.

Nachdenklich reibe ich mir über das Kinn und mache mich dann auf den Weg zurück in angenehmere Stadtviertel und in Richtung *Rockkitten*. Die ganze Zeit denke ich über dieses merkwürdige Treffen nach und versuche zu ergründen, was Val meinte, als sie sagte, ich könne ihren Suchtopfern helfen. Vielleicht sollte ich wirklich einmal dieses mysteriöse Krankenhaus aufsuchen. Aber nicht allein. Ich traue Val durchaus zu, ein richtig hinterhältiges Biest zu sein.

Nach einer halben Stunde trete ich durch die gläserne Tür des *Rockkitten* und bin froh, als ich dem eisigen Wind entkomme. Draußen ist es erneut sehr kühl geworden und ein leichter Nieselregen setzte vor einer Stunde ein. Die heutige Schicht würde nicht angenehm werden.

Mit gespreizten Fingern streiche ich mir durch das feuchte Haar und mein Blick bleibt wie von selbst an Jess hängen, die an einem der hinteren Tische sitzt und eine wahre Flut an Büchern und Papieren um sich ausgebreitet hat. Mit einem Stirnrunzeln trete ich zu Leander, der hinter dem Tresen steht und mit seiner Angestellten spricht.

„Wie lange sitzt sie schon da?“, frage ich ihn.

Leander braucht nicht einmal den Kopf zu drehen, um zu wissen, wen ich meine. „Seit sie um drei hier aufgetaucht ist.“

Eine meiner Augenbrauen schießt nach oben. „Das ist bereits sieben Stunden her. Weiß sie, wie spät es ist?“

„Wohl eher nicht. Sie hat seit einer Stunde nicht mehr von dem Buch aufgeschaut. Aber keine Sorge, ich versorge sie in regelmäßigen Abständen mit Essen und Trinken, damit sie uns nicht einfach wegstirbt“, lacht er.

Ich lasse mir von ihm einen Kaffee geben und setze mich dann zu Jess an den Tisch, solange die anderen noch nicht für unsere Schicht da sind. Jess regt sich nicht. Tatsächlich bemerkt sie nicht einmal, dass ich da bin, was sehr wahrscheinlich an den Kopfhörern liegt, durch die ich laute Bässe hören kann, obwohl auch Leander Musik laufen hat. Auch wenn unsere Aufeinandertreffen bisher nur kurz und mit unwichtigen Themen gefüllt waren, haben sie den Wunsch in mir geweckt, die zierliche Frau vor mir besser kennenzulernen. Also nutze ich ihre Abwesenheit, um sie ein wenig genauer zu mustern.

Ihre Haare trägt sie heute in einem streng zurückgebundenen Pferdeschwanz, der jedoch lang genug ist, dass er ihr über die Schulter nach vorn fällt. Sie spielt gedankenverloren damit, während sie ihren Kopf auf die andere Hand stützt. Geschickt klopft sie zudem mit einem Stift leicht gegen ihre Schläfe und ich kann spüren, wie sie mit dem Fuß im Takt zur Musik gegen eines der Tischbeine tippt.

Ihr Talent, so viele Dinge gleichzeitig zu tun, entlockt mir ein Lächeln, bis sie kurz ihre Unterlippe mit der Zunge benetzt und dann mit dem Daumen darüber streicht. Die wenige Feuchtigkeit nutzt sie, um eine Seite umzublättern und weiterzulesen. Obwohl es nur eine kleine Eigenheit von ihr zu sein scheint, bringt sie mein Herz überraschend auf Touren.

Atemlos wandert mein Blick nun genauer über ihr Gesicht: über die langen, schön geschwungenen Wimpern, die zarte Haut und die kleine Nase bis hin zu ihren vollen, roten Lippen. Sie ist wahrlich eine wunderschöne Frau und genüsslich blicke ich weiter hinab, wo mir ihre leicht nach vorn geneigte Haltung einen grandiosen Ausblick in ihren Ausschnitt gewährt. Für eine so zierliche Person hat sie ihre Rundungen definitiv an den richtigen Stellen. Ich sauge nachdenklich mein Piercing zwischen die Zähne, als mir bewusst wird, dass ich heftig auf Jess stehe.

Da schwenkt ihr Blick zu mir und ich kann in ihre grünen Augen sehen. Etwas tief in mir reagiert auf sie, zieht mich zu ihr hin und weckt ein Verlangen in mir, sie zu berühren. Schwer muss ich schlucken.

Der Moment vergeht, als Jess so heftig zusammenzuckt, dass ihr Knie lautstark gegen die Tischplatte knallt und ich meinen Kaffee in Sicherheit bringen muss.

„Verdammt, Cedric!“, beschwert sie sich, zieht mit der einen Hand ihre Kopfhörer aus den Ohren und drückt sich die andere an das wild schlagende Herz. „Hast du mich erschreckt. Wie lange sitzt du da schon?“

Nur schwer kann ich mir ein Lachen verkneifen. „Ein paar Minuten. Ich wollte dich nicht stören.“

Mein Interesse an ihr steigert sich ins Unermessliche, zieht mich weiter zu ihr hin und ich bin begierig, mehr von Jess zu erfahren. Vincent und Julian sind noch immer nicht hier. Vielleicht kann ich meinen Durst nach Informationen schon jetzt stillen.

Jess

Mein Herz pocht heftig und ein wildes Kribbeln arbeitet sich durch meinen Bauch meinen ganzen Körper hinab. Das kommt nicht nur daher, dass ich mich so furchtbar erschrocken habe, sondern auch an dem Blick in Cedrics Augen, die mich unerwartet paralysieren. Er sitzt mir lässig gegenüber und stützt den Kopf gegen Daumen und Zeigefinger, während ihm eine Strähne seiner dunklen Locken in die Stirn fällt und ein Lächeln auf seinen schön geschwungenen Lippen tanzt.

Aber es ist nicht sein Anblick sondern die Tiefe in seinen braunen Augen, die mich kurz erschüttert, und die Wärme, die erneut diese ungewohnte Anziehungskraft in mir weckt. Er ist so nah, dass ich den goldenen Kranz sehe, der um seine Pupille funkelt. Ich hätte mich darin verlieren können, wenn ich mich nicht so erschrocken hätte. Stattdessen stoße ich mir das Knie und verschütte fast seinen Kaffee. Ich bin noch immer verwirrt über das, was er in mir auslöst, als ich ihm ein wenig nervös auf seine letzte Aussage antworte.

„Du störst mich nicht. Ich sitze sowieso schon viel zu lange an den Sachen. Wie spät ist es eigentlich?" Ich sehe auf meine Uhr und der nächste Schock erwartet mich.

„Scheinbar gefällt dir die Antwort darauf nicht?", fragt Cedric mit einem kaum verhohlenen Lächeln.

Mit einem Stöhnen verberge ich mein Gesicht in den Händen. „Gott, es ist schon so spät und ich bin nicht wirklich vorangekommen."

„Was genau machst du da eigentlich?“, fragt Cedric und dreht eines der Bücher zu sich herum.

„Ich muss ein Projekt für mein Studium ausarbeiten, brauche dafür aber erst einmal das nötige Hintergrundwissen. Das versuche ich mir gerade anzueignen.“

Neugierig blickt er wieder auf. „Was genau studierst du eigentlich?“

„Kommunikationswissenschaften.“

Eine seiner Augenbrauen wandert in die Höhe. „Und was macht man damit?“

Ich muss lächeln, weil ich diese Frage schon häufiger gehört habe. Nach einem kurzen Zögern winke ich ihn auf meine Seite des Tisches. Ich halte seine Nähe schon aus, ohne dass mir meine Gefühle dazwischenfunken. Ich bin stärker als sie. „Ich zeige es dir.“

Interessiert wechselt er auf den Stuhl neben mir und ich ziehe meinen Laptop unter dem Berg an Büchern hervor. Bereits vor meinem Studium habe ich mich informiert, wo ich später arbeiten könnte und bin auf ein sehr interessantes Dokument gestoßen, in dem alle Berufsfelder aufgezeigt werden. Stumm liest es sich Cedric durch, wobei er nachdenklich sein Piercing zwischen die Zähne zieht. Es sieht unglaublich anziehend aus und ich frage mich, wie es sich wohl bei einem Kuss anfühlt.

Geschockt über meine eigenen Gedanken setze ich mich auf. So etwas habe ich vorher noch nie gedacht und eigentlich hatte ich genau das vermeiden wollen. Ganz toll… Gleich der erste Tag nach meinem Vorsatz läuft schief. Irgendwie verunsichert mich das. Ich will Cedric nahe sein, doch das geht einfach nicht.

„Ich glaube, meiner Schwester würde das gefallen. Sie

studiert auch so ein ähnliches Zeug."

Dankbar stürze ich mich auf dieses Thema. „Du hast eine Schwester?"

Er sieht auf und allein dadurch wird mein Herzschlag schneller. Es ist unheimlich, was seine Nähe mit mir anstellt.

„Ja, eine Zwillingsschwester sogar", grinst er. „Sie heißt Maria."

„Ich hätte irgendwie nicht erwartet, dass du ein Zwilling bist."

Seine gepiercte Augenbraue hebt sich. „Wieso das?"

Ich zucke mit den Schultern. „Du wirkst eher wie ein Einzelkind."

„Wenn du meine Schwester fragst, wird sie dir dabei sogar Recht geben. Sie tut auch heute noch gern so, als ob ich adoptiert worden wäre", lacht er und ich merke, dass ich den Laut sehr mag. „Hast du Geschwister?"

Die Frage reißt mich zurück in die raue Wirklichkeit. Kurz verziehe ich den Mund. „Ich hatte mal einen Bruder."

„Du hattest?", fragt Cedric überrascht und ich nicke. „Und jetzt nicht mehr?"

Ich schüttle den Kopf. Seine Augenbrauen ziehen sich zusammen, aber er ist so freundlich, nicht weiter nachzufragen. Stattdessen blickt er wieder auf das Dokument.

„Weißt du schon, in welche Richtung du gehen willst?"

„Am meisten interessiert mich die elektronische Signalverarbeitung in der Kriminalistik und die linguistische Datenverarbeitung. Aber ich bin im zweiten Semester. Meine Meinung wird sich sicherlich noch häufig ändern."

„Du interessierst dich für die Kriminalistik?", fragt Cedric neugierig.

„Ja, nicht nur Menschen mit deiner Begabung möchten gern helfen.“ Ich weiß, dass es sich merkwürdig anhört, wenn eine Diebin bei der Polizei arbeiten will. Aber so ist mein Leben nun einmal. Leider befürchte ich, dass Saphir versuchen wird, mich für seine Pläne zu benutzen und das verdirbt mir alles wieder.

„Wie bist du zu den Behütern gekommen?“, frage ich, um ein wenig von mir selbst abzulenken.

Wieder grinst mich Cedric an, lehnt sich zurück und verschränkt die Hände hinter dem Kopf. „Du findest wahrscheinlich auch, dass Vinc und ich nicht unbedingt das typische Bild eines Behüters abgeben, hm?“

„Tattoos und Piercings vermutet man bei Behütern einfach nicht“, gebe ich zu. „Obwohl ich bei dir noch gar kein Tattoo gesehen habe.“

„Ich besitze auch keines. Das ist Vinc‘ Ding, da muss ich nicht auch noch mitmachen. Du klingst aber so, als ob du Ahnung davon hättest. Sag nicht, dass du eines hast.“

Verlegen will ich mir das Haar zurückstreichen, bevor ich mich erinnere, dass ich ja einen Zopf trage.

Da lacht Cedric bereits auf und seine Augen blitzen neugierig. „Ehrlich? Und du schämst dich dafür? Ist es eine Jugendsünde?“

„Nein, keine Jugendsünde, aber ein Fehler.“

Sein Lachen verstummt und nachdenklich blickt er mich an, was mich aufmerksam werden lässt. Wenn er herausfindet, dass ich eine Diebin bin, ist alles aus. Kurz beißt er sich auf die Unterlippe, spielt mit seinem Piercing und macht mich ganz verrückt damit.

„Vielleicht sehe ich nicht so aus, aber ich mache meinen Job gerne“, erzählt er. „Die Menschen müssen vor den

Dieben beschützt werden. Sich an den Träumen anderer zu vergreifen, ist eine Sünde und viel schlimmer, als wenn man einfach nur einen Gegenstand stiehlt. Meine Gabe, anderen ihre gestohlenen Träume wiederzugeben, hat sich früh entwickelt und von Anfang an wollte ich sie der Allgemeinheit zur Verfügung stellen. Der Handel mit Traumperlen muss aufhören. Vielleicht sieht man es mir nicht an, aber ich besitze einen großen Gerechtigkeitssinn. Nicht immer zeigt das äußere Bild das, was dahintersteckt."

Bevor ich ein schlechtes Gewissen bekommen kann, weil ich genau das tue, was er verhindern will, streckt er die Hand nach mir aus. Von diesem plötzlichen Vorstoß überrascht, versteife ich mich. Sein Blick ist unergründlich und in mir toben die unterschiedlichsten Gefühle. Einerseits will ich, dass er mich berührt, andererseits habe ich furchtbare Angst davor. Vor der Berührung, aber auch vor den Gefühlen in mir und dass er herausfinden könnte, wer ich wirklich bin. Doch er berührt mich nicht, sondern greift an meinem Gesicht vorbei und pflückt einen meiner Ohrstöpsel von meiner Schulter.

„Und ganz ehrlich, du siehst auf den ersten Blick auch nicht nach dem aus, was du eigentlich bist. Rock? Wirklich? Dir hätte ich zu Beginn eher so etwas wie nach Liebe säuselnden Pop zugetraut", schnaubt er mit einem Lachen und steckt sich den kleinen Knopf ins Ohr. Jetzt kann ich mich wieder entspannen.

„Tja, du wärst überrascht, was so alles in mir steckt", gehe ich auf seine Worte ein, obwohl er wohl niemals ahnen würde, wie sehr sie der Wahrheit entsprechen.

Cedric stützt wieder seinen Kopf auf eine Hand und sieht mich unergründlich an.

„Was ist?“, frage ich.

Leicht schüttelt er den Kopf, ohne den Blick von mir abzuwenden. „Nichts. Du hast mir nur gerade Lust gemacht, mehr über dich herauszufinden.“

Seine Worte treffen mich tief in der Seele und erneut habe ich das Gefühl, als ob irgendetwas in mir auf ihn reagiert. Ich kann ihn nur anstarren und verliere mich dabei beinahe in seinen warmen, braunen Augen. Vincent ist es, der mich rettet.

„Da sitzt ja mein baldiges Date“, unterbricht er uns und gibt mir dadurch die Zeit, mich wieder zu fangen. Schwer lässt er sich auf den Platz auf meiner anderen Seite fallen und legt mir einen Arm um die Schultern. Ich runzele missbilligend die Stirn und rutsche ein Stück von ihm weg, auf Cedric zu. Er scheint besser als Vincent verstanden zu haben, dass ich Berührungen nicht sonderlich mag.

„Gehst du morgen mit mir ins Schwimmbad?“, fragt Vincent mit einem Lächeln, das charmanter nicht sein könnte.

„Nein“, sage ich nur und beginne, meine Sachen zusammenzupacken. Nun setzt sich auch noch Julian zu uns. Das wurde ja immer besser.

„Wieso nicht?“

„Weil ich meine Tage habe.“ Damit bringe ich sowohl Vincent als auch Julian aus dem Konzept. Kurz stutzen beide, während Cedric schnaubend lacht.

„Na gut, dann nächste Woche?“, fängt sich Vincent wieder.

„Nein, da werde ich sie ebenfalls haben. So wie jedes Mal, wenn du mich fragst“, erwidere ich, lächle ihm aber zu, um meinen Worten die Schärfe zu nehmen. Ich will, dass er aufhört, mir hinterherzustellen, aber ich will ihn nicht vergraulen. Nun lacht auch Julian, während Vincent etwas davon murmelt, dass ich auch einfach nein hätte sagen können.

„Na wenn das nicht Jessica ist“, schnarrt eine neue Stimme, gerade als ich aufstehen will.

Ich erstarre entsetzt in meinen Bewegungen. *Nein, bitte nicht!,* schreit es in mir. Doch als ich meinen Blick hebe, erfüllen sich meine schlimmsten Befürchtungen. Opal steht vor unserem Tisch und blickt mit einem zufriedenen Grinsen auf mich hinab. Dass er meinen richtigen Namen kennt, ist nichts Ungewöhnliches. Ich bin die Adoptivtochter von Saphir und daher kennt ihn jeder. Ich seinen jedoch nicht.

„Was machst du denn hier?“, fahre ich ihn an, beiße mir aber auf die Lippe, als mich die drei Jungs überrascht anblicken. Opal jedoch scheint sehr zufrieden und mustert jeden der Behüter lang und ziemlich überheblich.

„Das Gleiche könnte ich dich auch fragen. Deine Gesellschaft ist ja doch recht außergewöhnlich.“

Sofort springe ich von meinem Stuhl, mehr als wütend auf diesen dummen Dieb. Opal weiß nur zu genau, wie gefährlich die Situation hier ist. Cedric lässt mich stumm vorbei, aber ich sehe ihm die unausgesprochenen Fragen an, genauso wie Vincent und Julian.

„Komm mit“, zische ich Opal zu, der nur mit einem feisten Grinsen die Hände in die Hosentaschen schiebt, mir aber in eine ruhigere Ecke des Cafés folgt.

„Bist du vollkommen durchgeknallt? Wenn diese Behüter merken, wer wir wirklich sind, hat das für uns beide schlimme Konsequenzen. Was machst du hier überhaupt?“

Opal zuckt mit den Schultern. „Die Arbeit hat mich

hergeführt. Ich bin nur zufällig vorbeigekommen und du glaubst gar nicht, wie überrascht ich war, dich zwischen Behütern in voller Montur zu sehen. Ich bin nur besorgt um dich."

„Ja klar, das kannst du jemand anderem erzählen", fauche ich und verschränke unwillig die Arme vor der Brust.

Opal sieht mich nun ohne ein Lächeln an. „Aber mal ehrlich. Was genau wird das hier? Du machst doch nicht etwa gemeinsame Sache mit ihnen?", fragt er und seine Stimme wird richtig drohend. Er ist einer der loyalsten Mitarbeiter von Saphir und würde mir sofort die Kehle aufschlitzen, wenn ich ihm das nun bestätigte. Aber ich schüttele den Kopf.

„Sie wissen nicht, wer ich wirklich bin. Sie kennen mich nur als Jessica und unterhalten sich ab und an mit mir. Eigentlich wollte ich heute schon weg sein, wenn sie zu ihrer Schicht aufbrechen, aber ich war zu abgelenkt."

Nachdenklich streicht sich Opal über das Kinn und wirft den drei Männern, die uns noch immer beobachten, einen abfälligen Blick zu. „Interessant. Drei Behüter, die sich mit unserer Elitediebin anfreunden. Das wird Saphir sicher gefallen."

„Hör auf, so etwas auch nur zu denken! Er wird wollen, dass ich sie ausspioniere!"

Aber an dem berechnenden Funkeln in seinen Augen erkenne ich, wie sehr ihm diese Idee zusagt.

„Bitte, ich brauche nicht noch mehr Arbeit", seufze ich und Opal blickt wieder zu mir.

„Was wäre es dir denn wert, wenn ich den Mund halte?" Seine Stimme wird tiefer, lockender. Er hebt eine Hand und streicht mir zärtlich über das Haar, aber ich sehe die Begierde in seinen Augen.

Übelkeit drängt sich in mir hoch und wütend drücke ich seine Hand beiseite. „Wieso muss bei dir immer alles darauf hinauslaufen?“

Jetzt packt er mein Kinn und es tut tatsächlich weh, aber ich erwidere seinen Blick unbeugsam. „Weil ich dich will, Azur, dringend. Und dies ist das einzige Angebot für mein Schweigen.“

Fast hat er mich soweit, dass ich ihm mit einer Bewegung den Arm breche, aber mein Blick zuckt kurz zu den anderen und Opal weiß, dass ich mich hier in der Öffentlichkeit niemals outen würde. Die drei Behüter blicken finster und Cedric, der noch immer neben dem Tisch steht, sieht aus, als ob er jeden Moment eingreifen will.

„Mach doch, was du willst“, zische ich gefährlich leise. „Aber mich wirst du nicht bekommen, niemals.“ Ich befreie mich aus seinem Griff und deute dann zur Tür. „Und jetzt geh!“

Trotz meiner rüden Worte lächelt Opal. „Du wirst es noch bereuen, mich zu verschmähen, Süße. Und dann kommst du auf Knien zu mir gerutscht. Das verspreche ich dir.“

Ich presse die Lippen fest aufeinander, weil ich weiß, dass er es ernst meint. Er geht und ich atme tief durch, um mich zu beruhigen. Wieso lief gerade alles so aus dem Ruder? Ohne auf die Blicke der Jungs zu achten, gehe ich zurück zum Tisch.

„Jess, wer war das?“, fragt Vincent mit einem finsteren Blick auf die gläserne Tür, durch die Opal verschwunden ist.

„Niemand wichtiges. Er ist ein Aufschneider und

macht mir ab und an das Leben schwer.“

„Wenn du willst, kümmern wir uns um ihn“, bietet mir Cedric an.

Trotz der brenzligen Situation eben schleicht sich ein Lächeln auf meine Lippen. Scheinbar bin ich den Jungs nicht egal.

„Nein, aber danke. Ich begegne ihm nicht oft und komme bei den paar Mal schon alleine klar“, versichere ich, aber alle drei sehen nicht sehr überzeugt aus.

Cedric macht einen Schritt auf mich zu und kommt mir damit unerwartet nah. Er sieht mich so intensiv an, dass ich wachsam erstarre. Er hebt eine Hand zu meinem Kinn, wie um die Stelle zu berühren, an der Opal mich gegriffen hatte, hält aber kurz vorher inne.

„Wenn du aber doch einmal Hilfe brauchst, sag uns Bescheid“, erklärt er leise.

Ich kann nur nicken und schwanke zwischen dem Wunsch, dass er mich anfasst und dass er es doch lieber nicht tut. Er tut es nicht. Stattdessen schnappt er sich einen meiner Stifte und schreibt eine Nummer auf meinen Block. „Ruf einfach an, wenn es dringend ist. Egal wann, okay?“

Er sieht mich streng an, bis ich nicke. Die Situation ist mir eindeutig zu gefährlich und merkwürdig, also entscheide ich mich, zu gehen.

„Ich muss jetzt los. Morgen früh ist Uni und ich habe noch nicht alles durchgearbeitet. Außerdem müsst ihr sicherlich auch bald aufbrechen“, meine ich geschäftig.

Cedric macht mir wortlos Platz, als ich meine Unterlagen zusammensuche und alles in meine Tasche stecke. Er verstellt mir jedoch noch einmal kurz den Weg und beugt sich zu mir hinab.

„Ich finde deine Hingabe für dein Studium zwar bemerkenswert, aber du solltest vielleicht ab und an dem Schlaf den Vorzug geben. Du siehst müde aus“, raunt er mir zu und ein Schauer rieselt meinen Rücken hinab.

„Ich werde es mir zu Herzen nehmen“, sage ich möglichst ruhig und drücke mich an ihm vorbei, flüchte beinahe aus dem Café.

Herrgott! Wenn das so weitergeht, kann ich mir abschminken, hier zu lernen. Meine Konzentration wird zu sehr von anderen Dingen gefordert. Und nun auch noch die Sache mit Opal… Ich bin schon zwei Straßen weiter, als mir einfällt, dass ich gar nicht bei Leander bezahlt habe. Ein resigniertes Seufzen drängt sich in mir hoch. Der Schlafmangel macht sich wirklich bemerkbar. Zwar wollte ich gestern etwas davon nachholen, aber die Dinge, die mir Saphir erzählte, und meine eigenen Gefühle haben mich lang wachgehalten. Und heute wird es mit Sicherheit auch nicht besser werden. Ganz super.

Kapitel 6

Valeria Korath

Cedric

Ich sehe Jess nach, bis sie an der Fensterfront vorbei ist und aus meinem Sichtfeld verschwindet. Der Abend hatte so gut angefangen, aber jetzt brodelt noch immer die Wut in mir. Wie der blonde Kerl sie angesehen und berührt hatte, so vertraut und offensichtlich von Jess hingerissen, schürt etwas in mir, das mich regelrecht verzehrt. Wie konnte er es nur wagen?

„Ced, schau nicht so finster“, rüttelt mich Vincent auf. Mein Freund sieht mich mit einem Stirnrunzeln an. „Was hat dich denn so auf hundertachtzig gebracht?“

Mit einem wütenden Schnauben lasse ich mich neben ihn fallen – dort wo Jess gesessen hat – und stütze den Fuß gegen den freien Stuhl neben Julian.

„Mich pisst dieser komische Kerl von eben an“, gebe ich unwillig zu.

Vincent und Julian sehen sich kurz an und versuchen dann ein Feixen zu unterdrücken.

„Was soll denn dieses beschissene Grinsen?“, fahre ich sie an.

„Alter“, meint Vincent und hebt beschwichtigend die Hände, stellt das bescheuerte Grinsen aber noch immer nicht ab. „Du bist durchaus ein sehr aufbrausender Mensch, aber ich habe noch nie erlebt, dass du dich wegen einer Frau so aus dem Gleichgewicht bringen lässt. Du hast dich mächtig in Jess verknallt."

„Habe ich sicher nicht", murre ich, aber Vincent lacht nur, woraufhin ich ihn so kräftig gegen die Schulter boxe, dass er fast vom Stuhl fällt.

„Echt, Ced. Vor dir kannst du es vielleicht verleugnen. Aber sicher nicht vor uns. Jess hat dir tierisch den Kopf verdreht."

„Und wie", wirft Julian ein, sodass ich auch ihn finster ansehe.

„Da irrt ihr euch", versichere ich ihnen, obwohl sie durchaus Recht haben. Schon seit ich Jess das erste Mal begegnet bin, bekomme ich sie nur schwer aus dem Kopf. Auch wenn ich es selbst nicht wahrhaben will, habe ich mich vom ersten Augenblick an in sie verliebt. Was mir noch nie passiert ist. Ich bin kurze, heftige Affären gewohnt, aber das kommt mir bereits jetzt bei Jess nicht einmal in den Sinn, denn es würde bedeuten, sie schon nach kurzer Zeit in den Wind zu schießen. Dafür fühlt sich ihre Nähe aber zu gut an und dieses Gefühl, wie sie etwas in mir zum Klingen bringt, ist unglaublich stark. Es lässt mein Inneres auf eine ganz neue Art entflammen und das genieße ich wahrlich. Ich finde sie nicht einfach nur anziehend, sondern will sie unbedingt an meiner Seite wissen.

Aber Jess ist irgendwie abweisend. Sie scheint zwar offen und sehr redselig, doch sobald man ihr körperlich zu nahe kommt, verkrampft sie, hält einen auf Abstand und verschließt sich. Ich frage mich, woher das kommt.

„Also stört es dich nicht, wenn ich mich weiterhin bei ihr bemühe?", fragt Vincent mit einem so breiten Grinsen, dass ich ihm am liebsten eine reingehauen hätte.

„Mach doch, was du willst“, raunze ich ihn an.

Jetzt wirkt sein Lächeln nicht mehr ganz so fies, eher verstehend. „Dann tue ich das auch. So lange bis du dir eingestehst, dass du dich in Jess verguckt hast.“

Das habe ich zwar gerade gezwungenermaßen, aber das würde ich ihm nie sagen. Da tritt Leander zu uns.

„Jungs, wir haben einen neuen Auftrag“, beginnt er, stoppt aber, als er die merkwürdige Atmosphäre spürt. „Was ist denn bei euch los?“

„Ced hat sich in Jess verknallt und will es nicht zugeben“, grinst Vincent, woraufhin ich nur mit den Augen rollen kann.

„Na dann viel Erfolg.“ Leander klingt glatt ein wenig mitleidig.

„Weißt du etwas über sie, was wir nicht wissen?“, fragt Vincent.

„Naja“, beginnt er und setzt sich zu uns. „Wissen ist vielleicht das falsche Wort, aber Jess ist sehr verschlossen gegenüber anderen. Solange man nur mit ihr spricht, merkt man es nicht. Wenn du ihr aber zu nah kommst, versperrt sie sich. Sie geht auf Distanz und wird fast ein wenig aggressiv.“

Womit er meine Gedanken von eben laut ausspricht.

„Aber bei dir scheint sie nicht ganz so abweisend zu sein“, fügt Julian an mich gewandt hinzu.

„Findest du?“, frage ich unwillig, denn das Gespräch geht schon wieder in eine Richtung, die mir nicht gefällt.

Julian nickt einfach. „Ich habe es gesehen, als ich reingekommen bin. Ihr habt euch zwar nur unterhalten, aber im

Gegensatz Vincent gegenüber, war sie richtig aufgeschlossen. Falls du es darauf anlegen willst, ihr näherzukommen, hast du die größeren Chancen, dass sie nachgibt.“

„Danke, Kleiner“, mault Vincent und verschränkt die Arme.

Irgendwie muss ich lächeln, denn der Gedanke, dass mich Jess ebenfalls mag, muntert mich extrem auf. Mir fällt ein, wie sie mir vorhin fast scheu und doch so tief in die Augen gesehen hat und auch, wie sie verlegen eine Haarsträhne hinter ihr Ohr schieben wollte, obwohl da keine war. Vielleicht hat Julian Recht. Aber darüber will ich lieber in Ruhe nachdenken.

„Wir haben einen neuen Auftrag?“, frage ich daher Leander.

„Ja“, sagt er geschäftig und greift jetzt nach der Mappe. „Wir haben von einem unserer Informanten einen Tipp bekommen.“

Er teilt jedem von uns ein Blatt aus.

„Haben wir es inzwischen eigentlich geschafft, jemanden in den inneren Kreis der Gilde zu schleusen?“, fragt Vincent und überfliegt den Text.

„Nein“, antwortet ihm Julian. „Sie sind zu gewitzt, als dass sie nicht bemerken würden, dass ein Behüter versucht, in ihre Reihen zu kommen.“

„Und was ist mit dem Dieb, den wir vor zwei Tagen geschnappt haben?“, frage ich.

„Tot.“

Ich sehe Leander verdrießlich an. „Wie das? Wir haben ihn absolut sicher in das Hauptquartier gebracht und er hatte kein Gift bei sich. Nicht einmal im Mund.“

Leander zuckt mit den Schultern. „Wir wissen es nicht.

Die Obduktion hat auch nichts ergeben. Es ist, als ob sein Herz einfach zu schlagen aufgehört hat."

„Wie merkwürdig", murmele ich und blicke auf das Blatt in meiner Hand. „Das ist jetzt schon der fünfte innerhalb von einem Jahr."

„Ich kann es mir auch nicht erklären", murrt Leander. Er scheint damit ein größeres, moralisches Problem zu haben als ich. Zwar möchte auch ich kein Leben nehmen, aber wenn die Diebe aus unerfindlichen Gründen sterben, kann mir das nur recht sein. Sie sind ein Übel in der Welt, das ausgemerzt werden muss. Wie konnte man anderen Qualen zufügen, nur um sich selbst zu bereichern? Natürlich, das taten viele auch auf andere Art und Weise, aber das Traumgeschäft ist nun einmal mein Terrain und ein Dieb weniger bedeutet auch weniger gestohlene Träume.

In meiner Ausbildung habe ich selbst erlebt, wie es ist, wenn einem ein Traum gestohlen wird und auch die Sehnsucht gespürt, die in einem entflammt, wenn man einen Traum eingeflößt bekommt. Beides möchte ich verhindern und wenn es einen Dieb weniger gibt, trauere ich nicht. Aber es ärgert mich, dass wir aus unserem gefangenen Dieb keine Informationen herausbekommen konnten.

„Hier steht, dass die Diebe irgendwas Großes planen?", frage ich, als ich das Blatt zu Ende durchgelesen habe. „Wie sicher ist sich unsere Quelle? Ich wüsste nicht, was die Diebe vorhaben sollen. Saphir hat den Schwarzmarkt im Land fest im Griff. Was sollte er anstreben?"

„Unsere Quelle ist sich sehr sicher, weiß jedoch auch nichts Genaueres. Unser Boss nimmt das sehr ernst und hat uns mögliche Ziele zur Überwachung vorgeschrieben. Wir wissen noch nicht, wer alles ins Fadenkreuz geraten soll, aber diese Männer und Frauen gehören nun zu unseren Schutzbefohlenen“, erklärt Leander.

„Es sind ziemlich viele“, meint Julian. „Da werden wir ein wenig mehr Zeit für die Planung benötigen.“

Leander nickt. „Deswegen dürft ihr euch gleich zu einigen persönlichen Gesprächen mit euren Schützlingen aufmachen. Ich habe euch schon angemeldet. Auf der Rückseite findet ihr euren Zeitablauf.“

Vincent stöhnt leidlich. „Wie ich diesen Teil unserer Arbeit hasse. Diese hochgestellten Personen sind immer so unkooperativ. Ihre Privatsphäre ist ihnen wichtiger als ein geruhsamer Schlaf.“

„Sei nicht so schlecht gelaunt. Hast du gesehen, wer mit auf der Liste steht? Valeria Korath, diese Schauspielerin auf die du so stehst“, grinse ich und sogleich bessert sich Vincents Laune.

Nun runzle ich aber die Stirn. „Warum interessieren sie sich für eine Schauspielerin?“

„Vielleicht weil sie in vielen sozialen Bereichen tätig ist. Sie macht sich auch stark für die Suchtopfer der Traumperlen“, erklärt Julian. Das beeindruckt mich nun.

„Ist dann soweit alles klar? Wenn ihr euren Zeitplan einhalten wollt, müsst ihr langsam los“, drängt Leander.

„Jaja, nur kein Stress, wir gehen ja schon“, meint Vincent und drückt sich mit einem Seufzen hoch. „Dann lasst uns mal anfangen.“

*

Unsere erste Station heute Nacht ist das Penthouse dieser Valeria Korath. Es liegt in einer extrem guten und teuren Gegend und ich frage mich, warum wir ausgerechnet hierher kommen sollen. In diesem Viertel sind nicht nur generell viele Behüter unterwegs sondern auch eine Menge privater Sicherheitsbeamter. Mir scheint es überflüssig, uns hier zu stationieren.

„Vielleicht genügt es ja, wenn wir ihr die Situation erklären und sie ihren persönlichen Schutz aufstockt“, fängt Julian meinen Gedanken auf.

„Ich befürchte, eher nicht. Sie ist eine privilegierte Frau mit hohem Status. Sie wird darauf bestehen, von den Behütern beschützt zu werden“, erwidere ich, schnippe meine Zigarette auf die Straße, bevor ich voran auf die beiden Securitys zugehe, die den Zugang zum Gebäude bewachen.

„Also ich habe sicherlich nichts dagegen, persönlich auf Valeria Korath aufzupassen“, eröffnet uns Vincent mit einem breiten Grinsen. „Und ich werde *sehr* gut auf sie aufpassen.“

„So? Jetzt peilst du schon Schauspielerinnen als Trophäen an?“, frage ich belustigt.

„Natürlich! Hast du sie in ihrem letzten Film gesehen? Die Frau besitzt Rundungen, die ich nur zu gern unter den Fingern spüren würde.“

Um ehrlich zu sein, habe ich den Film nicht gesehen. Generell stehe ich nicht so auf die Art Film, in der Valeria Korath mitmacht. Und ich bezweifle auch stark, dass es Vincents Ding ist. Ich will gar nicht wissen, in welchen Situationen er so etwas schaut. Entweder um eine Frau flachzulegen oder um sich die körperlichen Merkmale der Schauspielerin reinzuziehen. Ich will nicht darüber nachdenken.

„Hi“, spreche ich die beiden Securitys an. „Wir haben einen Termin bei Valeria Korath.“

„Und ihr seid?“, fragt der rechte der beiden Männer und

scheint sich ziemlich wichtig zu fühlen. Kühl mustert er mich und meine beiden Freunde.

„Die angeforderten Behüter“, erkläre ich geduldig und nenne unsere Namen sowie unsere Dienstnummern. Die beiden wenden sich unserer Identifikation über das allgemeine Sicherheitsnetz zu, brauchen dafür aber extrem lange, weshalb ich mir noch eine Zigarette anstecke. Wahrscheinlich ist ihnen der Posten zu Kopf gestiegen, denn in dem Hochhaus, das sich vor uns in den Himmel schraubt, wohnen noch viele weitere, wohlhabende und einflussreiche Menschen. Kein Ort, der Behüter braucht.

Ich mag es nicht, einzig für hohe Persönlichkeiten gebucht zu werden. Das gibt mir immer das Gefühl, dass das einfache Volk, für das ich diesen Job eigentlich angenommen habe, unseren Schutz nicht verdient hätte.

Kurz denke ich an Jess und hoffe, dass sie weiß, wie sie ihre Wohnung vor dem Eindringen eines Diebes schützen kann. Mir gefällt der Gedanke ganz und gar nicht, dass irgendwann eine Perle auf dem Markt verkauft wird, der einen ihrer Träume beinhaltet.

Ich widme mich wieder meiner eigentlichen Aufgabe, als mich Vincent zu sich ruft. Er stand die ganze Zeit ungeduldig direkt vor den beiden Wachleuten und hat versucht, sie durch seine imposante Statur einzuschüchtern, damit sie schneller arbeiteten. Mir ist das recht, denn wir haben heute viel zu tun.

„Wir können rein“, teilt mir Julian mit.

„Ach? Wäre ja auch echt fatal, wenn die Behüter neuerdings am falschen Haus klingeln“, meine ich und versetze damit den Sicherheitsleuten einen Hieb. Sie runzeln aber nur die Stirn und lassen uns dann durch das große Eingangsportal.

Der protzige Flur mit dem teuren Holzparkett interessiert mich wenig, genauso wie der gläserne Fahrstuhl, der uns wahrscheinlich direkt in das Penthouse der Schauspielerin bringt. Ich kann nicht verstehen, wieso viele der reichen Menschen ihr Geld in so unnötigen Luxus stecken, obwohl es andere gibt, denen es selbst an grundlegenden Dingen fehlt.

„Ced? Was dagegen, wenn ich die werte Frau Korath über alles aufkläre?“, fragt Vincent mit einem ziemlich durchtriebenen Grinsen.

Amüsiert sehe ich meinen Freund an. „Ich halte dich nicht auf. Aber übertreibe es nicht, sonst wirft sie uns am Ende hochkant raus.“

Vincent lacht eine Spur zu hart, sodass ich erraten kann, wohin seine Gedanken schon wieder wandern. Etwas anderes bin ich aber nicht von ihm gewohnt und sage nichts darauf. Julian schüttelt auch nur den Kopf.

Als der Fahrstuhl im sechsunddreißigsten Stock anhält, öffnet er sich uns in einen großen, hellen Flur, der mit beigen Fliesen ausgelegt ist und in dem sich definitiv eine Innenausstatterin von allen Regeln losgelöst entfalten konnte. Ein kleiner Kronleuchter funkelt über unseren Köpfen, während Ölgemälde die teure Tapete halb bedecken und das Fell eines Berglöwen die Besucher zwingt, am Rand des Ganges entlang zu gehen. Zudem steht ein Mann in Anzug und Schlips vor uns.

„Guten Abend, die Herren“, begrüßt er uns. Er sieht sehr geschniegelt aus mit den zurückgegelten Haaren und der perfekten Nase. Durchaus hätte er einen Platz in irgendeinem Schönheitswettbewerb machen können, aber ich vermute eher, dass er ein weiterer Sicherheitsbeamter ist. Und tatsächlich: „Ich bin Sam Hatson, der Leiter der persönlichen Security von Miss Korath. Der Hinweis ihres Chefs, dass Miss Korath ein mögliches Ziel der Diebe sein soll, hat sie sehr besorgt."

„Rede keinen Unsinn, Sam", unterbricht ihn eine zweite, weibliche Stimme, die aus einem benachbarten Raum dringt. „Bring unseren Besuch endlich her. Ich will nicht ewig für die Sache brauchen."

Sam Hatson seufzt leicht und deutet dann voran. Ich werfe Vincent einen belustigten Blick zu, den er mit einem Grinsen quittiert. Scheinbar stellt sich Frau Korath als durchaus schlagfertige Frau heraus. Nebeneinander betreten wir den nächsten Raum.

Ich staune nicht schlecht, als ich die Frau erkenne, die uns in ihrem großen, prunkvollen Empfangszimmer begrüßt. Zwar ist sie nun perfekt geschminkt, gestylt und trägt inzwischen einen ziemlich teuer aussehenden Hosenanzug, aber trotzdem ist sie unverkennbar. Und zwar nicht als die Schauspielerin, deren Gesicht mir nur undeutlich im Gedächtnis geblieben ist.

„Val", rufe ich überrascht aus.

Valeria Korath sieht mich fragend an. Dann erkennt sie mich wohl ebenfalls und ein Lächeln hellt ihr Gesicht auf. „Cedric! Was für ein Zufall."

Meine beiden Kollegen sehen mich fassungslos an.

„Du kennst sie?", fragt Vincent fast schon anklagend.

„Kennen ist das falsche Wort. Ich habe sie heute in den Traumgärten davor bewahrt, ausgeraubt zu werden. Aber da sah sie eindeutig nicht nach einer erfolgreichen Schauspielerin aus“, erkläre ich aufrichtig.

Valeria Korath oder auch Val lacht erfreut auf, kommt herangeschwebt und wirft mir erneut die Arme um den Hals. Dieses Verhalten ist mehr als merkwürdig, scheint aber zu ihr zu gehören, denn sie wiederholt diese Begrüßung sowohl bei Julian als auch bei Vincent. Dem gefällt das natürlich außerordentlich und er zieht die Schauspielerin so lang an sich, dass Sam Hatson dazwischen gehen muss.

„Miss Korath, wir haben doch bereits darüber gesprochen, dass Sie sich bei Fremden zurückhalten müssen.“

Val tritt einen Schritt zurück und macht eine wegwerfende Geste. „Cedric kenne ich doch bereits und im Gegensatz zu Ihnen hat er mich heute vor einem Raub bewahrt.“

„Ja, weil Sie uns verboten haben, Sie in die Traumgärten zu begleiten“, erwidert der Sicherheitsbeamte mit unbewegter Miene aber leichtem Unmut in der Stimme.

Val zuckt mit den Schultern und deutet dann auf mehrere dunkle Ledersessel, die um einen kleinen, zierlichen Tisch stehen. „Setzt euch bitte. Ich weiß von eurem Chef, dass die Behüter gerade viel zu tun haben und ich will euch nicht lang aufhalten.“

Wir folgen ihrer Bitte und als wir uns setzen, beginnt sie ohne Umschweife.

„Um es kurz zu machen: ich benötige die Hilfe der Behüter nicht. Ich bin dankbar, dass ihr mir Bescheid gegeben habt, aber die Behüter sollten sich um mehr als eine einzelne Person kümmern.“

Diese Eröffnung beeindruckt mich und ein Blick zu Julian und Vincent bestätigen mir, dass es ihnen genauso geht.

„Sie wissen aber schon, dass wir das so nicht einfach stehenlassen können?“, fragt Vincent. „Sie sind ein potentielles Ziel in einem Plan der Diebe, den wir noch nicht in seiner Vollständigkeit erfassen konnten. Wir können Sie nicht einfach ohne Mehr an Schutz alleinlassen.“

Erneut winkt Val ab. „Lasst bitte die Förmlichkeiten. Ihr drei braucht mich nicht zu siezen. Und ich weiß, dass ich nun mehr Schutz brauche. Allerdings stört es mich im Gegensatz zu anderen Promis nicht, meine Wohnung mit Alarmanlagen zu sichern. Ich habe Hatson bereits beauftragt, mehr Leute einzustellen, an jedem Zugang Überwachungsanlagen einzurichten und auch akustische Signale nicht auszulassen. Ich kann meinen Schlaf selbst schützen und brauche dazu keine Behüter.“

Wir drei nehmen das mit einem Nicken hin. Endlich einmal eine vernünftige Prominente. Das beeindruckt mich erneut.

„Dann sagen wir das unserem Chef, aber er wird von dir einen schriftlichen Entsagungsnachweis benötigen, ansonsten könnten wir belangt werden, wenn es ein Dieb doch hier herein schafft“, erklärt Vincent weiter, zeigt all seinen Charme und blickt Val dabei tief in die Augen.

Die lächelt schief, da ihr Vincents stummes Angebot wohl durchaus aufgefallen ist. „Den bekommt er.“

„Hast du eine Vermutung, warum es die Diebe auf dich abgesehen haben könnten?“, fragt Julian dazwischen.

Val seufzt und wirft sich mit einer gekonnten Bewegung das Haar zurück, was Vincent wahrscheinlich völlig rollig macht. „Wahrscheinlich liegt es an meiner Arbeit in den Traumgärten.“

„Was ist das für eine Arbeit?“

„Ich besitze ein kleines Krankenhaus am Fluss. Dort helfe ich Traumsüchtigen, die von den Perlen wegkommen wollen.“ Sie taxiert uns drei. „Da ihr als Behüter wisst, wovon ich rede, erkläre ich euch genauer, warum sich die Diebe gerade an meiner Arbeit so stören. Es ist so, dass ich ebenfalls ein wenig von der Fähigkeit besitze, Träume zu beeinflussen. Aber weder nehme noch gebe ich sie, sondern habe eine Möglichkeit gefunden, die Süchtigen aus ihren Alpträumen herauszuhelfen.“

„Wie das?“, fragt Julian neugierig.

Val zuckt mit den Schultern. „Ich kann versuchen, es euch zu erklären, aber es versteht sich besser, wenn man es selbst versucht.“

„Hast du mir deswegen angeboten, mir deine Arbeit anzusehen?“, frage ich.

Vals blaue Augen wandern zu mir. „Ja. Ich brauche keinen Schutz für mich. Ich bin es gewohnt, von allen möglichen Seiten bedrängt zu werden. Was ich brauche, sind Leute, die bereit sind, ihre Macht für gemeinnützige Dinge herzugeben. Allerdings kostet meine neue Methode viel Kraft, weswegen ich mich bisher nicht direkt an die Behüter gewandt habe. Sie sollen ihre Gabe an anderer Stelle nutzen, als sie bei mir zu verbrauchen. Aber meine Methode ist sehr effektiv und entwöhnt die Süchtigen viel schneller, als es den Dieben recht sein kann. Ich klaue ihnen sozusagen die Abnehmer ihrer Perlen.“

„Also wenn es hilft, komme ich gern einmal bei dir im Krankenhaus vorbei“, sagt Vincent. Sein Tonfall ist sehr einladend, was Hatson mit einem Stirnrunzeln quittiert.

Val lacht aber nur. „Ich weiß nicht, ob meine Patienten

nicht eher Angst vor dir bekommen, aber unser kleiner Blondschopf darf gern einmal vorbeischauen." Val sieht wieder mich an. „Und du natürlich auch."

„Es klingt wirklich interessant", meint Julian und ich sehe diese Begierde in seinem Blick, die immer auftaucht, wenn er etwas entdeckt hat, das er noch nicht erlernt hat. Er wird mit Sicherheit in den nächsten Tagen in den Traumgärten zu finden sein. Und auch ich muss zugeben, dass Val mich neugierig gemacht hat. Zu gern will ich einmal ausprobieren, wovon sie gerade sprach.

Val steht nun auf und neigt leicht den Kopf. „Richtet eurem Chef aus, dass ich ihm für seine Hilfe dankbar bin, euch aber nicht benötige. Ich will euch außerdem nicht länger aufhalten. Geht lieber raus und haltet ein paar Diebe davon ab, noch mehr Traumperlen auf den Markt zu schwemmen."

„Das versprechen wir dir. Und es war schön, dich kennenzulernen", verabschiedete sich Vincent galant von ihr.

Die hübsche Brünette lächelt nichtssagend und umarmt uns alle drei zum Abschied. Wenn Val nicht eine weltberühmte Schauspielerin wäre, würde ich glatt denken, dass sie sich an mich heranmachen will. Sie schmiegt ihren drallen Körper so eng an mich, dass ich mich nicht wundern würde, wenn sie mir gleich ein Angebot ins Ohr flüstert.

Stattdessen tritt sie einen Schritt zurück, löst ihre Arme aber nicht ganz von mir. „Kommst du die Tage einmal im Krankenhaus vorbei?"

„Ich werde sehen, dass ich Zeit finde", erwidere ich, woraufhin sie zufrieden nickt. Und ich gedenke auch, dieses Versprechen einzuhalten.

„Verflucht, dass sie unsere Hilfe nicht will“, mault Vincent, als wir im Fahrstuhl nach unten fahren. „Diese Umarmungen lasse ich mir gern jeden Tag geben.“

Normalerweise würde ich in Vincents Schwärmereien einfallen, doch erstaunlicherweise hat es mich null gejuckt, dass Val ihren prachtvollen Körper so freizügig in unsere Arme gab. Stattdessen taucht Jess vor meinem inneren Auge auf und bei dem Gedanken, dass sie mich so wie Val umarmt, wird mir ganz heiß. Ich ziehe mein Handy hervor, aber sie hat mich weder angerufen, noch mir eine Nachricht geschrieben. Es verwirrt mich, dass sie meine Gedanken so besetzt. Das bin ich von mir nicht gewohnt und irgendwie widert es mich an, dass ich ihr immer mehr verfalle wie die verliebten Trottel, über die ich bisher immer herzog. Andererseits genieße ich das, was allein der Gedanke an Jess in mir auslöst. Nachdenklich ziehe ich mein Piercing zwischen die Zähne, konzentriere mich aber dann wieder auf Vincent, der beginnt, von Vals Vorzügen zu schwärmen.

Kapitel 7

Gedanken

Cedric

Ich stehe auf der Terrasse des Hauses meiner Eltern und ziehe tief den beruhigenden Rauch einer Zigarette in meine Lungen. Es ist früher Vormittag und Raureif benetzt den Rasen, der in der Morgensonne glitzert. Er breitet sich über einen abfallenden Hang aus, der an seiner tiefsten Stelle in einen ausladenden, in den Boden eingelassenen Pool übergeht, der wiederum direkt am Rand eines Steilhangs endet und das Gefühl vermittelt, als ob das Wasser beim Überlaufen in die endlose Tiefe stürzt. Dahinter breitet sich die Skyline der Stadt aus, in der ich normalerweise wohne, arbeite und lebe. Doch hier, in den Berghängen, die sich direkt an die letzten Stadtviertel anschließen und die Villen der reichsten Bewohner des Landes beherbergen, scheint alles von dort unten so fern.

Heute ist mein freier Tag und meine Eltern haben mich gebeten, wieder einmal bei ihnen vorbeizuschauen. Ihrer Meinung nach um mich, ihren einzigen Sohn, endlich wiederzusehen. Ich denke aber eher, um mir vorzuhalten, dass ich vernünftig werden soll, die Piercings abnehme, mir eine anständige Frau, am besten aus den hohen Kreisen, suche und eine Familie gründe. Meine Eltern sind ziemlich wohlhabend und wünschen sich natürlich nur das Beste für ihre

Kinder.

Aber mir ging dieses ganze aufgesetzte Verhalten der High Society schon als Kind auf die Nerven. Statt zum Reitunterricht oder Fechten zu gehen, habe ich mit den Jungs aus der nicht ganz so privilegierten Nachbarschaft Fußball gespielt, habe mir die Knie aufgeschrammt und bin voller Matsch heim gegangen. *Das* bedeutete für mich zu leben. Nicht in feiner Kleidung auf Empfänge zu gehen und unwichtigen Gesprächen zuzuhören, die einen nicht interessieren. Meine Gabe hat mir einen Ausweg aus diesem Leben geboten, das ich nie wollte.

Aber heute bin ich froh, hier zu sein. Etwas außerhalb der Stadt ist es ruhig und das bietet mir genügend Muse, um meine Gedanken zu ordnen. Es ist nun drei Tage her, dass ich Jess das letzte Mal gesehen habe und genauso lange, dass ich mir eingestanden habe, mich in sie verliebt zu haben. Meine Arbeit hat mich davon abgehalten, viel darüber nachzudenken, aber hier bleibt mir fast schon nichts anderes übrig. Vor allem solange die anderen noch schlafen.

Irgendwie bin ich unsicher, was Jess angeht. Meine letzte Beziehung ist schon etwas her und sie war ganz anders als Jess: ziemlich wild und eigensinnig. Sie schien zu mir zu passen, auch wenn es am Ende nicht wirklich funktioniert hat. Aber bei ihr habe ich nie so gefühlt wie jetzt bereits bei Jess. Ich habe nie diese Anziehung bemerkt, nie Sehnsucht allein bei ihrem Anblick gespürt und nie so ein Bedürfnis gehabt, sie zu beschützen. Generell sind solche Gedanken sehr untypisch für mich. Frauen und Beziehungen spielten bisher nur eine untergeordnete Rolle in meinem Leben und ich schoss beides ab, wenn es mir zu kompliziert wurde. Solche Gefühle nun für Jess zu empfinden, lässt mich fast die Hochachtung vor mir selbst verlieren.

Ich ziehe mein Handy hervor und blicke darauf. Aber wie erwartet, befindet sich keine Nachricht oder ein verpasster Anruf darauf. Dass Jess die letzten Tage nicht im *Rockkitten* oder auf Arbeit war, macht alles nicht besser. Ich habe die Befürchtung, dass ihr dieser komische Kerl nachgelaufen ist und ihr vielleicht etwas angetan hat. Aber wenn, dann wollte sie wohl nicht mich um Hilfe bitten. Es wäre für mich ein Leichtes, ihre Adresse über unsere Datenbanken herauszufinden, aber wie ein Stalker will ich nun auch nicht wirken. Also warte ich.

Dass mich ihre Abwesenheit so mitnimmt, zeugt nur noch mehr davon, wie tief meine Gefühle bereits gehen. Doch was ich mit ihnen anstellen soll, weiß ich nicht. Selbst wenn Jess sich zu mir hingezogen fühlt, ist sie noch immer unnahbar. Irgendetwas scheint in ihrer Vergangenheit geschehen zu sein, das sie so vorsichtig hat werden lassen. Das erlebe ich nicht zum ersten Mal und immer war es mir zu viel Arbeit und Aufwand gewesen, mich durch diese Schutzwälle zu kämpfen. Lieber habe ich mich dann von diesen Frauen abgewandt und mir ein leichteres Ziel gesucht. Doch allein bei dem Gedanken, mich von Jess abzuwenden, kommt Widerwille in mir auf. Ist es Jess vielleicht wert, sich einmal anzustrengen? Ich weiß es nicht.

„Fuck“, fluche ich und kicke einen kleinen, verirrten Stein weg.

„Ja, das ist genau die Begrüßung, die ich am Morgen von dir hören will“, schnaubt eine weiche, gezierte Stimme hinter mir. Als ich mich zu dem terrakottafarbenen Haus mit den drei Etagen und den roten Ziegeln umdrehe, steht Maria in einem blassrosa Morgenmantel vor mir. Meine Zwillingsschwester verzieht den Mund zu einem leichten Lächeln und streicht sich durch die langen, dunklen Locken, die meinen ähneln und doch ganz anders sind.

„Entschuldige“, seufze ich und breite bereitwillig meine Arme aus, als sie für eine Umarmung zu mir kommt. So ein sentimentaler Quatsch ist eigentlich nichts für mich, aber mein Verhältnis zu Maria geht sehr tief, weshalb ich es ohne Murren über mich ergehen lasse.

„Guten Morgen, Cedric. Was bringt dich denn so auf?“, fragt sie und lehnt verschlafen ihren Kopf gegen meine Brust.

„Nichts“, erwidere ich abweisend. Mit ihr möchte ich nicht darüber reden. Doch sie kennt mich besser als jeder andere Mensch. Natürlich fallen ihr der finstere Blick und die Zigarette auf, obwohl ich hier nicht rauchen soll.

„Es geht um eine Frau“, vermutet sie und mein Verziehen des Mundes verrät mich noch mehr. Ruckartig stellt sie sich wieder auf. „Nein! Ich habe sogar recht?“ Sie lacht voller Freude über ihren Erfolg.

„Vielleicht“, meine ich ausweichend und ziehe an der Zigarette.

„Aber du scheinst nicht froh. Was ist los?“, fragt sie und nimmt mir die Zigarette aus der Hand, um sie angewidert zu Boden fallenzulassen und mit ihren zarten Pantoffeln darauf zu treten. Maria ist ganz die Tochter, die unsere Eltern immer wollten. Nur ihr Sohn schießt aus der Reihe.

„Ich bin mir mit ihr noch nicht sicher.“

„Wieso?“

„Weil sie anders ist als die Frauen, die ich bisher bevorzugt habe. Aber… Ich kann es nicht einmal richtig erklären.“

Maria blickt mich mit ihren dunklen Augen an. „Erzähl mir von ihr? Wie ist sie so? Wie habt ihr euch kennengelernt?“

„Nun ja, ich habe sie zum ersten Mal im *Rockkitten* getroffen. Sie arbeitet neben ihrem Studium im Dekoladen gegenüber, um es sich leisten zu können und atmet scheinbar nur noch durch Leanders Kaffee. Sie ist ein recht schlagfertiger und offener Mensch, andererseits aber auch wieder nicht. Es macht großen Spaß mit ihr zu reden, denn auch wenn sie immer antwortet, verrät sie nur sehr wenig über sich.“

„Klingt ziemlich geheimnisvoll.“

Ein Lächeln zuckt über meine Lippen. „Ja, das ist sie. Und zudem noch wunderschön.“

„Wo liegt also das Problem?“

„Sie ist einer dieser Menschen, der nicht auf ein nettes Lächeln und eine Einladung zum Essen anspringt. Man muss sich erst ihr Vertrauen erringen.“

„Und das ist dir zu viel Arbeit“, schnaubt Maria missbilligend. Sie kennt mich halt.

„Bisher ja“, grinse ich. Kurz zögere ich, erzähle ihr dann aber doch vom Rest. „Wenn ich in ihrer Nähe bin, fühle ich mich irgendwie zu ihr hingezogen, wie ich es noch nie zuvor gespürt habe. Sie versetzt etwas in mir in Schwingungen, dass mich immer mehr in ihren Bann zieht. Dieses Gefühl ist wie ein Rausch und weckt in mir den Wunsch, sie ständig um mich zu haben.“ Genervt stöhne ich auf. „Verflucht, ich klinge schon richtig schnulzig.“

Ich warte, dass Maria lacht, aber das tut sie nicht. Als ich zu ihr blicke, lächelt sie zufrieden.

„Willst du meinen Rat?"

„Spuck schon aus."

„Lass diese Frau niemals mehr gehen! Leg dich richtig ins Zeug und spring einmal über deinen Schatten. Denn du hast Recht. Ich habe dich wirklich noch nie so reden hören. Keine Frau hat bisher so etwas in dir ausgelöst, also vertu deine Chance nicht, nur weil du zu faul bist", bläut sie mir ein.

Ich hebe eine Augenbraue. „Eine feurige Rede. Das bin ich gar nicht von dir gewohnt."

Erneut folgt dieses leichte Grinsen. „Das mache ich nur, wenn ich meinem geliebten Bruder den Kopf zurechtrücken muss. Wenn es zwischen euch klappt, musst du sie mir unbedingt vorstellen."

„Das mache ich", grinse ich zurück. Denn sie hat mit allem Recht und der Gedanke, dass Jess vielleicht in einiger Zeit meine Freundin wird, ist ungewohnt, aber sehr verlockend. Ein wenig Mühe werde ich schon entbehren können. Ich verfalle in Gedanken und am Ende des Tages habe ich mir einen Plan erdacht.

Jess

Meine Laune ist in den letzten Tagen immer weiter gesunken. Nicht nur, dass mich Opal wirklich bei Saphir verpetzt hat, nein, er hat ihm auch noch die grandiose Idee schmackhaft gemacht, dass ich die Jungs ausspionieren könnte. Also erwartet Saphir jetzt auch noch von mir, dass ich ihm regelmäßig Neuigkeiten aus den Reihen der Behüter liefere. Das geht mir aber dermaßen gegen den Strich, dass ich mich seit vier Tagen vom *Rockkitten* fernhalte. Heute bin ich nur hier unterwegs, weil ich arbeiten muss, sonst hätte ich weiterhin einen großen Bogen darum gemacht.

Doch Saphir wird bald Ergebnisse sehen wollen. Heute Nacht muss ich mein nächstes Ziel bestehlen und daher kann ich ihm nicht mehr vorlügen, dass ich zu viel mit der Informationsbeschaffung zu tun habe, um mich auch noch um die Behüter zu kümmern. Und gerade ging mir die Arbeit im Dekoshop mächtig auf die Nerven!

Geschickt balanciere ich auf der Auslagefläche eines der Regale, um an die obersten Fächer zu gelangen, damit ich dort die nach hinten gerutschte Ware hervorpflücken kann. Es ist typisch, dass diese Aufgabe der Kleinsten des Teams zufällt. Ich strecke mich, um das letzte Teil hervorzuziehen und in den Korb zu meinen Füßen zu legen, als Fabienne, meine Chefin, von weiter hinten nach mir ruft. „Jessica, Kasse. Da musst du auch ein Auge drauf haben.“

„Ja, natürlich. Am besten lasse ich mir gleich zwei am Hinterkopf wachsen“, schimpfe ich leise. „Und bei Gelegenheit auch noch einen Extraarm, damit ich dir was an den Kopf werfen kann.“

Ein nur allzu bekanntes Lachen ertönt direkt hinter mir und ich zucke überrascht zusammen, bekomme aber noch das Regalbord zu fassen, bevor ich mein Gleichgewicht verliere.

„Solche Worte bin ich ja gar nicht von dir gewohnt“, grinst Cedric zu mir auf. Er steht locker vor dem Regal, auf dem ich balanciere, doch sehe ich die Anspannung in seiner

Haltung. Wohl weil er Angst hat, dass ich fallen könnte. Was mir mit Sicherheit nicht passiert. Aber im Moment kralle ich mich richtiggehend an dem Regal fest, weil mein Körper in einen Ausnahmezustand gerät.

Die letzten Tage habe ich zwar öfter an ihn gedacht, aber ihn nun vor mir zu sehen, zeigt mir, dass meine Gefühle auf meine Versuche, sie zu bändigen, pfeifen. Wild schlägt mein Herz und eine Sehnsucht erwacht in mir, die nicht normal sein kann.

„Was machst du denn hier?“, frage ich deswegen ein wenig ruppig.

Cedric hebt die Schultern. „Ist es verboten, hier einzukaufen?“

Ich schüttle resigniert den Kopf. „Nein, natürlich nicht, aber überall hätte ich dich eher erwartet, als in einem Laden für Dekoartikel.“

Unglücklich verzieht er das Gesicht. „Glaube mir, ich bin nicht freiwillig hier.“ Er zieht eine Hand aus seiner Hosentasche und damit auch einen kleinen Zettel. „Maria hat mich zum Laufburschen verurteilt. Und ich bin ehrlich, ich habe keinen Plan, was das für Dinge sind, die da drauf stehen.“

Ich muss lachen. „Ja, das glaube ich dir aufs Wort. Und ich soll dir jetzt helfen?“

„Natürlich, schließlich sollst du für dein Geld auch mal arbeiten und nicht nur auf Regalen rumturnen.“ Sein Lächeln ist hinreißend und ich kann nicht anders, als zurückzulächeln.

„Jessica!“, ruft meine Chefin fordernd.

„Ich komme ja“, raunze ich zurück und versuche, Cedrics Grinsen nicht zu bemerken.

„Schlechte Laune?“

„Vielleicht ein wenig. Kannst du mir bitte die Trittleiter da drüben herschieben? Dann muss ich nicht zurückklettern.“

Doch statt mir diesen Gefallen zu tun, hält er beide Hände in die Höhe. „So geht es schneller.“

Unschlüssig sehe ich ihn an. Mir scheint es keine gute Idee, ihm so nah zu kommen.

Er bemerkt mein Zögern und macht eine ungeduldige Bewegung mit den Fingern. „Komm schon, ich beiße nicht.“

Natürlich käme ich ganz leicht ohne Hilfe herunter, aber auch das klingt nach einer dummen Idee, da er nichts von meinem Können erfahren darf. Also gebe ich nicht nur ihm, sondern auch dem immer stärkeren Wunsch, ihn zu berühren, nach. Einen Moment glaube ich zu sehen, wie seine Augen vor Freude aufleuchten, als ich meine Hände auf seine Schultern lege. Er greift meine Taille und hebt mich von dem Regal herab, als ob ich nichts wiegen würde. Sanft setzt er mich ab und zwinkert mich auf diese unvergleichliche Art an.

„Siehst du? Nichts passiert.“

Kurz verharren wir in dieser Position, nur wenige Zentimeter voneinander entfernt und fast wird das Bedürfnis übermächtig, meine Hände von seinen Schultern seinen Hals hinaufgleiten zu lassen und sie in seinem Haar zu versenken. Bevor dies jedoch passiert, mache ich einen Schritt zurück und das Gefühl, wie seine Finger über meine Seiten streichen, ist viel zu angenehm.

„Ich kassiere nur schnell und bin dann wieder bei dir“, sage ich schnell.

„Okay.“

Schon wende ich mich ab und eile zur Kasse, wo bereits mehrere Menschen ungeduldig warten. Verflucht, was soll ich nur tun? Die letzten Tage hatte ich doch alles unter Kontrolle. Wieso durchdringt dieser Mann nur all die mühsam aufgebauten Mauern um mich? Wie schafft er es, mein tiefstes Inneres zu berühren, allein mit einem Lächeln und einem Blick? Ich könnte schreien, obwohl mein Herz singt.

Als ich schließlich zu Cedric zurückkehre, habe ich mich etwas beruhigt. Ich bekomme das schon hin. „Also, dann zeig mir mal den Zettel.“

Wortlos reicht er ihn mir und mustert mich dabei mit einem Ausdruck in den Augen, der deutliche Belustigung, aber auch eine Spur Berechnung zu beinhalten scheint. Ich werfe nervös einen Blick auf den Zettel.

„Das ist aber viel. Ist deine Schwester etwa umgezogen?“

„Nein, sie denkt nur, dass sie all das Zeug braucht“, murrt Cedric. „Und ich bin derjenige, der es zu ihr schleppen darf.“

Er schüttelt den Lockenkopf und folgt mir ohne ein weiteres Wort.

„Jess, wie geht es dir?“, fragt er plötzlich, als ich ihm bereits die vierte Sache auf der Liste in die Arme gedrückt habe.

Überrascht sehe ich zu ihm auf. „Gut, wieso fragst du?“

„Weil wir dich seit vier Tagen nicht mehr gesehen haben. Und nachdem dich dieser komische Typ angemacht hat, habe ich mich um dich gesorgt“, erklärt er. Die Ehrlichkeit in seinen Augen berührt etwas in mir.

„Das musst du nicht“, sage ich schnell. Dann blicke ich

kurz zur Seite. „Außerdem hast du mir deine Nummer gegeben. Wenn es ein Problem gegeben hätte, hätte ich mich gemeldet."

„Gut, da war ich mir nämlich nicht sicher. Diese Gegend ist nicht unbedingt die sicherste und ich will nicht, dass dir etwas passiert."

„Da brauchst du dir keine Sorgen zu machen. Ich kann gut auf mich selbst aufpassen", versichere ich ihm und drehe mich zum nächsten Regal, um den vorletzten Posten auf der Liste herauszunehmen.

„Eine eigenständige Frau also, die ihre eigenen Entscheidungen fällt?", fragt er und ich glaube, einen lauernden Unterton herauszuhören.

„Ja, natürlich."

Da tritt er plötzlich nah an mich heran, sodass ich seine Wärme in meinem Rücken spüre. Seine Hand legt sich auf meine und hält sie auf das Regal gedrückt. Erschrocken versteift sich mein ganzer Körper und mein Herz bleibt kurz stehen, um dann umso schneller weiterzuschlagen.

„Darf ich dir dann eine hypothetische Frage stellen?", flüstert Cedric mir leise ins Ohr.

Ich muss mich extrem zusammenreißen, meinem inneren Impuls nicht nachzugeben und ihm heftig meinen Ellenbogen in den Magen zu rammen. Er ist mir zu nah! Aber ist es nicht das, was ich will? Verwirrt spanne ich mich bis in den letzten Nerv an und presse mühsam hervor: „Natürlich."

„Was würdest du mir antworten, wenn ich dich um ein Date bitten würde?"

Mein Geist braucht ein wenig, bis er diese Worte verarbeitet. Dann sehe ich Cedric überrascht und mit leicht offenem Mund an. Hat er das wirklich gefragt?

„Rein hypothetisch“, fügt er noch hinzu, als ich ihn nur anstarre.

Wir sind uns so nah und seine Augen und das, was ich darin sehe, lassen mich fast einbrechen. Doch das, was ich bin, hält mich auf.

„Nein“, antworte ich fest.

Cedric scheint davon nicht überrascht zu sein. „Wieso nicht? Was hält dich davon ab?“

Das hat mich tatsächlich noch nie jemand gefragt. Ich bin so verblüfft, dass ich ehrlich antworte. „Es liegt nicht daran, dass ich nicht will. Ich kann nicht.“

„Wieso nicht?“, fragt er erneut und legt nun auch die zweite Hand an das Regal, sodass er mich gefangen hält. Ich kann zwischen dem Duft von Kerzen und Holz den ihm eigenen Geruch wahrnehmen, der nach Zigarette und noch etwas anderem, sehr anziehendem riecht. Noch nie habe ich einen Mann so nah an mich herangelassen, aber überraschenderweise stört es mich nach dem anfänglichen Impuls nicht – ganz im Gegenteil.

Bedächtig drehe ich mich um, rücke aber trotz des wenigen Widerwillen in mir so weit zurück, wie es das Regal zulässt. Aber Cedric folgt mir einfach, lässt mich nicht aus seiner Nähe fliehen.

„Die Umstände lassen es nicht zu.“

„Welche Umstände?“, fragt er leise, kommt noch ein wenig näher und berührt mit seiner Nase nun fast meine.

„Das kann ich dir nicht sagen.“ Mein Geist ist richtig benebelt und meine Gedanken scheinen zu verschwimmen. Wie kann die Nähe eines anderen nur so etwas bewirken?

Kurz forscht Cedric in meinen Augen und zieht sich dann plötzlich zurück. „Na gut, dann eine andere Frage: würdest du mir als Freund helfen?“

Diesem Richtungswechsel bin ich gerade nicht gewachsen.

„Ja, natürlich“, stottere ich.

„Gut. Dann wäre da noch etwas zu klären: kannst du backen?“

Nun verabschiedet sich mein Hirn komplett. „Ähm, ja…“

„Sehr schön. In knapp einer Woche hat nämlich meine Schwester Geburtstag und sie hat sich von mir einen selbstgemachten Kuchen gewünscht. Keine Ahnung welcher Teufel sie da geritten hat. Würdest du mir dabei helfen?“

„Ja?“, antworte ich nur, damit er aufhört, mich zu verwirren.

Breit grinst er mich an und nimmt mir den Zettel aus der Hand. „Danke, Jess. Dann treffen wir uns am besten in fünf Tagen bei mir daheim. Und die letzte Sache finde ich schon selbst.“

Mit einem Zwinkern wendet er sich ab und geht durch den Laden davon. Er ist fast hindurch, als mir bewusst wird, dass er mich ausgetrickst hat. Als ich ein mehr als ungehaltenes Geräusch mache, höre ich ihn glatt lachen. Und irgendwie schleicht sich auch auf meine Lippen ein breites Grinsen.

Cedric

Gott, wie ich dieses Gefühl liebe! Mein ganzes Inneres scheint in Flammen zu stehen und ich fühle mich großartig, fast als ob ich Bäume ausreißen könnte. Noch immer breit grinsend, verlasse ich den Laden, obwohl ich am liebsten zurückgehen würde, um das zu tun, von dem ich mich gerade nur schwer hatte abhalten können. Nämlich meine Lippen auf Jess' zu pressen und sie mit all dem Feuer zu küssen, das gerade in mir lodert.

Aber ich habe unter der Verwirrung und dem offensichtlichen Gefallen, an dem was ich tat, auch Angst gesehen. Eine Angst, die ich nicht verstehe, aber die ich zu besiegen schwöre. Dass ich dazu fähig bin, hat sie mir in ihrem überrumpelten Zustand selbst gezeigt. Und wenn ich sie dafür ein wenig austricksen muss, ist mir das nur recht und billig. Zwar weiß ich nicht, von welchen Umständen sie gesprochen hat, aber sie ist mir nicht abgeneigt und nur das ist wichtig.

Und verdammt, ihre Lippen, so nah bei meinen, der Blick in ihre großen Augen, wie schwer sie geatmet hat, als ich ihr immer näher kam und wie gut sich ihr Körper unter meinen Fingern anfühlte. Jess macht mich regelrecht verrückt und ich kann kaum genug davon bekommen. Mehr als gut gelaunt, gehe ich hinüber ins Café. Es ist noch zu früh, als dass ich auf Julian und Vincent treffe, aber Leander ist natürlich da.

„Was hat dich denn so zum Lächeln gebracht?“, fragt dieser, belustigt über mein breites Grinsen.

„Eine Frau.“

Sein Blick wandert zu dem Beutel, in dem sich die Sachen für Maria befinden. „Redest du etwa von Jess?“

„Vielleicht.“

Leander verdreht die Augen und stützt sich auf den Tresen. „Gib es halt endlich zu, dass du dich verknallt hast."

Mein Lächeln vergeht und ernst blicke ich meinen Freund an. „Ja, das habe ich. Zufrieden? Aber ich werde das nicht Vincent auf die Nase binden. Soll er sich ruhig noch ein wenig die Zähne an Jess ausbeißen. Das tut seinem Ego mal ganz gut."

„Wohl wahr", lacht Leander. „Aber bist du dir da nicht bereits ein wenig zu sicher mit ihr?"

„Nein, das denke ich nicht."

„Na gut. Wie du meinst. Aber trotzdem habe ich eine Neuigkeit, die dir die Laune verhageln wird."

Ich runzele die Stirn. „Welche?"

„Letzte Nacht wurde der Traum des Polizeiobermeisters geklaut. Es wird vermutet, dass es nicht das erste Mal ist. Seine Arbeit wurde in letzter Zeit schlechter."

„Heißt das, wir werden zu ihm befohlen?"

Darauf grinst Leander. „Natürlich, wir sind schließlich die Besten." Er reicht mir eine Mappe über die Theke. „Hier sind die Details."

Zusammen mit einem Kaffee setze ich mich an einen der Tische, aber ich kann nicht verhindern, dass mein Blick immer wieder zum Laden gegenüber schweift.

Kapitel 8

Schuldgefühle

Jess

Vorsichtig beuge ich mich zu der Frau hinab, die in ihrem Schlaf so friedlich aussieht. Es fasziniert mich immer wieder, wie sehr sich die Menschen wandeln, wenn sie die Realität hinter sich lassen und in ihren Träumen die Welt vergessen. Ob ich im Schlaf auch so zufrieden aussehe?

Mein heutiges Opfer ist die erste Sekretärin des Bürgermeisters und auf den Bildern, die ich von ihr gesehen habe, kam sie mir immer sehr streng vor. Nun wirkt sie eher wie die fünfunddreißigjährige Frau, die sie eigentlich ist. Und ich bin hier, um ihr den Frieden zu stehlen.

Innerlich seufze ich und strecke die Hand nach ihr aus. Fast freudig präsentiert sich mir ihr Traum, materialisiert sich wie eine goldene Wolke um mich, um mir seinen Inhalt zu zeigen. Er ist ein wundervolles Gebilde aus märchenhaften Figuren, die erste Sekretärin mitten darin und als glorreiche Heldin gefeiert.

„Es tut mir wirklich leid", flüstere ich und schnappe mir den Traum. Die goldenen Bilder fallen zusammen, ziehen sich zurück zum Kopf meines Opfers, entkommen mir aber nicht mehr. Sanft löse ich die Verbindung und die Frau seufzt enttäuscht. Als sich ihr neuer Traum dunkel und kalt bildet, blicke ich weg. Meine Schuld ist bereits so groß, dass ich mich nicht an ihren Ängsten laben muss. Fest greife ich die Traumperle und schleiche aus dem Raum. Ich stecke gerade meine Kopfhörer in die Ohren, um Musik anzumachen, als ein Anruf von Miranda eingeht.

„Hey, ist etwas passiert?“, hauche ich in das kleine Gerät.

„Nein, noch nicht. Aber ich brauche einen Rat. Kannst du reden?“, dringt die Stimme meiner Freundin zu mir. Soweit ich weiß, hat sie heute ebenfalls einen Auftrag. Aber im Gegensatz zu mir, ist sie auch viel öfter unterwegs.

„Gib mir zwei Minuten.“ Ich befestige das Mikro meiner Kopfhörer an meinem Mantel und schlüpfe lautlos aus der Wohnung der Frau. Dieser Auftrag ist leicht, denn es gibt einen alten Zugang zu einem Schachtsystem im Keller. So kann ich hinein und hinaus, ohne dass mir die Behüter auflauern können. Mit einem leisen Klicken ziehe ich die Wohnungstür zu.

„Okay, was liegt an?“, frage ich und eile den dunklen Flur entlang.

„Ich habe ein klitzekleines Problem mit drei Behütern.“

„Und wie soll ich dir da helfen?“, frage ich, denn ich kann ja schwerlich zu ihr eilen.

„Es sind *deine* drei Behüter“, erklärt Miranda freudlos. „Sie sind aufgetaucht, kurz nachdem mein Coup erfolgreich war. Nun verstecke ich mich, aber sie suchen nach mir. Ich dachte, dass du mir ein paar Tipps geben kannst.“

„Die drei sind bei dir?“

Miranda stößt ein bestätigendes Murren aus. Kurz kommt mir die Begegnung mit Cedric heute Nachmittag wieder in den Sinn und ein wildes Kribbeln fährt mir durch den Bauch. Doch ich verdränge es. Nun ist wahrlich nicht die Zeit für so etwas.

„Gut, dann versuch, dich an Julian vorbei zu schleichen. Er ist schlau, aber kein besonders guter Behüter. Dafür halte dich von Vincent fern. Er ist recht langsam, aber unglaublich geschickt und stark. Wenn er dich einmal hat, entkommst du ihm nicht. Und Cedric… lass dich einfach nicht von ihm sehen. Er hat eine große Auffassungsgabe und will jeden Dieb unbedingt fangen. Er gibt als letzter der drei auf."

„Und in so jemanden verguckst du dich?", schnaubt Miranda abfällig.

„Ja", erwidere ich. „Das tue ich."

Miranda bleibt mehrere Sekunden stumm.

„Ist da irgendwas zwischen euch vorgefallen?", fragt sie schließlich.

„Ja, aber das erzähle ich dir erst, wenn du heil da herausgekommen bist."

„Dann nachher noch bei mir?"

„Nein, ich bin zu müde. Ich will ins Bett."

„Okay, dann schreibe ich dir, wenn ich deinen Jungs entkommen bin."

„Alles klar, ich muss jetzt auch aufhören. Mein Netz ist gleich weg. Und ärgere sie nicht zu sehr."

Ein Kichern dringt durch das Handy zu mir. „Versprochen."

Damit legt Miranda auf und ich gehe die Treppe in den Keller hinab. Dass sie geschnappt werden könnte, bezweifle ich. Denn Miranda ist zwar nicht so gut wie ich, besitzt aber ein besonders großes Können, wenn es um das Entkommen geht. Im letzten Abteil des Kellers beuge ich mich zu einer alten Luke. Das Schloss hat einer von Saphirs Männern für mich entfernt und ich schlüpfe leise hinein. Sobald der Zugang hinter mir wieder verschlossen ist, lehne ich mich an den dunklen, niedrigen Gang, der aus einfachem Beton besteht, und schließe einen Moment die Augen. Die Müdigkeit greift mit harter Hand nach mir, nun da das Adrenalin des Raubes nachlässt. Aber es ist bereits halb vier und ich muss spätestens halb sieben wieder aus dem Bett, wenn ich rechtzeitig um acht an der Uni sein will. Außerdem steht an diesem Nachmittag eine Schicht im Dekoladen an und in der nächsten Nacht muss ich erneut hierher zurückkehren. Nicht die ganzen Aufgaben, die ich für mein Studium auszuarbeiten habe, mit einberechnet. Irgendwie bleibt keine Zeit zum Schlafen, aber mein Körper verlangt es. Wenn das noch lange so weitergeht, kippe ich irgendwann um.

„Wieso auch muss Saphir gerade jetzt auf die Idee kommen, einen Krieg anzufangen?“, seufze ich und schlüpfe aus meinem langen Mantel. Ich stopfe ihn in meine Tasche, die ich hier stehen ließ und ziehe eine normale Jacke an. Somit falle ich am Zugang zu diesen Gängen nicht auf. Dann ziehe ich noch eine Taschenlampe hervor und suche mir meinen Weg hier heraus. Wenn ich Glück habe, bekomme ich zumindest noch zwei bis drei Stunden Schlaf.

Cedric

Ein wenig missmutig trete ich aus der U-Bahn-Station, die den Traumgärten am nächsten liegt und vergrabe meine Hände tief in den Taschen meiner Lederjacke, da ein kalter

Wind durch die Straßen pfeift. Der verhangene und regnerische Tag, der langsam in den Abend wechselt, passt ausgezeichnet zu meiner Laune, die nicht die beste ist. Die Schuld daran trägt Violett, die uns gestern durch die Lappen gegangen ist und zuvor auch noch die Perle des Polizisten stahl, den wir bewachen sollten. So viel zu dem Thema, dass wir die Besten seien.

Um mich von meinen finsteren Gedanken abzulenken, habe ich mich entschieden, Vals Anfrage wahrzunehmen und mir einmal ihr Krankenhaus anzusehen. Zuvor informierte ich mich etwas über ihre Arbeit und tatsächlich hat diese bereits einiges an Anerkennung gewonnen. Die Neugier treibt mich ebenso hierher wie das Bedürfnis, mein Versagen der letzten Nacht mit anderer Hilfe wieder wettzumachen.

Als ich Vals Krankenhaus jedoch schon von weitem sehe, hebe ich eine Augenbraue. Es handelt sich bei dem Gebäude um eine alte Lagerhalle direkt am Flussufer. Der Geruch von abgestandenem Wasser und Erbrochenem ist nicht unbedingt einladend, trotzdem gehe ich auf das etwas heruntergekommene Gebäude zu. Der Putz blättert von den Wänden und Schutt liegt auf einem Haufen direkt neben dem Eingang. Val hätte ruhig etwas mehr von ihrem Vermögen in das Haus stecken können. Als ich jedoch durch das offenstehende Portal trete, empfängt mich ein mehr als unerwarteter Anblick.

Boden und Wände der gigantischen Halle wurden definitiv erst vor kurzem restauriert und der gammelige Geruch wechselt mit dem von Desinfektionsmitteln und typischer Klinik. Direkt neben dem Eingang steht ein verwaister Tresen, an dem wohl sonst ein Mitarbeiter sitzt und die Patienten begrüßt. Dahinter stehen mehrere Schreibtische an den Wänden und ein Teil der linken Wand ist mit Vorhängen abgetrennt, um vielleicht ein wenig Privatsphäre zu ermöglichen. Der Rest der Halle ist vollkommen zugestellt mit sauberen, sehr neu aussehenden Liegen, von denen die meisten mit schlafenden Menschen belegt sind. Dazwischen befinden sich nur schmale Gänge, die einige Menschen in weißen Kitteln nutzen, um zwischen den Patienten hin und her zu wechseln. Im Vergleich zu den Schlafenden sind es viel zu wenige. Da dies eine Klinik für Traumperlenopfer ist und hier meist geschlafen wird, ist die Beleuchtung sehr spartanisch, sodass ich das Ende der Halle kaum erkennen kann. Ich will schon zwischen die Liegen treten, um mich ein wenig umzusehen, als ich meinen Namen höre.

„Cedric! Du bist wirklich gekommen.“ Bevor ich sie davon abhalten kann, schmeißt mir Val bereits die Arme um den Hals und drückt mich fest an sich.

Belustigt tätschle ich ihr den Rücken. „Ich habe doch versprochen, dass ich einmal vorbeischaue.“

„Wo sind deine beiden Freunde?“, fragt sie mit einem Stirnrunzeln. Erneut fällt mir auf, dass die berühmte Schauspielerin hier in dieser Gegend nicht zu existieren scheint. Val trägt einen weißen Kittel wie die anderen auch und keinerlei Make up, wodurch sie nicht mehr so perfekt scheint, eher wie eine ganz normale Frau.

„Vincent schläft um die Zeit noch tief und fest und Julian hat noch etwas im Hauptquartier zu tun. Sie wollten aber auch einmal vorbeischauen.“

Val nickt zufrieden, dann deutet sie hinter sich. „Und?

Wie findest du es?“

Noch einmal lasse ich meinen Blick durch die große Halle schweifen. „Für die schlechte Gegend und das, was du hier sehr wahrscheinlich vorgefunden hast, beeindruckt mich dein Krankenhaus schon ziemlich. Ich habe auch gelesen, wie beliebt deine Arbeit unter den Süchtigen geworden ist. Ich kann nun verstehen, wieso dich die Diebe aus dem Weg haben wollen.“

Val winkt unbeeindruckt ab. „Wie ich schon einmal bemerkt habe, kann ich mich durchaus selbst schützen.“

„Oder schützen lassen“, grinse ich breit. „Mir sind die verteilten Wachen auf den Nachbargebäuden durchaus aufgefallen. Und ich kann mir vorstellen, dass auch ein paar hier drin stationiert sind.“

Val sieht mich belustigt an. „Respekt für deine guten Augen. Ja, Hatson hat mich davon überzeugt, dass ich nicht nur auf meine Träume achtgeben sollte.“

„Was das angeht“, beginne ich, trete zu dem nächstgelegenen Schreibtisch, schnappe mir ein Stück Papier sowie einen Stift und schreibe meine Nummer darauf, um sie dann Val zu geben. „Wenn du doch einmal das Gefühl hast, uns Behüter zu benötigen, ruf einfach an.“

Vals Augen blitzen erfreut auf. „Danke, ich werde es im Hinterkopf behalten. Aber genug davon. Bist du hier, um mir zu helfen?“

„Ja“, antworte ich. „Du hast mich mit dieser neuen Behandlungsmöglichkeit neugierig gemacht und ich will sie gern einmal ausprobieren, wenn du mich lässt.“

„Liebend gern“, klatscht Val in die Hände. Dann sieht sie mich abschätzend an. „Sag, wie stark ist deine Kraft? Bei dir kann ich mir durchaus vorstellen, dass sie über dem

Durchschnitt liegt.“

„So? Kannst du das?“, grinse ich, werde aber schnell wieder ernst. „Sie kann sich schon sehen lassen.“

Was ein wenig tief gestapelt ist. Meine Gabe ist sehr gut ausgebildet und ich sehr geschickt in ihrer Anwendung. Aber ich will das Val nicht aufs Auge drücken, sonst kommt sie noch auf den Gedanken, dass ich ständig herkommen soll. Dafür bleibt mir allerdings nicht die Zeit.

Val überlegt kurz, winkt mich dann aber hinter sich her. „Vielleicht kannst du mir mit meinem neusten Problem helfen.“

Sie klingt ernst, weswegen ich ihr ohne ein Wort folge. Sie führt mich zu einem der abgetrennten Bereiche und als ich den Vorhang hinter mir lasse, stutze ich überrascht. Vor mir liegt praktisch ein vollständig eingerichtetes Krankenzimmer. Es misst nur drei mal drei Meter und in der Mitte, umgeben von einer nicht unerheblichen Anzahl von Geräten, steht ein Bett, in dem ein kleines, schlafendes Mädchen liegt. Sie hat zartes, braunes Haar und kann kaum acht Jahre alt sein.

Val geht zu ihr, setzt sich auf den Rand des Bettes und streicht dem Kind über die Wange. „Das ist Mia. Sie kam erst heute Morgen hier an und ich mache mir furchtbare Sorgen um sie. Ihr Vater ist nicht wirklich süchtig, nimmt aber die Traumperlen regelmäßig zu sich. Mia hat gestern seinen Vorrat gefunden und die Perlen für Bonbons gehalten.“

Ich stöhne ungehalten auf, denn ich kann mir gut vorstellen, was passiert ist. „Wie viele hat sie geschluckt?“

„Ihr Vater meint zwölf.“

Kurz schweigen wir, denn die Bedeutung dieser Zahl

ist uns beiden klar.

„Das überlebt sie nicht“, sage ich aber trotzdem. „Mia wird viel zu lang brauchen, um all die Träume zu durchwandern.“

„Ihr Körper wird auszehren und am Ende versagen. Ich weiß. Aber es kommt noch schlimmer.“ Val berührt Mias Kopf, wodurch sich der Traum um uns herum materialisiert. Doch er ist nicht golden, sondern schwarz, dunkel und unheimlich. Ich fluche fürchterlich.

„Die Perlen haben sich gegenseitig beeinflusst und die Träume zu Alpträumen gewandelt.“

Val nickt traurig. Doch dann blickt sie zu mir auf. „Das ist der Grund, warum ich Hilfe brauche. Mia kann überleben, weißt du?“

Jetzt bin ich ganz Ohr. „Wie?“

„Durch die neue Technik, die ich entwickelt habe. Die vielen Menschen sind hier, um endlich wieder ohne die Perlen träumen zu können. Du weißt sicher, dass durch den Einfluss der fremden Träume, die eigenen immer zu Alpträumen werden?“

Ich nicke, denn ich habe es in meiner Ausbildung selbst erlebt, obwohl dies nicht mit den Auswirkungen einer echten Sucht zu vergleichen ist.

„Ich kann ihnen durch die Alpträume helfen“, teilt mir Val mit.

Einen Moment schaue ich sie fassungslos an. „So etwas geht?“

„Ja, ich habe herausgefunden wie. Komm, ich zeige es dir. Sei aber darauf gefasst, dass es sehr schwer und anstrengend sein wird.“

„So etwas hat mich noch nie von irgendetwas abgehalten“, meine ich und nehme den Platz an Mias Seite ein, den Val mir freimacht.

„Ja, genau so habe ich dich eingeschätzt“, meint Val in einem Ton, dem ich am besten keine Aufmerksamkeit schenke. Ich habe keine Lust, dass die Frau mir schöne Augen macht. Soll sie sich lieber mit ihren Bedürfnissen an Vincent wenden.

„Was muss ich tun?“, frage ich daher geschäftig.

Val schnaubt, als wüsste sie, dass ich gerade mein Desinteresse bekundet habe. „Leg Mia die Finger an die Schläfen. Spürst du nun den Traum mit deiner Gabe?“

„Natürlich“, meine ich belustigt. Ich bin ein Behüter, wenn ich nicht mit meiner Gabe umgehen könnte, besäße ich den falschen Job.

„Oh entschuldige, Herr Ich-weiß-und-kann-alles“, erwidert Val daraufhin, was mich fast zum Lachen bringt. „Jetzt sollst du aber rein gar nichts machen, außer dich in den Traum ziehen zu lassen, ihn sozusagen miterleben.“

„Das ist aber ein ziemlicher Eingriff in die Privatsphäre des Patienten“, meine ich mit einem Stirnrunzeln. Trotzdem lasse ich mich innerlich fallen und in den Traum ziehen. Noch immer spüre ich meinen Körper genauso wie meine Finger an Mias Schläfen, doch nun sehe ich den Traum vor meinem inneren Auge, als ob ich ihn erleben würde.

„Anders geht es aber nicht. Du musst Mia durch den Alptraum begleiten. In jedem Traum gibt es einen Ausgang. Den musst du finden“, erklärt Val. Ihre Stimme dringt leicht gedämpft zu mir, weil meine Aufmerksamkeit von dem Traum abgelenkt wird.

„Meinst du einen Auslöser? Wie wenn du dich selbst im Traum erschreckst und aufwachst?“

„Fast. Ich meine einen richtigen Ausgang, eine Tür beispielsweise. Siehst du das Loch weit rechts in Mias Traum? Dort wo goldenes Licht herausdringt?“

Ich sehe mich in dem Alptraum um, der mich durch einen nächtlichen Wald führt, und erkenne allein daran, was Val meint, dass es der einzige Lichtblick in dem Traum ist. Ich nicke.

„Dort musst du Mia hinführen. Danach endet der Alptraum sofort und Mia hat eine Perle abgearbeitet.“

Ich versuche, ihren Anweisungen zu folgen, aber es ist schwieriger, als ich vermutet habe. Der Traum versucht, Mia aufzuhalten, stellt ihr und somit auch mir Blockaden in den Weg oder will das Mädchen verschrecken. Neben den nachtschwarzen Bäumen, die das Kind sowieso schon verängstigen, raschelt ein heulender Wind durch die Blätter, golden leuchtende Augen strahlen in der Finsternis auf und treiben Mia auf Umwege. Als etwas ihren Knöchel versucht zu packen, kreischt sie auf und will flüchten. Nur mit viel Anstrengung kann ich das Traummädchen bei mir behalten und sie weiter auf das Leuchten zu locken.

Es dauert lang, bis wir es hindurch schaffen und erschöpft nehme ich meine Hände von den Schläfen des Kindes. Ich betrachte meine Finger, die vor Anstrengung zittern.

„Wahnsinn“, flüstere ich.

„Ziemlich kräftezehrend, hm?“, fragt Val und reicht mir eine Tasse mit einer dampfenden Flüssigkeit. Ich habe nicht einmal bemerkt, dass sie mich kurz alleingelassen hatte. „Der Tee wird dir helfen, die Erschöpfung loszuwerden. Ich würde Mia gern mehr beistehen, aber ich schaffe nur einen Alptraum pro Tag.“

„Es ist nicht die Erschöpfung, die mich gerade verwundert hat“, unterbreche ich sie und nippe an dem heißen Getränk. „Sondern die Tatsache, dass wir überhaupt dazu fähig sind. Wie hast du das herausgefunden?“

Val setzt sich neben mich und streicht sich ziemlich stolz die Haare zurück, bevor sie mir zuzwinkert. „Vielleicht besitze ich einfach Können?“

Ich zeige ein schiefes Grinsen, gehe aber nicht auf diese offensichtliche Bitte nach Anerkennung und den beinhalteten Flirt ein. Val interessiert mich nicht die Bohne, obwohl ich ihr Angebot früher wohl angenommen hätte, einfach weil es mir die Zeit vertrieb. Aber nun denke ich an Jess und merke, dass ich keine Lust auf eine andere Frau habe. Verrückt.

„Nun aber mal ehrlich“, bremse ich Val aus, woraufhin ihr Blick ein wenig abkühlt.

Sie zuckt mit den Schultern. „Ich habe einfach herumprobiert. Meine Patienten haben es mir erlaubt und ich bin eher durch Zufall auf diese Variante gestoßen.“

Ich muss lachen. „Tja, die besten Dinge finden sich ungewollt.“

„Wohl wahr“, lächelt nun auch Val wieder.

Ich sehe auf Mia hinab und forsche in mir. „Vielleicht kann ich ihr noch durch einen weiteren Traum helfen.“

„Wirklich? Übertreibe es aber nicht. Du musst heute doch sicher noch arbeiten.“

Ich öffne schon den Mund, um zu antworten, als ich mein Handy in meiner Gesäßtasche vibrieren spüre. Ich ziehe es heraus und gehe ran.

„Ced? Bist du zufällig in der Nähe des *Rockkitten*?“, fragt mich Leanders Stimme.

„Nein, gerade nicht. Wieso?“

„Dann unterbrich, was auch immer du tust und komm her. Es gibt Neuigkeiten.“ Seine Stimme klingt ernst, weswegen ich nicht lange fackle.

„Alles klar, ich bin in einer halben Stunde da.“ Ich lege auf und wende mich wieder an Val.

„Doch kein zweiter Versuch?“, fragt sie und ich schüttle den Kopf.

„Nein, meine Arbeit ruft.“

Als ich aufstehe, folgt Val meinem Beispiel. „Danke, dass du vorbeigekommen bist und Mia geholfen hast.“

„Ich sollte dir danken, dass du mir die Möglichkeit dazu gegeben hast“, zwinkere ich ihr zu, woraufhin dieser leicht hungrige Blick in ihre Augen zurückkehrt. Alles klar, scheinbar muss ich bei ihr meinen Charme etwas zurückschrauben.

„Kommst du nun häufiger her?“, fragt sie und folgt mir in Richtung Ausgang.

„Dass ich es *häufig* schaffe, wage ich zu bezweifeln, aber ich werde sehen, dass ich ab und an vorbeischaue.“

Bevor sich Val mir wieder an den Hals werfen kann, hebe ich die Hand zum Abschied und bin bereits aus der Halle verschwunden.

„Bring das nächste Mal deine Freunde mit!“, ruft Val mir noch nach.

„Wird gemacht“, antworte ich, ohne zurückzublicken. Tatsächlich sollte ich Vincent das nächste Mal mitbringen, damit er Val von mir ablenkt. Gerade jetzt, da ich mir vorgenommen habe, für eine Frau ein wenig mehr Aufwand zu betreiben, kann ich ein leichtes Mädchen wie Val nicht gebrauchen.

*

„Das darf doch nicht wahr sein!“, schimpfe ich und knalle die Zeitung so heftig auf den Tisch, dass Jess aufschreckt, die auf eine Hand gestützt döst, als wir uns zu ihr an den Tisch im *Rockkitten* setzen. Überrascht sieht sie uns an.

„Was ist denn passiert?“, fragt sie und streicht sich unter den Augen entlang. Scheinbar die einzige Geste, die sie sich erlaubt, um die Müdigkeit zu vertreiben.

„Das hier“, murrt Vincent, der genauso angepisst ist wie ich, und schiebt ihr die Zeitung zu. Sie nimmt sie auf und liest sich den Artikel durch. Er enthält die Nachricht, dass es heute Morgen auf dem obersten Polizeirevier zu einem Unfall gekommen ist, bei dem der Polizeichef einen Zivilisten erschoss, direkt im Revier. Das war ein Missgeschick, das nicht hätte passieren dürfen, auch wenn sich die Situation mehr als undurchsichtig zeigte. Der Mann hat falsch reagiert und daraufhin blieb ihm nur eine Konsequenz: er trat heute Mittag zurück.

„Und wieso regt euch das so auf?“, fragt Jess und legt die Zeitung auf ihre Bücher, die wie scheinbar immer um sie verteilt liegen. Mir fällt auf, dass sie leicht die Stirn runzelt, aber ich habe gerade nicht die Nerven, um mich zu fragen wieso.

„Weil wir einen Teil der Mitschuld tragen“, erklärt Julian, als ich und Vincent wütend schweigen. „Vorgestern haben wir den Auftrag bekommen, uns um seine Nachtruhe zu kümmern. Es war die Vermutung aufgekommen, dass er Besuch von den Traumdieben bekommt, weil er nicht mehr so durchdacht handelte und sehr reizbar und aggressiv wurde. Ein typisches Indiz, dass seine Träume in andere Hände gerieten."

„Und es stimmte sogar", wütet Vincent dazwischen. „Wir sind vor zwei Tagen auf eine Diebin gestoßen, die gerade mit seiner Traumperle abhauen wollte."

„Violett", wirft Julian ein.

„Und sie ist uns auch noch entkommen, an zwei aufeinanderfolgenden Tagen!"

Jess verzieht den Mund und nestelt an einem ihrer Stifte herum. Unsere schlechte Laune scheint sie ein wenig nervös zu machen. „Aber es ist doch nicht eure Schuld, dass dieser Polizist jemanden erschoss."

„Und wenn doch?", frage ich und sie blickt mit ihren schönen, großen Augen zu mir. Sie erinnern mich an das ruhige Meer an traumhaften Stränden, eine Mischung aus blau und grün. „Was wäre gewesen, wenn wir Violett aufgehalten hätten? Wenn wir sie geschnappt und den Traum hätten zurückgeben können? Vielleicht wäre der Polizeichef dann auf eine bessere Idee gekommen, um die Situation zu lösen und der Zivilist wäre mit seinem Leben davongekommen." Ich stöhne leidvoll auf, fahre mit beiden Händen über mein Gesicht in mein Haar und lehne mich so weit zurück, dass mein Stuhl auf zwei Beine kippt. „Zurzeit läuft es echt mega beschissen. Zuerst entwischt uns Azur mehrere Male und nun siegt Saphir erneut durch eine seiner Diebinnen. Ich dachte, wir wären eine der besten Truppen der Behüter, aber wenn wir nicht bald ein paar Erfolge erringen, gehe ich freiwillig zu einer Nachschulung."

Vincent gibt nur eine Art Knurren von sich und Julian verzieht den Mund.

„Vielleicht schicken sie einfach nur die Besten von sich für diese Aufträge. Ihr könnt nicht alle Diebstähle der Stadt verhindern“, sagt Jess in einem Versuch, uns aufzumuntern.

„Aber wir sind doch auch mit die Besten. Wenn wir so oft versagen, was genau haben wir Saphir denn dann noch entgegenzusetzen? Da können wir uns gleich hier betrinken und ihm freie Hand lassen, denn einen großen Unterschied macht es ja anscheinend nicht“, begehre ich laut auf. Ich bin wütend und habe gerade auch große Lust, ein wenig herum zu jammern.

Sanft legt sich Jess‘ Hand auf meinen Arm. Ihre Berührung überrascht mich, meidet sie diese doch normalerweise.

„Das stimmt nicht“, sagt sie eindringlich. „Ihr macht gute und sehr wichtige Arbeit. Ohne euch würde die Stadt in einen Abgrund fallen, in dem niemand nachts mehr gut schlafen kann. Durch euch bleibt ein Gleichgewicht, mit dem es sich gut leben lässt. Die Diebe sind schlau und suchen sich ihre Wege, egal wie stark ihr seid. Lasst euch von einigen wenigen Rückschlägen nicht entmutigen.“

Ich sehe in ihr besorgtes Gesicht und meine schlechte Laune löst sich wie Nebel unter der Sonne auf. Ein Lächeln zupft an meinen Lippen. Fast beiläufig lege ich meine Hand auf ihre, um sie nicht zu verschrecken.

„Es ist toll, dass du dir solche Sorgen um uns machst, aber wir jammern gerade nur ein wenig auf hohem Niveau. Wir werden unseren Job schon nicht an den Nagel hängen, aber es ist schön, dass du unsere Arbeit so schätzt.“

„Und wir dir scheinbar ans Herz gewachsen sind“, grinst nun auch Vincent. Er will Jess seinen Arm um die Schultern legen, aber sie weicht ihm aus, zu plump war sein Annäherungsversuch. Ein Sieg für mich.

„Oh, bilde dir da mal nicht zu viel ein. Schließlich will auch ich nachts friedlich schlafen.“

„Apropos schlafen. Wann willst du dir unseren Rat zu Herzen nehmen und selbst einmal ausschlafen?“, fragt Julian, der inzwischen in einem von Jess‘ Büchern blättert.

Sie seufzt tief. „Ich würde liebend gern, aber ich muss das Zeug hier bis Ende der Woche fertigbekommen. Vorher ist nichts mit ausschlafen.“

„Vielleicht können wir dir helfen?“, frage ich.

Sie hebt eine zarte Augenbraue und scheint nicht einmal zu bemerken, dass ich ihre Hand noch immer halte. „Das glaube ich nicht. Nichts gegen euer Wissenstalent, aber das hier ist nicht euer Gebiet.“

„Willst du uns herausfordern?“, grinst Vincent und lugt zu Julian herüber, um sich die Fragestellung von Jess‘ Aufgabe durchzulesen, die unser schlaustes Mitglied bereits gefunden hat. Erheitert sehe ich Jess‘ überraschtes Gesicht.

Jess

Diese Jungs treiben mich noch in den Wahnsinn. Jetzt haben sich Julian und Vincent tatsächlich meine Bücher geschnappt, um meine Aufgaben zu machen. Das habe ich wirklich nicht gewollt. Natürlich, ich provoziere die drei regelrecht, sich zu mir zu setzen, wenn ich nach der Arbeit noch hierher komme, aber ich muss ja schließlich den

Schein wahren, dass ich sie ausspioniere, wenn Opal einmal wieder vorbeischauen sollte. Oder einer der anderen Diebe. Und ja, auch weil ich Cedric sehen will.

Nur mit Mühe kann ich jegliche Regung aus meinem Gesicht verbannen, aber mir ist nur zu bewusst, dass er meine Finger noch immer mit einer Selbstverständlichkeit hält, die mein Herz zum Singen bringt.

Aus den Augenwinkeln blicke ich zu Cedric. Er sitzt lässig auf der anderen Seite des schmalen Tisches und beobachtet seine beiden Freunde mit einem leichten Grinsen. Unsere Hände hat er mittlerweile zwischen uns auf den Tisch gelegt und streicht ganz leicht mit dem Daumen über meinen Handrücken, was mich fast in den Wahnsinn treibt und ein warmes Pulsieren durch meinen Körper schickt. Wie von selbst stelle ich mir vor, wie ich mich vorbeuge und ihn küsse, dieses verfluchte Lippenpiercing zwischen meine Zähne nehme und genauso damit spiele wie er gerade.

Gott, was denke ich da?! Dieser Mann ist ein Behüter, mein natürlicher Feind, und was tue ich? Ich verfalle ihm immer mehr, von Mal zu Mal.

Schnell entziehe ich Cedric meine Hand, sperre meine Gefühle weg und verbiete sie mir. Cedric blickt ohne Eile auf, fast als hätte er erwartet, dass ich meine Hand nicht ewig in seiner lasse. Doch sein wissender Blick ändert sich, als er die Bestürzung in meinem Gesicht sieht.

„Jess“, beginnt er, aber das Klingeln meines Handys rettet mich. Ich springe auf und gehe ein paar Schritte weg. Cedrics Blick brennt sich in meinen Rücken.

„Ja?“

„Jessica, komm in einer halben Stunde zu mir und bring

deine Beute der letzten Tage mit“, höre ich Saphirs befehlsgewohnte Stimme.

„Ich bin gleich da“, versichere ich und lege auf. Tief atme ich durch. Meine Welt hat mich wieder eingeholt und ich muss mich dem stellen.

„Okay Jungs, genug mit meinen Spielsachen gespielt, ich muss jetzt los“, sage ich, als ich mich wieder umdrehe. Cedric sieht mich noch immer an, als ob er allein mit seinem Willen herausfinden könnte, was ich gerade denke.

„Gib mir noch eine Minute, dann habe ich deine Sachen fertig“, murmelt Julian und seine Finger fliegen nur so über die Tastatur meines Laptops. Verdutzt stelle ich mich hinter ihn und stütze mich auf die Lehne des Stuhls, um ihm über die Schulter zu blicken.

„Mein Gott, du bist ein Genie!“, rufe ich voller Freude aus, als ich sehe, dass er tatsächlich fast fertig ist. Ich hätte in meiner Müdigkeit wohl noch die halbe Nacht daran gesessen. Dann kommt jedoch ein mulmiges Gefühl in mir auf.

„Wie kann ich das wieder gut machen?“, frage ich vorsichtig, denn so ein Gefallen kostet immer etwas.

Julian legt den Kopf in den Nacken, um mich ansehen zu können. „Das brauchst du nicht. Schließlich hast du mich nicht darum gebeten und es waren nur ein paar Minuten Zeit.“

Die drei Jungs lachen, als sie meinen Gesichtsausdruck sehen. Aber ich bin auch mehr als verblüfft. Noch nie in meinem ganzen Leben hat jemand etwas für mich getan, ohne eine Gegenleistung von mir zu fordern – außer vielleicht Miranda. Mir ist es sogar zuwider, das einfach anzunehmen.

„Gibt es da wirklich nichts?“, frage ich deswegen.

„Wenn du willst, kannst du mir die Tage einen Kaffee ausgeben“, lächelt Julian. Der Junge ist wirklich zu nett und dankbar lächle ich zurück.

„Und mit mir darfst du ausgehen“, säuselt Vincent mir ins Ohr.

„Nein“, sage ich abweisend und mache einen Schritt zur Seite.

Der gutaussehende Mann runzelt missgestimmt die Stirn. Scheinbar bin ich für ihn ein Rätsel, aber so ist es wohl auch besser. Und dieses Mal nimmt er mir die Abfuhr, wie es aussieht, übel. Aber das liegt bestimmt nicht einzig an mir, sondern an den ganzen Misserfolgen in ihrer Arbeit. Denn nicht nur Vincent sieht man die letzte Zeit an, sondern allen dreien. *Vieren*, verbessere ich mich, als Leander zu uns tritt.

„So meine Herren, auf zur nächsten Runde“, seufzt er und lässt einen Stapel Ordner neben meine Sachen fallen.

„Mein Stichwort. Ich verlasse euch dann jetzt“, sage ich und packe eilig meine Sachen zusammen. Selbst mit dem Auto wird es knapp zu meinem Termin mit Saphir.

„Hab noch einen schönen Abend“, lächelt mich Cedric an, doch er sieht ebenfalls bedrückt aus.

Schuldgefühle plagen mich, als ich mich von den Jungs verabschiede. Ich war es nicht, die dem Polizeichef die Träume gestohlen hat, auch wenn ich weiß, was Saphir mit dieser Aktion erreichen will, aber ich mache mir trotzdem Vorwürfe. So viel Unheil und in der nächsten Zeit würde noch einiges davon hinzukommen. Meine depressive Stimmung bleibt und verstärkt sich noch, als ich zu Saphir ins Büro trete.

„Jessica, hast du die Traumperlen?“, fragt mich Saphir, ohne von seinen Unterlagen aufzusehen.

„Natürlich, du kannst dich schließlich auf mich verlassen“, sage ich tonlos und lege einen kleinen Samtbeutel auf seinen Schreibtisch, bevor ich mich auf das Ledersofa setze.

Bei meinen Worten blickt Saphir mich an, ohne den Kopf zu heben. „So? Das sind ja ganz neue Töne von dir.“

Ich zucke mit den Schultern. Denn es ist leider so. Ich gehöre ihm quasi, bin an ihn gebunden durch die Papiere auf denen mein Name steht und das Tattoo. Sacht lege ich die Hand auf meine Seite, während ich Saphir abwartend ansehe.

Der verzieht keine Miene, scheint aber nicht begeistert davon, dass ich ihm nicht antworte. „Wie sieht deine Aufgabe bei den Behütern aus? Hast du neue Informationen für mich?“

„Leider nein, dein Anruf kam gerade in dem Moment, als sie ihren nächsten Einsatz besprechen wollten.“

Ich zögere, denn es kommt mir wie Verrat vor, weiterzusprechen. Die Jungs sind immer nett zu mir gewesen, und ich? Ich laufe zu Saphir und erzähle alles, was ich von ihnen erfahre… Oder zumindest verlangt mein Adoptivvater das von mir. Trotz erwacht in mir. Ich brauche nicht immer zu tun, was dieser Mann von mir verlangt. Die Jungs gehören zu dem Teil meines Lebens, in dem Saphir nichts zu suchen hat! Er kann mich nicht zwingen, ihm wichtige Dinge mitzuteilen. Allerdings scheint mir das ebenfalls Verrat zu sein, nur Saphir gegenüber.

„Gib mir noch ein paar Tage Zeit. Ich will erst einmal meinen Auftrag erledigen und mich um die Informationen für das nächste Opfer bemühen. Dann habe ich mehr Zeit für die vier Behüter."

Saphirs Gesicht verdüstert sich regelrecht über meine Anmaßung. „Du hast wirklich nichts erfahren?"

Außer dass du die Behüter mit deinem Schlag gegen die Polizei schwer getroffen hast?

„Nein."

Saphir schnaubt. „Na gut, es ist eh nicht so wichtig und du hast gute Arbeit bei deinem letzten Auftrag geleistet. Da gewähre ich dir noch ein wenig Aufschub. Aber nach dieser Nacht solltest du dich ein wenig mehr bemühen. Diese Behüter könnten unser geheimer Nachrichtendienst in die innersten Zirkel unserer Feinde sein. Stell dir vor, welche Vorteile sich daraus ergeben könnten. Versuche, sie um den Finger zu wickeln und notfalls betöre einen der Männer."

Ich horche auf.

„Wie bitte?", frage ich und meine Stimme klingt fast schrill.

„Du hast mich schon richtig verstanden. Es ist sowieso an der Zeit, dass du lernst, deinen Körper für solche Dinge einzusetzen. Dass ich keinen meiner Diebe an dich heranlasse, bedeutet nicht, dass du deine weiblichen Reize nicht für deine Aufgaben einsetzen sollst. Opal meinte, dass die Widerstandskraft der Männer bereits mehr als gering dir gegenüber wäre. Mach etwas daraus", sagt er, als ob er über das Wetter redet.

„Aber Saphir, das kann ich nicht!", begehre ich auf und springe von dem Sofa. Schon einmal haben wir darüber gestritten und damals ist es wahrlich eskaliert.

„Setz dich, Jessica", sagt Saphir mit einem finsteren

Blick.

„Aber…“

„Setz dich!“, brüllt er so laut und bedrohlich, dass ich mich vorsichtig zurück auf den Rand der Polster sinken lasse. Voller nur schwer zurückgehaltener Kraft und Wut steht er auf und blickt auf mich herab, als ob ich nur ein kleiner Wurm und er ein mächtiger Drache wäre. „Was du kannst und was nicht, entscheide ich, Jessica. Und solange ich lebe, wirst du meine Entscheidungen akzeptieren und meine Anweisungen ausführen. Hast du das verstanden?“

Nein!, schreit es in mir. Ich will diesem Mann nicht mehr dienen. Ich will ihn bluten sehen, für das, was er mir angetan hat, was er Miranda angetan hat und was er meiner Familie angetan hat. Alles will ich ihm zurückzahlen! Aber ich weiß nicht wie…

„Ja“, flüstere ich und blicke zu Boden.

Zufrieden setzt sich Saphir wieder, rückt sein Jackett zurecht und nimmt seinen Stift auf. „Sehr gut, warum denn nicht gleich so? Geh jetzt und bereite dich auf deinen heutigen Einsatz vor. Es wird der letzte bei diesem Opfer sein und du kannst dir von Rainforest die neuen Unterlagen zum nächsten mitnehmen. Informiere dich gut. Nächste Woche musst du bereits zu ihm.“ Damit winkt er mich weg, aber ich bleibe noch kurz.

„Ich muss dir noch mitteilen, dass ich dir an dem Abend in drei Tagen nicht zur Verfügung stehe.“ Schnell spreche ich weiter, als ein neuer Sturm in Saphirs Augen aufzieht. „Cedric, einer der Behüter, hat mich um meine Hilfe gebeten. Es wäre eine gute Chance etwas aus ihm herauszubekommen.“

Saphir streicht sich über das Kinn, blickt mich dabei

tief an und scheint zu wissen, was in mir vorgeht. Dass ich den Abend niemals dazu nutzen würde, um Cedric auszuspionieren. Dass ich nur mein Versprechen halten will und auch was ich seit Tagen versuche, in mir zu begraben.

„Dann tu das. Aber ich rate dir, mit wichtigen Informationen von dort zurückzukehren. Mein Zeitplan ist straff und ich kann dich nicht lang entbehren. Und nun geh mir aus den Augen und mach deine Arbeit“, murrt Saphir.

Ich nicke ihm zu und gehe ohne zurückzublicken aus dem Raum.

*

Stunden später hocke ich erneut vor dem Bett der Sekretärin. Ihr Gesicht sieht nun im Schlaf angespannt aus und ihr Traum, der sich wie eine goldene Projektion um mich ausbreitet, zeigt mir, dass er schon nicht mehr so rein ist wie die anderen zuvor. Immer wieder tauchen Schatten auf, wo keine sein sollten, und Risse tun sich im Boden auf, wo die erste Sekretärin sie nicht bemerkt – ich jedoch schon.

Saphir hat recht: nur noch diese Perle stehlen und die Frau wäre für Wochen nicht mehr sie selbst. Sie wird mürrischer, aggressiver und reizbarer. Ihre Entscheidungen wären unbedacht und emotionsgeladen. Nicht das, was scheinbar von ihr erwartet wird, denn Saphir bezweckt, dass sie gekündigt wird, um einen seiner Leute beim Bürgermeister einzuschleusen. Etwas, wofür ich nicht verantwortlich sein will. Aber wenn ich ihr den Traum nicht nähme, würde Saphir mich grün und blau schlagen.

Vorsichtig strecke ich die Hand nach der schlafenden Frau aus, berühre sie sanft und durchtrenne dabei die Verbindung. Das goldene Licht sammelt sich in meiner Hand und ich schließe die Finger darum. Kühl schmiegt sich die

Perle an den Stoff meiner Handschuhe.

Eilig stehe ich auf, will hier raus, als ich ein Wimmern von der Frau höre. Ich werfe einen Blick zurück und sehe, wie sich ihr Alptraum bereits manifestiert. Er ist düster und von Angst geprägt. Mitleid kommt in mir auf und ich blicke auf die Perle in meiner Hand. So etwas hat sie nicht verdient… Diese Frau tut auch nur ihre Arbeit und scheinbar sehr gut. Was habe ich für ein Recht, ihr den erholsamen Traum zu nehmen? Allerdings brauche ich ihn.

Entschlossen mache ich kehrt und packe den Alptraum mit harter Hand. Im Gegensatz zu seinem hellen Gegenpart wehrt er sich heftig, aber ich bin nicht umsonst Saphirs beste Diebin. Und er ahnt nicht einmal, dass ich kann, was ich nun tue.

Meine Gabe nutzend beginne ich, den Alptraum umzuschmieden. Dass ich das kann und das dies überhaupt geht, habe ich durch Miranda erfahren. Sie hat vor einigen Jahren eine schwere Zeit durchgemacht, wollte ihren eigenen Träumen entkommen und stopfte sich mit Traumperlen voll. Ich wollte aber nicht, dass sie in die Abhängigkeit rutscht und versuchte, ihr die Alpträume zu stehlen. Auch dies war bis damals nie gelungen. Doch die Angst um meine Freundin beflügelte mich und schließlich gelang irgendwas. Kein Diebstahl, sondern eine Umwandlung. Vielleicht als einzige Begabte auf der Welt kann ich Alpträume in schöne Träume umschmieden.

Es erschöpft mich sehr, aber dieser Frau gönne ich es. Ich zwinge die dunklen Wolken allein durch meinen Willen und meine Gabe in meine zusammengeballte Faust, wo er zieht und drückt, als ob er auszubrechen versucht. Aber meine Gabe ist zu stark. Ich hebe meine Hand, puste hinein und lasse den Traum erleichtert frei. Kurz taumle ich, fange mich aber und sehe zu meinem Werk.

Der neue Traum schwebt herrlich golden um mich herum und mit einem Seufzen sinkt die Frau zurück in den tiefen Schlaf. Ich wende mich um, schwanke erneut kurz, weil ich so erschöpft bin, und gehe mit dem Wissen, dass ich heute nicht nur schlimme Dinge getan habe.

Kapitel 9

simple Erleichterung

Cedric

An diesem Morgen sitze ich mit verschränkten Armen auf einem Stuhl zwischen den anderen Jungs und blicke so wie sie und gut dreihundert weitere Behüter nach vorn, wo auf einem Podest in der Haupthalle der Behüter unser Chef steht und eine ziemlich ernste Rede hält.

„In den letzten zwei Wochen sind die Diebstähle von Träumen extrem angestiegen. Im Gegensatz zum Vormonat haben sie sich fast verdoppelt."

Die Zahl hängt schwer in der Luft und scheint die Decke aus roten Ziegelsteinen über uns wie Qualm zu verpesten. Ein missmutiges Gemurmel bricht unter den Anwesenden aus. Ich bin scheinbar nicht der Einzige, den die Situation richtig ankotzt.

„Unsere Aufklärungsrate hat sich nicht verändert, was eigentlich sehr gut ist. In Anbetracht des vermehrten Aufkommens von Diebstählen genügt dies jedoch nicht", spricht unser Chef weiter.

Jaden Twist ist ein großer, schlanker Mann, den ich noch nie ohne seinen Anzug gesehen habe. Sein Gesicht umrahmt ein akkurater, dunkler Bart und seine ebenfalls schwarzen Haare sind streng nach hinten gegelt. Er ist in den Vierzigern und führt unsere Einheit in dieser Stadt bereits seit fünf Jahren mit harter Hand. Ich finde das nicht schlecht, denn er treibt uns an und will stetige Verbesserung, was nur in meinem Interesse liegt.

„Neben der vermehrten Aktivität der Diebe im Allgemeinen ist uns aufgefallen, dass auch Saphirs Elite häufiger anzutreffen ist. Sowohl Opal, Diamant und Rubin, als auch Green, Yellow und Red sind öfter bei Diebstählen in den wohlhabenderen Schichten unterwegs. Nur Azur wurde seltener gesichtet."

„Was nur heißt, dass wir sie nicht ertappt haben", knurrt Vincent neben mir. „Ungesehen zu stehlen ist ja ihr Markenzeichen."

„Du bist so ein Optimist", höhnt Tamara vom Sitzplatz vor ihm und dreht sich zu uns herum. Sie ist ebenfalls eine recht junge Behüterin, blond, groß, mit tiefblauen Augen und bis über beide Ohren in Vincent verliebt, soweit ich weiß.

„Heute schon", murrt Vincent weiter.

Tamara hebt die perfekten Augenbrauen und wendet sich weiter um, stützt einen Arm auf ihre Lehne. „Wieso? Lief es bei euch nicht gut?"

Ich schüttle den Kopf, als Vincent nicht antwortet, sondern auf seinem Stuhl ein Stück hinabrutscht, um den Kopf auf die Lehne zu legen und die Decke mit seinen Blicken zu durchbohren. „Nein, nicht sonderlich. Erst entschlüpft uns Azur mehrere Male und nun auch noch Violett. Und jedes Mal waren ihre Diebstähle verheerend."

Tamara verzieht den Mund. „Bei mir lief es auch nicht besser. Mir ist Opal drei Mal entwischt und einmal, als ich ihn beinahe in die Finger bekam, hat er mir den halben Arm aufgeschlitzt." Sie hebt den rechten Arm und nun sehe ich den dicken Verband daran.

„Seit wann sind sie so aggressiv?", fragt Julian überrascht. „Waffen sind doch gegen ihre Ehre als Diebe."

„Sie scheinen ziemlich wichtige Aufträge erfüllen zu müssen. Opal wollte mir seine Beute nicht überlassen, selbst auf die Gefahr hin, dass ich ihn schnappe. Ohne die versteckte Klinge wäre er nun in unserem Gewahrsam. Saphir hat etwas vor, das spüre ich tief in mir", erklärt Tamara.

Ihr Blick huscht zu Vincent, der bei ihren Worten anstößig schnaubt.

„Oh, ich weiß ganz genau, welche schmutzigen Gedanken du gerade hast", beschwert sie sich mit knallroten Ohren und schlägt ihm gegen das Knie.

„Als ob dir das nicht gefallen würde", grinst Vincent und sie verdreht die Augen, widerspricht ihm aber nicht.

„Was denkst du, was Saphir vorhaben könnte?", fragt Julian und unterbricht die beiden damit.

Tamara schüttelt den blonden Schopf. „Ich weiß es nicht. Aber ist euch nicht aufgefallen, dass neben den ganzen zusätzlichen Diebstählen vor allem Menschen aus höheren Positionen oder mit wichtigen helfenden Tätigkeiten besucht werden? Der Polizeichef, ein hoher Richter, der kurz vor einem wichtigen Prozess steht, mehrere Berater der Politik, ein Prominenter, der sich für die Stadt stark macht, persönliche Assistenten, von einfachen Arbeitern bis zu Managern sind alle vertreten, haben aber sehr häufig irgendeine Verbindung zur Regierung."

„Weiß er schon davon?", fragt Leander und weist mit dem Kopf zu unserem Chef.

Tamara nickt. „Ja, aber er findet den wichtigen roten Faden nicht. Wir wissen, wer potentiell gefährdet ist, aber noch nicht die genauen Zusammenhänge."

„Deswegen gehen uns wahrscheinlich auch so viele Diebe durch die Finger", meine ich und mache meinem Frust mit einem wütenden Geräusch Luft.

Wir konzentrieren uns wieder auf das, was vorne abläuft, denn es wird die Statistik des vergangenen Monats besprochen.

„Insgesamt wissen wir von mehr als achthundertsechsunddreißig Diebstählen, doch die Quote liegt sehr wahrscheinlich weit höher. Wir haben davon gut die Hälfte verhindern können und bei weiteren zweihundert konnten wir zumindest das gestohlene Gut zurückgeben. Wir haben zehn Diebe fangen können, die jedoch alle die erste Nacht in unserem Gewahrsam nicht überlebt haben", sagt Twist ernst und alle Gespräche in der Halle verstummen. „Ich weiß, dass Sie Ihre Arbeit gut machen, aber Sie müssen bei der Untersuchung noch gründlicher sein. Uns muss endlich ein Dieb in die Hände fallen, der nicht sofort stirbt, sobald er diese Schwelle übertritt."

„Das haben wir doch", überlegt Julian leise und reibt sich über die Augen. „Wir haben ihn überall nach Gift abgesucht, aber nichts gefunden."

„Ja, wirklich überall", stimmt Leander zu und verzieht den Mund bei der Erinnerung.

„Wir übersehen etwas", ist sich Julian sicher.

„Aber was?", frage ich und sehe ihn abwartend an. Wenn dieses Rätsel jemand lösen kann, dann er. Aber er zuckt nur mit den Schultern.

Na toll, im Prinzip tappen wir im Dunkeln, während die

Diebe irgendeinen Plan durchführen, den wir uns wahrscheinlich nie erdenken können. Wenn dieses mysteriöse Sterben der gefangenen Diebe nur aufhören würde… Nachdenklich lasse ich den Rest der Besprechung an mir vorbeiplätschern, aber ich komme einfach auf keine gute Idee.

Eine Nachricht geht auf meinem Handy ein. Sie ist von Val, die fragt, ob ich nicht im Krankenlager vorbeikommen will. Aber auch wenn ich dort helfen könnte, fehlt mir heute die Motivation dazu. Als die Besprechung vorbei ist, bin ich nur noch schlechter drauf und will einfach meine Ruhe.

„Wir sehen uns dann heute Abend", sage ich zu den anderen und gehe, bevor sie mir groß antworten können. Mit meiner miesen Laune will ich lieber keinen Menschen um mich herum haben. Ich kann mir gut vorstellen, dass Vincent seinen Frust bei Tamara abbauen will und die blonde Frau liebend gern zusagt, auch wenn es ihr am Ende mehr weh tut, als sie Freude am Spaß mit Vincent hat. Denn er wird sich von ihr nicht halten lassen. Irgendwie tut sie mir leid und meine Gedanken wandern zu Jess.

Wenn sie einmal bereit wäre, sich mir zu öffnen, würde ich sie niemals mehr gehenlassen. Diese Gewissheit und die Stärke meiner Gefühle für sie wecken noch immer Verblüffung und ein wenig Verachtung gegenüber mir selbst. Aber inzwischen verdränge ich diese Gefühle nicht mehr. Ich sehne mich nach ihr und wünschte zu ihr zu gehen, um meinen Frust loszuwerden. Selbst wenn es nur durch reden wäre. Stattdessen mache ich mich auf den Weg nach Hause.

Doch auch nachdem ich geschlafen habe und am späten

Nachmittag wieder aufstehe, hat sich diese Laune nicht gebessert. Fast scheint es mir, als ob sie sich an mir festsaugt und hinabziehen will in eine unbekannte Finsternis. Unschlüssig stehe ich in meiner Küche, eine Tasse Kaffee in der Hand und frage mich, was ich bis zu meiner nächsten Schicht anstellen soll. Lust habe ich auf nichts. Schließlich gebe ich mir einen Ruck und ziehe mein Handy aus der Hosentasche. Es gibt nur eine Sache, die mich aufmuntern kann. Ich wähle eine Nummer aus meinem Telefonbuch und halte mir das kleine Gerät ans Ohr.

„Hey", sage ich, als abgenommen wird. „Du musst mir einen Gefallen tun. Ich muss die Adresse von jemandem herausfinden."

Jess

Tief schiebe ich meinen Arm zwischen Couch und Wand, denn natürlich musste meine Fernbedienung gerade diesen Weg wählen, statt brav in meiner Hand zu bleiben. Aber nicht umsonst bin ich eine Diebin und mehr als geschickt. Nach wenigen Sekunden halte ich meine Beute stolz in die Höhe. Dieses Mal lege ich sie weit weg von allen möglichen Spalten, in die sie rutschen könnte und springe vom Sofa, um meine Wohnung weiter aufzuräumen.

Ich habe heute besonders gute Laune und die laute Musik, die durch die Zimmer schallt, drückt sie ziemlich gut aus. Einerseits kommt meine Euphorie daher, dass ich durch Julians Hilfe nichts für die Uni machen muss und andererseits, dass heute auch kein Streifzug ansteht. Das wollen Miranda, Malachit und ich nutzen, um einen schönen Abend zusammen bei mir zu verbringen. Eingekauft habe ich schon und nun muss nur die Unordnung der letzten drei Wochen beseitigt werden.

Selbst der weiterhin an mir nagende Schlafmangel kann meine Laune nicht trüben. Wenigstens diese Nacht werde ich meine acht Stunden Ruhe bekommen. Darauf freue ich mich schon enorm: erst ein angenehmer Abend, dann eine warme Dusche und zuletzt ein kuscheliges Bett. Das bedeutet für mich den Himmel auf Erden! Ich muss bei dem Gedanken lächeln, wie leicht ich doch glücklich zu machen bin. Normalität ist bei mir das A und O. Damit eröffnen sich mir wahre Freuden.

Ich bin gerade dabei, meine Regale abzustauben, als mein Handy klingelt.

„Was gibt es?“, frage ich, denn der Ton hat mir schon verraten, dass es Miranda ist. Es begrüßt mich ein Lachen, während ich die Lautstärke der Musik herunterdrehe.

„Jess, das wirst du mir nicht glauben“, prustet sie.

Ich erlahme in meinen Bewegungen. „Versuch es.“

„Dein Verehrer scheint Sehnsucht nach dir zu haben“, kichert sie.

Im ersten Moment wird mir eiskalt. Hatte Opal mich etwa hierher verfolgt? Aber dann wäre Miranda nicht so belustigt darüber. „Wen meinst du?“

„Deinen lockenköpfigen Behüter natürlich.“

Heiße Aufregung wallt durch mich hindurch. „Cedric? Wie? Wo?“, frage ich zusammenhangslos.

„Du bist so süß, wenn die Verlegenheit aus dir spricht.“

„Hör auf damit. Du weißt, dass ich meine Gefühle für ihn nicht noch stärker werden lassen darf.“

„Natürlich weiß ich das. Aber es ändert nichts daran, dass er hier ist.“

„Wo?“

„Auf dem Dach gegenüber. Ich kann ihn von meiner Küche aus sehen.“

Ich gehe zum Fenster meiner eigenen Küche und blicke an dem dunkelgrünen Vorhang hinaus. Unsere Wohnungen befinden sich im fünften Stock eines älteren Mehrparteienhauses und das gegenüberliegende ist ein wenig niedriger, weshalb ich das Dach gut einsehen kann. Tatsächlich entdecke ich Cedric nach nur wenigen Sekunden. Als wäre es das Natürlichste der Welt, liegt er auf den abschüssigen, roten Ziegeln und blickt hinauf in den sternenklaren Nachthimmel, obwohl es erst früh im Jahr ist und die Temperaturen mehr als frisch.

„Was tut er da?“, frage ich mit gerunzelter Stirn.

„Keine Ahnung. Ich weiß auch nicht, wie lang er da schon liegt.“

„Ich kümmere mich darum. Wir sehen uns später.“

„Bis später, aber sei nicht zu fies zu ihm“, lacht Miranda und legt auf.

Wie könnte ich das? Mit einem ergebenen Seufzen wähle ich eine andere Nummer.

Cedric

Es war wirklich eine bescheuerte Idee gewesen, herzukommen. Lieber hätte ich Vals Angebot annehmen und noch etwas Gutes für die Suchtopfer tun sollen. Aber meine Laune hatte sich bereits beim Betreten der Straße deutlich gebessert. Schon von weitem hörte ich die laute Rockmusik, die aus Jess‘ Wohnung die Straße hinabschallte, weil eines ihrer Fenster offenstand.

Tatsächlich trat ich sogar kurz vor ihre Haustür und überlegte, ob ich klingeln soll, mich dann aber doch dagegen entschieden, weil ich ihr nicht hätte erklären können, was ich hier überhaupt tat. *Hi Jess, meine Laune ist verflucht mies, deswegen habe ich unsere Datenbank genutzt, um deine Wohnung ausfindig zu machen.* Das kommt bei einer Frau, die Annäherungen von Männern immer abblockt, bestimmt gut.

Also bin ich auf das Nachbardach gestiegen, was mir als Behüter nicht schwer fiel, um wenigstens einen Blick auf sie zu werfen und dann wieder heimzugehen. Wie gesagt, keine sonderlich gute Aktion, aber zu Hause hatte es sich noch richtig angefühlt. Und tatsächlich konnte ich durchatmen, kaum dass ich sie sah.

Jess räumte gerade ihre Wohnung auf. Sie erheiterte mich, indem sie immer wieder im Takt zu der Musik mittanzte und durch die Zimmer wirbelte. Es war eine neue Seite von ihr, die mir zeigte, dass hinter der schlagfertigen und manchmal auch vorsichtigen Fassade eine junge Frau mit sehr viel Feuer und Freude am Leben steckt. Sie weckt in mir den Wunsch, dies zusammen mit ihr zu erleben und inzwischen hoffe ich, dass sie irgendwann auch so unbeschwert lachen kann, wenn sie bei mir ist.

Sie zu beobachten, tat gut. Aber nach einiger Zeit bekam ich ein schlechtes Gewissen. Es war schon ziemlich dreist, einfach auf das Nachbardach zu klettern, nur um in ihre Wohnung zu blicken. Schließlich bin ich ja nicht pervers. Also lehnte ich mich irgendwann zurück, genoss die

Musik und das Wissen, dass es Jess gut ging und sie sich nur wenige Meter von mir entfernt befand.

So liege ich nun hier und versuche, mich zu überreden, aufzustehen und heimzugehen. Es ist recht frisch und in wenigen Stunden muss ich bereits zu meinem nächsten Einsatz. Doch allein das Wissen, dass Jess so nah ist… Mein Handy schreckt mich auf, als es plötzlich zu vibrieren anfängt. Schnell ziehe ich es aus meiner Hosentasche.

„Ja?“, frage ich argwöhnisch hinein, weil ich die Nummer nicht kenne.

„Sag mal, stalkst du mich?“, fragt die unverkennbare Stimme von Jess. Ertappt kneife ich meine Augen zusammen, ehe ich mich aufsetze und zu ihrer Wohnung blicke. Tatsächlich stützt sie sich auf das Fensterbrett eines ihrer offenen Fenster und blickt mit dem Handy am Ohr zu mir.

„Also als stalken würde ich es nicht betiteln“, versuche ich zu erklären, denn ich muss gestehen, dass ich das so nun nicht geplant hatte. Peinlich ist mir die Situation nicht. Warum auch? Allerdings gerate ich bei Jess‘ nächster Frage ein wenig in Erklärungsnot.

„Was tust du dann auf dem Dach gegenüber meiner Wohnung? Wird das ein neuer Ort zum Abhängen?“

Gerade ihr will ich das sicher nicht erzählen, aber sie anzulügen kommt für mich auch nicht in Frage. Also fahre ich mir mit der freien Hand durch die Haare und gebe ein ergebenes Seufzen von mir. „Der Tag war einfach so beschissen und mir schien, als wärst du die richtige Person, um meine Laune zu bessern.“

Sie schweigt und legt den Kopf ein wenig auf die Seite. Über die Entfernung kann ich ihren Gesichtsausdruck nicht lesen, aber ich vermute, dass sie mich gleich bittet, zu gehen. Ich bin zu grob in ihre Privatsphäre eingedrungen. Doch statt mich zu beschimpfen und ihr Fenster zuzuschmeißen, stellt sie eine weitere Frage.

„Und wieso sitzt du dann da auf dem Dach und hast nicht einfach geklingelt?“

„Weil ich dann hätte erklären müssen, woher ich deine Adresse habe“, gebe ich zu.

„Und woher hast du sie?“ Mich überrascht es, dass ihre Stimme eher erheitert statt wütend klingt.

„Willst du das wirklich wissen?“

„Nein, aber ich denke es mir bereits.“ Sie schnaubt in den Hörer. „Und nun?“

„Was *und nun*?“

„Was willst du tun? Bleibst du da liegen? Gehst du heim? Oder kommst du rüber und erzählst mir, was denn an deinem Tag so beschissen war?“ Über diese offensichtliche Einladung kann ich nur staunen.

„Hast du mich gerade eingeladen, in deine Wohnung zu kommen?“, frage ich nicht gerade elegant. Shit! Wenn ich Pech habe, macht sie nun einen Rückzieher. Doch sie schweigt nur kurz.

„Ja, denn ich kann einen Freund ja wohl kaum in die Nacht schicken, wenn es ihm offensichtlich nicht gut geht. Komm rüber, wenn du willst. Aber bitte durch die Tür wie jeder normale Mensch auch.“

Sie legt auf und macht das Fenster zu. Kurz kann ich nur zu ihrer Wohnung starren, aber dann bin ich auf den Beinen und eile den Weg, den ich auf das Dach genommen habe, wieder hinab. So ein Angebot lehne ich sicher nicht ab und eine Minute später klingle ich an der Tür zu ihrem

Haus. Summend öffnet sie sich mir und ich nehme den Fahrstuhl hinauf in den fünften Stock. Es ist ein älteres Haus in einer durchschnittlichen Wohngegend, mit einfachen, schmucklosen Fluren und ein wenig abgenutzten, grauen Wänden, die trotzdem einen gewissen Charme versprühen. Ganz so wie ich es mir für eine Studentin wie Jess vorgestellt habe. Sie erwartet mich bereits an den Rahmen ihrer Wohnungstür gelehnt, als ich aus dem Fahrstuhl trete. Irgendwie bin ich ein wenig nervös, aber das lasse ich mir sicherlich nicht anmerken.

„Weißt du was?“, begrüßt Jess mich.

„Nein, erzähl“, erwidere ich und trete zu ihr.

Genüsslich nehme ich ihren Anblick in mich auf. Sie trägt nur eine weiche, graue Hose, die ihre zierliche Gestalt ein wenig unförmig erscheinen lässt, sich aber sehr ansehnlich an die Kurven ihres Hinterns und ihrer Hüfte schmiegt und dazu ein enganliegendes weißes Top. Sie ist barfuß, ungeschminkt und zum ersten Mal bemerke ich, wie klein sie wirklich ist. In dieser Natürlichkeit und mit den lose aufgesteckten Haaren bildet ihr Anblick für mich ein Gesamtkunstwerk. So ist sie sogar noch schöner als komplett durchgestylt.

„Ihr Behüter seid wirklich ziemlich merkwürdige Typen. Mit euch wird es nie langweilig. Seid ihr alle so?“, fragt sie und winkt mich herein.

„Alle sicher nicht, aber viele“, versichere ich und folge ihrer Einladung.

Von draußen habe ich ja bereits einen Eindruck von ihrer Wohnung bekommen, doch durch zwei Fenster lässt sich nicht viel sehen. Jetzt erkenne ich, dass Jess‘ Wohnung kleiner als gedacht ist. Der Flur ist eng, aber gepflegt.

Jess hat wenig hineingestellt, um mehr Luft zu schaffen, dafür eine große Fläche der Wand auf der linken Seite mit Farben bemalt. Erst beim zweiten Hinsehen erkenne ich einen Drachen, der scheinbar durch die Kronen von Bäumen bricht. Okay, das habe ich nicht erwartet, aber Jess verblüfft mich auch immer wieder.

Ansonsten führen einfache, weiße Türen in insgesamt vier Räume. Rechts liegt erst die Küche, dann das Wohnzimmer, was ich von draußen erkennen konnte. Das Fenster des Zimmers am Ende des Flures war verhangen, weswegen ich nicht weiß, was sich dahinter verbirgt und auch jetzt verwehrt mir eine Tür den Einblick. Doch durch einen Spalt der letzten Tür links erkenne ich, dass sich dort das Bad befindet. Mir kommt alles ein wenig klein und günstig eingerichtet vor. Egal, Jess scheint es zu reichen und irgendwie passt sie hierher. Als Student könnte ich mir wohl auch nichts Besseres leisten.

Durch die gewohnte Umgebung löst sich etwas von ihrer vorsichtigen Art und mit einer Geste, ihr zu folgen, führt sie mich in die Küche. Auch sie ist klein, nur bestückt mit einer einfachen Küchenzeile, dem wichtigsten an Geräten und einem Tisch, an dem Platz für drei Personen ist. Aufgelockert hat Jess den beengten Raum, indem sie eine Wand knallgelb gestrichen hat.

„Ich habe nicht viel Zeit, weil ich noch Besuch erwarte, aber wenn es dir nichts ausmacht, dass ich zu Ende aufräume, kannst du mir nebenher erzählen, was dich bedrückt. Willst du etwas trinken?“

Ich verneine mit einem Kopfschütteln.

„Kommen Freunde von dir?“, frage ich sie, während sie

sich ein Glas aus einem Schrank nimmt und mit Leitungswasser füllt.

„Ja, Freunde“, bestätigt sie, aber der Ausdruck auf ihrem Gesicht wird dabei ganz weich, sodass unsinnige Eifersucht in mir hochsprudelt. Wer bitte schafft es, bei Jess solch eine Zärtlichkeit hervorzurufen?

„Etwa ein Mann?“, frage ich kalt, ehe ich mich zurückhalten kann. Jess‘ überraschter Blick spricht Bände. Innerlich stöhne ich über meine eigene Dummheit. Wieso benehme ich mich in ihrer Gegenwart so vertrottelt? Ein berechnender Ausdruck funkelt in ihren Augen.

„Ja, ein Mann kommt ebenfalls“, verrät sie mit einem kaum verhohlenen Lächeln.

Ich begegne ihrem Blick mit kühler Gelassenheit. Etwas anderes rettet mich wohl auch nicht. Sie trinkt einen Schluck Wasser, um ihr Grinsen zu unterdrücken und stellt das Glas dann auf die Arbeitsfläche.

„Also, erzähl mir, was dir deine Laune so vermiest hat“, fordert sie mich auf und geht an mir vorbei ins Wohnzimmer.

Es wirkt trotz oder gerade durch die geringe Größe ausgesprochen gemütlich. Direkt unter dem Fenster steht eine Couch, die mit allerlei Kissen bestückt ist und der dunkelblaue Teppich sowie die hellgrün gestrichenen Wände vermitteln mir ein beruhigendes Gefühl. Zudem scheint Jess Holzoptik zu mögen. Fast jeder Schrank oder Tisch besteht aus hellem Holz. Spontan entscheide ich, dass ich mich hier ziemlich wohl fühle.

Während Jess durch den Raum räumt, erzähle ich ihr von den Misserfolgen der letzten Wochen, von der Versammlung am Morgen und auch von den Vermutungen

Tamaras, obwohl ich sie damit beunruhigen könnte. Aber Jess hört einfach aufmerksam zu, stellt ab und an Fragen und scheint überhaupt nicht geängstigt von den Dingen, die ich ihr erzähle, weshalb ich nichts auslasse außer die mysteriösen Tode der gefangenen Diebe. Als ich schließlich verstumme, sitze ich auf ihrer Couch, habe mich meiner Schuhe und meiner dicken Jacke entledigt und sehe zu Jess, die mit dem Rücken an ein Bücherregal gelehnt nachdenkt. Allein all meinen Frust in Worte zu packen, hat mir sehr gut getan und entspannt lehne ich mich zurück, lege meine Arme auf die weiche Lehne und genieße es einfach, hier zu sein.

„Hm", macht Jess. „Wenn ihr in etwa wisst, wer die nächsten Opfer sind und bereits einen Zusammenhang gefunden habt, müsste sich euch doch langsam erschließen, was Saphir vorhat, oder nicht?"

„Leider nein. Ich kann nicht erkennen, was es ihm bringen soll, die Arbeit all der politischen Menschen zu beeinflussen. Wenn er das weiter macht, wird das Land instabil und das ist schließlich auch nichts, was er wollen würde. Es hängt auch sein Geschäft davon ab", erkläre ich und winkle ein Bein an.

Jess öffnet den Mund, doch verwirft sie den Gedanken wohl wieder und zuckt mit den Schultern. „Ich kenne mich mit deiner Arbeit und dem, was im Kopf eines Diebes vorgeht, einfach zu wenig aus, um dir helfen zu können. Aber wieso erhöht ihr nicht die elektronische Überwachung? Alarmsirenen oder etwas in der Art?"

„Wir wollen die Diebe fangen und sie nicht nur in die Flucht schlagen."

„Aber meinst du nicht, dass es besser ist, den Dieb in

die Flucht zu schlagen, als ihn seine Arbeit verrichten zu lassen? Besser der Besitzer des Traumes erwacht, als wenn er bestohlen wird. Zumindest ginge es mir so."

„Mir ebenfalls. Aber der Einfluss der oberen Schichten ist sehr groß. Sie wollen, dass wir unsere Arbeit gut tun, aber es darf nicht an die Öffentlichkeit kommen, dass sie Ziel der Diebe sind. Und ein lauter Alarm verbreitet sich in den Medien schnell."

Jess schnalzt mit der Zunge und legt das Tuch in ihrer Hand ab. „Mir wäre das lieber, als einen Dieb in meiner Wohnung zu haben. Aber wie gesagt, ich habe davon eigentlich keine Ahnung. Tut mir leid, dass ich dir mit deinem Problem nicht helfen kann."

„Oh doch, das hast du bereits. Es tat gut, es dir erzählen zu können", sage ich leise und fange den Blick ihrer grünen Augen ein. „Danke, dass du mir zugehört hast."

Ihr Lächeln heitert mich sogar noch mehr auf.

„Das habe ich gern gemacht. Hat deine Laune denn jetzt von ihrer depressiven Stimmung abgelassen?"

„Sie ist definitiv besser geworden."

Sie öffnet den Mund, um noch etwas zu sagen, beißt sich dann aber auf die Unterlippe.

„Ja?", ermutige ich sie.

„Falls du Zeit und Lust hast, kannst du gern auch noch zum Essen bleiben. Ich bin eh ein wenig im Verzug und könnte jemanden gebrauchen, der mir beim Kochen hilft", sagt sie, ohne mir in die Augen zu sehen.

Innerlich juble ich regelrecht. Nach außen hin erlaube ich mir aber nur ein Lächeln, damit Jess nicht verschreckt wird, denn ich sehe ihr die Verlegenheit deutlich an. „Ich muss erst gegen neun los und etwas zu essen wäre bis dahin nicht schlecht. Also nehme ich dein Angebot gern an. Haben deine Freunde da auch nichts dagegen?“

„Nein, die beiden sicher nicht“, sagt sie und schiebt einen Sessel an seinen scheinbar rechtmäßigen Platz.

Plötzlich schreit sie überrascht auf, als eine Spinne eiligst versucht, vor ihr davonzukriechen. Ich, ganz der Held zur rechten Zeit, will ihr zu Hilfe eilen und das arme Tier retten, als Jess bereits einfach drauf tritt. Wir erstarren beide in der Bewegung und sehen uns an. Ein leidvoller Ausdruck erscheint in ihrem Gesicht.

„Sag mir bitte, dass ich das gerade nicht gemacht habe“, fleht sie regelrecht und ich kann mir ein Lachen kaum verkneifen.

„Was? Mit dem nackten Fuß eine Spinne zertreten?“, frage ich und sie kneift angewidert die Augen zusammen.

„Mach irgendwas“, ruft sie und presst den Fuß noch immer auf die arme Spinne.

Nun kann ich einfach nicht anders und muss wirklich lachen. Sie ist so unglaublich süß, dass der ganze beschissene Tag wie weggeweht ist. Vor ihr gehe ich in die Hocke. „Fuß heben.“

Sie tut, was ich sage und ich weiß, dass das Grinsen auf meinem Gesicht gerade ziemlich fies ist.

„Ja, du hast sie erlegt“, bestätige ich ihr und drücke ihren Fuß wieder hinab auf den Boden.

„Ihhhh!“, kreischt sie und zieht ihren Fuß weg, wodurch natürlich alles noch mehr verschmiert. „Du bist so widerlich!“

„Jetzt gib nicht mir die Schuld, dass du das arme Tier zertreten hast“, lache ich, stehe auf und mache einen Schritt auf sie zu.

Sie verliert fast das Gleichgewicht, als sie versucht, auf einem Bein von mir wegzukommen.

„Nicht flüchten", weise ich sie zurecht, greife nach ihr und hebe sie mit Leichtigkeit auf meine Arme.

„Cedric!", beschwert sie sich. „Was soll das werden?"

Sie wehrt sich ordentlich, aber ich kann einfach nicht anders und habe sie bereits in festem Griff. Sie ist so leicht und zart, dass ich ihr Gewicht kaum spüre. Ohne Eile trage ich sie ins Bad, genieße das Gefühl ihres Körpers unter meinen Fingern.

„Wir befreien deinen Fuß von der zermatschten Spinne", meine ich nur und stelle sie in die Duschwanne. Natürlich sehe ich die leichte Röte in ihrem Gesicht und mich freut es, dass ich es bin, der sie hervorgerufen hat.

„Darf ich die Dame bitten, den Fuß zu heben?", frage ich mit ausgesuchter Höflichkeit, aber sogar mir fällt auf, dass meine Stimme tiefer, verführerischer geworden ist. Es überrascht mich inzwischen nicht mehr, was ihre Nähe in mir auslöst und lasse es einfach geschehen. Ich will diese Frau. Am liebsten ewig an meiner Seite. Aber ich weiß, dass ich vorsichtig sein muss. Jess ist äußerst distanziert, auch wenn ich nicht weiß wieso.

Sie stützt sich mit beiden Händen an die Duschwand und sie so zu sehen, treibt meine Fantasie ordentlich an. Aber ich reiße mich zusammen, ignoriere die Signale meines Körpers und greife stattdessen nach dem Duschkopf. Als ich ihren Fuß abbrause, streicht sie sich lose Haare hinters Ohr. Das macht sie immer, wenn sie verlegen ist. Aber es scheint ihr trotz allem zu gefallen, denn sie hat mich noch nicht hinausgeschickt. Um sie nicht noch mehr aus dem Konzept zu bringen, trete ich zurück und reiche ihr ein

Handtuch. Schließlich bin ich heute Abend schon ein ganzes Stück weitergekommen und will es nicht übertreiben.

„Danke", sagt sie und langsam verschwindet die Röte aus ihrem Gesicht, aber auch der gehetzte Ausdruck in ihren Augen. Das ist gut, denn ich will nicht, dass der Abend bereits vorbeigeht. Meine Schicht beginnt erst in drei Stunden und die will ich mit Jess verbringen.

„Also, da das Fleisch erlegt ist, sollten wir vielleicht kochen. Wann kommen denn deine Freunde?"

Jess

Ich stoße lang die angehaltene Luft aus, als ich die Tür hinter Cedric schließe. Was bringt mich dieser Mann um den Verstand…

Der Abend ist grandios gewesen. Miranda hat nur laut gelacht, als sie Cedric in meiner Wohnung entdeckte und ihn die ganze Zeit meinen Stalker genannt. Malachit, der übrigens in Wirklichkeit Alex heißt, zeigte sich zu Anfang mehr als misstrauisch. Vor allem weil Cedric ihm nicht gerade freundlich gegenübertrat. Erst als dieser verstand, dass Alex und Miranda ein Paar waren, entspannte er sich und ich wollte nicht so ganz glauben, dass sein Verhalten auf Eifersucht begründet wurde. Das wäre zu schön, um wahr zu sein. Danach verstanden sich die beiden Männer recht gut, auch wenn Malachit sehr zurückhaltend war. Das ist nur verständlich, wenn man bedenkt, dass Cedric ein Behüter ist.

Die Situation gestaltete sich gleichzeitig irgendwie unrealistisch, gefährlich und schön zugleich. Cedric passt zu uns dreien und fügte sich nahtlos in unseren Humor und unsere Interessen ein. Als er schließlich zu seiner nächsten Schicht aufbrechen musste, fragte Miranda sogar, ob er nicht einfach blau machen könne, um noch etwas zu bleiben. Doch natürlich sagte er nein, wenn auch mit einem hinreißenden Lächeln.

Ich brachte ihn zur Tür und als ich mich von ihm verabschiedete, sah er mich mit solch offensichtlicher Zuneigung an, dass ich nicht wusste, ob es mich freuen oder mir Angst machen sollte. Er fing meinen Blick mit diesen tiefgründigen Augen, sodass ich erst bemerkte, dass er seine Hand gehoben hatte, als mich seine Finger bereits an der Wange berührten.

„Danke für diesen Abend, Jess", sagte er leise und nahm seine Hand genau in dem Moment zurück, als ich begann, mich unwohl zu fühlen. Als hätte er in mir lesen können. Er zwinkerte mir zu und wandte sich ab, um zum Fahrstuhl zu gehen. Kurz sah ich ihm nach und verlor mich im Anblick seiner kraftvollen Gestalt, ehe ich mich zusammenriss und die Tür schloss.

Miranda lacht hinter mir und reißt mich damit aus meinen Gedanken. „Da ist aber jemand hingerissen."

„Ja, und zwar du", gebe ich ungerührt zurück. Wie sie den Mund verzieht, sagt mir, dass ich durchaus Recht habe.

„Er ist ein richtig netter Kerl. Wieso nur ist er ein Behüter?", beschwert sie sich.

„Andersherum könnten wir auch fragen, warum wir Diebe sind", wirft Malachit ein, der ebenfalls in den Flur tritt.

„Weil wir so unglaublich viel Spaß daran haben", sagt Miranda mit triefendem Sarkasmus.

Ich seufze resigniert. Alles wäre egal gewesen, aber

dass Cedric ein Behüter ist, macht jegliches Näherkommen unmöglich. Dass ich nun auch noch mehr als nur freundschaftliche Gefühle für ihn hege, macht alles umso schwieriger und der heutige Abend hat mir erneut gezeigt, dass auch ich ihm nicht unwichtig bin.

Schlanke Arme legen sich um mich und ziehen mich in eine zärtliche Umarmung. „Ach Jess, bitte schau nicht so betrübt. Liebe ist ein komisches Ding und wenn wir es beeinflussen könnten, würden wir uns viel Schmerz ersparen“, flüstert Miranda leise.

„Wieso nur muss es ausgerechnet Cedric sein?“, frage ich richtig genervt.

„Vielleicht gerade deswegen, weil er ist, was er ist. Ein Behüter ist das komplette Gegenteil von den Männern, mit denen du bisher immer zu tun hattest“, vermutet Malachit.

Doch ich schüttle den Kopf. „Das mag sein, ist aber mit Sicherheit nicht der einzige Grund. Zwischen uns gibt es eine Anziehungskraft, die ich nicht erklären kann. Wenn wir aufeinandertreffen, knistert es richtiggehend und so sehr ich es mir auch verbiete, mir sage, dass ich nicht die Richtige für ihn bin, es klappt nicht. Alle Bedenken sind wie weggefegt, sobald wir uns auch nur sehen.“

Einerseits beglückt mich diese Tatsache, andererseits ärgert es mich furchtbar, dass ich es nicht unterbinden kann!

Miranda und Malachit wechseln einen Blick miteinander. „Tja, Jess, wir beide wissen nur zu genau, was du meinst. Dem, was du beschreibst, kannst du höchstens mit sehr viel Distanz entkommen.“

„Das wird aber nicht möglich sein. Saphir verlangt von mir, dass ich die Jungs ausspioniere“, murre ich.

„Dann musst du dich deinen Gefühlen stellen und es einfach versuchen.“

Bei diesen Worten sehe ich Miranda ungläubig an. Nimmt sie mich gerade auf den Arm?

„Nein, ich meine es ernst“, grinst sie, meine Gedanken erahnend. „Versuch es und sieh, was passiert.“

„Das kann ich dir jetzt schon sagen. Cedric wird ausrasten, wenn er erfährt, dass ich eine Diebin bin, mich verhaften und dann wird mich Saphir töten, ehe ich zwei Minuten in Gewahrsam bin.“

„Oder er gibt dir die Chance, es zu erklären. Alex hat mir auch vieles verziehen.“

„Aber du hast nichts davon freiwillig gemacht.“

„Du doch auch nicht, oder?“

Darauf kann ich nichts erwidern. Kurz überlege ich, aber allein der Gedanke, dass Cedric akzeptieren könnte, dass ich eine Diebin bin, ist zu unwahrscheinlich.

„Ihr kennt seinen Hass auf die Diebe nicht. Er ist ein großer Verfechter seiner Arbeit und wird es mir nie verzeihen, dass ich selbst Träume stehle. Ich tue es ja selbst nicht einmal“, sage ich mit einem Kopfschütteln.

Wieder sieht Miranda Malachit an.

„Denk einfach einmal darüber nach“, erwidert Miranda, tätschelt mir die Wange und geht zurück in die Küche. Malachit schenkt mir ein Lächeln und zusammen folgen wir ihr.

Kapitel 10

ein Aufschrei

Cedric

„Leander? Was macht sie hier?“, frage ich meinen Kollegen und blicke auf Jess, die friedlich mit ihrer typisch lauten Musik im Ohr auf ihren verschränkten Armen schläft. Vor ihr auf dem Tisch in ihrer Lieblingsecke des *Rockkitten* liegen wie immer viele Notizen, Bücher und ihr Laptop.

„Wonach sieht es denn aus?“, grinst Leander und bereitet nebenher den Laden zur Öffnung vor.

Es ist erst kurz nach sechs Uhr morgens und ich und die anderen beiden kommen gerade von unserer Schicht. Es war eine ruhige Nacht und niemand unserer Schützlinge wurde von einem Dieb belästigt, weswegen wir jetzt schon Feierabend machen.

„Ja, aber wieso um diese Zeit?“, frage ich verwirrt.

„Hast du sie etwa über Nacht hier eingesperrt?“, witzelt Vincent.

„Nein, das nicht. Aber sie hat vor gut einer Stunde an die Tür geklopft und gefragt, ob es mir etwas ausmacht, wenn sie hier arbeitet. Sie würde nicht mehr schlafen können und musste aus ihrer Wohnung raus. Wahrscheinlich ist sie hierhergekommen, weil sie wusste, dass ich da bin.“

Nachdenklich blicken wir vier auf sie hinab.

„Das klingt irgendwie so, als würde ihr irgendetwas über den Kopf wachsen“, vermutet Julian und dreht ihren Laptop zu sich herum.

„Das scheint mir auch so“, murmle ich und blicke mit Sorge auf die schlafende Jess.

Schon als wir sie kennenlernten, sah sie müde, gestresst und abgekämpft aus. Vor zwei Tagen, als ich bei ihr daheim gewesen war, schien sie lockerer gewesen zu sein. Aber wenn sie nun hier war, weil sie daheim nicht mehr schlafen konnte, sich hier aber nicht einmal von uns stören ließ, musste sie etwas stark beschäftigen.

„Nicht jeder ist dafür gemacht, Studium und Arbeit zusammen zu stemmen. Vielleicht sollte sie einmal darüber nachdenken, einen Kredit aufzunehmen, anstatt sich komplett fertigzumachen“, meint Vincent und lässt sich mit einem Seufzen auf einem der Stühle nieder.

„Das solltest du ihr einmal vorschlagen“, sage ich und setze mich neben Jess. Sie sieht so friedlich aus und die offenen Haare, deren Pony ihr teilweise in die Augen fällt, lassen sie sehr jung aussehen. Ein Bedürfnis sie vor dem, was sie bedrückt, zu schützen, kommt in mir hoch und vorsichtig strecke ich die Hand nach ihr aus, um ihr durch das Haar zu streichen. Es fühlt sich unbeschreiblich weich an und sie gibt ein leises Geräusch von sich, als ich hindurchfahre.

„Ced?“, fragt Vincent erheitert, doch bevor er weiterreden kann, schnaubt Julian überrascht. Wir sehen zu ihm, während Leander uns unser Feierabendbier vorbeibringt.

„Was ist denn?“, fragt er unseren Jüngsten.

„Seht euch das an“, meint er und dreht Jess‘ Laptop so, dass wir alle darauf sehen können. Die untere Leiste zeigt, dass sie eine ganze Reihe Dokumente geöffnet hat, aber das, was Julians Aufmerksamkeit erregt hat, sind die verschiedenen Seiten ihres Internetbrowsers. Er klickt sie nach und nach durch und jede Seite handelt über einen gewissen Charles McKley.

„Das ist doch dieser berühmte Manager der Ölindustrie, oder?“, frage ich. „Er steht auf unserer List der gefährdeten Bürger.“

„Wieso interessiert sich Jess für ihn?“, fragt Vincent neugierig und klickt die einzelnen Seiten durch.

„Vielleicht muss sie ein Referat über ihn halten“, vermutet Leander schulterzuckend.

„Zumindest steht hier etwas von einem Fach, das Präsentationstechniken und Rhetorik heißt“, füge ich hinzu und tippe mit der freien Hand auf Jess‘ Stundenplan, der auf die Rückseite eines Blocks gezeichnet worden ist. Meine andere konnte ich bisher noch nicht dazu bewegen, wieder aus Jess‘ Haar aufzutauchen.

„Aber ich finde hier keine Aufgabenstellung dazu“, murmelt Julian und sieht ihre Unterlagen durch.

„Leute, wühlt ihre Sachen nicht so durch. Wofür sollte sie es denn sonst brauchen? Und wenn nicht, vielleicht hat sie von ihm gehört und will sich nur informieren“, weise ich Vincent und Julian zurecht. Schuldbewusst schieben sie Jess‘ Sachen von sich.

„Übrigens sollten wir sie wecken“, sagt nun Leander, der sich den Stundenplan besieht. „In etwas mehr als einer Stunde muss sie an der Uni sein.“

„Das übernehme ich“, grinst Vincent. „Es wird mir eine Freude sein, sie wach zu küssen.“

„Wage es ja nicht!“, drohe ich ihm und drücke ihm die

flache Hand gegen die Brust, als er sich schon vorbeugen will.

Dadurch wird sein Grinsen nur noch breiter. „Wieso denn nicht, Ced? Gibt es einen Grund, warum ich es nicht tun soll?“

„Geh mir ja nicht auf die Nerven, Vinc“, fahre ich ihn an.

Durch unsere kleine Auseinandersetzung will der Schlaf wohl nicht mehr bei Jess bleiben, denn sie schlägt die Augen auf. Als sie uns alle vier sieht, schreckt sie plötzlich hoch, wodurch ihr die Kopfhörer herausrutschen.

„Oh mein Gott, wie spät ist es?“, fragt sie panisch.

„Gerade spät genug, dass du es noch zur Uni schaffst“, grinst Leander.

Jess flucht wüst, was ich ihr so gar nicht zugetraut hätte und Vincent zum Lachen bringt. Schnell sammelt sie alle ihre Sachen ein, stopft sie in ihre Tasche und eilt schon davon.

„Jess, du muss noch…“, ruft Leander ihr nach.

„Morgen“, unterbricht sie ihn jedoch und will schon aus dem Café eilen, dreht sich in der Tür aber noch einmal um.

„Cedric, du musst mir noch schreiben, wo ich heute Abend hinkommen soll“, ruft sie und hinterher gleich noch eine Verabschiedung. Schon ist sie weg.

„Sie kann ein richtiger Wirbelwind sein“, lacht Vincent und trinkt aus seiner Flasche Bier. Dann sieht er mich mit einem berechnenden Blick an. „Und was hat sie mit der Sache heute Abend gemeint?“

„Nichts“, weiche ich aus.

„Komm schon, Ced. Seit wann hast du Geheimnisse

vor mir? Gib es halt zu. Du stehst auf Jess. Das ist in Ordnung, wirklich. Ich gönne sie dir."

Daraufhin hebe ich meine gepiercte Braue. Das sind ja ganz neue Töne. Aber Vincent kennt mich bereits seit Jahren und er weiß auch, dass ich bisher nie so besessen von einer Frau war wie von Jess. Er merkt es mir wahrscheinlich an, selbst wenn ich nichts sage. Er schnaubt auf mein Schweigen nur wissend und sieht dann zu Julian, der nachdenklich aus dem Fenster blickt.

„Und was beschäftigt dich, Kleiner? Wenn das so weitergeht, mache ich noch ein Kummertelefon auf."

„Nichts weiter", sagt er, aber wir sehen ihm an, dass seine Gedanken rasen. Etwas hat seine Aufmerksamkeit erregt und er wird nicht eher ruhen, bis er die Lösung des Rätsels gefunden hat. Wir kennen das inzwischen schon.

Leander fragt nun nach unserem Einsatz und während wir ihm berichten und Julian in seiner gedanklichen Analyse versunken ist, werde ich das Gefühl von Jess' samtweichem Haar unter meinen Fingern nicht los. Den Abend kann ich schon gar nicht mehr erwarten.

*

Meine Spannung ist am Nachmittag sogar so stark, dass ich nicht mehr daheim rumsitzen kann und mich entscheide, in die Traumgärten zu gehen und Val meine Hilfe anzubieten. Zum Glück begleitet mich Vincent, denn ich bin in Gedanken so sehr bei Jess, dass ich Vals Annäherungsversuche vielleicht nicht schnell genug bemerken würde, um ihnen auszuweichen.

So reißt mein Freund die Aufmerksamkeit der Schauspielerin voll und ganz an sich. Egal ob sie will oder nicht. Leider ist Vincent ab und an ein Arsch. Er merkt durchaus, dass Val Gefallen an mir gefunden zu haben scheint und will ihr Interesse auf sich lenken, weshalb er ihr Dinge von mir erzählt, die ich nicht einmal meiner Mutter verraten würde. Doch wie blockt man eine Frau am besten ab? Mit einer anderen Frau.

„Und?“, fragt Val ungewohnt neutral. „Wer ist Jess?“

Ich rolle innerlich mit den Augen, lasse Vincent aber einfach machen, während ich Mia durch einen weiteren Traum begleite. Zusammen haben wir ihr dann drei Alpträume genommen und Val meint, dass sie damit bereits den achten Traum überwunden hat. Noch konnte Mia künstlich ernährt und am Leben erhalten werden und wenn sie tatsächlich zwölf Perlen verschluckt hat, würde sie es bald überstanden haben.

„Ein hübsches Mädel, das gegenüber von unserem Treffpunkt arbeitet. Klein, zierlich und mit großen, grünen Augen, jedoch ziemlich unnahbar. Da steht Ced scheinbar voll drauf, denn er bekommt sie nicht mehr aus dem Kopf“, lacht mein Freund.

„Danke, Vinc, dass du mein Liebesleben durchkaust und dann für alle sichtbar auf den Boden spuckst“, sage ich konzentriert.

„Alter, du hast kein Liebesleben mit Jess.“

„Noch nicht.“

„Ist sie echt so toll?“, fragt Val ziemlich missmutig.

Ich muss bei dem Gedanken an Jess lächeln und helle allein durch meine Erinnerung an sie Mias Traum auf.

„Ist sie“, antworte ich ehrlich und sage dabei doch nicht alles. Val scheint es zu genügen, denn sie schnaubt ungehalten.

„Tja, was soll man sagen, den Kerl hat es erwischt“,

lacht Vincent, dann beugt er sich scheinbar zu Val, denn ich verstehe seine nächsten Worte nicht. Vals Reaktion spricht jedoch Bände.

Sie springt plötzlich auf und stößt hervor: „Ich muss mich noch um andere Patienten kümmern.“ Und schon rauscht sie aus dem kleinen, abgetrennten Bereich.

„Vielleicht sollte ich der guten Frau Korath folgen“, flüstert mir Vincent zu und klopft mir dann auf die Schulter. „Viel Erfolg nachher bei Jess.“

„Und dir jetzt mit Val“, erwidere ich. Er lacht leise und geht dann ebenfalls. Später muss ich mich bei Vincent bedanken. Val scheint mir nun kein Problem mehr zu sein, solange ich ab und an Jess erwähne.

Ich konzentriere mich wieder auf Mia, kann die Vorfreude auf den Abend aber kaum mehr verdrängen.

Jess

Ich schwöre, dass mein Herz noch nie so heftig gepocht hat wie jetzt, da ich vor Cedrics Tür stehe und versuche, meinen Körper zu überreden, endlich zu klingeln. Miranda hat vorhin noch einmal kurz eingeworfen, dass ich nicht herkommen sollte, wenn ich mich von Cedric fernhalten will. Ihr habe ich gesagt, dass ich nur mein Versprechen einhalten will, auch wenn er mich dazu quasi gezwungen hat. Aber ihr Lächeln sagte mir, dass ich damit weder sie noch mich täuschen konnte. Ich will bei ihm sein, dieser Anziehung nachgeben, die ich immer in seiner Nähe spüre, auch wenn ich nie näher kommen darf als sonst auch. Die Gefahr wäre anders viel zu groß.

Die ganze letzte Nacht habe ich kaum geschlafen, weil

ich immer wieder alles in Gedanken durchgegangen bin. Meine Gefühle, Mirandas Worte, meine Situation und das, was ich über Cedric weiß. Zu einem Ergebnis bin ich nicht gekommen, nur dass das, was ich hier tue, Irrsinn gleicht. Es ist bar jeder Vernunft und gegen meinen Selbsterhaltungstrieb. Und trotzdem atme ich tief durch und klingle.

Summend öffnet sich mir die Tür und mein Handy vibriert. „Dritter Stock", steht in der eingegangenen Nachricht. Ein kurzer Blick durch den Flur zeigt mir, dass es keinen Fahrstuhl gibt, also gehe ich die Treppe hinauf. Sie besteht aus Holz und versprüht einen alten Charme, obwohl ich deutlich erkenne, dass sie noch nicht so viele Füße gesehen hat wie die Treppe meines Wohnhauses. Warmes Licht fällt von den Lampen der Treppenabsätze und hier riecht es nicht nach einer Mischung aus Essen und Alter.

„Wir haben hier leider keinen solchen Luxus wie bei dir daheim", empfängt mich Cedrics Stimme. Allein ihr könnte ich den ganzen Tag zuhören.

„Der mangelnde Fahrstuhl wird durch andere Sachen wieder wettgemacht. Du wohnst in einer ziemlich guten Gegend", stelle ich fest, als ich den Treppenabsatz erklimme.

Er steht mit verschränkten Armen in der Tür und lächelt mich an. Er sieht gut aus in der knielangen, schwarzen Hose und dem einfachen Shirt. Seine Haare sind ein wenig unordentlich und fallen ihm in die dunklen Augen, die mich erfreut anfunkeln. Bei diesem Blick wird mir ganz anders und kurz überlege ich ernsthaft, ob ich nicht einfach wieder umdrehen soll.

Cedric runzelt die Stirn, als er den Beutel in meiner Hand sieht. „Du hast etwas mitgebracht?", fragt er und tritt mit einer Geste zur Seite, dass ich eintreten soll. Mir fällt auf, dass er keine Schuhe trägt. Irgendwie gefällt mir das.

Mit einem Grinsen reiche ich ihm die Tüte. „Da du meintest, dass du keinerlei Plan vom Backen hättest, habe ich einfach alles Notwendige mitgebracht, falls du etwas vergessen hast."

Empört bläst er die Wangen auf. „Ich habe sicher nichts vergessen!"

„Gut, dann überrasche mich", zwinkere ich, schlüpfe aus meiner Jacke und hänge sie einfach an einen der Kleiderhaken direkt neben der Tür.

Kurz schweift mein Blick durch den Flur. Allein an ihm sieht man, dass seine Wohnung viel größer ist als meine. Aber das habe ich schon vermutet. Er ist ein Behüter, natürlich lebt er gut. Der Boden ist aus hellem Parkett und versteckt unter sich mit Sicherheit eine Fußbodenheizung, die Decken sind hoch, doch von seinem Flur gehen nicht mehr Türen ab wie von meinem auch. Cedric scheint eine Lebensart zu bevorzugen, die nicht ganz dem entspricht, was er sich leisten könnte. Da ich weiß, woher er stammt, überrascht mich seine Sparsamkeit. Sie erfreut mich aber auch und passt zu seiner Art.

„Wie kommt deine Schwester eigentlich auf die Idee, von dir einen Kuchen zu wollen?", frage ich und folge ihm in die Küche. Sie ist erstaunlich normal, ohne viele Extras oder teure Geräte, die Küchenzeile ist definitiv schon einige Jahre alt und ein wenig Unordnung herrscht auch. In der Spüle steht dreckiges Geschirr und mehrere leere Bierflaschen sowie seine Zigaretten liegen auf der Fensterbank. Doch die schwarzweißen Fließen des Bodens sehen sehr neu und hochwertig aus. Ein Lächeln zupft an meinen Lippen. Ja, das passt zu Cedric.

Dieser stöhnt gequält auf. „Weil Maria ein Biest ist. Sie liebt mich, aber sie lässt nie eine Chance aus, mich herauszufordern. Natürlich weiß sie, dass ich nicht backen kann und will morgen sicher eine gute Story hören, wie ich den Kuchen hinbekommen habe."

„Ich habe dir einen Vorschlag zu unterbreiten", unterbreche ich ihn.

Überrascht blickt er mich an, dann hebt sich einer seiner Mundwinkel und er lehnt sich mit verschränkten Armen an die Küchenzeile. „Ich höre."

„Wenn Maria morgen Geburtstag hat, hast du ja ebenfalls, nicht wahr?"

„Gut kombiniert."

„Dann wird meine Hilfe heute Abend dein Geburtstagsgeschenk", eröffne ich ihm.

Erneut sieht er so aus, als ob er damit nicht gerechnet hat, dann grinst er mich an. „Klingt nach einem fairen Deal. Dann muss der Kuchen aber gut werden, sonst musst du ihn an einem anderen Abend noch einmal mit mir backen."

„Einverstanden. Und nun hopp. Ich will nicht ewig dafür brauchen", scheuche ich ihn auf. Aber auch wenn es nicht gerade nett klang, lacht Cedric. Er scheint meinen Humor zu verstehen.

Zusammen machen wir uns an die Arbeit und ich weiß ja bereits, dass kochen mit Cedric viel Spaß macht. Deshalb verblüfft es mich, dass er für das Backen scheinbar keinerlei Händchen besitzt. Tatsächlich versaut er den einfachen Teig gleich zwei Mal.

„Machst du das mit Absicht?", frage ich ihn ehrlich

neugierig, als ich auf den kleinen Berg Salz blicke, der in dem unfertigen Teig thront. Cedric wirft nur entnervt die Arme in die Luft, schnappt sich die Zigarettenpackung von der Fensterbank und öffnet das Fenster.

„Ich habe dich doch gewarnt, dass ich es nicht kann“, murmelt er, während er die Zigarette anzündet.

„Es nicht zu können ist eine Sache, aber das hier ist glatte Sabotage“, werfe ich ihm vor und halte den Löffel hoch, mit dem ich gerade das Salz gerettet habe – oder den Teig. „Dir ist schon bewusst, dass unser Abkommen nicht gilt, wenn du der vernichtende Faktor bist?“

Ein Lächeln erscheint auf seinen Lippen, während er an der Zigarette zieht und den Rauch tief inhaliert. „Das ist mir bewusst, aber vielleicht versuche ich auch nur, deinen Besuch ein wenig in die Länge zu ziehen.“

Mein Herz macht einen Satz und bevor ich mich dazu entscheiden kann, nicht auf seinen Flirtversuch einzugehen, sprudeln bereits Worte aus meinem Mund: „Keine Sorge, dazu benötigst du keinen missglückten Kuchen. Ein Glas Wein reicht mir schon.“

Gott, das war ja schon fast ein Angebot! Was habe ich mir dabei gedacht?

„Ich habe keinen Wein da. Nur Bier, aber davon kannst du dir eines aus dem Kühlschrank nehmen“, meint Cedric und beobachtet mich aufmerksam aus den Augenwinkeln, während er den Rauch hinaus in die Nacht bläst.

„Alkohol klingt eigentlich ganz gut“, seufze ich und nehme mir ein Bier, obwohl ich kein Fan davon bin. Ich mache den Teig fertig, solange Cedric mit Rauchen abgelenkt ist.

„Probiere mal“, weise ich ihn an, als er das Fenster wieder schließt. Ohne zu zögern taucht er seinen Finger in den weichen Teig.

„Dafür gibt es Löffel!“, schelte ich ihn und haue ihm mit ebendiesem auf die Hand.

„Wieso? Er wird doch eh gebacken. Da stört es sicher niemanden, das vorher mein Finger drin steckte“, argumentiert er und probiert den Teig.

„Aber du hast vorher geraucht und das finde ich dann nicht toll.“

„Sei nicht so kleinlich“, sagt er und piekt mich so plötzlich in die Seite, dass ich nicht ausweichen kann.

„Lass das!“

Er sieht mich an und ein durchtriebenes Grinsen breitet sich auf seinem Gesicht aus. „Sag nicht, dass du kitzelig bist.“

Abwehrend hebe ich eine Hand. „Nein, Cedric, lass deine Finger von mir“, verlange ich, aber da spüre ich sie bereits an meiner Seite. Ich kann nicht anders, als kreischend aufzulachen, denn damit erwischt er wirklich meine Schwachstelle.

„Cedric“, flehe ich, aber er lacht einfach mit. Ich versuche mich zu entwinden, aber wie ich schon immer als Azur befürchtet habe, entkomme ich ihm nicht, sobald er mich gepackt hat.

„Hör auf, bitte!“, rufe ich, als mir der Atem ausgeht. Netterweise unterlässt er das Kitzeln wirklich. Atemlos und vom vielen Lachen erschöpft, versuche ich mich wieder zu fangen. Ich merke gar nicht, dass Cedric mir sehr nah ist und einen Arm um meine Taille gelegt hat. Erst als er die zweite Hand hebt und mir eine Strähne aus dem Gesicht streicht, erstarre ich.

„Du hast ein wunderschönes Lachen, Jess“, flüstert er mir leise ins Ohr.

Seine Stimme entfacht ein Feuer tief in mir, doch die Angst davor überwiegt die Freude. Mit großen Augen blicke ich zu ihm auf, stemme leicht meine Hände gegen seine Brust und will Abstand zu ihm gewinnen.

„Danke, aber ich muss den Teig endlich in den Backofen bringen“, versuche ich eine Ausrede zu finden, um nicht länger in seinen Armen zu bleiben – auch für mich selbst. Aber ich klinge so atemlos und fast glaube ich, die Sehnsucht herauszuhören, die ich unterdrücke. Ein wissender Ausdruck erscheint in Cedrics Augen und ohne Gegenargumente lässt er mich gehen. Zum Glück bleibt er auf Abstand, während ich den Teig in die Form fülle und in den Ofen stelle. Er lehnt nur an der Küchenzeile und trinkt ebenfalls ein Bier.

„Darf ich dir eine Frage stellen?“, beginnt er, als ich gerade die Zeit auf meinem Handy einstelle.

„Natürlich.“

„Wieso bist du heute Morgen im Café gewesen?“

„Weil ich nicht mehr schlafen konnte“, weiche ich aus und ziehe mich neben ihm auf die Arbeitsfläche.

„Und da blieb dir kein anderer Ort?“

„Nicht wirklich. Eigentlich wollte ich zu Miranda, aber sie arbeitet meist nachts und sie aus dem Schlaf zu reißen schien mir nicht richtig.“

„Schlaf der dich scheinbar meidet, obwohl du ihn brauchst“, meint Cedric ernst.

„Manchmal ist das so“, erwidere ich mit einem Schulterzucken.

„Jess, was ist es, was dir den Schlaf nimmt?“

Er klingt ernst und besorgt, aber ich kann ihm ja schwerlich sagen, wie sehr mir die Situation im Moment an die Substanz geht. Und dass er einen großen Teil der Schuld trägt. Denn ich will mein Leben ändern. In eine Richtung, die mich näher zu ihm führt. Nur weiß ich nicht wie.

„Es sind viele Dinge“, sage ich deswegen. „Viel Arbeit, viel Stress, viele Gedanken und viele Entscheidungen. Und für all das gibt es ab und an nicht genügend Stunden am Tag, um damit fertigzuwerden.“

Ernst sieht mich Cedric an. Inzwischen hat er sich mir zugewandt und stützt seine Hand neben mir auf die Platte. „Vielleicht solltest du jemanden um Hilfe bitten. Solche Zeiten muss man nicht allein durchstehen.“

„Keine Sorge, das habe ich schon. Nur einige Dinge lassen sich nicht einfach beheben und mir stehen nicht so viele Leute zur Seite, wie du vielleicht denkst.“

„Das kann ich kaum glauben“, sagt Cedric mit gerunzelter Stirn.

„Es ist aber so.“ Finster blicke ich auf meine Hände. In der Sache mit Saphir kann mir niemand helfen.

„Ich stehe dir jedenfalls immer zur Seite“, versichert mir Cedric.

Ich sehe auf in seine tiefgründigen, braunen Augen und da spüre ich es erneut: diese Anziehung, dieses Gefühl, wie er etwas in mir zum Klingen bringt. Es ist atemberaubend schön und ich kann und will ihm nicht widerstehen. Cedric scheint es ebenfalls so zu gehen, denn er atmet tief durch und kommt vorsichtig näher.

„Cedric, das ist keine gute Idee“, bringe ich hervor, als er sich rechts und links von mir auf die Arbeitsplatte aufstützt. Er ist mir so nah, dass ich neben dem Geruch des Kuchens den seinen riechen kann. Eine atemberaubende Mischung aus Deo, Zigarettenrauch und etwas, das nur ihm eigen ist und mich unwiderstehlich anzieht.

Er zögert kurz und sieht mir dabei tief in die Augen. „Vielleicht hast du Recht. Aber ich kann einfach nicht anders. So etwas wie bei dir habe ich noch nie gespürt. Du übst eine Anziehungskraft auf mich aus, gegen die ich nichts machen kann.“

Bei seinen Worten erwacht ein kleiner, flatternder Vogel in meinem Bauch und ein Prickeln fährt mir bis in die Fingerspitzen. Ihm geht es tatsächlich wie mir! Cedric bekommt meine Reaktion durchaus mit und sein Blick wird intensiver, fast schon gierig.

„Und ich will auch nichts dagegen tun“, raunt er.

Mein Atem wird schwer, als er noch näher kommt und ich will nichts mehr, als endlich zu erfahren, wie sich ein Kuss anfühlt, den man sich herbeisehnt. Trotzdem kann ich nicht verhindern, dass ich mich versteife. Cedric bemerkt auch diese Reaktion und stoppt, nur Millimeter von meinen Lippen entfernt. Seine warmen, braunen Augen fesseln mich und ich kann die Hitze seines Körpers spüren.

„Du musst nur nein sagen und ich werde dich nicht küssen“, sagt er ernst.

Sofort will sich das Wort aus meiner Kehle drängen, aber es verliert sich auf den Weg hinauf. Denn ich will diesen Kuss! Mehr als je etwas zuvor. Und doch sitzt die

Angst tief in mir. Ich weiß nicht, wie er es macht, aber irgendwie liest Cedric in mir. Er zieht sich nicht etwa zurück, aber wartet kurz, gibt mir Zeit, nein zu sagen. Und als es nicht kommt, küsst er mich.

Es ist atemberaubend! Seine Lippen zu spüren, stillt einen Durst, von dem ich nicht wusste, dass ich ihn habe, und gleichzeitig schürt der Kuss ein Verlangen in mir, das so stark ist, dass mir alles entgleitet. Mit einem Seufzen lege ich ihm die Hände auf die feste Brust, streiche darüber und meine Finger scheinen zu prickeln. Wir sind beide begierig und vertiefen den Kuss zu etwas, das meine Selbstbeherrschung dahinschmelzen lässt. Seine Lippen sind wundervoll warm, schmecken leicht nach Zucker, Zigarette und Bier und verlocken mich, mehr von ihm spüren zu wollen. Ich sauge sein Lippenpiercing ein und umspiele es mit meiner Zunge, so wie ich es mir schon häufig erdacht habe. Cedric stöhnt auf, packt mich an den Hüften und zieht mich vor an den Rand der Arbeitsfläche.

Ich werfe alle Bedenken über Bord. Wie von selbst legen sich meine Beine um ihn und vergraben sich meine Finger in seinem weichen Haar. Er befreit seine Unterlippe, um bei dem nächsten Kuss seine Zunge mit meiner zu vereinigen. Noch nie in meinem Leben habe ich etwas Schöneres erlebt und in Cedrics Gegenwart verraucht meine Angst – bis seine Hand sich vorwagt und unter mein Top gleiten will.

Als ich seine Finger auf meiner Haut spüre, werde ich mit Macht in die Realität zurückgerissen. Alte Erinnerungen aus meiner Zeit in der Diebesgilde tauchen auf, Bilder setzen sich in mir fest, wegen derer ich mich bisher immer von Männern ferngehalten habe. Meine alte Angst, dass er herausfinden könnte, wer ich wirklich bin, vermischt sich mit dieser neuen Furcht. Mit einem Keuchen stoße ich Cedric von mir. Überrascht löst er sich und sieht mich mit dunklen Augen an.

„Jess, was…?“, beginnt er, aber ich dränge mich bereits an ihm vorbei.

„Das ist ganz schlecht“, stoße ich hervor und klaube mein Handy auf, bevor ich aus der Küche eilen will. Doch Cedric hält mich am Handgelenk fest.

„Nein, das ist es nicht. Jess, das zwischen uns ist gut“, versucht er mich zu überzeugen.

„Das ist es nicht, Cedric.“ Ich will mich befreien und fliehen, aber Cedric lässt das nicht zu.

„Ich verstehe das nicht.“

Oh, das glaube ich ihm. Aber ich kann ihm die Wahrheit nicht sagen.

„Lass mich los, Cedric“, verlange ich flehend und reiße fest an seiner Hand. Mit Leichtigkeit zieht er mich wieder zu sich. Sacht berührt er meine Wange und sofort erwacht erneut Sehnsucht in mir. Aber ich darf nicht, kann nicht, will nicht. Tränen schießen mir in die Augen, weil ich wie zerrissen bin.

„Erklär es mir“, bittet er, als meine Gegenwehr erlahmt.

„Ich kann nicht“, schluchze ich.

„Wieso nicht?“

„Weil du mich hassen wirst.“

„Das könnte ich niemals“, versichert er mit einem Stirnrunzeln. Die Qual und all der Stress der letzten Zeit quellen über und ich kann es nicht zurückhalten.

„Doch, das wirst du. Weil du ein verdammter Behüter

bist und ich eine Diebin“, schreie ich ihm entgegen. Ich reiße mich los, stürme aus dem Zimmer und aus seiner Wohnung, ehe er überhaupt verarbeiten kann, was ich ihm entgegengeschleudert habe. Jetzt habe ich alles kaputt gemacht und während ich in die Nacht hinein renne, rinnt die erste Träne meine Wange hinab, die ich seit Jahren vergieße.

Kapitel 11

unliebsame Erkenntnis

Cedric

Ich bin noch immer vollkommen geschockt. Jess soll eine Diebin sein? Das kann ich einfach nicht glauben! Diese zarte, aufregende Frau ist eine verdammte Diebin!?

„Hier", sagt Leander ruhig und stellt mir ein Schnapsglas mit einer klaren Flüssigkeit hin.

Ich frage nicht, was es ist, sondern kippe es einfach hinunter, verziehe aber den Mund, als der Alkohol brennend meine Kehle hinabrinnt. Nachdem ich mich ein wenig gefasst hatte, rief ich meine drei Freunde und Gefährten an, weil ich einfach nicht wusste, was ich von Jess' Eröffnung halten sollte. Nun sitzen wir hier im geschlossenen Café und die Ungläubigkeit hockt mit am Tisch.

„Jess? Eine Diebin? So ein Unsinn. Bist du dir sicher, dass sie dir das nicht nur aufgetischt hat, damit du sie in Ruhe lässt?", fragt Vincent und blickt finster auf sein Glas hinab.

„Ja, da bin ich mir sicher. Sie klang so aufrichtig und in ihren Augen stand regelrechte Qual", sage ich tonlos.

„Aber Jess? Dieses liebenswerte Mädchen? Das ist so unwahrscheinlich wie Schnee im Sommer", schnaubt Leander und schenkt mir nach.

„So unwahrscheinlich nun auch nicht", traut sich Julian

einzuwerfen.

Wir sehen ihn fragend an.

„Habt ihr nie etwas Ungewöhnliches an ihr bemerkt?“, fragt er nun, als ob wir blind seien.

„Nein, was genau meinst du?“, fragt Leander.

„Ehrlich? Okay, dann zähle ich einmal auf. Am offensichtlichsten ist wahrscheinlich ihr Gang. Ist der euch einmal aufgefallen?“

Ja natürlich ist er das. Für eine so zierliche Frau läuft sie einfach unvergleichlich, raubtierhaft und elegant zugleich. Aber nichts, was sie jetzt als Diebin outen würde. Julian redet weiter.

„Jedes Mal, wenn wir sie sehen, trägt sie hohe Schuhe mit Absätzen, die normalerweise jede Frau auf viele Meter verraten würden. Aber Jess läuft vollkommen lautlos, sogar wenn sie rennt. Sie tritt so weich und gekonnt auf, dass sie sich jederzeit an uns heranschleichen könnte. Ihre Reflexe sind extrem schnell und ihr Körper mehr als trainiert. Neulich ist ihr ein Buch von ihrem Stapel, den sie auf dem Arm trug, gefallen. Sie hat es aufgefangen und dabei die anderen sieben oder acht Bücher ohne Probleme auf einer Hand balanciert. Sie ist stark und geschickt. Habt ihr das nie bemerkt?“

Zu meiner Schande muss ich den Kopf schütteln.

„Wieso hast du uns nicht darauf aufmerksam gemacht?“, fragt Vincent schlecht gelaunt, da er es wohl auch nicht bemerkt hat.

„Weil es auch andere Erklärungen dafür gab. Möglicherweise war sie vor dem Studium in einer Leichtathletikgruppe, was weiß ich. Stutzig wurde ich erst nach und nach. Zum Beispiel dieser Kerl, der einmal hier war und so herablassend tat. Auch wenn Jess meinte, dass sie ihn nur ab und an sieht, kannte sie ihn offensichtlich schon länger und dem Typen traue ich durchaus zu, ein Dieb zu sein. Dann diese komischen Telefonate, die sie bekommt und danach immer schnell weg muss. Aber meine Vermutungen haben sich erst heute Morgen verhärtet, als ich ihre Recherchen über den Öl-Manager auf ihrem Laptop gesehen habe. Wisst ihr, dass ein Lageplan seiner Wohnung darunter war?"

Nun sehen wir ihn sprachlos an.

„Und das hast du uns nicht gesagt? Oder wenigstens mir? Du wusstest, dass ich mich heute Abend mit ihr treffen wollte", fahre ich ihn an und werde dabei richtig laut. Schuldbewusst zuckt Julian zusammen.

„Weil es Jess ist", sagt er daraufhin nur.

„Und das soll heißen?"

„Es passt nicht zu ihr, oder? Sie ist ein sehr liebenswerter und offener Mensch, wenn man sie nicht unbedingt anfassen will. Ihr Wesen und ihr Leben sind zu echt. Sie arbeitet ja wirklich im Dekoladen und auch ihr Studium ist kein Fake. Das habe ich bereits überprüft."

„Also ist sie doch keine Diebin?", fragt Vincent verwirrt.

„Ich denke doch. Aber keine, die in unser Muster passt. Etwas ist an Jess anders und deswegen habe ich euch nichts gesagt."

Wir schweigen. Ich bin zu erschlagen von all dem, aber Frust und Wut vermischen sich mit meinem Hass auf die Diebe. „Vielleicht hat sie einfach nur sehr gut gelogen und geschauspielert."

Eine heiße Woge brennt sich durch meine Adern, als

mir die Idee kommt, dass sie sich vielleicht sogar gewollt in unsere Reihe geschlichen hat, ihre Gefühle nur gespielt waren, der Kuss…

„So eine verfluchte Scheiße!“, rufe ich, springe auf und laufe wie ein gefangenes Tier durch den Raum. „Ich verdammter Idiot bin auch noch zu ihr gegangen und habe ihr von unseren Problemen mit den Dieben erzählt. Sie hat behauptet, nicht zu wissen, wie ein Dieb tickt und dabei ist sie selbst eine.“

Ich bin so enttäuscht und wütend, dass es sich richtig in mir anstaut. Und dabei kann ich den Kuss und ihre Tränen nicht vergessen… Die Erinnerung an die Weichheit ihrer Lippen, das Gefühl ihrer Finger in meinem Haar und ihre Beine um meinen Hüften bringt mich fast um den Verstand.

„Was machen wir jetzt? Holen wir sie uns und bringen sie ins Hauptquartier?“, fragt Julian.

„Verdammt, ja!“, ruft Vincent fast ebenso wütend wie ich.

„Nein“, höre ich mich selbst sagen. Überrascht sehen mich die anderen an. „Ich will wissen, wieso sie so gequält aussah, als sie mir die Wahrheit gesagt hat. Wieso sie so zurückhaltend war, wenn sie uns doch offensichtlich ausspionieren sollte und wieso sie so anders ist als die Diebe, die wir sonst immer schnappen.“

„Es gibt tatsächlich viele Ungereimtheiten, was sie betrifft“, wirft Leander ein.

„Und ich befürchte, dass sie genauso wie die anderen Diebe, die wir gefasst haben, stirbt, wenn wir sie offiziell zu den Behütern bringen“, seufzt Julian.

Trotz meiner Wut und der Frustration kommt Widerwille in mir auf. Nein, Jess darf nicht sterben. Nicht diese schöne, einfach perfekte Frau. Naja, perfekt bis auf die Tatsache, dass sie eine verfluchte Diebin ist. Fest balle ich meine Hände zu Fäusten.

„Was also sollen wir machen?“, presse ich hervor.

„Bring sie her“, schlägt Julian vor. „Wir behalten die Tatsache, dass sie eine Diebin ist, erst einmal geheim und sie soll die Chance bekommen, uns alles erklären zu können.“

„Und wieso sollten wir das tun?“, fragt Vincent finster.

Julian zuckt mit den Schultern. „Vielleicht weil ich es gern wissen will. Ich glaube nicht, dass Jess uns nur etwas vorgespielt hat, und vor allem dir nicht“, sagt er ernst zu mir.

Gott, das hoffe ich auch! „Na gut, dann gehe ich sie holen.“

„Nein, Cedric, nicht jetzt. Du bist zu wütend auf sie“, hält mich Leander zurück.

„Soll ich etwa warten, bis ich mich abreagiert habe? Das kann noch eine ganze Weile dauern.“

„Dann warte eben. Jess hat morgen Uni. Hole sie dort ab.“

„Das ist eine beknackte Idee“, schnaubt Vincent. „Sie wird nicht dort sein. Wahrscheinlich packt sie jetzt schon alle Sachen und verzieht sich in ihre Gilde.“

„Wenn das tatsächlich der Fall sein sollte, hat sie es nicht anders verdient. Dann geben wir eine Fahndung nach ihr heraus und lassen sie suchen. Sie wird unbrauchbar, für wen auch immer sie arbeitet.“ Dann grinst Leander. „Bereit einer Diebin eine Chance zu geben?“

Julian nickt, wahrscheinlich von Neugier getrieben.

Auch Vincent neigt den Kopf. „Aber wenn sie keine sehr gute Erklärung hat, reiße ich ihr persönlich den süßen Arsch auf.“

Die anderen sehen mich an. Ich bin hin- und hergerissen. Nur zu gern möchte ich Jess eine Chance geben, aber egal, was sie sagt, sie wird immer eine Diebin sein. Doch eine, die ich unvorstellbar liebe. Schließlich nicke ich. „Na gut, lassen wir uns erklären, was sie da für einen Mist verzapft hat.“

Jess

Total müde trete ich aus dem Gebäude auf das Universitätsgelände.

Die Nacht war einfach furchtbar gewesen. Bis nach Hause bin ich gerannt, auch wenn Cedric recht weit von mir entfernt wohnt, immer mit der Angst, dass er mich einholt und festnimmt. Aber niemand folgte mir. Als ich ankam, schlug ich fest die Tür hinter mir zu, als ob mich meine Wohnung retten könnte. Kaum trat ich in die Stille, hielt ich es nicht mehr aus. Ein Schrei stieg aus mir empor, der klang wie von einem verletzten Tier. Ich rutschte zu Boden, umklammerte meinen Oberkörper und brach in wildes Schluchzen aus.

Der Kuss von Cedric war alles gewesen, was ich mir je gewünscht hatte. Seine Worte, seine Berührungen, die Gefühle, die ich in seinen Augen sah, das ist es, was ich will. Nichts weiter. Aber wieder einmal hat mir Saphir alles verdorben. Er hat mich zu dem gemacht, was ich bin, hat mich gebrandmarkt und mir somit alle Hoffnungen genommen, je wirklich mit Cedric zusammen sein zu können. Und nun würde ich von dem Mann, den ich liebe, gefangengenommen werden. Miranda hat sich mit ihrer Theorie getäuscht.

Ich wartete darauf, dass er mich holte, selbst als meine Tränen versiegten. Kein Auge machte ich zu, aber so sehr ich lauschte und zitterte, er tauchte nicht auf. Bis zum Morgen blieb ich allein und als die Zeit kam, dass ich zur Uni musste, ging ich einfach hin. Was sonst sollte ich machen? In die Gilde gehen und Saphir sagen, dass sich seine beste Diebin einem Behüter verraten hatte und er sie nun nicht mehr gebrauchen konnte? Am Ende würde er mich noch in der Gilde einsperren und nur für Einsätze herauslassen. Dann ließ ich mich lieber von Cedric gefangen nehmen.

Tief seufze ich und gehe die Stufen hinab, um ... irgendwohin zu gehen. Vielleicht sollte ich Miranda Bescheid geben.

Wie zufällig hebe ich den Blick, der zielsicher eine bestimmte Person findet, fast als ob er von ihr angezogen wird. Alles Blut weicht mir aus dem Gesicht, als ich Cedric entdecke. Er sitzt auf einer niedrigen Mauer, die das Gelände umfasst und scheint hier irgendwie nicht herzugehören mit seinen Piercings, der dunklen Lederjacke und den Boots. Noch hat er mich nicht bemerkt, denn er blickt auf seine verschränkten Hände hinab. Gerade als ich mich frage, wie ich an ihm vorbeikomme, sieht er auf.

Sein Blick ist so finster, dass mein Körper die Kontrolle übernimmt. Ich tue das einzige, was mir in den Sinn kommt: ich wirble herum und renne weg. Doch ich trage hohe Schuhe und habe zudem noch eine schwere Tasche dabei. Ich bin zwar auch so sehr schnell, aber nicht so schnell wie Cedric. Schon höre ich seine Schritte hinter mir. Panik erfasst mich und ich bin kurz davor, meine Tasche nach ihm zu werfen. Aber eigentlich will ich, dass er mich fasst. Ich habe genug von dem Versteckspiel, bin das Leben als Diebin leid. Vielleicht wäre es wirklich einfacher, mich von Saphir töten zu lassen. Aber ich hänge an meinem Leben. Also rase ich über einen kleinen Streifen Wiese, der den Campus schöner machen soll, und genau da schnappt mich Cedric. Ich spüre seine Hand an meiner Schulter und schon reißt er mich herum.

„Du entkommst mir nicht, Jess", knurrt er, während ich versuche, mich zu entwinden. Zusammen stürzen wir zu Boden. Seine Arme schlingen sich um mich und verurteilen mich zu vollkommener Bewegungslosigkeit. Nun kommt wirklich Angst in mir auf.

„Cedric, bitte, nicht so auffällig! Wenn das einer der Diebe sieht, bin ich in wenigen Minuten tot", keuche ich und drehe den Kopf, damit ich ihn ansehen kann.

„Ist das gerade wirklich deine größte Sorge?", knurrt er wütend. Ja natürlich, wenn Saphir hiervon erfährt, rettet mich nichts mehr. Schließlich trage ich mein Verderben schon in mir.

„Ja, Cedric. Vor dir und den Behütern habe ich weit weniger Angst als vor der Rache der Diebe. Bitte, lass mich aus diesem Griff. Ich laufe auch nicht weg", flehe ich und mein Blick zuckt über die vielen Studenten, die bereits neugierig hersehen.

Cedric lacht hart. „Meinst du, ich vertraue einer Diebin?"

Ich sehe wieder ihn an und setze mich dem Hass aus, der mir aus seinen sonst so warmen Augen entgegenstrahlt.

„Bitte", sage ich ernst. „Wenn du auch nur ein wenig

für mich empfindest und nicht willst, dass ich in deinen Armen sterbe, lass mich aus diesem Griff. Ich schwöre, dass ich nicht weglaufe."

Ich zwinge mich dazu, zu entspannen und nun sehe ich Verblüffung in Cedrics Augen.

„In meinen Armen sterben? Das wird nicht passieren, Jess."

„Wenn du mich nicht los lässt, schon."

Kurz blickt er mich an, verwirrt und noch immer wütend. Aber dann löst er sich von mir, gibt meine Arme und Beine frei. Ich rege mich nicht, bleibe einfach liegen und atme tief durch. Cedric setzt sich auf, bleibt aber über mich gebeugt, um mich notfalls packen zu können. Aber nun sieht es nicht mehr aus wie eine Festnahme, eher wie zwei Liebende, die sich ausruhen.

„Danke", flüstere ich erleichtert.

„Noch solltest du mir nicht danken", knurrt er. „Beantworte mir nur eine Frage: War alles nur gespielt?"

Überrascht über gerade diese Frage blicke ich ihn an. Da sehe ich neben all der Wut und dem Hass auch, wie verletzt er ist. Er muss denken, dass ich meine Gefühle für ihn nur vorgetäuscht habe. Ich hebe die Hand und streiche ihm sacht über die Wange. Er sieht aus, als ob er sie mir gleich brechen will, also lasse ich sie sinken und sehe ihm fest in die Augen.

„Nein, ich habe dir nie etwas vorgespielt. Ich habe dir nur nicht alles über mich erzählt."

Ich weiß nicht, ob er mir glaubt, aber er steht abrupt auf und reißt mich mit hoch.

„Komm mit", sagt er nur und führt mich von dem grünen Fleck Erde.

„Wo bringst du mich hin?“, frage ich ängstlich.

„Ins *Rockkitten.*“

Damit überrascht er mich erneut. „Nicht in euer Hauptquartier?“

Er wirft mir einen finsteren Blick zu. „Nein, wir wollen Antworten. Je nach dem, was du uns erzählst, entscheiden wir.“

Das war solch ein faires Angebot, dass ich ihn nur stumm anstarren kann. Sie liefern mich nicht aus. Zumindest nicht sofort. Das war mehr als ich erwarten konnte. Mit einem Seufzen füge ich mich in mein Schicksal, lege meine Finger um Cedrics und folge an seiner Seite. Dies ist besser als all meine Alternativen und eine kleine Hoffnung erwacht in mir, dass Cedric und die Jungs mir wirklich die Chance geben, von der Miranda gesprochen hatte.

*

„Also, fangen wir mit etwas Einfachem an“, beginnt Leander. Seine Stimme ist neutral, während Julian neugierig und Vincent finster dreinblicken. Doch es ist Cedric, der mich nervös macht. Er läuft mit verschränkten Armen auf und ab und saugt dabei an seinem Lippenpiercing. Kurz kommt in mir die Erinnerung auf, wie ich das selbst tat, als wir uns küssten. Doch nun habe ich die Chance auf eine Wiederholung vertan, weil aus mir die Wahrheit herausgeplatzt ist. Und wie ich ihm gesagt habe, hasst er mich nun.

Mit einem Seufzen sehe ich zu Leander auf. „Und was wäre das?“

Ich sitze an einem der hinteren Tische, hier im *Rockkitten*, das für mich in letzter Zeit ein Zufluchtsort geworden ist und bemühe mich, die anderen Menschen zu ignorieren, die nicht wissen, was hier gerade vor sich geht. Ich weiß nicht, warum die Jungs hier in aller Öffentlichkeit mit mir reden wollen. Vielleicht damit ich keine Dummheiten mache und ihnen am Ende entwische. Sie müssen wissen, dass ich meine Identität niemals in unnötige Gefahr bringen würde.

„Wir werden ein kleines Frage-Antwort-Spiel spielen." Leander fährt fort, als ich ihn nur abwartend ansehe. Mein Herz schlägt ziemlich schnell und ich habe ein großes Bedürfnis nach Flucht, aber ich werde mich dem hier stellen. „Du bist tatsächlich eine Traumdiebin?"

Fest sehe ich ihm in die Augen. „Ja."

„Eine von Saphirs?"

„Natürlich, er hat diese Stadt so fest in der Hand, dass eine andere Gilde nicht neben ihm existieren kann."

„Zeig es uns", verlangt Vincent hart.

„Das ist nicht dein Ernst, oder?", frage ich an seinem Verstand zweifelnd, denn ich weiß, dass er das Gildentattoo meint. Wussten die vier denn nicht, dass mich das umbringen könnte? Doch sie sehen mich nur abwartend an. Ungehalten stehe ich auf und sofort greifen die Jungs nach den Pistolen an ihren Gürteln.

„Ganz ruhig, ich tue euch schon nichts. Oder wollt ihr hier drin eine Schießerei anfangen? Cedric, bleib stehen. Du musst mich decken, damit mich niemand sieht."

Ich trete zu ihm und einen Moment sieht es tatsächlich so aus, als ob er vor mir zurückweichen will. Aber er bleibt stehen und dreht sich so, dass sein Körper mich vor neugierigen Blicken verbirgt. Jedoch versteift er sich sichtlich und verschließt sich vor mir. Das schmerzt mehr, als ich mir selbst eingestehen will, doch habe ich mir das selbst zuzuschreiben, mir und dem, was ich bin…

Kurz zögere ich und hebe dann kurz meinen Pullover über der rechten Hüfte. Ungläubige Ausrufe kommen auf.

„Also ist es wahr", stellt Cedric fest und ich sehe auf in seine Augen.

„Ja."

Der Schmerz, den ich für eine Sekunde in seinem Gesicht lese, beschämt mich.

„Und wer genau bist du?", fragt Leander weiter.

„Das müsst ihr nicht wissen."

„Nun spuck es schon aus", verlangt Vincent rüde, aber ich schweige. „Also ist es so schlimm? Vielleicht ist sie Red oder Yellow."

Empört blase ich die Wangen auf. „Yellow? Willst du mich beleidigen?"

„Azur", kommt es leise von Julian und sofort erstarre ich.

Cedric stöhnt leidvoll auf. „Sag nicht, dass er Recht hat. Bitte sei nicht Azur!"

Leider kann ich ihm den Gefallen nicht tun. „Doch, ich bin Azur."

Vincent flucht fürchterlich und schlägt so fest mit der Faust auf den Tisch, dass ich mich wundere, dass dieser nicht gespalten zu Boden fällt. Überrascht sehen die anderen Gäste auf und ich hoffe innigst, dass uns niemand zuhört.

„Die ganze Zeit haben wir versucht, dich zu schnappen und du schleust dich einfach bei uns ein? Wie dreist ist das denn, du hinterhältiges Biest!" Vincents Worte treffen mich, aber sie sind auch mehr als unfair.

Wütend begehre ich auf. „Jetzt komm mir nicht so! Ich

habe mich niemals aufgedrängt. Nie habe ich euch ausgefragt oder am Anfang auch nur gewusst, dass ihr euch hier trefft. Wenn dann habt ihr *meine* Nähe gesucht."

Kurz schweigen die Jungs.

„Irgendwie hat sie Recht. Nie hat sie uns um Hilfe gebeten oder in Gespräche verwickelt. Immer haben wir uns zu ihr gesetzt und uns ungefragt eingemischt", springt mir Julian bei.

„Also war es nicht deine Aufgabe, uns auszuspionieren?", fragt Cedric leise.

„Nein", begehre ich auf, muss dann aber umschwenken. „Doch, aber nicht zu Anfang. Saphir wusste nicht, dass ich so oft hierher komme. Durch einen anderen Dieb erfuhr er es und gab mir dann auf, euch im Auge zu behalten und Informationen aufzuschnappen. Aber ich gab ihm nie etwas. Einerseits weil ich keine Zeit hatte und andererseits, weil es mir gegen den Strich ging. Ich wollte das alles nicht. Ich habe doch nur ein wenig Normalität gesucht." Ich klinge inzwischen fast wehleidig und bittend, weil ich so gern möchte, dass sie mich verstehen. Vor allem Cedric, der direkt neben mir steht und doch nicht ferner hätte sein können.

„Wieso?", fragt nun wieder Leander.

„Wieso was?"

„Wieso suchtest du Normalität? Du hast dir das Leben als Diebin doch ausgesucht."

Nun kann ich ihn wirklich nur sprachlos anstarren. Ein ungläubiges Lachen drängt sich meinem Hals empor, aber ich halte es zurück. Mit großen Augen sehe ich zwischen den vier Behütern hin und her. Aber überall sehe ich die gleiche Unwissenheit.

„Ihr denkt wirklich, ich wäre freiwillig Diebin?“

Die Blicke, die die Jungs austauschen, sprechen Bände.

„Ja natürlich. Das Tattoo beweist deine Treue zu Saphir.“

Nun lache ich wirklich freudlos auf. „Ihr habt wirklich keine Ahnung? Dabei dachte ich, dass die Behüter es inzwischen wissen müssten.“ Ich hebe meinen Pullover noch einmal ein Stück und zeige auf den blauen Schmetterling. „Dieses Tattoo bindet mich an Saphir, aber sicher nicht freiwillig.“

Als mir die ganze Bedeutung klar wird, lege ich einen Moment meine Hand an die Lippen. Ich kann es einfach nicht glauben.

„Deswegen also hast du mich so unverständig angesehen, als ich meinte, dass Saphir mich sofort tötet, wenn er herausfindet, dass ihr von mir wisst“, sage ich zu Cedric.

„Was meinst du? Jess, erkläre dich“, verlangt er, aber seine Stimme klingt nicht mehr so abweisend.

Resignierend lasse ich die Schultern sinken. „Na gut, dann erzähle ich euch alles, auch wenn ich es nicht gern tue.“

Schwer schlucke ich und wappne mich, den vier Männern meine Geschichte zu erzählen.

Cedric

Voller Wut bin ich mit Jess hierhergekommen und kann es nicht fassen, dass sie wirklich Azur sein soll. Aber nun, da Jess so verletzlich aussieht, nehmen die alten Gefühle wieder überhand. Das Bedürfnis, sie zu schützen, ist so stark, dass ich beinahe die Hand nach ihr ausstrecke.

Aber meine Verwirrung und die Fassungslosigkeit halten mich zurück. Das alles kann einfach nicht wahr sein! Und doch stehe ich hier mit einer Diebin und höre ihr zu.

Jess ist verwirrt über etwas, das ich nicht verstehe. Sie hat mich neugierig gemacht und kurz schiebe ich den Hass beiseite, den ich auf die Diebe im Allgemeinen habe. Jess schlingt die Arme um sich und zeigt damit, wie unangenehm ihr das Thema ist.

„Bitte hört einfach nur zu, denn ich rede nicht gern darüber und will nicht unterbrochen werden", bittet sie und fährt gleich fort, bevor einer von uns etwas sagen kann. „Es stimmt, dass das Tattoo ein Zugehörigkeitssymbol ist. Aber es wird nicht einzig an die treuen Gefolgsleute vergeben, sondern an alle Begabten, die Saphir in die Hände fallen. Es ist nicht einfach nur ein Tattoo. Es dient auch als Giftdepot. Zusammen mit der Farbe wird auf eine Weise, die ich nicht kenne, ein Gift in unseren Körper injiziert. Wir können dagegen nichts machen und es behindert uns nicht. Aber es ermöglicht Saphir die komplette Kontrolle über uns. Denn er hat den Auslöser, der das Gift aktiviert und uns innerhalb von Sekunden tötet. Wir müssen ihm also folgen, egal, ob wir wollen oder nicht. Eigentlich hatte ich gedacht, dass die Behüter davon wissen, denn inzwischen wird regelrecht Menschenhandel mit den Begabten betrieben."

Ihre Worte sind ein Schlag in mein Gesicht und kurz kann ich die Tatsache nicht fassen. Den anderen geht es scheinbar nicht anders, denn sie sehen Jess nur sprachlos an. Ein injiziertes Gift, das Saphir die Kontrolle über das Leben seiner Diebe gibt? Menschenhandel mit Begabten? Das klingt einfach zu kurios. Unser Schweigen gibt Jess die Möglichkeit fortzufahren.

„Ich war vier, als sich meine Gabe zum ersten Mal zeigte. Sie ist sehr stark, aber das habt ihr euch wahrscheinlich schon gedacht. Ich entdeckte sie zufällig und ärgerte meinen Bruder, indem ich ihm seine Träume stahl. Er regte sich immer furchtbar darüber auf. Meine Eltern erklärten mir, was genau ich da tat und wie viel Verantwortung ich von der Natur in die Hände bekommen hatte."

Sie lächelt leicht, als sie sich erinnert. Doch dann beißt sie sich auf die Lippen und scheint regelrecht zusammenzusacken.

„Meine Eltern wollten mich zu den Behütern schicken, doch Saphir erfuhr von mir, bevor ich das entsprechende Alter für die Ausbildung erreichte. Er ließ meine Familie ermorden und es wie einen Unfall aussehen, er bestach die Behörden, dass er mein neuer Vormund wird und bekam mich so ganz legal in die Hände. Damals war ich sechs. Offiziell bin ich also seine Adoptivtochter und im Geheimen bildete er mich zu seiner Elitediebin aus. Ich bin gut in dem, was ich tue. Aber im Gegensatz zu vielen anderen, habe ich nie eine Wahl gehabt. Genau wie einige andere Diebe ebenfalls. Ihr könnt mich hassen für das, was ich tue und was ich bin. Mir geht es ja nicht anders."

Ihre Stimme klingt rau und sie beißt sich so fest auf die Lippen, dass ich mich nicht wundern würde, wenn gleich Blut fließt. Eine kleine fiese Stimme in meinem Kopf flüstert, dass das alles auch vollkommen erlogen sein kann, zu kurios sind ihre Eröffnungen. Aber ich will das einfach nicht glauben. Ich weiß, dass ich sie hassen sollte, aber ich kann es nicht. Gleichzeitig greife ich nach ihrer Geschichte wie ein Ertrinkender nach einem Strohhalm, da sie mir einen Weg aufzeigt, Jess nicht hassen zu *müssen*.

Mit traurigen Augen blickt sie mich an. Die Sehnsucht nach ihr drängt sich bei ihrem Anblick wieder in mir hoch und beinahe überkommt es mich. Zu gern würde ich sie in den Arm nehmen und ihr etwas von dem Leid nehmen, das ich in ihren Augen sehe. Aber es steht zu viel zwischen uns.

„Es tut mir so leid", flüstert Jess und wendet sich von mir ab.

Ein wenig hilflos blicke ich zu den anderen.

„Das kam unerwartet", sagt Leander, während sich Vincent tief ausatmend durch die Haare fährt. „Eines interessiert mich jetzt brennend: bist du tatsächlich Saphirs Adoptivtochter?"

Jess nickt nur.

„Scheiße", haucht Vincent. „Das wird uns nie jemand glauben."

„Aber alles, was sie erzählt, ist schlüssig", meldet sich Julian zu Wort und will ausführlicher werden, aber das Klingeln von Jess' Handy unterbricht ihn.

Jess erstarrt und blickt auf das kleine Gerät, das sie auf den Tisch hatte legen müssen. „Das ist er. Ich muss da rangehen."

Leander scheint nicht begeistert, reicht ihr das Gerät aber trotzdem. Jess' Finger zittern ein wenig, als sie danach greift. Ich kann das verstehen, denn wenn Saphir erfährt, dass sie uns alles erzählte, würde sie sehr wahrscheinlich in wenigen Sekunden tot sein. Dieses Wissen konnte nur schwer zu ertragen sein, falls es denn wahr ist.

„Ja?", fragt sie und lauscht kurz. „Alles klar." Und schon legt sie wieder auf. Unsicher spielt sie mit dem

Handy und sieht uns der Reihe nach an. „Saphir will, dass ich zu ihm komme. Ich muss sofort los, sonst merkt er etwas. Was wollt ihr jetzt tun?“

Das ist eine verdammt gute Frage. Vor uns steht eine der meistgesuchtesten Diebe des Landes und sie würde sich einer Verhaftung nicht widersetzen können. Wenn ihre Story jedoch stimmt, bedeutet das ihren Tod. Wenn wir sie allerdings gehenlassen, sehen wir sie vielleicht nie wieder. Das ist eine Zwickmühle aller feinsten Art.

„Eine Frage, Jess“, beginnt Julian und durchbricht das nachdenkliche Schweigen. „Wenn wir dich jetzt gehenlassen und dir versichern, dass nichts, was wir tun werden, um deine Geschichte zu überprüfen, auf dich zurückzuführen sein wird. Wirst du uns dann helfen?“

Jess‘ Augen weiten sich. „Das würdet ihr für mich machen?“

„Da bin ich mir noch nicht sicher“, erwidert Leander und streicht sich über den Bart.

„Ich auch nicht“, murrt Vincent. „Woher sollen wir wissen, dass du nicht einfach abhaust?“

„Wohin denn? Ihr wisst, wo ich wohne, studiere und arbeite. Ihr lasst mir ja nicht einmal meine Ruhe, wenn ich in meinem Lieblingscafé sitze.“ Es war wohl ein Versuch, alles ein wenig aufzulockern, aber dafür ist es zu früh.

„Du könntest auch einfach bei Saphir in der Gilde bleiben“, werfe ich ein.

Ein Grauen tritt in ihre Augen, das so definitiv nicht gespielt werden kann. „Niemals“, stößt sie hervor. „Eher sterbe ich durch das Gift.“

Sie sagt das so voller Überzeugung, dass sogar Vincent eine Augenbraue hebt. Was hat sie dort nur erlebt?

„Ich bin dafür, sie gehenzulassen“, sagt Julian überraschend.

„Wieso?“, fragt Leander.

„Weil ich ihr glaube. Ihre Geschichte deckt sich mit einigen Ungereimtheiten, die mir schon oft aufgefallen sind. Und es kann ebenfalls nur in ihrem Interesse sein, dass es geheim gehalten wird, dass wir nun ihre wahre Identität kennen. Ob ihre Geschichte stimmt oder nicht, ist unerheblich. Wir wissen nun wer Azur wirklich ist und das allein nimmt Saphir seine beste Diebin. Er kann sie dann nicht mehr so einsetzen, wie er will und das zieht Konsequenzen nach sich, die auch Jess nicht riskieren will.“ Da hat er durchaus Recht. Das wissen wir alle. Und Jess wohl auch, denn sie verzieht den Mund.

„Okay, hier ein Kompromiss: ihr lasst mich gehen mit dem Versprechen, das alles erst einmal für euch zu behalten, bis wir noch einmal Zeit hatten, darüber zu reden. Und ich werde so bald wie möglich zurückkommen und mich euren Fragen stellen. Klingt das gut?“

„*Gut* ist wahrlich übertrieben, aber wenn du Recht hast, bleibt uns fast nichts anderes übrig. Sterben lassen können wir dich ja wohl nicht“, schnaubt Vincent. „Schließlich bist du die beste Quelle an Informationen, die uns je in die Finger geraten ist.“

Ich kann sehen, wie sehr seine Worte Jess treffen. Sie presst fest die Lippen aufeinander, erwidert jedoch nichts.

„Gut, dann geh. Aber bleib mit uns in Kontakt. Nicht dass wir auf falsche Schlüsse kommen und eine offizielle Suche nach dir starten“, sagt Leander und macht eine Geste mit der Hand, dass Jess gehen soll.

„Danke“, erwidert sie nur, schnappt sich ihre Tasche

und will aus dem Café eilen.

Ich halte sie jedoch auf und nehme mir die Schachtel Zigaretten vom Tisch. „Ich begleite dich hinaus."

Stumm folgt sie mir und ich vermute fast, dass sie ohne ein Wort geht, aber sie bleibt unschlüssig stehen, als ich mir die Zigarette anstecke.

„Weißt du", beginnt sie schließlich, „das alles ist es, was mir in letzter Zeit den Schlaf nahm."

„Was genau meinst du?", hake ich nach.

Sie sieht mich aus ihren schönen, großen Augen an. „Ihr. Ihr seid der Grund, warum ich an meinem bisherigen Leben so sehr zweifle. Ich habe mich noch nie bei den Dieben wohl gefühlt, aber es ist mein Leben seit ich sechs war. Egal, wie sehr ich mich aufgelehnt und gegen Saphirs Regeln verstoßen habe, nie ist mir der Gedanke gekommen, dass ich wirklich von dort weg will. Ich habe nie daran geglaubt, dass ich etwas Besseres verdient hätte. Bis ich euch kennenlernte und der Wunsch in mir aufkam, doch etwas zu ändern." Sie dreht sich um und geht ein paar Schritte, lässt mich überrascht zurück. Dann sieht sie noch einmal zu mir. „Und ich hatte übrigens recht. Ich habe dir gesagt, dass du mich hassen wirst. Und obwohl du meintest, dass das nie der Fall sein könnte, habe ich es vorhin deutlich in deinen Augen gesehen. Tut mir leid, dass ich dir den Tag versaut habe. Trotzdem alles Gute zum Geburtstag."

Mit diesen Worten geht sie, vergräbt tief ihre Hände in ihren Manteltaschen und lässt bedrückt die Schultern sinken. Jetzt fühle ich mich wie der größte Arsch der Welt.

Jess

„Jessica, du siehst nicht gut aus. Ist alles in Ordnung?“, fragt mich Cloud besorgt, als ich aus dem Fahrstuhl steige.

Es ist erst später Nachmittag und in dem großen Vorraum jede Menge los. Nicht nur Diebe gehen aus und ein, sondern auch Geschäftskunden und Mitarbeiter von Saphirs Firma, die jedoch allesamt den rechten Zugang nutzen. Sie wissen nicht, dass auf der linken Seite der Eingang zur ansässigen Gilde liegt.

Ich verschränke die Arme auf Clouds Tresen und stütze das Kinn darauf. „Das weiß ich noch nicht so genau, wenn ich ehrlich bin. Mir raubt das Studium und die Arbeit viel Kraft. Und dass mein Vater in den letzten Wochen so oft nach mir verlangt, macht meine Nächte nicht länger“, gebe ich zu. Ich will Cloud nicht anlügen, aber ihr alles zu erzählen kommt nicht in Frage. Auch wenn ich ihr ans Herz gewachsen bin, wird sie es prompt an Saphir weitertragen.

Die ältere Frau runzelt die Stirn. „Vielleicht solltest du ihn einmal fragen, ob er dir Geld zur Verfügung stellen kann. Er ist ja nun kein armer Mann.“

Ich lächle sie an. „Das sicher nicht. Aber wir wissen beide, dass mich das einen Preis kosten wird, den ich nicht zu zahlen bereit bin. Es missfällt mir schon, dass er mir die Miete abnimmt.“

„Was sollte er denn von dir verlangen? Du arbeitest doch schon so viel, wie er will.“

Mir fällt da ein ganzer Haufen Sachen ein, die ich der armen Frau aber nicht zumuten will. Auch sie hat nur eine kleine Ahnung, was in der Gilde vor sich geht.

„Im schlimmsten Fall setzt er mich vor die Wahl, mein Studium zu beenden oder wieder hierherzuziehen. Und ich will beides: das Studium und meine eigene Wohnung."

Cloud verzieht verstehend den Mund. „Du machst dir dein Leben aber auch nicht einfach."

Ich muss lachen, weil sie ja keine Ahnung hat. „So sind wir jungen Menschen halt", zwinkere ich ihr zu. „Ich muss dann rein. Er wird wütend, wenn ich ihn warten lasse."

Cloud nickt und schenkt mir noch ein Lächeln, bevor ich durch das linke Portal die Gilde betrete. Kaum erreiche ich den großen Gemeinschaftsraum, als auch schon jemand meinen Diebesnamen ruft. Miranda kommt freudestrahlend auf mich zu. Doch ihr vergeht das Lachen, als sie meine Miene sieht.

„Kleine, was ist denn passiert? Ist der Abend gestern bei deinem Stalker so mies gelaufen? Eigentlich hätte ich erwartet, dass du mir sofort Bescheid gibst, wenn du daheim bist."

Sie senkt die Stimme, damit uns weder die Diebe noch die Wanzen hören, mit denen Saphir jeden Raum der Gilde versehen ließ. Auf eine Frage von mir, wieso er das getan hatte, lachte er nur rau und wies darauf hin, dass er niemals vergesse, dass er Verbrecher beschäftigte. Mit den Wanzen behält er die Kontrolle, vor allem da nur wenige Diebe von der Überwachung wissen.

„Es ist nicht nur mies gelaufen, sondern eskaliert", flüstere ich, während sich Miranda meinem Weg zu Saphirs Büro anschließt. Meine Freundin hat sich so gut unter Kontrolle, dass sie kaum eine Miene verzieht.

„Hat er…?", fragt sie nur und ich nicke. Scharf zieht sie die Luft ein. „Und seine Reaktion?"

„Er hat mich heute Morgen von der Uni *abgeholt* und mit dem Gefühl im Blick angesehen, das ich von ihm erwartet habe.“

Nun starrt mich Miranda richtig an.

„Und dann?“, drängt sie, als ich nichts weiter sage. Denn ganz offensichtlich hat er mich nicht festgenommen.

Ich bleibe kurz vor dem Büro Saphirs stehen und versuche, alles meiner Freundin zu erklären, ohne etwas zu sagen, woraus sich andere Lauschende einen Reim machen konnten. „Dann hat er mich ins *Rockkitten* gebracht, wo er und die anderen mich ausgefragt haben.“

Miranda runzelt die Stirn. „Hast du es ihnen erzählt?“

Ich nicke. „Alles. Zu mehr hatten wir keine Zeit, weil Saphir mich zu sich rief.“

„Sie wollten nicht, dass du bleibst?“, fragt Miranda fassungslos.

„Nein, aber ich musste versprechen, dass ich bald wiederkomme. Im Gegenzug behalten sie es für sich.“

„Süße, du musst sofort abhauen“, zischt Miranda und lässt alle Vorsicht fahren.

„Warst du nicht diejenige, die meinte, dass Cedric mir verzeihen könnte?“, frage ich verdutzt.

Miranda blickt sich kurz um, ob uns auch ja niemand hört und sich auch keine Wand oder Säule in der Nähe befindet, wo vielleicht eine Wanze befestigt sein könnte.

„Das schon. Aber da habe ich auch nur von Cedric gesprochen, denn er ist so mächtig in dich verknallt, dass er wohl alles für dich tun würde. Aber nun wissen drei weitere Behüter von dir. Sie werden versuchen, dich für ihre Sache einzuspannen und dich direkt in die Schusslinie bringen. Jess, ich will nicht, dass dir das passiert. Das endet nur mit deinem Tod!“, beschwört sie mich.

„Und was soll ich ansonsten tun? Die Stadt verlassen? Das Land? Saphir wird mich finden und dann kommt das Gleiche dabei heraus. Selbst wenn ich nicht das Gift in mir hätte. Ich bin nicht nur seine beste Diebin, sondern auch seine größte, potentielle Gefahrenquelle. Er wird mich nicht aus der Hand geben.“

„Und du meinst, bei den Behütern bist du sicher?“, konterte Miranda.

„Nein, aber wusstest du, dass sie von dem Gift nichts ahnten? Und auch nicht davon, dass Begabte zu den Dieben gezwungen werden. Vielleicht können sie mir helfen, das Gift loszuwerden.“

„Wenn sie dich vorher nicht als Kanonenfutter verheizen“, faucht Miranda.

Dankbar lächle ich sie an, denn aus ihr spricht die Sorge um mich. Da steckt Rainforest ihren Kopf aus der Bürotür. Ihr Blick bleibt an uns beiden hängen.

„Jessica, da bist du ja. Komm endlich, dein Vater wird schon ungeduldig“, ruft sie mir zu.

Ich lege Miranda eine Hand auf den Arm. „Ich muss erst einmal sehen, was genau die Jungs nun von mir wollen. Und auch wenn sie vorhin mit sehr viel Misstrauen erfüllt waren, so sind sie auch eine Chance für mich, oder auch für uns. Lass uns später weiter darüber diskutieren.“

„Na gut, komm am besten zum Abendessen vorbei. Du siehst so aus, als wärest du dankbar, nicht kochen zu müssen“, seufzt Miranda.

„Das stimmt. Danke und bis später“, rufe ich ihr zu, denn ich eile bereits auf Rainforest zu. Die winkt mich gleich durch und nun kommt Nervosität in mir auf, denn ich weiß nicht, was Saphir von mir will. Ich habe alle Informationen, die ich für mein nächstes Opfer brauche und heute Nacht statte ich ihm seinen ersten Besuch ab. Was also will er?

Als ich durch die Tür trete, telefoniert Saphir gerade. Er steht am Fenster und blickt auf die Stadt hinab, die langsam im Zwielicht der Dämmerung versinkt. Die Lichter müssten in nächster Zeit nach und nach aufleuchten und ich weiß, dass Saphir das besonders mag. Es ist das Einläuten der Zeit seiner Diebe und damit des Wachstums seiner Macht. Ohne sich zu mir umzudrehen, deutet er auf das schwarze Sofa und ich setze mich brav.

Was ist, wenn ihm zugetragen wurde, dass Cedric mich heute Mittag zu Boden geworfen hat? Ich glaube zwar nicht, dass er mich beschatten lässt, aber genau weiß ich das nicht. Ich schlucke schwer. Wenn er weiß, dass ich aufgeflogen bin, werde ich in wenigen Minuten tot am Boden liegen. Mein Herz schlägt schnell, als der Mann vor mir nach ein paar knappen Worten auflegt und sich mir zuwendet. Ohne Umschweife kommt er auf den Punkt.

„Wie lief dein Treffen gestern mit dem Behüter? Hast du Informationen für mich?“, fragt er und setzt sich wieder an den Tisch.

Fragt er das, weil er weiß, dass ich Cedric alles erzählt habe? Oder hofft er wirklich nur, dass ich ihn ausgefragt habe? Ich versuche es mit dem Zweiten.

„Leider habe ich nicht ganz so viel herausgefunden, weil ich nicht zu offensichtlich vorgehen will. Aber dein Plan scheint die Behüter sehr zu frustrieren. Sie wissen nicht, was du vor hast und die vermehrten Diebstähle erschüttern ihre Moral“, sage ich und hoffe, dass ihn diese paar Brocken zufriedenstellen.

Saphir nickt und ein kleines, durchtriebenes Lächeln zeigt sich auf seinen schmalen Lippen. „Sehr gut. Die Behüter dürfen gern auch weiterhin im Dunkeln tappen. In den nächsten Wochen werde ich sie auf eine falsche Fährte führen und ihren Frust ein wenig steigern. Noch etwas anderes? Wie kommst du bei dem Behüter voran?“

Mir steigt, ohne es zu wollen, das Blut in die Wangen, als ich an den Kuss mit Cedric denke.

Saphir lacht hart. „Scheinbar gut. Das freut mich, Jessica. Bleib dran und bringe mir weitere Informationen. Weshalb ich dich aber eigentlich hierher bestellt habe, betrifft deinen Job heute Nacht.“

Ich atme unmerklich auf, da Saphir scheinbar nichts von meinem Missgeschick mit Cedric weiß.

„Die bisherigen Diebstähle waren alle nur Vorbereitung auf den eigentlichen Hauptteil meines Planes. Was meinst du, was bisher mein Ziel war?“, fragt er mich, denn er fordert mich gern heraus. Er weiß, dass ich klug bin und schon immer hat er mir seine Pläne erläutert, damit ich Lust bekomme, seine Gilde irgendwann zu übernehmen. Sein Traum ist es, jemand genauso gewieften wie ihn an seinen Platz zu setzen, der von klein auf dazu erzogen wurde, seine Macht weiter zu steigern. Doch ich werde das nicht sein. Meine Vorstellung vom Leben driftet immer weiter von seiner ab. Allerdings erkenne ich durchaus die Zusammenhänge und fasse mein Wissen in Worte.

„Du hast dir wichtige Positionen gesichert, oder?“, vermute ich. „Der Polizeichef, die Assistentin des Bürgermeisters, verschiedene hohe Positionen in wirtschaftlich sehr einflussreichen Firmen. Ich hörte sogar von jemandem aus dem Senat?“

Zufrieden nickt Saphir. „Richtig. Wenn man einen so großen und komplizierten Plan durchführt, wie ich es vorhabe, muss man sich Mitarbeiter an vielen Stellen positionieren. Ich habe inzwischen ein Netz aufgebaut, durch das mir so gut wie keine Information entwischen kann. Egal, was in dieser Stadt entschieden wird, ich weiß es innerhalb von Sekunden. Wenn ich jemanden aus dem Weg schaffen muss, entfernt jemand für mich meine Spuren und sollte es einmal besonders kritisch werden, machen sich andere die Finger schmutzig. Vorbereitung ist das A und O unseres Metiers, Jessica. Aber das weißt du selbstverständlich. Nun, da ich Leute an allen wichtigen Positionen habe, kann ich weiter vorgehen.“ Fragend blickt er mich an, als ich mich leicht rühre. Dass er mich nicht gleich anfährt, beweist, dass er gute Laune hat.

„Hast du denn inzwischen auch jemanden bei den Behütern eingeschleust?“

Diese Information könnte für mich in den nächsten Tagen äußerst wichtig werden. Je nachdem wohin mich die Sache mit meinen vier Behütern bringt.

Nun verfinstert sich Saphirs Gesicht. „Nein, die Behüter bekommen genauso leicht mit, wenn sich ein Dieb bei ihnen einschleichen will, wie wir einen Behüter aufdecken. Außerdem sind sie ein verdammt loyaler Haufen. Nie würden sie ihre Gemeinschaft verraten oder sich bestechen lassen. Nur in den Verwaltungsbereich haben wir jemanden hinein bekommen, aber nicht in die Einsatzräume. Deswegen ist es so wichtig, dass du dich weiter mit den Behütern anfreundest.“ Dann wechselt er wieder das Thema. „Sage mir, was bringt Länder gegeneinander auf?“

Ich überlege, obwohl mir das alles keinen Spaß macht. „Attacken auf Botschafter oder Einrichtungen, Denunzierungen, öffentliche Reden, die den Ruf schädigen, Bündnisse mit Feinden des Landes, wirtschaftliche Schädigung… Da gibt es vieles."

Erneut scheint Saphir zufrieden. „Du hast einiges aufgezählt, was ich in nächster Zeit in Angriff nehmen will. Heute Abend machst du den Auftakt zu einem fantastischen Komplott. Der Mann, den du besuchst, wird in der nächsten Woche wichtige Verhandlungen führen, die ich dahingehend beeinflussen will, dass die Ölpreise stark steigen werden. Unmut wird darüber aufkommen, sowohl hier in unserem Land als auch in anderen. Die Revanche wird auf dem Fuß folgen. Ich bin schon gespannt, wie sie aussehen wird", lacht er. Dann fixiert er mich mit seinem harten Blick. „Dein Job ist sehr wichtig, Jessica. Ich erwarte, dass du ihn gut machst, verstanden? Ein Scheitern ist inakzeptabel."

Ich nicke ernst, denn das erwartet er von mir. „Du kannst dich auf mich verlassen."

„Gut, dann geh jetzt und bereite dich auf den Einsatz vor", meint er und winkt mich fort, als hätte er bereits das Interesse an mir verloren.

Ich bin unendlich erleichtert und fast will sich ein Glücksgefühl in mir festsetzen. Die Ungewissheit, was die Jungs mit mir machen werden, bremst es jedoch. Vielleicht sollte ich noch einmal nach dem Abendessen bei ihnen vorbeisehen.

Cedric

Unruhig wippe ich mit dem Fuß auf und ab, während ich mich durch das Internet und unsere Datenbänke klicke. Nachdem Jess gegangen ist, haben wir uns entschieden, heute Abend unsere Schicht umzustrukturieren. Julian und ich sind im Café geblieben, um mehr über die Dinge zu erfahren, die Jess uns erzählt hat, während Leander und Vincent auf unsere Schützlinge achtgeben.

Eigentlich ist es Leanders Aufgabe, hierzubleiben und wichtige Dinge herauszufinden, aber Julian ist nun einmal ein sehr schlauer Kopf und mehr als geeignet für solch eine Aufgabe. Ich dagegen wollte einfach als erster erfahren, wenn wir etwas herausfanden und Leander war auch der Meinung, dass ich heute nicht auf der Straße zu gebrauchen sei. Missmutig muss ich ihm da sogar Recht geben. Ich bin so sehr in Gedanken bei Jess und in der Analyse von dem, was sie erzählt hat, dass mir jeder Dieb durch die Finger gehen würde.

Bis gestern war meine Sicht auf die Welt noch völlig klar definiert gewesen. Nun weiß ich jedoch nicht, was ich noch denken soll. Jess ist Azur, eine Diebin, von der ich schon seit ich meinen Dienst begann, Geschichten erzählt bekam. Sie gilt als die beste Diebin des Landes, stieg schon fast zu einem Mythos auf und es ist der Traum jedes Behüters, sie zu schnappen.

Aber nun kenne ich die Person hinter den hellblauen Augen. Sie ist eine junge Frau, die mich mit ihrem Lachen verzaubert hat, die ihre Kraft und Energie dafür hergibt, ihre Zukunft zu verbessern und – wenn es denn stimmt, was sie erzählt hat – ein äußerst hartes Schicksal hatte. Aber bisher finde ich keinerlei Hinweise, dass die Sache mit dem Gift stimmt, jedoch auch keinen dagegen. Seit Stunden wühle ich mich durch Berichte von Obduktionen verstorbener Diebe. Nichts weist darauf hin, wie sie umkamen, was durchaus auf ein Gift schließen lässt, aber keines, das wir kennen. Es ist frustrierend.

„Ced?“, reißt mich Julian aus meinen Gedanken. Ich blicke zu dem blonden Mann, der seinen Laptop zu mir herumdreht. „Könnte das hier Jess sein?“

Er zeigt mir ein Foto, auf dem ein Mädchen von vielleicht zwölf Jahren neben einem großen, kräftig gebauten Mann zu sehen ist. Sie trägt ein sehr teuer aussehendes, silbernes Abendkleid, das ihre zarte, noch recht kindliche Gestalt umschmeichelt. Sie besaß zu der Zeit kürzere Haare, kaum kinnlang, aber ihre Augen waren schon damals groß und leuchtend gewesen. Es handelt sich ganz unverkennbar um Jess, auch wenn sie sich dort auf einer Gala oder einem Empfang befindet.

„Das ist sie ganz bestimmt“, meine ich und beuge mich vor, um das Bild noch etwas genauer besehen zu können. „Wo ist sie da?“

„Die Frage ist nicht nur wo, sondern auch mit wem. Nachdem Jess uns erzählt hat, dass sie von Saphir adoptiert wurde, habe ich mit dem, was ich über sie weiß, nach Fußspuren von ihr gesucht. So könnten wir schließlich herausfinden, wer Saphir wirklich ist. Was ich allerdings gefunden habe, irritiert mich.“

„Wieso?“

„Jessica Read ist kein ungewöhnlicher Name und wir wissen nur, dass sie in etwa zwanzig ist und im Alter von fünf bis sieben Jahren adoptiert wurde. Das trifft auf insgesamt fünf Frauen im Land zu. Sie erzählte zudem, dass ihre wirklichen Eltern bei einem inszenierten Unfall ums Leben kamen und dass Saphir Behörden bestach, um an sie heranzukommen. Das heißt, dass Saphir ein einflussreicher Mann sein muss. Und es gibt nur eine Frau, auf die all die Fakten zutreffen." Er tippt auf den Mann neben Jess. „Jess ist die Tochter von Eduard Read, dem Automogul des Landes und einer der reichsten Männer der Stadt."

Ungläubig starre ich erst Julian an und dann noch einmal das Bild. „Bist du dir sicher?"

Julian zuckt mit den Schultern. „Du meintest doch, dass das Mädchen Jess sei. Die Erläuterung von dem Bild erklärt, dass Eduard Read mit seiner Tochter zu sehen sei. Das ist Jess und der Mann daneben ihr Vater."

„Und das bedeutet, dass Eduard Read Saphir ist. Fuck!", rufe ich aus und reibe mir über die Stirn. „Schlimmer kann es wirklich nicht mehr werden. An den Mann kommen wir nie heran."

„Nein, wirklich nicht", stimmt mir Julian zu und dreht den Laptop wieder zu sich. „Seine Weste ist absolut rein. Er ist noch nie straffällig geworden, ist in mehreren Gremien tätig und gibt sogar einmal im Jahr eine Wohltätigkeitsgala für die Stadt. Er ist der perfekte Firmenboss."

„Außer dass er nebenbei noch die ansässige Gilde führt und seiner Tochter das Leben schwer macht", murre ich. Ganz fassen kann ich es noch nicht. Da klingelt plötzlich mein Handy. Überrascht sehe ich die Nummer von Jess auf dem Display aufleuchten.

„Jess? Alles in Ordnung?", frage ich hinein, weil ich nicht mit ihrem Anruf gerechnet habe.

„Cedric! Es tut mir so leid“, beteuert sie gehetzt. Einen Moment weiß ich nicht, was sie meint, aber da spricht sie bereits weiter. „Eigentlich wollte ich gleich nach dem Abendessen noch einmal bei euch vorbeischauen oder mich zumindest melden, damit ihr nicht denkt, dass ich… verloren ging. Aber ich bin auf Mirandas Sofa eingeschlafen…“

Ich muss glatt lachen, ehe mir einfällt, wieso sie so müde ist. Studieren, Arbeiten, Behüter ausspionieren und nachts Träume stehlen muss anstrengend sein. Doch ich schüttle diesen Gedanken ab. Wenn Jess wirklich in die Gilde gezwungen wurde, darf ich meinen Hass nicht an ihr auslassen.

„Schon in Ordnung. Wir haben heute eh nicht mehr mit dir gerechnet“, sage ich möglichst neutral. Sie atmet hörbar auf.

„Eine Frage, Jess.“

„Ja?“

„Bist du tatsächlich Eduard Reads Adoptivtochter?“

Kurz schweigt sie. „Ihr seid fleißig gewesen, hm? Ja, das bin ich.“

„Wirklich?“, frage ich nur, denn ich will nicht am Telefon sagen, dass dies auch bedeutet, dass er Saphir ist. Wer weiß, wie sicher diese Leitung ist.

„Ja, er ist wirklich mein Vater.“

„Und dann hast du nur eine kleine zwei Zimmer Wohnung in einer miesen Gegend?“, frage ich verwirrt. „Du könntest leben wie eine Königin und auf die beste Uni des Landes gehen.“

„Ich möchte mich aber nicht auf sein Geld stützen. Es ist mein Leben und das will ich auch so gut wie möglich selbst finanzieren. Selbst wenn es schwer ist. Mein Vater hat sich da rauszuhalten. Er… würde nur wieder etwas verlangen, damit ich seine Güte zu schätzen weiß."

Ihr kurzes Stocken sagt mehr als tausend Worte und erneut brodelt es bei dem Gedanken in mir, wozu dieses Schwein Jess möglicherweise schon alles gezwungen hat.

„Cedric, ich muss jetzt auflegen. Ich habe noch anderes zu tun", sagt Jess.

„Einer deiner nächtliche Jobs?", frage ich zähneknirschend.

Sie schweigt so lange, dass ich fast glaube, sie hätte aufgelegt. „Ich muss morgen früh zur Uni, hätte aber ab drei Zeit für euch. Passt das?", wechselt sie das Thema.

„Ja, das sollte machbar sein", meine ich kalt. Es geht mir gegen den Strich, dass sie heute Abend auf Diebestour geht und ich das weiß.

„Okay, dann euch noch viel Erfolg bei euren Recherchen. Bis morgen", verabschiedet sie sich und klingt dabei irgendwie traurig.

Ich verfluche mich dafür, dass ich ihr nun nicht einfach sagen kann, dass alles gut wird und dass ich sie noch immer liebe. Aber mein Hass auf die Diebe sitzt tief. Vielleicht kann ich Jess in einem anderen Licht sehen, irgendwann. Aber jetzt noch nicht.

„Bis morgen", sage ich und lege dann auf.

Julian blickt mich an.

„Was?"

Der Blondschopf schüttelt den Kopf. „Sei nicht so hart zu ihr", beginnt er, aber ich unterbreche ihn mit einem Schnauben.

„Tu nicht so, als ob es dir überhaupt nichts ausmacht,

dass sie eine Diebin ist. Sie bereitet anderen Alpträume und greift in ihre intimsten Momente ein!“

Julian lehnt sich zurück und verschränkt die Arme vor der Brust. „Ich kann verstehen, dass du die Diebe hasst, aber ich glaube nicht, dass das der Grund ist, wieso du nicht bereit bist, die Geschichte von Jess zu glauben. Du bist gerade einfach nur verletzt, weil du dich in jemanden verliebt hast, in den du dich deiner Meinung nach nicht verlieben durftest. Ich glaube Jess zwar nicht vorbehaltlos, aber ich sehe die Fakten. Und die sprechen für sie. Wenn ihre Geschichte aber stimmt, dann ist Jess das eigentliche Opfer. Stell dir das einmal vor: Jess ist eine sensible, junge Frau, die bereits seit der Kindheit gezwungen wurde, ihre Fähigkeiten gegen ihre Mitmenschen einzusetzen. Die herausfinden musste, dass ihre Eltern ermordet wurden von dem Mann, der sie scheinheilig aufgenommen hat und doch nicht von ihm wegkommt, weil er sie durch die Drohung ihres Todes wie an einer Leine hält. Für Jess muss das Leben die reinste Hölle sein.“

Ein gequältes Stöhnen löst sich aus meiner Kehle, als ich merke, dass er mit allem Recht hat. Ich an ihrer Stelle würde mein Leben verfluchen und mir fällt wieder ein, wie sie heute Mittag meinte, dass sie es verstehen könnte, wenn wir sie hassen, denn sie täte es ebenfalls.

Ich erinnere mich an die Angst in ihren Augen, als ich sie zu Boden drückte und wie sie alle Gegenwehr fahren ließ, sich ganz in meine Hände gab, nur um dem Gift zu entgehen. Dann kommt mir auch wieder in den Sinn, wie sie sich panisch aus meinen Armen befreite, als meine Finger die weiche Haut ihres Rückens berührten und wie sie mir weinend entgegenschrie, dass sie eine Diebin sei. Nun verstehe ich das alles endlich.

Wüst fluche ich, packe meine Zigaretten und lasse Julian am Tisch zurück. Als ich hinaus in die Kälte trete und in den dunklen Himmel blicke, ziehe ich mein Handy hervor.

„Ja?“, fragt Jess überrascht, als sie abnimmt.

„Alles wird gut, okay?“, sage ich leise in das kleine Gerät.

Überraschte Stille folgt.

„Okay“, erwidert sie mit belegter Stimme und da weiß ich, dass meine Entscheidung zu ihren Gunsten ausfallen wird. Ich werde versuchen, ihr zu glauben und zu vertrauen. Selbst wenn ich dafür noch Zeit brauchen werde.

Kapitel 12

so unerwartet

Cedric

„Es ist schon fast vier“, bemerkt Vincent und kann seine Wut kaum mehr verbergen. Ich erwidere nichts, sondern kippe nur mit meinem Stuhl gemächlich vor und zurück.

„Vielleicht kommt sie wirklich nicht mehr“, sagt nun sogar Julian, doch ich glaube das nicht. Ich habe mir letzte Nacht geschworen, dass ich Jess vertrauen werde. Deswegen bin ich zuversichtlich, dass sie noch auftaucht.

„So eine verdammte Scheiße“, flucht Vincent und streicht sich mit beiden Händen über das Gesicht. „Das dürfen wir wirklich niemals jemandem erzählen. Wenn das unser Chef erfährt, bringt der uns um!“

Womit er durchaus Recht hat. Wir hatten Azur im Prinzip schon in Gewahrsam genommen und doch wieder gehenlassen. Enttäuschung will sich in mir breitmachen, aber ich halte es zurück. Sie wird schon kommen und uns damit zeigen, dass sie nicht einfach nur eine kleine, miese Diebin ist…

„Was habt ihr denn ausgefressen?“, fragt da plötzlich Jess und lässt sich mit einem erleichterten Geräusch auf den Stuhl neben mir fallen. Ein Duft nach Veilchen und einer ihr eigenen Note weht zu mir herüber, weshalb ich tief einatme.

„Jess!“, ruft Vincent anklagend aus. „Wo bist du gewesen? Wir dachten schon, dass du abgehauen bist.“

Sie zeigt ein kleines Lächeln und schlüpft dabei aus ihrer Jacke. „Eine Freundin hat mir sogar dazu geraten, aber es würde mich wohl kaum retten. Außerdem bin ich euch dankbar, dass ihr so ganz anders reagiert habt, als ich dachte. Überhaupt wundert es mich, dass ihr so wütend seid. Ich habe doch geschrieben, dass ich etwas später komme.“ Sie sieht mich abwartend an.

„Hast du?“, frage ich und ziehe mein Handy hervor. Tatsächlich finde ich eine eingegangene Nachricht darauf. Ich verziehe den Mund.

„Seht ihr? Cedric ist schuld.“

Ich werfe ihr einen gespielt finsteren Blick zu, den sie nach kurzem Zögern mit einem leichten Lächeln quittiert. Scheinbar weiß sie nicht genau, wie sie uns nun einschätzen soll und ihre Vorsicht ist irgendwie süß.

„Wieso kommst du denn so spät?“, fragt Julian.

„Ich wurde in der Uni aufgehalten“, erklärt Jess und lässt sich mit einem Seufzen zurücksinken. Müde schließt sie die Augen. „Wenn das so weitergeht, schlafe ich noch im Laufen ein.“

„Zumindest dagegen können wir etwas machen“, meint Leander und stellt einen Kaffee vor ihr ab. Erfreut setzt sich Jess wieder auf.

„Hättest du vielleicht auch noch etwas zu essen für mich?“, fragt sie mit einem bittenden Blick, der sogar Leander ein Lächeln entlockt.

„Ich werde sehen, was sich machen lässt.“

„Danke“, sagt sie und scheint erleichtert, dass ihr von

uns kein offensichtliches Misstrauen entgegenschlägt, auch wenn Vincent noch immer schlecht gelaunt ist. Ihre Schultern entspannen sich und zufrieden trinkt sie von ihrem Kaffee.

Ich kann währenddessen kaum den Blick von ihr nehmen. Sie trägt ihre langen, braunen Haare in einen geflochtenen Zopf, der ihr über die Schulter nach vorn fällt und ihre Kleidung besteht heute nur aus einer dunklen Jeans und einem weiten Shirt, das eine Schulter unbedeckt lässt. Als sich ihre Lippen an die Tasse legen, muss ich schlucken. Die Erinnerung, wie weich sie waren und wie köstlich sie schmeckten, drängt sich mir unerbittlich auf. Stirnrunzelnd wende ich den Blick ab.

Bei ihrem Anblick bin ich mir inzwischen nicht mehr sicher, ob ich ihr das Diebesdasein nicht sogar verzeihen könnte, wenn sie nicht hineingezwungen worden wäre. Das stört mich nun gehörig, denn ich habe mich immer für einen innigen Verfechter der Behüter gehalten und mein Hass gegenüber den Dieben schien mir rechtschaffen. Nun kommt Jess und weht all das über den Haufen. Zumindest in gewissem Maße. Vielleicht ist es an der Zeit, meine Meinung zu überdenken und nicht alle Diebe über einen Kamm zu scheren.

Vorsichtig stellt Jess ihre Tasse wieder ab. „Also? Wie soll es jetzt weitergehen? Ich weiß, dass ihr Nachforschungen angestellt habt. Was ist dabei herausgekommen? Habt ihr Fragen?“

„Du bist aber übermotiviert. Woher kommt dieses Bedürfnis, so kooperativ zu sein?“, fragt Vincent misstrauisch.

Bedächtig dreht Jess ihre Tasse zwischen den Fingern.

„Um ehrlich zu sein, bin ich froh, dass ihr es herausgefunden und mich nicht gleich gefangengenommen habt. Ich will nicht bei den Dieben sein, aber allein schaffe ich es dort auch nicht weg. Ihr seid ein neuer Lichtblick für mich und wenn ihr mir helfen könnt, Saphir zu entkommen, will ich so gut wie möglich dabei helfen“, sagt sie und lächelt Leander dankbar an, der zwei Sandwiches vor ihr abstellt.

„Also würdest du Saphir einfach so verraten?“, fragt Leander überrascht.

Jess

Ich zögere ein wenig, diese Frage zu beantworten. Denn so einfach, wie Leander sie gestellt hat, ist sie nicht zu beantworten. „Es ist vielleicht schwierig nachzuvollziehen, wie meine Beziehung zu Saphir ist und ich verlange auch nicht, dass ihr es sofort versteht. Aber ja, ich bin bereit, ihn zu verraten. Jedoch nicht bedingungslos und nur unter bestimmten Voraussetzungen.“

Vincent scheint davon nicht sonderlich begeistert zu sein und verschränkt die tätowierten Arme vor der Brust. Aber die anderen drei sehen mich nur abwartend an und es tut sehr gut, vor allem bei Cedric keinen Hass mehr in den Augen zu sehen.

„Ich erzähle euch gern, was Saphir vorhat, aber ich werde nicht manipulierend eingreifen oder etwas verraten, was die gesamte Gilde gefährdet.“

„Wieso nicht?“, fragt Julian. Es klingt wertungsfrei, nur neugierig.

„Einerseits um weiterhin am Leben zu bleiben und andererseits wegen der anderen, die so sind wie ich. Es gibt einige Diebe, die in die Gilde gezwungen wurden oder die einfach aus Not bei uns sind. Sie will ich nicht gefährden, solange ich nicht weiß, dass sie das Gift irgendwie überleben können."

„Das heißt, du wirst uns jetzt nicht sagen, wo euer Hauptquartier liegt?", fragt Leander.

Ich schüttle den Kopf. „Selbst wenn ich es euch sage, würde es euch nichts nutzen. Ihr könnt dort nicht einfach mit eurer ganzen Mannschaft auftauchen und die Gilde überfallen. Das wird euch nicht möglich sein. Ihr müsst Saphir in die Finger bekommen und das ist noch unwahrscheinlicher, auch wenn ihr nun wisst, wer er wirklich ist."

„Wieso das?", fragt Vincent mich.

Cedric antwortet ihm jedoch. „Weil er nach außen hin vollkommen unschuldig ist. Nichts weist darauf hin, dass Eduard Read Saphir ist. Wir haben nur Jess' Wort."

„Und das wird vor einem Gericht nicht viel Wert haben. Ich bin offiziell die Nachfolgerin meines Vaters. Sollte er sterben oder verhaftet werden, wird alles auf mich überschrieben. Es würde wie ein Komplott aussehen", füge ich hinzu.

Nun sehen mich die Jungs mit großen Augen an.

„Du bist seine Alleinerbin?", fragt Cedric fassungslos.

„Hat euch das eure Recherche nicht gesagt?", frage ich belustigt. Dann seufze ich resignierend. „Saphir hat mich schon immer darin ausgebildet, die Gilde zu übernehmen. Die Firmen sind ihm egal. Die Gilde ist sein wahrer Schatz. Er hat nur nicht mit einberechnet, dass ich keinerlei Bedürfnis habe, sie weiterzuführen. Und seine Erziehungsmaßnahmen sind da grundlegend mit Schuld."

„Was meinst du damit?", will Cedric sofort wissen,

aber ich schüttle den Kopf. Sein Hass auf die Diebe ist schon groß genug. Da muss ich ihn nicht noch schüren.

„Na gut, Jess. Was also hat Saphir vor?“, fragt Leander.

Jetzt kommt der unangenehme Teil, aber ich habe lange nachgedacht und mich entschieden, ihnen nicht alles frei in die Hand zu geben.

„Würdet ihr mir vielleicht zuerst sagen, ob ihr etwas über das Gift erfahren habt?“, frage ich hoffnungsvoll. An den Blicken, die die Jungs miteinander austauschen, weiß ich bereits ihre Antwort.

„Leider nicht“, sagt Julian dann auch. „Es ist, als ob es gar nicht existieren würde.“

Ich seufze und beiße in das Sandwich, weil mein Magen wild knurrt. „Das habe ich beinahe befürchtet. Es ist schließlich nach dem Tod nicht mehr lang im Körper nachzuweisen. Ihr werdet einen noch lebenden Dieb brauchen.“

„Wir haben hier doch einen sitzen“, schnaubt Vincent. Ich sehe ihm an, dass er mir noch nicht wirklich vertraut. Vielleicht schmollt er aber auch nur, was mir definitiv lieber wäre.

„Aber bevor wir auch nur daran denken, Jess ins Hauptquartier zu bringen, sollten wir mit unserem Boss reden“, wirft Cedric ein. Er sieht mich an, als ich ein Geräusch mache, das meinen Missmut ausdrückt.

„Dabei solltet ihr aber wirklich sehr vorsichtig vorgehen. Ihr wisst, dass ihr Spitzel von Saphir bei euch habt?“ Ich seufze, als ich ihre Blicke sehe. „Wir haben genauso welche bei euch, wie ihr Informanten bei uns habt. Zwar nicht direkt unter den Behütern, aber durchaus in eurer Verwaltungsebene. Wenn jemand falsches erfährt, dass ich bei euch im Hauptquartier war, könnt ihr mich gleich zu den anderen toten Dieben bringen."

„Das wird nicht passieren", versichert mir Cedric ernst.

Bei der Entschlossenheit in seinem Blick atme ich ein wenig auf und vorsichtig lege ich meine Hand auf seine. Sofort schließen sich seine Finger beruhigend um meine und ich genieße es, dass er mich nicht mehr abweist. Allerdings habe ich für mich selbst festgelegt, dass ich ihm nie mehr so nahe kommen werde wie vor zwei Tagen. Er ist ein Behüter und ich trotz allem eine Diebin. Er hat etwas Besseres verdient als mich.

„Redet bitte erst einmal mit eurem Chef. So leid es mir tut, aber ich gebe euch keine Informationen, wenn ich keine Gegenleistung bekomme. Euch vertraue ich, aber nicht den Behütern im Allgemeinen. Ich möchte nicht, dass all die Diebe, die es nicht verdient hätten, am Ende durch meine Schuld sterben", sage ich leise und blicke sie alle der Reihe nach an.

Überraschenderweise sehe ich nicht einmal bei Vincent Missfallen.

„Das ist ein fairer Deal. Wir werden am besten gleich morgen ins Hauptquartier gehen", meint Leander.

„Lasst euch Zeit. Die nächsten Tage werde ich euch nicht zur Verfügung stehen können."

„Musst du dich wieder um Träume kümmern?", knurrt Vincent.

Fest sehe ich ihn an. „So leid es mir tut, ja. Zudem muss ich noch die Sachen von der Uni aufarbeiten, die nächsten zwei Tage nachmittags arbeiten und dazwischen auch irgendwann einmal schlafen." Erschöpft lehne ich meinen Kopf in meine freie Hand, denn die andere hält noch immer Cedric.

„Heißt das, du willst schon wieder gehen?“, fragt er überrascht.

„Irgendwann muss ich ja mit dem Zeug anfangen.“

„Mach es doch hier, so wie sonst auch“, wirft Julian ein.

Blinzelnd sehe ich die Jungs an. „Ihr wollt mich noch hier haben?“

Nun grinsen sie allesamt.

„Klar. Jess, auch wenn du uns dein Leben als Diebin verheimlicht hast, bist du unsere Freundin und wir haben uns entschieden, dir sowohl zu glauben, als auch dir zu helfen. Auch wenn Vincent noch ein wenig missmutig ist, weil er nie vermutet hätte, dass du Azur bist“, lacht Cedric.

„Du doch auch nicht“, kontert Vincent.

„Außerdem können wir dich so besser unterstützen. Mit den Sachen für die Uni helfe ich dir gern“, fügt Julian mit einem fast begierigen Blick hinzu.

Ich kann es einfach nicht glauben. Diese vier Behüter wollen wirklich noch meine Freunde sein, obwohl sie wissen, was ich bin. So etwas habe ich noch nie erlebt und ich bin so gerührt, dass mir glatt die Tränen in die Augen schießen. Schnell blicke ich weg.

„Ach, Jess, nicht weinen“, lacht Vincent aber bereits, beugt sich zu mir und nimmt mich in den Arm. Ausnahmsweise lasse ich es zu und hingebungsvoll versuchen die vier, mich wieder aufzumuntern. Scheinbar habe ich es mit ihnen besser erwischt, als ich je zu träumen gewagt hätte.

Kapitel 13

wichtige Worte

Jess

„Das ist verblüffend", sagt Miranda staunend und nippt an dem Tee, den ich ihr hingestellt habe.

„Ja, nicht wahr? Sie wissen, dass ich eine Diebin bin und akzeptieren es. Und nicht nur das. Sie wollen mir zudem helfen und sehen mich immer noch als Freundin an. Ich kann es ehrlich gesagt nicht fassen", gebe ich zu.

Es ist bereits tiefste Nacht und Miranda und ich müssen bald zu unserem nächsten Einsatz. Trotzdem wollten wir uns die Zeit nehmen, um über die Geschehnisse der letzten Tage zu reden. Nun lacht Miranda.

„Damit habe sogar ich Optimist nicht gerechnet. Du hast dir gute Behüter ausgesucht, um enttarnt zu werden", zwinkert sie. Dann wird sie wieder ernst und streicht mit einem Finger über den Rand ihrer Tasse. „Weißt du schon, was du jetzt mit all dem anfängst? Es ist für dich die Chance, von den Dieben wegzukommen. Willst du dich dann den Behütern anschließen?"

Es ist nicht so, dass nicht allein die Möglichkeit meine Finger kribbeln lässt, aber bisher lasse ich den Gedanken nicht zu.

„Zu vieles ist noch so unklar. Die Jungs wollen erst morgen mit ihrem Chef reden und alles läuft darauf hinaus, was er sagen wird. Egal, was das Leben für mich bereithält, vorher muss ich irgendwie das Gift loswerden und ich will auch dich und die anderen Diebe nicht einfach ihrem Schicksal überlassen. Ihr sollt ebenfalls gerettet werden, wenn ich es schaffen kann."

Miranda sieht mich liebevoll an. „Du würdest unheimlich gut zu den Behütern passen, Jess. Obwohl dein eigenes Leben so schwer war, denkst du immer erst an andere, dann an wieder andere und an dich erst ganz zum Schluss. Wenn sich dir die Chance bietet, flieh, Süße! Dass du das Leben unter den Dieben bisher überlebt hast, ist ein Wunder, aber irgendwann zerbrichst du daran."

„Rede nicht, als ob ich ein schwaches, kleines Mädchen wäre", murre ich.

Aber Mirandas Blick bleibt mehr als ernst. „Jetzt vielleicht nicht mehr. Aber du bist als solches zu den Dieben gekommen. Und wo haben dieses Leben und die Ausbildung hingeführt? Du bist die beste Diebin des Landes und eine starke, selbstbewusste Frau geworden, die jedoch ihr eigenes Leben mehr als gering schätzt, Panik in der Stille bekommt und Männern mit solch einem Misstrauen begegnet, dass sie sich noch nie in ihrem Leben getraut hat, sich zu verlieben."

Kurz verziehe ich den Mund. „Danke, dass du mich erinnerst."

„Jess, ich will nur, dass du, wenn sich dir die Chance bietet, zugreifst. Du hast etwas Besseres, als ein Leben als Diebin verdient. Du passt nicht dorthin!"

„Du doch auch nicht!", begehre ich auf. „Ohne dich werde ich die Diebe niemals verlassen."

Denn es ist wahr. Miranda ist wie eine Schwester für

mich. Vielleicht sogar mehr, wenn das überhaupt möglich ist. Wir haben so vieles durchgestanden, dass ich sie nie zurücklassen könnte.

„Dann suche die Chance für uns beide“, meint Miranda schließlich. „Suche einen Weg, dem ich, Alex und die anderen folgen können. Aber bitte, Jess, wirf diese Chance nicht weg!“

Ihre Stimme ist so eindringlich, dass ich nur den Kopf schütteln kann. „Sicher nicht. Wir werden es aus der Gilde schaffen, ohne dass einer von uns stirbt.“

„Sehr gut“, nickt Miranda zufrieden. Dann nippt sie an ihrem Tee und blickt mich lauernd über den Rand der Tasse hinweg an. „Und was ist nun mit Cedric?“

„Ich werde mich von ihm fernhalten. Es ist besser, wenn wir nur Freunde bleiben.“

Miranda schnalzt mit der Zunge. „Wieso denn das? Er hat dir verziehen!“

„Nein, das denke ich nicht“, unterbreche ich sie. „Er scheint das zwar auch zu glauben, aber du hast nicht den Hass in seinen Augen gesehen, als er mich niedergerungen hat. Er denkt zwar inzwischen, dass ich ein Opfer von Saphir bin, aber ich habe trotzdem das getan, was er so an den Dieben verurteilt. Irgendwann fällt ihm das auch auf und ich befürchte, dass er mich dann erneut so ansehen wird. Und das ertrage ich nicht noch einmal.“

Irgendwie hoffe ich, dass Miranda mir widerspricht, weil ich mir nichts mehr wünsche, als dass mich Cedric erneut so küsst, wie er es an dem Abend in seiner Wohnung tat. Aber sie schweigt.

„Vielleicht hast du recht“, räumt sie schließlich ein. „Aber trotzdem solltest du mit ihm reden. Er wird deine

Nähe suchen. Da bin ich mir sicher. Wenn du ihn dann auf Abstand hältst, wird er wissen wollen, wieso." Sie greift über den Tisch hinweg nach meiner Hand. „Bitte, meine Kleine, wenn er das fragt, sei ehrlich zu ihm. Denn wenn du Glück hast, denkt er genau darüber nach und wendet sich trotzdem nicht von dir ab. Wenn er dann noch bei dir sein will, sage nicht nein. Nimm es an, denn du hast einen Mann wie ihn verdient, auch wenn du das nicht glaubst."

„Du bist immer so um mich bemüht", lächle ich dankbar.

„Natürlich, du bist schließlich nicht nur meine beste Freundin, sondern auch so etwas wie meine Familie. Ich möchte dich glücklich sehen. So glücklich wie in den Momenten, in denen du die Gilde vergessen kannst. Und das scheint bei Cedric recht gut zu klappen. Außerdem mag ich ihn."

„Ja, ich auch", gebe ich mit einem Lachen zu und denke einen Moment an ihn. Dann trinke ich meinen Tee aus und stehe auf. „Na gut, ich werde mir deine Worte zu Herzen nehmen. Aber jetzt müssen wir los."

Cedric

Es ist erst später Nachmittag, weswegen es hier in der oberen Ebene des Hauptquartiers noch still und wenig los ist. Das alte, zehnstöckige Backsteingebäude ist recht ungewöhnlich aufgeteilt. Die unteren fünf Stockwerke beherbergen die Verwaltungsebenen. Dort werden alle Einsätze dokumentiert, geplant und an die Behüter vergeben. Die Schreibarbeiten fallen den Menschen dort zu, die allesamt nicht die Fähigkeiten eines Behüters aufweisen. Es ist die

Arbeit, die in jedem gut organisierten Revier verrichtet werden muss.

Die Angestellten dort haben jedoch keine Befugnis, die oberen fünf Ebenen zu betreten. Hier befinden sich neben Büros und Archiven auch Waffenkammern, Trainingsräume und natürlich auch die Verwahrungszellen. Zu gefährlich wäre es, wenn hier auch Menschen ohne die Befähigung der Behüter Einlass hätten. Nicht nur, dass Verletzungsgefahr bestehen würde, sondern auch weil sich Spitzel einschleichen könnten.

Einfache Menschen bedeuten immer eine größere Sicherheitslücke als die Behüter an sich. Wir werden schon von früher Jugend an ausgebildet, weswegen wir nicht nur in allen Datenbanken registriert sind, sondern uns auch durch unsere geringe Zahl untereinander kennen. Ein fremder Behüter hat viele Wochen strengste Überprüfung zu absolvieren, bis er in das Innerste des Hauptquartiers darf. Das ist nicht nur bei einem Wechsel in ein anderes Land so, sondern bereits, wenn man die Stadt wechselt. Und scheinbar waren diese strengen Maßnahmen von Erfolg gekrönt, wie Jess uns gestern bestätigte.

Die wenigen, bereits anwesenden Behüter blicken überrascht zu uns, als ich mit den anderen dreien zielstrebig durch die offenen Büros laufe, um zu Mister Twist zu gelangen. Es kommt nicht oft vor, dass eine ganze Behütergruppe gemeinsam im Hauptquartier anzutreffen ist. Meist erledigt Leander die Aufgaben hier. Doch der heutige Termin bei unserem Chef ist mehr als wichtig und keiner von uns vier hätte darauf verzichtet, mitzukommen.

Mein Blick schweift durch den großen Bürobereich, der bis auf einige wenige Räume vollkommen offen ist, nicht einmal Stellwände trennen die einzelnen Schreibtische voneinander. Die Wände zeigen den rauen Charme der Backsteine und in dem Versuch, ein wenig Wärme hereinzutragen, wurde ein blauer Teppich ausgelegt, der über die Jahre hinweg jedoch ein fast schon graues Aussehen angenommen hat. Die Schreibtische stehen in ordentlichen Reihen aneinander, doch auch sie haben schon bessere Jahre gesehen. Uns Behüter stört das wenig. Wir halten uns meist in den Straßen der Stadt auf. Wir sind ganz andere Sachen gewohnt als ein paar ältere Möbelstücke.

„Und Twist weiß noch nichts von der Bombe, die wir gleich platzen lassen werden?“, fragt Vincent mit einem Grinsen.

Leander schüttelt den Kopf. „Ich wollte am Telefon nichts sagen, weil es mir zu unsicher war.“

Voller Vorfreude reibt sich Vincent die Hände. „Sehr schön, ich will unbedingt sein Gesicht sehen, wenn wir ihm sagen, dass wir ein wenig dramatisch dargestellt Azur gefangen haben.“

„Und du willst es ihm im ersten Moment auch wirklich so verkaufen, was?“, frage ich und kann ein Lachen nicht mehr unterdrücken, als mich Vincent angrinst wie ein Kind, das den Streich seines Lebens plant.

Ich persönlich bin ein wenig nervös, weil ich nicht weiß, wie Jaden Twist auf unsere Eröffnung reagieren wird. Die Angst, dass er Jess nicht helfen will oder sie doch irgendwie auffliegt und durch das Gift stirbt, brodelt tief in mir. Und zu meiner Schande muss ich eingestehen, dass ich die Stimme, die an Jess‘ Geschichte zweifelt, noch nicht ganz zum Schweigen bringen konnte. Ich hoffe, dass sich dies heute ändert. Gern will ich Jess bedingungslos glauben, aber eine jahrelang eingefahrene Meinung lässt sich nicht so einfach ändern.

„Hey Jungs, was war das mit Azur?“, fragt Tamara und tritt zu uns. Die blonden Haare trägt sie an diesem Tag zurückgebunden und sie ist bereits für ihren nächtlichen Einsatz gekleidet. In der verstärkten Jacke und den schweren Schuhen wirkt sie ein wenig unförmig, zu stämmig für ihre Statur. Neugierig mustern ihre hellen Augen uns vier. Mir fällt dabei auf, dass ihre Farbe durchaus an Azur erinnern.

„Hallo, meine Schöne“, säuselt Vincent und legt Tamara einen Arm um die Schultern. Sacht greift er ihr ans Kinn und bringt sie so dazu, ihn anzusehen. „Wieso bist du denn schon so früh hier?“

Wahrscheinlich soll das ein Ablenkungsmanöver sein, damit die Behüterin nicht mehr nach Jess fragt. Wenn ich allerdings von Vincents Lächeln und dem leicht gefährlichen Blick ausgehe, macht es ihm zudem noch großen Spaß, die Behüterin aus dem Konzept zu bringen. Tamara ist in diesem Fall ein sehr dankbares Opfer, denn sofort scheint sie alles vergessen zu haben, was sie zuvor gedacht hat. Vincents Einfluss auf Frauen ist schon fast unheimlich und ein wenig pusht es mein Ego, dass Jess ihm widersteht aber mir scheinbar nicht.

„Ich muss noch einen Bericht fertig machen. Deswegen bin ich schon da“, sagt sie ein wenig atemlos. Trotz Vincents Nähe sammelt sie sich soweit, um noch eine Frage formulieren zu können. „Und was macht ihr hier? Zu viert?“

„Wir haben einen Termin beim Boss“, sage ich wahrheitsgemäß, denn es würde nichts bringen, zu lügen.

Neugierig sieht Tamara zu mir, lehnt sich dabei aber ein wenig näher an Vincent. Es ist offensichtlich, dass sie seine Nähe genießt. „Habt ihr etwas ausgefressen?“

„Nein, aber etwas erfahren, das er wissen muss.“

„Erzählt ihr es mir?“, fragt sie hoffnungsvoll.

„Sobald der Boss es erlaubt“, erwidere ich mit einem Grinsen.

„Und der erwartet uns bereits. Kommt, Jungs“, drängt Leander. Ich und Julian folgen ihm, aber Vincent bleibt kurz bei Tamara.

„Geht schon vor. Ich bin in einer Minute bei euch“, ruft er uns hinterher.

Ich brauche mich nicht umzudrehen, um zu wissen, was die beiden noch machen. Nachdenklich ziehe ich mein Piercing zwischen die Zähne. Es ist untypisch, dass Vincent sich so häufig ein und derselben Frau zuwendet. Mir scheint, dass ihn die blonde Behüterin mehr um den Finger gewickelt hat, als beiden klar ist. Er holt uns jedoch bereits wieder ein, als wir am Büro des Chefs anhalten und klopfen.

„Herein“, ruft die befehlsgewohnte Stimme von Jaden Twist.

Ich respektiere diesen Mann, der bereits in jungen Jahren den Oberbefehl der Behüter angenommen hat und uns seither sehr erfolgreich führt. Ich mag seine unumstößliche Art und seine kühle Denkweise. Wenn wir jemandem die Sachen erzählen können, die uns Jess anvertraut hat, dann ihm. Er sitzt an seinem Schreibtisch, sieht nur kurz auf, als wir eintreten, und widmet sich dann wieder der Mappe vor sich.

„So, meine Herren. Was haben Sie denn für mich, das

Sie mir nicht am Telefon sagen können?“

Vincent schließt die Tür, bevor er beginnt.

„Wir wissen, wer Azur ist“, sagt er beinahe feierlich.

Jaden Twists Kopf ruckt hoch. Nun haben wir definitiv seine Aufmerksamkeit.

„Sie haben Azurs wahre Identität herausgefunden?“, fragt er, während wir uns in seinem Büro verteilen.

Dafür, dass er eine so hohe Persönlichkeit ist, bevorzugt er eine sehr einfache Umgebung. Sein Büro ist gerade einmal groß genug, um mehreren Schränken und seinem Tisch Platz zu machen. Es ist nur durch absolute Abschottung und ein sehr großes Sicherheitssystem gekennzeichnet. Auch das mag ich an diesem Mann. Er nimmt sich selbst nicht so wichtig, dafür aber seine Arbeit.

„Also um genau zu sein, haben wir es nicht herausgefunden, sondern sie hat es uns selbst erzählt“, wirft Julian ein und verzieht den Mund, als Twist ihn ungläubig ansieht.

Dann schüttelt der ältere Mann den Kopf. „Würden Sie bitte von vorn beginnen?“

Wir sehen uns an und entscheiden stumm, dass Leander erzählen soll. Er ist derjenige, der am besten mit Worten umgehen kann.

„Vor einigen Wochen lernten wir eine junge Frau kennen, die durch ihre Arbeit und ihr Studium häufig Zeit in meinem Café verbrachte“, beginnt er und erzählt unserem Chef die ganze Geschichte. Netterweise erwähnt er mit keiner Silbe die Beziehung zwischen mir und Jess. Als er endet, stützt Twist seinen Kopf in eine Hand und blickt nachdenklich auf das dunkle Holz seines Tisches. Ich bin gespannt auf seine Einschätzung.

„Jessica Read“, murmelt er nach einer Weile kopfschüttelnd. Dann sieht er uns an. „Für wie glaubhaft halten Sie ihre Geschichte?“

Diese einfache Frage überrascht mich bereits. Ich hätte erwartet, dass er uns rügt, weil wir Jess nicht sofort in Gewahrsam genommen haben und im Prinzip auch nicht wissen, wo sie gerade steckt.

„Wir haben auf jeden Fall keinen Grund, ihr nicht zu glauben“, erklärt Julian. „Jess hat nie versucht, uns willentlich in Gespräche zu verwickeln oder Informationen aus uns herauszulocken. Ehrlich gesagt, haben wir extrem wenig über die Arbeit in ihrer Gegenwart geredet. Ihr Leben ist sehr echt und wir haben bereits all die Dinge, die wir von ihr als Jessica wissen, überprüft. Ihre Wohnung ist auf ihren Namen vermietet, auch wenn die monatlichen Zahlungen vom Konto ihres Vaters aus bezahlt werden, sie arbeitet bereits seit mehreren Monaten in diesem Dekoladen und hat sich vorher in zahlreichen anderen Geschäften beworben. Dass sie in dem Leanders Café gegenüberliegenden angestellt wurde, scheint reiner Zufall zu sein. An ihrer Universität ist sie ebenfalls eingeschrieben und besucht regelmäßig die Kurse. An keinem Pflichttermin hat sie bisher gefehlt. Sie scheint neben ihrem Diebesleben tatsächlich daran zu arbeiten, noch einen normalen Beruf zu erlernen. Und das unabhängig von ihrem einflussreichen Vater. Dahingehend hat sie uns die Wahrheit gesagt. Auch ihre Vergangenheit haben wir beleuchtet und tatsächlich ein paar Unklarheiten bei dem Unfall ihrer eigentlichen Familie entdeckt. Auch haben wir Schriftstücke ihrer anderen Familienangehörigen gefunden, die erklären, dass sie auf eine

Aufnahme Jess‘ verzichten. Wir wollten die damalig Zuständigen befragen, doch alle sind unauffindbar oder tot. Ob Saphir damals seine Hände im Spiel hatte, kann nicht bewiesen werden. Genauso die Beamten, die Jess‘ Adoption bewilligt haben. Es sieht alles einwandfrei aus, aber wenn man bedenkt, wie schnell sie an Eduard Read weitergegeben wurde, kann es durchaus mit Bestechung zu tun gehabt haben. Nachweisbar ist auch hier nichts."

Twist reibt sich über das Kinn. „Das bedeutet?"

„Dass die Fakten für sie sprechen. Sie hat uns in keinster Weise angelogen. Zumindest soweit wir es nachvollziehen konnten."

Twist sieht uns der Reihe nach an. „Und Sie? Glauben *Sie* ihr? Abgesehen von den Fakten."

Kurzes Schweigen folgt, in dem wir uns ansehen. Nie hätten wir geahnt, dass ihm unsere Meinung so wichtig ist.

„Ja", sage ich schließlich. „Zwar haben wir keine Beweise, dass die Sache mit dem Gift stimmt, aber wir haben sie kennengelernt. Zu Anfang habe auch ich gedacht, dass sie sich nur in unsere Reihen gemogelt hat, um uns auszuspionieren. Aber dann hätte sie sich uns nicht zu erkennen geben brauchen. Sie hat alles riskiert, indem sie es mir sagte und…", kurz überlege ich, wie ich es formulieren kann, „ich konnte die Wahrheit in ihren Augen sehen. Sie hasst das Leben bei den Dieben, aber Saphir hält sie mit dem Gift wie an einer Leine."

Twist seufzt nachdenklich. „Dass gerade Sie ein gutes Wort für eine Diebin einlegen, wundert mich. Sie sind einer meiner überzeugtesten Behüter. Scheinbar besitzen sie vier eine sehr gute Menschenkenntnis oder auch Kombinationsfähigkeit. Azurs Geschichten von dem Menschenhandel und dem Gift stimmen nämlich."

„Sie wissen davon?", platzt Vincent heraus.

Twist nickt. „Meine Informanten haben mir bestätigt, dass immer wieder Begabte einfach verschwinden. Wahrscheinlich weil sie gefangen und an die Gilde verkauft werden. Zu dem Gift haben wir zumindest Indizien von unserem Spion in der Diebesszene. Wir haben versucht, es völlig inoffiziell zu untersuchen, damit nichts an mögliche Maulwürfe durchdringt. Aber auch damit hat Miss Read Recht. Wir konnten nichts nachweisen. Wir benötigen einen lebenden Dieb." Erneut denkt Twist nach. „Ich bin gewillt, Miss Read zu glauben. Aber nur unter der Bedingung, dass sie sich von uns untersuchen lässt, damit wir das Gift identifizieren können. Wenn diese Tatsache stimmt, können wir ihr bis zu einem gewissen Grad glauben."

„Das ist auch Jess' Forderung für ihre Mithilfe. Wenn wir einen Weg finden, sie von dem Gift zu befreien, schlägt sie sich auf unsere Seite", wirft Leander ein.

Ein leichtes, berechnendes Lächeln zeigt sich auf Twists Lippen, was mir gar nicht gefällt. Er scheint seinen eigenen Plan zu entwickeln und ich hoffe, dass es nicht zu Jess' Schaden gereicht.

„Eigentlich kann uns nichts Besseres passieren. Eine Verbündete innerhalb der obersten Reihe der Gilde… Hat sie bereits etwas zu weiteren Bedingungen gesagt?", fragt Twist nun.

„Eine Lösung für das Giftproblem und dass sie nichts verraten wird, das die Gilde im Allgemeinen verletzbar macht."

„Wieso?"

„Wegen der anderen Diebe, die ihrer Meinung nach aus Zwang und Not dort sind. Sie will sie nicht in Gefahr bringen“, erkläre ich.

Anerkennung blinzt in den Augen des anderen Mannes auf. Scheinbar gefällt es ihm, dass sich Jess um andere sorgt. „Gut, das kann ich vorerst akzeptieren. Ich will sie jedoch zuerst einmal selbst kennenlernen. Ich bin neugierig auf diese junge Frau geworden. Wenn sie den Eindruck bestätigt, den ich bisher von ihr erlangt habe, können wir gleich eine Untersuchung anhängen, um das Gift zu analysieren.“

„Was ist, wenn sie nicht Ihren Erwartungen entspricht?“, frage ich.

Die kühlen Augen von Twist suchen meinen Blick. „Dann wird sie in Gewahrsam genommen. Sie wäre eine zu große Gefahr, auch weil sie einen Einblick in unsere obersten Ebenen erlangen wird. Wenn ich ihr nicht vertrauen kann, wird sie diese Räume nicht mehr verlassen.“

Ich nicke, wenn auch etwas verzögert. Das Wissen, dass ich Jess in Gefahr bringe, missfällt mir. „Ich werde ihr das sagen.“

„Wenn sie danach immer noch herkommen will, um sich von uns helfen zu lassen und uns im Austausch ihre Hilfe anzubieten, hat sie bereits mehr Mut bewiesen, als ich einem Dieb zutraue. Ihr könnt gehen. Ich will noch ein wenig darüber nachdenken.“

„Wenn sie aber hierher kommt, muss das wirklich unter strenger Geheimhaltung geschehen“, wirft Leander noch ein. „Jess meinte, dass wir Spitzel in den unteren Ebenen haben. Wenn ihre Anwesenheit bemerkt wird, stirbt sie, ehe wir ihr helfen können. Und dann haben wir rein gar nichts gewonnen."

Und ich würde sie verlieren... Allein der Gedanke ist unerträglich.

Ungeduldig klopft Twist mit den Fingern auf die Tischplatte. „Ich werde mir Sicherheitsmaßnahmen ausdenken. Wenn sie ihr Leben schon in unsere Hand gibt, will ich nicht derjenige sein, der dieses Vertrauen durch schlechte Arbeit zunichtemacht", sagt er schließlich. „Reden Sie mit ihr und teilen Sie mir einen Termin mit, wann sie herkommen kann. Um alles weitere kümmere ich mich. Solange lassen Sie niemandem gegenüber ein Wort verlauten."

„Jawohl, Sir", sagen wir vier und wenden uns zum Gehen.

Mich persönlich beruhigt es ungemein, dass Twist an Jess' Geschichte glaubt. Mir hat dies ein paar meiner eigenen Unsicherheiten genommen. Und damit stehe ich scheinbar nicht allein da. Als die Tür zum Büro unseres Chefs zufällt, atmet Vincent auf.

„Ihr könnt sagen, was ihr wollt, aber ich bin froh, dass er Jess' Story bestätigen konnte. Irgendwie habe ich diese kleine Diebin bereits richtig ins Herz geschlossen", gibt er zu und verschränkt die Arme hinter dem Kopf.

„Nicht nur du", gibt ihm Leander Recht.

„Ihr solltet öfter auf mich hören. Ich sagte von Anfang an, dass wir ihr glauben können", sagt Julian.

„Aber auch du konntest die Sache mit dem Gift nicht bestätigen", erinnere ich ihn.

Schief lächelt mich der Blondschopf an. „Manchmal muss man Menschen einfach vertrauen."

Das versetzt mir einen ungewollten Schlag in die Magengrube, denn mir ist bewusst, dass ich Jess durchaus trauen wollte, es aber nicht konnte. Da steht Tamara bereits wieder bei uns.

„Könnt ihr es mir nun sagen?“, fragt sie neugierig. Sie verzieht schmollend den Mund, als wir alle vier den Kopf schütteln.

„Leider soll es noch geheim bleiben. Auch wenn es mir einen Schlag versetzt, es dir nicht sagen zu dürfen“, versichert Vincent und wirft sich gleich wieder an sie heran. Scheinbar hat er es mehr als nötig.

Ich schüttle den Kopf und wende mich zum Gehen. „Wenn ihr nichts dagegen habt, werde ich Jess von dem Gespräch erzählen. Wir sehen uns dann später.“

„Frag sie gleich, wann sie Zeit hat“, ruft mir Leander hinterher.

Ich hebe den Arm, dass ich verstanden habe, während Tamara fragt: „Jess? Wer ist Jess?“

Diese Frage zu beantworten, überlasse ich den anderen. Denn meine Gedanken wandern bereits weiter zu einer wunderschönen, jungen Frau und meine Vorfreude, sie wiederzusehen, wächst mit jedem Schritt.

Jess

Es geht bereits auf neun Uhr abends zu, als ich nach einem ziemlich anstrengenden Tag heim komme. Müde lehne ich mich einen Moment mit dem Rücken an meine Wohnungstür und schließe die Augen. Am Morgen war ich in der Uni, ab frühen Nachmittag im Laden und die Nacht zuvor bei meinem Opfer. Dort hat mich sogar ein Trupp Behüter erwartet, der es mir schwergemacht hat, überhaupt rechtzeitig den Traum zu stehlen, bevor der Mann aufwachte. Aber ich wäre nicht Azur, wenn ich das nicht geschafft hätte. Allerdings sind nun sowohl das persönliche Sicherheitspersonal als auch die Behüter gewarnt und ich muss noch zwei weitere Male dorthin. Zumindest nimmt mir Julian nun ein wenig Arbeit von der Uni ab, sodass ich mich heute Abend nur noch um etwas zu essen kümmern muss. Vielleicht sind auch noch ein paar Stunden Schlaf vor meinem Einsatz drin!

Ich drücke mich von der Tür ab und schlüpfe aus meinen Schuhen, ehe ich in die Küche gehe, um meinen Kühlschrank zu plündern. Dieser Versuch wird jedoch von meinem Handy unterbrochen. Ich ziehe es aus meiner Hosentasche und sehe Cedrics Nummer darauf. Ein wohliges Kribbeln erwacht in meinem Bauch. Auch wenn ich mich selbst dazu entschieden habe, auf Abstand zu ihm zu bleiben, heißt das leider nicht, dass meine Gefühle für ihn einfach verschwinden. Ich weiß inzwischen, dass ich das nicht beeinflussen kann.

„Hey Cedric“, melde ich mich.

„Hey Jess, du bist doch inzwischen daheim, oder?“, schallt seine angenehme Stimme durch den Hörer.

„Ja, ich bin gerade angekommen. Wieso fragst du?“

„Hast du zufällig Lust, mit mir zu Abend zu essen?“

Ein verlockendes Angebot, aber es würde eher gegen meinen Plan, ihn auf Abstand zu halten, arbeiten und zudem will ich nirgendwo mehr hin. „Eigentlich möchte ich mir nur eine Kleinigkeit machen und mich ein wenig ausruhen, bevor ich wieder los muss. Der Tag war anstrengend.“

„Das kann ich mir gut vorstellen", erwidert er mit Verständnis in der Stimme. „Aber glaube mir, du brauchst nicht weit zu gehen."

Die Heiterkeit in seiner Stimme lässt mich aufhorchen. „Das musst du mir genauer erklären."

Cedric lacht und dabei wallt diese merkwürdige Sehnsucht wieder in mir auf. Plötzlich will ich ihn nur noch hier haben, an meiner Seite.

„Wir waren doch heute bei unserem Chef und da ich wusste, dass du jetzt erst heimkommst, dachte ich, dass ich dich überrasche. Wenn du also Lust auf Tai-Essen hast, brauchst du nur den Türöffner zu betätigen und dein persönlicher Bringdienst ist in zwei Minuten bei dir", erklärt mir Cedric.

„Du stehst vor meiner Tür?", frage ich perplex.

„Ja."

Innerlich seufze ich, weil das so nie was wird mit dem Abstand. Andererseits ist das wirklich süß von ihm und ich zögere nur einen Moment.

„Dann komm hoch", sage ich leise und bin bereits auf den Weg zur Tür.

„Bis gleich, kleines Kätzchen", verspricht er und legt auf, bevor ich meine Überraschung wegen dieses außergewöhnlichen Spitznamens überwinden kann. Ich betätige den Summer und warte, bis er aus dem Fahrstuhl tritt. Er trägt bereits seine verstärkte Kleidung für die Arbeit, wodurch er sehr imposant wirkt.

„Kleines Kätzchen?", frage ich statt einer Begrüßung.

Sein Grinsen ist anbetungswürdig und ich merke wieder einmal, dass all meine Schutzwälle zu platzenden Seifenblasen werden, kaum dass er vor mir steht.

„Das ist doch ein passender Kosename. Du läufst geschmeidig und leise wie eine Raubkatze“, erklärt er und hebt die Hand, um mir sacht mit einem Finger über das Kinn zu streichen. „Und klein bist du ebenfalls.“

Er nimmt die Hand wieder weg, bevor ich aufbegehren kann und tritt an mir vorbei in die Wohnung.

„Das ist ein furchtbarer Name. Lass den. Ich mag ihn nicht“, beschwere ich mich und folge ihm.

„Stimmt nicht. Dir gefällt er sehr wohl. Das sehe ich dir an der Nasenspitze an.“

Ich rolle gespielt genervt mit den Augen, sage aber nichts, denn eigentlich hat er Recht. Bisher hatte ich nie einen anderen Kosenamen als Jess und irgendwie passt er ja wirklich.

Es freut Cedric scheinbar, dass ich nichts mehr dagegen sage, denn sein Lächeln wird wärmer und er hebt die Plastiktüte, die er in der Hand hält. „Hunger?“

„Oh ja!“, rufe ich aus, nehme sie ihm aus der Hand und eile mit meiner Beute in die Küche.

„Scheinbar lief es bei eurem Boss gut, dass du so tolle Laune hast?“, frage ich, während ich Besteck aus einer Schublade nehme.

„Hm, das kann ich so nicht bestätigen. Zuerst will ich deine Einschätzung, denn vieles davon betrifft dich“, gibt Cedric zu.

Ich verharre in meiner Bewegung, als er so dicht hinter mich tritt, dass ich seine Brust an meinem Rücken spüre. Seine Lippen berühren fast mein Ohr, als er weiterredet.

„Meine gute Laune kommt eher von der angenehmen Gesellschaft hier“, flüstert er und sein warmer Atem streicht über meinen Hals. Dann nimmt er mir eine der Gabeln aus der Hand und zieht sich wieder zurück, ohne mich nur einmal zu berühren.

Miranda hatte Recht, dass Cedric erneut meine Nähe sucht. Und das, obwohl er weiß, was ich bin. Wilde Freude darüber lässt meine Fingerspitzen prickeln. Verflucht!

Meine Wangen brennen regelrecht, als ich mich zu ihm umdrehe. Cedric scheint sehr zufrieden mit sich zu sein und sitzt bereits an meinem kleinen Küchentisch, um das Essen auszupacken.

„Nun erzähl schon, was hat er gesagt“, verlange ich ein wenig ruppig, aber Cedric scheint das nicht zu stören. Er taucht nur seine Gabel in das unglaublich gut riechende Essen. Mein Hunger treibt mich zu dem anderen Stuhl und schon während ich mich setze, greife ich nach einer der Schachteln.

„Er glaubt dir“, eröffnet mir Cedric.

Überrascht sehe ich ihn an. „Wirklich? Dass ihr mir geglaubt habt, hätte ich ja bereits nie gedacht, aber nun auch euer Chef? Wie kommt das?“

Cedrics Mundwinkel zucken belustigt und er zieht den metallenen Ring an seiner Lippe zwischen die Zähne. Dieses Mal wohl nicht, weil er nachdenkt, sondern weil er mich lockt. Und verdammt, es klappt. Schnell schaue ich weg, als mir erneut das Blut in die Wangen schießt.

„Dafür, dass du mir von dir aus erzählt hast, dass du eine Diebin bist, überrascht es dich nun ziemlich häufig, dass man dir deine Geschichte tatsächlich glaubt. War es nicht ziemlich riskant, wenn du uns nicht vollständig vertraut hast?“

Ich schnaube nur, ohne ihn anzusehen. „Es war eine

Ausnahmesituation."

Er lacht leise auf meine Worte, ehe meine Verlegenheit jedoch zu stark wird, fährt er mit dem eigentlichen Thema fort. „Was unseren Chef wohl überzeugt hat, war die Tatsache, dass wir dir glauben und dass er von dem Gift weiß."

Nun sehe ich ihn doch wieder an. „Tut er das?"

Cedric nickt und steckt sich eine weitere Gabel mit Gemüse in den Mund. „Ich habe die Berichte dazu gelesen, bevor ich hergekommen bin. Es liegen keine eindeutigen Beweise vor, weil das Gift zu flüchtig bei toten Dieben ist, wie du bereits gesagt hast, aber es ist durchaus bereits in Betracht gezogen worden."

„Es ist gut, dass es etwas gibt, das meine Worte bestätigt", atme ich auf.

Cedric hebt seine gepiercte Augenbraue. „Jess, du bist zwar eine Diebin, aber du hast uns mehr oder weniger freiwillig gesagt, was du weißt. Du hast uns nie einen Grund gegeben, zu denken, dass du lügst."

„Ich bin eine Diebin, meinen Worten kann man nicht glauben, oder?", frage ich kalt und ziemlich biestig.

Statt meine Worte persönlich zu nehmen, lehnt sich Cedric nur mit seinem Essen zurück. „Fahr deine Krallen wieder ein, Jess. Wenn wir dir glauben wollen, ist das unsere Sache. Natürlich, es bleibt immer ein Risiko, dass du uns nur hinters Licht führst, aber inzwischen bin ich mir mehr als sicher, dass das nicht der Fall ist. Und scheinbar bin ich damit nicht allein." Er sieht mich an – lang und abwartend. Unter diesem Blick schmilzt meine Frustration über mein eigenes Schicksal dahin und nur ein warmes Gefühl bleibt.

„Danke", sage ich schließlich. „Ihr Behüter seid aufgeschlossener als ich bisher vermutet habe."

Wieder lacht Cedric. „Oh nein, dein Eindruck von uns ist schon ganz gut. Jeden anderen Dieb hätten wir sofort eingesperrt. Es liegt an dir. Du hast uns zuerst das Bild von dir gezeigt, welches du wirklich bist und leben willst, und dann erst das der Diebin, welches nicht ganz zu dir passen mag. Du bist authentisch und das hat uns überzeugt. Na und vielleicht noch all die Fakten, die für deine Story sprechen. Mach dir nicht so einen Kopf. Ich weiß nicht, was Twist noch alles für Pläne mit dir hat, aber wir glauben dir und wollen einer Freundin helfen. Nimm das einfach an, okay?"

Seine Worte bringen mich zum Lächeln und ich nicke. „Okay." Zu gern möchte ich mich ihnen anvertrauen. „Gut, euer Chef glaubt mir. Und was nun?"

Cedric scheint zufrieden und sieht mich einen Moment so an, dass ich all das in seinen Augen erneut erblicke, was ich kurz vor unserem Kuss sah. Dann widmet er sich jedoch wieder dem Essen, bevor mein Herz mehr als einen heftigen Satz machen kann.

„Er will dich sehen, um sich ein eigenes Bild von dir zu machen. Er hat jedoch auch gesagt, dass er dich in Gewahrsam nehmen wird, wenn du sein Vertrauen nicht erringen kannst. Es wäre für dich also ein mehr als großes Risiko", gibt er zu bedenken und scheint selbst nicht begeistert zu sein.

„Das habe ich mir bereits gedacht. Euer Chef wäre ja auch ziemlich dumm, wenn er mich einfach wieder gehenlassen würde, wenn er nicht der Meinung ist, dass ich euch nütze. Nur aus Nächstenliebe heraus wird er mir wohl kaum helfen. Aber selbst wenn er mich nicht mehr gehenlässt, wird das den anderen helfen. Das Gift wird bekannt und vielleicht findet ihr dann ein Mittel dagegen.“

Erneut wandern Cedrics Augenbrauen nach oben. „Du würdest dich für die anderen opfern?“

Ich zucke nur mit den Schultern.

„An dir ist wahrlich eine gute Behüterin verlorengegangen. Willst du eigentlich zu uns kommen, wenn wir dich da rausgeholt haben?“ Ich sehe die Hoffnung in seinen Augen, doch die will ich nicht zu sehr mit Nahrung füttern.

„Darüber habe ich mir noch keine Gedanken gemacht. Schließlich ist im Moment so vieles im Unklaren. Wann will dein Boss mich denn sehen?“, frage ich, um das eigentliche Thema wieder aufzunehmen.

„Das überlässt er dir. Sag ein Datum und er wird alles vorbereiten. Schließlich darf niemand außerhalb der Behütergemeinschaft etwas davon wissen, richtig?“

„Das stimmt.“ Kurz überlege ich. „In den nächsten drei Tagen muss ich nachts noch weg. Es wäre leichtsinnig, in dieser Zeit bei euch vorbeizuschauen. Und danach muss ich wahrscheinlich gleich wieder zu Saphir. Also würde ich in fünf Tagen sagen.“

Cedrics Miene hat sich ein wenig verfinstert, als ich meine Diebestour erwähnte, aber er muss sich langsam daran gewöhnen, dass das ein Teil meines Lebens ist.

„Darf ich sie einmal sehen?“, fragt er ernst.

„Was meinst du?“

„Deine Arbeitskleidung.“

Aufmerksam beobachte ich ihn, aber ich sehe keinerlei Hass mehr in seinen Augen. Vielleicht Missbilligung, aber sonst nichts. Irgendwie beruhigt mich das. Ich lege meine Gabel und das bereits ziemlich minimierte Essen ab und stehe auf. Cedric folgt mir ohne ein Wort und ich führe ihn in mein Schlafzimmer. Den Raum, den ich letztes Mal tunlichst vermieden habe, ihm zu zeigen.

Cedric

Beeindruckt pfeife ich, als ich den einzigen Raum betrete, den ich bislang nie gesehen habe. Jess hält die Vorhänge immer geschlossen und ich weiß nur, dass eine Feuerleiter zu dem einzigen Fenster hier herauf führt. Überraschenderweise ist das Zimmer das größte der Wohnung. Wenn man allerdings bedenkt, was hier alles reinpassen muss, ist es nur verständlich. Neben Jess' Bett findet sich noch ein Schreibtisch, der übersäht ist mit ihren Unisachen und bei dessen Anblick ich mich automatisch frage, wie sie dort noch etwas findet. Aber den meisten Platz nehmen mehrere Sportgeräte in Anspruch. Neben einem Laufband und einem Crosstrainer findet sich auch eine Sammlung an Hanteln, Bändern und sogar eine Klimmzugstange.

„Scheinbar muss man auch als Dieb viel trainieren?“, frage ich und besehe mir die ganzen Gegenstände.

„Eigentlich schon, aber ich finde im Moment weniger Zeit dazu, als eigentlich nötig wäre. Als ich noch in der Gilde gewohnt habe, musste ich zwei Stunden pro Tag trainieren. Jetzt ist es um einiges weniger.“

Ungläubig, dass mir ihr trainierter Zustand nie aufgefallen ist, schüttle ich den Kopf.

„Zu gern würde ich einmal einen Trainingskampf gegen dich machen“, gebe ich zu.

Jess lächelt nur leicht und zeigt dann auf ihren Kleiderschrank. Dort hängt ganz offen der lange, schwarze Mantel, den die Diebe immer tragen.

„Hattest du das letzte Mal nicht Angst, dass ich das hier entdecke? Groß Mühe, es zu verstecken, machst du dir ja nicht.“

„Vielleicht wollte ich ja, dass du es entdeckst“, zwinkert sie, tritt an das Kleidungsstück heran und streicht über den Stoff, wodurch ganz leicht eine der Seiten verschoben wird und ich die restliche, hautenge Kleidung sehe, die die Identität der Diebe verbirgt. Jess‘ Blick verfinstert sich leicht, als sie den Mantel betrachtet.

„Du magst die Arbeit als Dieb wirklich nicht, hm?“, frage ich und lehne mich an den Schrank.

Jess schüttelt den Kopf, greift in eine der Taschen und holt zwei Traumperlen heraus. Kurz muss ich mich zusammenreißen, um sie ihr nicht aus der Hand zu schlagen. Es ist Beute und gehört nicht ihr, sondern dem armen Mann, den sie beraubt hat. Aber Jess braucht sie, um ihren Auftrag zu erfüllen. Ich will mir nicht vorstellen, was Saphir mit ihr anstellt, wenn sie versagt. Jess wendet sich mir zu und hält die beiden Perlen auf ihrer ausgestreckten Handfläche. Sie sind wirklich gut gemacht und würden auf dem Schwarzmarkt viel Geld einbringen. Auch daran sieht man, was für eine gute Diebin sie ist.

„Es tut mir immer leid, wenn ich jemandem seinen Traum nehmen muss. Ich verabscheue meine Taten, aber wenn die eigene Unversehrtheit und das Leben davon abhängen, macht ein Mensch viele Dinge, die er eigentlich nicht will. Was die Diebe tun, die freiwillig bei Saphir sind, ist mir egal. Aber es ist falsch, dass er Angst, Schicksalsschläge und Not ausnutzt, um auch andere Begabte in seine Gilde zu zwingen. Deswegen will ich einen Weg finden, um das Gift loszuwerden. Niemand sollte etwas tun müssen, was er nie wollte“, sagt sie leise.

Ihre Worte zeigen mir wieder einmal, dass Jess ein sehr guter Mensch ist. Der Wunsch, ihr zu helfen und sie zu beschützen, wächst in mir, aber auch der, sie zu berühren, sie zu schmecken und ihr zu zeigen, dass das Leben nicht so schwer ist, wie sie denkt. Ich hebe meine Hand und streiche ihr sanft durch das Haar. Ihre Augen weiten sich und sie sieht mich mit einem Ausdruck an, bei dem ich nicht weiß, ob es Panik oder Sehnsucht ist, vielleicht eine Mischung aus beidem. Schnell tritt sie einen Schritt zurück und lässt die Perlen wieder in ihre Manteltasche fallen.

„Wir haben doch alles geklärt, oder? Vielleicht solltest du jetzt gehen. Schließlich musst du bald los zu deinem Einsatz.“

Ihr Verhalten hätte nicht widersprüchlicher sein können. Ihr Körper scheint sich zu mir hinzuziehen, aber ihre Worte und deren Ton beinhalten definitiv eine Abfuhr. Ein wenig verwirrt folge ich ihr in den Flur. Doch ich will mich noch nicht geschlagen geben und bin entschlossen, herauszufinden, was das zwischen uns beiden ist. Ich hole zu ihr auf, strecke den Arm aus und stütze mich gegen die Wand, sodass sie nicht mehr fliehen kann.

„Jess“, sage ich eindringlich und rücke noch etwas näher an sie heran.

Deutlich wird ihr Atem allein durch meine Nähe schwerer, trotzdem tritt sie zurück, bis sie mit dem Rücken an der Wand steht. Ich verstehe ihre Reaktion nicht. Vor vier Tagen hat sie mich auf eine Weise geküsst, dass ich keinerlei Zweifel an den Gefühlen habe, die sie für mich hegt. Wieso also dann jetzt diese Distanz? Ich will nicht glauben, dass das alles vielleicht doch nur gespielt war. Ich entscheide mich, das nun zu klären.

„Wieso weichst du mir aus? Dieser Kuss zwischen uns… Du hast zu mir gesagt, dass nicht eine Sekunde gespielt war. Also habe ich ein ziemlich deutliches Bild davon, was du für mich empfindest. Wieso gehst du mir dann jetzt aus dem Weg? Du weißt, wie ich fühle."

Verdammt, Jess ist tatsächlich anders als jede andere Frau, der ich bisher begegnet bin, denn da wäre es mir egal gewesen, wenn sie sich von mir abwendet. Bei jeder anderen wären mir nie solche Worte aus dem Mund gekommen.

Jess' Blick wird plötzlich hart. „Das ist das Problem, Cedric. Ich weiß nicht, was du für mich empfindest. Und ich befürchte, dass du es ebenfalls nicht weißt."

Darauf kann ich sie nur verständnislos ansehen.

„Natürlich weiß ich das", rufe ich aus, doch Jess schüttelt den Kopf, dass ihre schönen Haare um ihr Gesicht fliegen.

„Nein, das weißt du nicht. An diesem Abend, als du mich geküsst hast, habe ich in deinem Blick all das gesehen, was ich mir nur wünschen konnte. Aber ich weiß noch sehr deutlich, wie du mich angesehen hast, als du erfahren hast, dass ich eine Diebin bin. All die Zuneigung war weg und du hast mich mit solch einem Hass angesehen, dass es mich tief verletzt hat. Du bist ein Behüter und das ist gut so. Aber du solltest dich einmal genau fragen, ob du mir wirklich so nah sein willst. Auch wenn ich in dieses Leben gedrängt wurde, habe ich das getan, was du so sehr verachtest. Was auch immer du für mich empfindest, muss dieses Wissen verkraften können. Und ich befürchte, dass das nicht der Fall sein wird. Ich habe furchtbare Dinge getan.

Eine Frau wie mich willst du nicht, Cedric. Das weißt du tief in dir bereits. Denk also einmal ganz genau darüber nach."

Ich kann sie einen Moment nur anstarren. „Jess...", beginne ich, um ihr zu widersprechen, aber sie unterbricht mich.

„Bitte, Cedric. Ich möchte jetzt keine Erklärung von dir haben. Du sollst einfach eine Weile darüber nachdenken. Und solange möchte ich nicht, dass du mich anfasst."

Ihre Stimme wird immer rauer bei ihren Worten und ich merke, wie schwer es ihr fällt, sie auszusprechen. Sie glaubt sie selbst wohl wirklich, obwohl es Unsinn ist, dass ich etwas Besseres verdient hätte. Etwas Besseres als Jess könnte ich niemals finden.

Sie schließt in stummer Qual die Augen und wendet den Kopf ab, wobei sie sich immer noch an die Wand presst. Zu gern will ich sie trösten und hebe bereits eine Hand, aber sie hat mir regelrecht verboten, sie zu berühren. Ihre Worte haben mich getroffen, aber leider habe ich keine Argumente dagegen, denn was sie gesagt hat, ist nur die Wahrheit. Ich habe Hass auf sie empfunden, doch der ist wieder vollkommen verraucht. Natürlich, ich finde es nicht gut, was sie getan hat und nun noch immer tun muss, aber es ist ja nicht ihr freier Wille. So etwas könnte ich nie verurteilen. Nur wird sie mir das wohl nicht glauben, wenn ich nicht eine Zeit verstreichen lasse, in der ich ihrer Meinung nach darüber nachdenken kann. Unsicher, was ich nun tun soll, und ein wenig verwirrt lasse ich meine Hand wieder sinken.

„Okay, ich nehme mir Zeit. Aber ich denke nicht, dass meine Entscheidung gegen dich ausfallen wird", sage ich leise, um ihr Sicherheit zu geben.

Jess nickt und sieht mich wieder an.

„Dann wären wir beide aber sicher. Und jetzt solltest du gehen. Danke für das Essen und dass du mich informiert hast“, sagt sie gefasst, aber ich sehe ihr deutlich an, wie sehr das Leben gerade auf ihr lastet. Deswegen ziehe ich mich noch nicht von ihr zurück.

„Gern geschehen. Aber auch wenn du mich gerade ein wenig auf Abstand geschoben hast, ändert das nichts daran, dass wir Freunde sind. Du musst das alles nicht alleine stemmen, okay?“

Kurz sieht sie mich überrascht an, dann entspannt sie sich und lächelt sogar ein wenig. „Danke, ich werde versuchen, daran zu denken.“

Wo das geklärt ist, ziehe ich sie kurzerhand in meine Arme. Sie keucht überrascht auf, während ich mein Gesicht in ihrem Haar vergrabe und diesen wundervollen Geruch nach Veilchen in mich aufnehme.

„Cedric?!“

„Entspann dich, kleines Kätzchen. Das ist ein Freundschaftsdienst, damit du merkst, dass du nicht allein bist“, murmle ich in ihr Haar.

Auch wenn meine Worte ehrlich gemeint sind, soll mein Handeln zudem meine Gedanken bestätigen. Wie ich erwartet habe, ist es das schönste Gefühl der Welt, sie in meinen Armen zu halten. Vor allem als sie nach ein paar Sekunden zögernd ihre Arme auf meinen Rücken und ihren Kopf an meine Brust legt. Wie könnte je etwas, das sich so gut anfühlt, falsch sein? Nie könnte ich diese Frau hassen. Egal was sie getan hat.

Eng umschlungen stehen wir in Jess‘ kleinem Flur und

lassen die Zeit einfach verstreichen.

„Umarmt man sich als Freunde so lang?“, fragt Jess belustigt, als ich sie nicht loslasse.

„Nein, aber ein Mann wie ich muss es doch ausnutzen, wenn so eine hübsche Frau wie du in seinen Armen liegt“, scherze ich und bekomme prompt einen Schlag in die Seite von ihr.

„Nun ist aber gut. Raus aus meiner Wohnung, du aufdringlicher Kerl“, verlangt sie mit einem Lachen.

Zufrieden löse ich mich von ihr, denn es ist mir gelungen, sie aus ihrer depressiven Stimmung zu holen.

„Ich werde genau über das nachdenken, worum du mich gebeten hast, aber so lange musst du auf mich warten, verstanden? Solche Umarmungen will ich mit keinem anderen Mann sehen“, sage ich und gedenke wirklich noch einmal all die Sachen durch meinen Kopf gehen zu lassen, auch wenn ich meine Wahl schon getroffen habe.

Jess‘ Lächeln vertieft sich, obwohl ich in ihren Augen sehe, dass sie nicht daran glaubt, dass ich mich für sie entscheide. „Versprochen.“

„Bis morgen, Jess“, verabschiede ich mich an der Tür.

„Bis morgen, Cedric“, erwidert sie und in ihrem Blick sehe ich so viel, dass es mir schwerfällt, mich umzudrehen und zu gehen.

Kapitel 14

Überzeugungsarbeit

Cedric

Val zieht die Augenbrauen zusammen, als sie meinen finsteren Gesichtsausdruck sieht.

„Was ist denn mit dir los?“, fragt sie und erhebt sich von dem Rand einer Liege, auf dem ihr Patient friedlich zu schlafen scheint.

„Nichts“, erwidere ich einsilbig und versuche, meine schlechte Laune nicht ganz so sehr heraushängen zu lassen.

„Okay“, sagt Val langsam und kauft mir mein Herunterspielen null ab. Scheinbar weiß sie mit meiner Laune aber nichts anzufangen, denn sie wirft sich mir nicht zur Begrüßung an den Hals. Gut so, denn dafür habe ich gerade überhaupt keinen Nerv. „Bist du dann hier, um mir mit Mia zu helfen?“

Ich nicke nur, woraufhin Val ein ungehaltenes Geräusch macht. „Gut, dann mach, Herr Schweigsam. Aber ich komme kurz mit. Ich habe nämlich keine guten Neuigkeiten.“

Sie wendet sich schon ab und ich folge ihr mit einem Seufzen. Eigentlich habe ich keine Lust auf schlechte Nachrichten. Es ist nun schon drei Tage her, dass mir Jess aufgab, mir durch den Kopf gehen zu lassen, ob ich damit leben kann, dass sie Träume stiehlt. Ich habe mich wirklich hingesetzt und konzentriert darüber gegrübelt. Das Ergebnis liegt klar auf der Hand: ich habe inzwischen absolut kein Problem mehr mit Jess‘ geheimer Identität.

Ich verabscheue die Diebe noch immer aus vollem Herzen und begrüße es natürlich nicht, dass Jess Träume stiehlt. Mir ist überaus bewusst, dass sie das alles niemals wollte, es aber getan hat. Da gibt es kein Drumherum. Sie hat so vielen Menschen Alpträume bereitet, dass sie zu einer Legende unter den Behütern geworden ist. Sie übt das aus, was ich bis in mein tiefstes Innere verurteile.

Aber sie ist ein guter Mensch und will wirklich von ihrer Vergangenheit wegkommen. Sie leidet unter dem Zwang, den Saphir ihr aufgibt und dieses schlechte Gewissen ist es, das mich überzeugt hat, dass ich ihr das Diebesleben niemals übelnehmen könnte. Sie hat es nicht verdient, dass man sie verurteilt, denn jeden Tag als Dieb bereut sie bereits, jeder gestohlene Traum lastet auf ihr.

Ich seufze erneut, während ich Val folge. Ich habe akzeptiert, dass Jess eine Diebin ist und inzwischen vertraue ich ihr absolut. Aber Jess scheint das anders zu sehen. Vorhin erst, als ich sie kurz im Laden besucht habe, wollte ich ihr klarmachen, dass ich meine Entscheidung getroffen habe. Aber sie hat sofort abgeblockt und mich auf meine Tage Bedenkzeit verwiesen. Sie ist der festen Überzeugung, dass sie nicht gut genug für mich sei.

Wieso muss denn ausgerechnet die Frau, um die ich mich zum ersten Mal in meinem Leben wirklich bemühe, solchen Ballast mitschleppen? Am liebsten würde ich sie kräftig schüttelt, damit sich die unsinnigen Gedanken aus ihrem Hirn lösen. Was Besseres… pfff!

Als Val den Vorhang zu Mias provisorischem Zimmer

zur Seite schiebt, seufze ich erneut, um meine Gedanken für Mia freizumachen. Aber stattdessen dreht sich Val plötzlich zu mir um und faucht: „Herrgott noch mal! Was bitte ist denn mit dir los? Du seufzt in einer Tour wie ein deprimierter Dackel."

„Dackel können seufzen?", frage ich mit einem schiefen Grinsen, aber Val schaut weiterhin unnachgiebig.

„Erzähl schon, was dich bedrückt. So kann ich dich niemals an Mias Träume lassen."

Ich gebe mich geschlagen und setze mich verdrießlich auf die Bettkante. „Es ist wegen Jess."

„Hat sie sich doch nicht als so toll herausgestellt?", fragt Val schnippisch und verschränkt die Arme unter der üppigen Brust.

Ich schnaube belustigt. „Da liegst du falsch. Jess...", ich lächle kurz bei dem Gedanken an sie. „Sie ist die großartigste Frau, der ich je begegnet bin."

„Dann will sie dich nicht?"

Ich werfe Val einen Blick zu, der sagen soll, dass sie das doch selbst nicht glaubt, woraufhin sie finster wegsieht. „Doch, ich denke schon. Aber sie hat mir etwas über sich erzählt, das ich dir nicht sagen darf und was ich nicht erwartet habe."

Neugierig blickt mich Val wieder an. „Aha? Und das ist inwiefern ein Problem für dich?"

„Für mich? Inzwischen gar keines mehr. Aber für sie scheint es ein sehr großes Problem zu sein. Sie hält mich auf Abstand, weil sie denkt, dass sie nicht gut genug für mich wäre", sage ich ehrlich. Ich weiß, dass Val absolut die falsche Person für dieses Gespräch ist. Aber sie ist nun einmal gerade da.

Val zuckt auch wie zur Bestätigung meiner Vermutung die Schultern. Sie kommt näher und setzt sich neben mich. „Dann lass es halt. Es gibt genügend Frauen, die sich nicht so zieren. Die viel einfacher sind.“

Nachdenklich mustere ich Val, die sich bei ihren Worten ganz leicht zu mir geneigt hat, sich mir damit ganz offensichtlich anbietet. Die brünette Frau hat einen sehr aufregenden Körper und sie ist absolut von mir angetan. Aber während ich sie so betrachte, merke ich, dass ich das nicht will. Ich brauche keine leichte Frau, die nur für ein Abenteuer gut ist. Ich will Jess. Das führt mir Vals vielsagender Wimpernaufschlag deutlich vor Augen.

Mit einem feinen Grinsen schüttle ich den Kopf. „Welche Frau ist bitte einfach?“

Val runzelt leicht die Stirn. Sie merkt, dass ich sie noch immer nicht will, aber ich rede bereits weiter.

„Jess ist irgendwie anders. Noch nie habe ich das Gefühl gehabt, um eine Frau kämpfen zu wollen. Aber bei ihr? Für sie würde ich die Welt aus den Angeln heben, wenn ich könnte.“

Val macht ein ungehaltenes Geräusch, das fast wie ein Zischen klingt. „Und dann beschwert sich diese Jess? Was auch immer sie getan hat, es scheint dir absolut egal zu sein. Selbst wenn dieses Mädchen den Papst ermordet hätte, du würdest damit leben können. Am Ende würdest du ihr wahrscheinlich sogar noch helfen, es zu vertuschen.“

Ich muss daraufhin lachen, denn sie trifft damit mitten ins Schwarze. „Da hast du wohl Recht. Jess ist ein guter Mensch, da ist es vollkommen egal, dass sie einen Fehler beging.“

„Welcher Mensch macht denn keine Fehler?“

„Meine Rede, aber wie kann man denn eine Frau davon überzeugen, dass man nichts Besseres will? Sondern nur sie? Jess kapiert das einfach nicht“, beschwere ich mich.

Val sieht aus, als ob sie einem Würgereiz widerstehen muss, seufzt dann aber und gibt mir eine Antwort. „Lass ihr Zeit. Das ist mein einziger Rat. Zeige ihr, dass du bei ihr bleiben willst, egal wie oft sie dich abweist. Irgendwann versteht sie schon, dass du nur sie willst. Wenn sie dich genauso sehr will wie du sie, wird das nicht allzu lang dauern. Also hör auf, Trübsal zu blasen.“

Belustigt sehe ich Val an, die mir gerade einen sehr guten Rat gegeben hat, obwohl sie sich selbst dafür hasst.

Ich klopfe Val dankbar auf die Schulter. „Ich nehme mir deinen Rat zu Herzen und werde Jess nicht zu sehr drängen. Sie wird schon merken, dass ich nur sie will.“

„Jeder andere merkt das ja schon“, schnaubt Val.

Ich grinse sie breit an und wende mich dann Mia zu. „Du sagtest, es gibt ein Problem?“

Jess

Aus dem *bis morgen* werden ganze fünf Tage, die ich Cedric nur kurz und wenn dann in Gegenwart der anderen sehe. Wir haben beide viel mit unseren Jobs und ich zudem noch mit der Uni und dem Laden zu tun. Aber mir scheint das gut so, denn dann hat Cedric genügend Zeit, um sich noch einmal klar zu werden, dass er sich mit mir eine Diebin anlachen würde. Und ich kann mir nicht vorstellen, dass er das wirklich will. Auch wenn er vor zwei Tagen bei mir war und mich vom Gegenteil überzeugen wollte. Wieso nur denkt er nicht ordentlich darüber nach?

Im Moment sitze ich zusammen mit Julian vor dem *Rockkitten* an einem Tisch mitten in der warmen Frühlingssonne und recherchiere mit ihm über eine ziemlich knifflige Aufgabe, die ich am Freitag in der Uni aufbekommen habe. In den letzten Tagen ist mir der ruhige, blonde Mann zu einem wahren Freund geworden. Zuerst verstand ich auch bei ihm nicht, wie er mir mein Diebesleben so leicht verzeihen konnte, als er mir dann aber erzählte, wie er aufwuchs, schien es mir nachvollziehbar.

Julians Eltern sind beide Ärzte, die jedes Jahr für mehrere Wochen ins Ausland reisen, um ihr Können unentgeltlich denjenigen anzubieten, die Hilfe benötigen. Sie erzogen ihren Jungen sowie seine beiden Schwestern dazu, offen gegenüber jedem Lebewesen und seinem Tun zu sein. Julian besitzt eine Akzeptanz, die es so wahrscheinlich nur selten auf der Welt gibt. Er verabscheut das Traumstehlen genauso wie die anderen Jungs auch, aber durch meinen Hintergrund hat er meine Taten als unabdingbares Muss angesehen und behandelt mich so, als würde ich eben einzig Jess sein.

Und inzwischen verneige ich mich vor seinem Intellekt. Viele Stunden verbringen wir gemeinsam über meinem Unistoff und langsam habe ich das Gefühl, dass er ihn besser kann als ich. Ständig muss er mir etwas erklären oder weist mich auf Fehler in meiner Arbeit hin. Dabei ist er sehr geduldig und lenkt mich auch immer wieder mit Gesprächen ab, wenn meine Laune absacken will.

„Bist du schon aufgeregt?“, fragt er mich gerade, als ich ein ungeduldiges Schnauben von mir gebe, weil sich mir der Sinn des Textes vor mir nicht erschließen will.

Dankbar für die Ablenkung blicke ich auf und fasse

meine Haare im Nacken zusammen, um ein wenig kühle Luft an meine Haut zu lassen. Für Ende März ist es an diesem Sonntag sehr warm und die Sonne scheint klar und konstant vom Himmel. Es ist der erste Anflug von Frühsommer und ich zelebriere ihn in Shorts und einem dunklen Tanktop. Kurz denke ich über seine Frage nach und ziehe die Füße hoch auf den Hocker unter mir, sodass meine bloßen Fußsohlen aneinander lehnen. Julian zieht eine Augenbraue bei dieser Meisterleistung an Beweglichkeit und Gleichgewicht nach oben, denn der Hocker ist nicht sonderlich breit.

Heute soll ich ins Hauptquartier der Behüter und ich habe mir sogar eine Ausrede für Saphir einfallen lassen, damit ich ungestört bin. Miranda habe ich auch Bescheid gegeben, die sich ziemlich besorgt zeigte. Ich dagegen bin ausgesprochen ruhig, was ich nicht erwartet hätte.

„Es geht“, antworte ich Julian dann auch wahrheitsgemäß. „Vielleicht liegt es daran, dass ich eurem Chef nur die Wahrheit sage. Ich fürchte mich mehr davor, dass Saphir davon erfährt, als dass mich die Behüter einsperren.“ Dann grinse ich ihn an. „Kommt ihr mich retten, wenn das passieren sollte?“

Der junge Mann lacht und zeigt dabei, dass er durchaus sehr sympathisch sein kann, wenn er seine Schüchternheit überwindet. „Ich kann mir vorstellen, dass Cedric und Vincent niemals zulassen würden, dass du einfach eingesperrt wirst. Eher nehmen sie das ganze Hauptquartier auseinander. Aber es wird schon alles gut werden. Mister Twist ist ein kluger Mann. Er wird die Wahrheit in deinen Worten sehen.“

„Wenn er nur halb so klug ist wie du, mache ich mir da

keine Sorgen“, sage ich und blicke finster auf den Text vor mir. Es stört mich, dass ich seinen Inhalt nicht verstehe.

Julian lacht leise. „Danke, aber lass Cedric nicht hören, dass du mir so schmeichelst. Apropos, lach einmal, als ob ich gerade etwas sehr komisches gesagt hätte.“

Von dieser Bitte irritiert sehe ich wieder auf. „Wieso das?“

„Weil da hinten Cedric kommt und er sieht immer so aus, als ob er platzen würde, wenn du dich mit einem anderen Mann verstehst.“

Darüber muss ich tatsächlich lachen.

„Tu nicht so, als ob ich ihm gehören würde“, tadle ich, doch freut es mich auf eine morbide Art, dass Cedric scheinbar eifersüchtig ist.

Julian wirft mir einen wissenden Blick zu. „Aber nur weil du ihn auf Abstand hältst. Wenn es nach ihm ginge, dürfte dich kein anderer Mann auch nur ansehen.“

Ich spüre, wie ich leicht erröte. Tatsächlich weiß Julian inzwischen besser über mich und Cedric Bescheid als Miranda, einfach weil er Cedric so gut kennt und es leicht ist, sich ihm anzuvertrauen.

„Das sollte Cedric aber nicht wollen.“

„Jess, auch wenn du der Meinung bist, dass du nicht gut genug für ihn bist, interessiert ihn das nicht. Er wird dich nicht aufgeben.“

Mir fallen Mirandas Worte wieder ein, dass ich nachgeben soll, wenn Cedric sich entscheidet, bei mir bleiben zu wollen. Aber dazu bin ich noch nicht bereit, da ich nicht glauben kann, dass er das möchte. Vor allem da ich zusätzlich eine von einer Diebesgilde gezeichnete Frau bin. Er hat ja keine Ahnung, wie problembehaftet ich bin.

Ich will etwas erwidern, aber Julian wirft mir einen warnenden Blick zu und ich schließe den Mund wieder. Einen Augenblick später spüre ich lange Finger durch mein Haar streichen und Cedrics Präsenz nimmt meine Aufmerksamkeit voll und ganz ein.

„Hey ihr zwei, worüber habt ihr geredet?“, fragt er und bleibt neben mir stehen, sodass ich zu ihm aufsehen muss. Auch er ist heute luftiger angezogen, trägt nur eine knielange Hose und ein Shirt, das so eng anliegt, dass ich seine attraktive Gestalt erahnen kann. Er nimmt seine Hand aus meinem Haar, um die Zigarette zwischen den Lippen hervorzuziehen, die er gerade raucht.

„Über gar nichts“, meine ich, was scheinbar die falschen Worte sind, denn Cedrics gepiercte Augenbraue schießt in die Höhe und ein finsterer Blick trifft Julian. Der grinst mich an, als ob gerade ein Beweis erbracht wurde. Nun trifft ihn auch ein finsterer Blick von mir.

„Jess ist nur aufgeregt“, meint er zu Cedric.

„Das kann ich nachvollziehen“, erwidert dieser und zieht sich den dritten Hocker unter dem Tisch hervor, um sich zu setzen.

„Jess muss dir übrigens noch etwas sagen.“

Genervt schlage ich Julian gegen den Arm. „Das wollte ich ihm in einer ruhigen Minute erzählen!“

„Ruhiger als jetzt wird es heute nicht mehr.“

„Worum geht es?“, fragt Cedric neugierig und hebt die Zigarette wieder an den Mund.

Ich schnaube unwillig und blicke zur Seite. „Ich muss heute bei dir übernachten.“

Bei dieser Eröffnung verharrt seine Hand auf dem Weg zum Mund. Er scheint vor Überraschung wie erstarrt. Dann fängt er sich und zieht an der Zigarette.

„Und wieso?“, fragt er, als er den Rauch hoch in den Himmel bläst. Seiner Mimik kann ich nicht entnehmen, was in ihm vorgeht und das macht mich nervös.

„Weil ich Saphir eine Ausrede geben musste, warum ich heute frei brauche. Normalerweise gibt er mir immer ein paar Tage nach einem Auftrag, aber dieses Mal nicht. Er wollte mich heute Abend für die nächste Besprechung da haben. Also brauchte ich eine Ausrede. Und da ich dich bereits einmal erwähnt habe, konnte ich nur ein Spionageversuch bei dir geltend machen, damit ich nicht doch heute für ihn zur Verfügung stehen muss.“

„Und dann musst du gleich bei mir übernachten?“, fragt Cedric und ich höre einen lauernden Unterton heraus.

Ich kann nicht verhindern, dass mir das Blut in die Wangen schießt und ich blicke auf meine Hände hinab, die meine Füße umfasst halten. „Ja, Saphir verlangt, dass ich meinen Körper einsetze, um an die Informationen zu gelangen.“

Cedrics Blick verfinstert sich sofort, obwohl ich nicht weiß, wieso.

„Verlangt er das oft von dir?“, fragt er kalt.

„Was? Nein!“, rufe ich aus, als ich verstehe, dass ihn der Gedanke aufbringt, ich würde meinen Körper verkaufen. „Er hat es schon mehrmals verlangt, aber ich tat es nie. Mein Körper gehört allein mir, da hat er nicht mitzureden.“

Cedric entspannt sich wieder, zieht aber nachdenklich sein Piercing zwischen die Lippen. „Und wieso hast du tatsächlich vor, bei mir zu übernachten? Soll das heißen, dass er dich womöglich beschatten lässt?“

„Normalerweise nicht, aber Mi… Violett vermutet,

dass er zumindest jemanden schickt, um zu sehen, ob ich heute Abend wirklich mit zu dir gehe."

„Wieso das? Vermutet er irgendetwas?", fragt Julian.

Ich schüttle den Kopf und gebe ein genervtes Geräusch von mir. „Es ist meine Schuld. Ich bin auf Saphirs Befehl zu schnell eingegangen. Bisher habe ich mich immer vehement geweigert, auch nur darüber nachzudenken… mich selbst einzusetzen. Deswegen wird er wohl sichergehen wollen, dass ich mich auch daran halte."

Nun trifft mich Cedrics Grinsen mit voller Wucht. „So? Und bei mir hast du sofort zugestimmt?"

„Nein! Ich habe nur ja gesagt, weil ich mit dir darüber reden kann. Dir brauche ich nichts vorzuspielen."

Mir stockt der Atem, als er seine Hand nach mir ausstreckt und eine Strähne meines Haares durch seine Finger gleiten lässt.

„Nein, das brauchst du wirklich nicht", erwidert er noch immer breit grinsend und meine Wangen brennen vor Hitze.

Unwirsch schiebe ich seine Hand weg. „Herrgott, du machst mich noch wahnsinnig!"

„Das war mein Ziel", lacht er.

Verdammt, heute kann ich scheinbar nur verlieren. Aber Cedric scheint mich nicht zu sehr reizen zu wollen, denn er zieht sich zurück. Ein letztes Mal hebt er seine Zigarette und drückt sie dann im Aschenbecher aus. „Wo ist eigentlich Vinc. Wir wollten bald los."

„Er ist drinnen bei Leander und bespricht alles noch einmal", erklärt Julian.

„Dann scheuche ich die beiden Tratschtanten mal auf, damit wir loskommen", sagt Cedric und drückt sich hoch.

„Du scheinst dir keinerlei Sorgen zu machen, dass euer Chef mir nicht glauben könnte“, fällt mir auf, als er gerade an mir vorbei zur Tür des Cafés gehen will.

Er hält inne und beugt sich noch einmal zu mir herab. „Warum sollte ich? Du sagst die Wahrheit und das wird Twist ebenfalls sehen. Also kein Grund sich Sorgen zu machen.“

So schnell, dass ich gar nicht rechtzeitig reagieren kann, kommt er noch näher und küsst mich sanft auf die Wange. Mit großen Augen sehe ich ihn an und er zwinkert mir zu, bevor er ins Café geht.

„Du musst dich wohl langsam der Tatsache stellen, dass er auch nach mehreren Tagen Bedenkzeit nicht von dir lassen kann“, lächelt Julian.

Verlegen streiche ich mir das Haar hinters Ohr. „Scheint so.“

Langsam verstehe ich die Welt nicht mehr.

Cedric

Vorhin habe ich Jess durchaus die Wahrheit gesagt. Ich bin tatsächlich davon überzeugt, dass Twist ihr glaubt. Was mir allerdings Sorge bereitet, ist die Tatsache, dass wir eine Diebin in das Hauptquartier bringen müssen und es niemand erfahren darf. Zumindest niemand außerhalb der Behüterriege. Zu groß wäre die Gefahr, dass Saphirs Spitzel von ihr erfährt. Das Risiko ist so schon sehr groß, weil bald alle Behüter von ihr wissen werden, aber es lässt sich nicht vermeiden, wenn wir Jess helfen wollen. Die Informationen, die sie im Austausch anbietet, sind mir herzlich egal.

Ich ziehe nachdenklich mein Lippenpiercing zwischen

die Zähne. Ganz egal ist es mir natürlich nicht. Ich mache mir viele Gedanken um das, was Saphir vorhat. Aber wenn ich wählen müsste, würde ich mich zuerst für Jess‘ Sicherheit entscheiden. Das bereitet mir nun ein schlechtes Gewissen, denn eigentlich sollte mein Land mir wichtiger sein. Irgendwie gestaltet sich die Situation als sehr schwierig.

„Sind wir bald da?“, fragt eine schwache Stimme von hinten.

Wir sitzen in Leanders großem Combi mit dem zum Inneren hin offenen Kofferraum, denn er ist das einzige unserer Autos, das uns vieren Platz bietet und Jess noch einen Ort, an dem sie sich versteckt halten kann.

„Wieso? Gefällt es dir da hinten nicht?“, ruft Vincent vom Fahrersitz aus.

„Lieg du mal mit einer Decke über dem Kopf in einem Wagen. Dir kommt jede Kurve wie ein Looping vor.“ Sie gibt einen überraschten Schrei von sich, als Vincent extra scharf um eine Kurve fährt.

„Vincent!“, beschwert sie sich und wir verkneifen uns alle ein Lachen.

Kurz schweigt Jess.

„Ich glaube, mir wird schlecht“, verkündet sie schließlich.

„Wehe du kotzt mir in den Kofferraum“, ruft Leander nach hinten. Jess murrt irgendetwas und nun drehe ich mich zu ihr um. Sie tut mir ein wenig leid, wie sie da blass liegt, sich nicht aufsetzen darf, weil sonst jemand sie sehen könnte, und sich zusätzlich unter einer Decke verborgen halten muss.

„Soll ich nach hinten zu dir kommen und dich ein wenig ablenken?“, frage ich nicht vollkommen scherzhaft.

Jess seufzt mit geschlossenen Augen. „Mach, was du willst.“

Ihre kraftlose Antwort überrascht mich und ich verstehe, dass es ihr wirklich nicht gut zu gehen scheint. Ich strecke den Arm über die Lehne und streiche über ihre Hüfte.

„Wir haben es bald geschafft“, verspreche ich ihr.

Sie öffnet die Augen und lächelt mich schwach an. Vorsichtig wühlt sie ihre Hand unter der Decke hervor und schiebt sie in meine. Mich überrascht das, denn in den letzten Tagen hat sie ganz offen gezeigt, dass ich mich fernhalten soll. Vielleicht verstand sie langsam, dass sie mich nicht los wurde. Vals Rat scheint tatsächlich zu wirken.

Nach wenigen Minuten erreichen wir die Straße, in der das Hauptquartier liegt und das große Backsteingebäude ragt zwischen den kleineren Wohnhäusern hervor wie ein Fremdkörper.

„Wir sind gleich da. Jess, zieh dir bitte die Decke über den Kopf“, ruft Leander nach hinten und Jess befreit ohne ein Murren ihre Hand aus meiner, um Leanders Aufforderung Folge zu leisten. Als ich Leander zunicke, nimmt er sein Handy zur Hand.

„Wir sind jetzt da“, sagt er nur, als abgenommen wird, und lauscht einen Moment, während Vincent das Auto in die Tiefgarage fährt. „Alles klar.“

Damit legt Leander auf und dreht sich nach hinten um. „Jess, du kannst dich aufsetzen. Die Kameras sind jetzt zehn Minuten lang aus unerfindlichen Gründen kaputt.“

„Ganz zufällig natürlich, oder?“, fragt Jess und setzt

sich mit einem dankbaren Seufzen auf. Ihre Haare sind ein wenig zerzaust und sie sieht immer noch blass um die Nase herum aus.

„Hier, trink etwas, dann geht es dir sicher besser“, meint Julian und reicht ihr eine Flasche Wasser, die sie dankbar annimmt.

„Wenn wir jedes Mal so hierherkommen müssen, nehme ich mein Angebot zurück“, verkündet sie, während Leander bereits aussteigt und ihr die Heckklappe öffnet. Sie legt ihre Hand in seine, lässt sich heraushelfen und schiebt geschwind ihre Füße in die hohen Sandalen.

„Bist du sicher, dass du dem Chef der Behüter so gegenübertreten willst?“, fragt Leander und betrachtet Jess‘ kurze Hose und das Tanktop.

Daraufhin grinst Jess. „Hat er noch nie jemanden in einer Shorts gesehen? Ich denke, er hält das schon aus.“

„Außerdem bekommt unsere kleine Katze jetzt noch ein Cape“, fügt Vincent hinzu und wirft ihr geschäftig einen dunklen Mantel zu.

„Hieß es nicht, dass ich ab hier in Sicherheit wäre? Vor allem, wenn die Kameras aus sind?“, fragt sie, während sie ihn sich aber bereits überwirft.

„Wir wollen kein Risiko eingehen. Die meisten Mitarbeiter in den unteren Ebenen sind auch schon weg, aber man weiß ja nie, was schieflaufen kann“, erkläre ich und ziehe ihr die große Kapuze über den Kopf.

Dann eilen wir mit Jess in unserer Mitte auf den Fahrstuhl zu. Er erwartet uns bereits zusammen mit einem jungen Behüter, der versucht, seine Miene neutral zu halten. Als er Jess jedoch zwischen uns sieht, wird sein Blick härter. Scheinbar weiß er ganz genau, wer uns hier begleitet.

„Hey Dave, wie war dein erster Einsatz gestern?", fragt Vincent locker, als wir zu ihm in den Fahrstuhl steigen.

Der junge Mann blickt kurz zu Jess, die ruhig zwischen mir und Julian steht. „Gut", sagt Dave nur und drückt auf den obersten Knopf.

„Und? Schon deinen ersten Dieb gefangen?", fragt Vincent weiter.

„Nein. Da seid ihr wohl erfolgreicher gewesen."

Vincent winkt ab. „Dieses wilde Ding könnten wir wohl nicht einmal zu fünft bändigen, wenn sie wirklich hier raus wollte."

Er sagt es so ernst, dass Dave richtig nervös wird.

„Hör auf, so etwas über mich zu sagen. Ich weiß ganz genau, zu was ihr fähig seid. Allein dir könnte ich schon nicht entkommen, wenn du mich einmal gepackt hast", gibt Jess zu.

Vincent legt sich gespielt dramatisch die Hand auf die Brust. „Du schmeichelst mir."

„Naja, vorher müsstest du mich allerdings erst einmal in die Finger bekommen und dazu bist du viel zu langsam."

„Autsch", sagt er getroffen und wir lachen über das Geplänkel der beiden.

Dave schaut jedoch mehr als verwirrt. Gut so, er soll ruhig sehen, dass Jess ein gutes Herz besitzt, selbst wenn sie eine Diebin ist. Von mir aus kann sie sogar liebend gern meine persönliche Diebin werden. Der Gedanke erheitert mich und ich zupfe kurz an einer von Jess' Haarsträhnen, die unter der Kapuze des Mantels herabfallen. Sie sieht zu mir auf und lächelt, allerdings sehe ich ihr deutlich die Anspannung an. Bevor ich etwas dagegen tun oder sagen kann, wird der Fahrstuhl langsamer und hält schließlich in der zehnten Etage an. Die Türen schieben sich auf und ich muss überrascht blinzeln, denn für die Uhrzeit sind extrem viele Behüter anwesend und blicken nun neugierig in unsere Richtung.

„Es hat sich herumgesprochen, dass uns heute ein besonderer Gast besucht“, murmelt Julian und folgt Leander und Dave aus dem Fahrstuhl.

Vincent klopft Jess aufmunternd auf die Schulter. „Auf in die Schlacht, Kätzchen.“

Kurz presst Jess die Lippen aufeinander, tritt dann aus dem Fahrstuhl und stellt sich der Wut, dem Misstrauen und dem Hass, der den ganzen, riesigen Raum einnimmt. Ein stolzes Lächeln zupft an meinen Lippen, als ich ihr folge. Jess ist wirklich eine mutige Frau. Ich wüsste nicht, ob ich mir das an ihrer Stelle gegeben hätte.

Jess

Ich muss mich wirklich zwingen, aus dem Fahrstuhl zu treten und wenn Cedric und die anderen drei nicht gewesen wären, hätte ich es wohl tatsächlich nicht gemacht. Die vier sind wie ein Schutzwall, der mich vor den Blicken und all dem Hass abschirmt, der mir von den Behütern entgegenwallt. Es ist mehr als unheimlich.

In dem großen, offenen Büroraum befinden sich mit Sicherheit an die einhundert Behüter und kein einziger von ihnen sagt auch nur einen Ton. Sie alle starren mich an und zeigen dabei die unterschiedlichsten Gefühle. Den Oberton macht der Hass aus, danach Misstrauen und Missbilligung, aber auch Neugier und Überraschung. Scheinbar haben nicht alle Behüter tiefste Abneigung gegen die Diebe, aber sie sind definitiv nicht begeistert, mich zu sehen.

„Komm, Kätzchen“, sagt Vincent und legt mir eine Hand in den Rücken, um mich vorwärts zu schieben. „Du musst nur einmal quer durch den Raum.“

Der Witz ist aus seiner Stimme verschwunden und er und Cedric nehmen wie Bodyguards rechts und links von mir Aufstellung, während Leander vorgeht und Julian hinter uns bleibt. Cedric schiebt seine Hände in die Hosentaschen und blickt die anderen Behüter neutral und ein wenig warnend an. Vincent dagegen trägt ein Lächeln, als ob er sagen wollte: ja, schaut nur. Ihre selbstverständliche Lässigkeit und ihre beruhigende Anwesenheit geben mir auch einen Teil meiner Kraft zurück und etwas sicherer gehe ich zwischen ihnen durch das Büro auf eine Tür an der gegenüberliegenden Wand zu.

Leichtes Gemurmel kommt auf und die Behüter machen uns Platz, damit wir hindurch können. Ich spüre ihre Neugier, aber sie halten sich zurück. Bis auf eine junge Behüterin. Sie drängt sich an Leander vorbei und stellt sich mir direkt in den Weg.

Vincent seufzt. „Tamara, was willst du denn? Wir müssen zu Twist.“

Finster blitzen die hellen Augen der Frau. „Ich werde nicht einfach dabei zusehen, wie ihr eine Diebin zu unserem Chef bringt. Wer weiß, ob sie ihn nicht sogar ermorden will“, faucht sie.

Da brodelt so viel Hass in dieser jungen Frau, dass ich mich wirklich wundere. Was hat sie mit den Dieben erlebt, dass sie so auf mich reagiert? Es muss sich auf jeden Fall um etwas sehr Persönliches handeln, ansonsten würde sie nicht so leidenschaftlich auf mich reagieren.

„Das will sie nicht“, versucht Cedric, sie zu beruhigen.

Wütend wendet sich Tamara ihm zu. „Ach ja? Und das weiß du so genau? Vielleicht führt sie euch nur hinters Licht und hat ihre eigenen Pläne.“

„Die hat sie durchaus, aber davon wissen wir. Also fahr runter!“

„Und wieso ist sie verhüllt, wenn sie doch so freiwillig hier ist?“, fragt die blonde Frau weiter. Scheinbar sucht sie etwas, das sie mir anhängen kann.

„Das ist zu ihrer eigenen Sicherheit. Du weißt von dem Gift, Tamara, also sei nicht so unbesonnen“, schaltet sich nun auch Leander ein.

„Ich glaube eher, dass sie etwas zu verbergen hat.“

„Nein, das habe ich nicht“, sage ich, bevor mich einer der Jungs wieder verteidigt. Es weiß sowieso jeder in diesem Raum, dass ich Azur bin, also brauche ich mich nicht mehr zu verbergen. Als ich meine Kapuze zurückschiebe, geht ein Raunen durch die Behüter.

Tamara glotzt mich einen Moment einfach nur an, dann lacht sie laut auf. „Ihr wollt mir doch nicht wirklich sagen, dass dieses Mädchen Azur sein soll. Sie ist viel zu jung.“

Ihre Abfälligkeit ärgert mich und mein Trotz tritt hervor. Ich weiß, dass ich die Behüterin nicht reizen sollte, aber sie geht mir langsam auf die Nerven.

„Wenn du wirklich nach dem Alter gehst, müssen deine Fähigkeiten ebenfalls mehr als gering sein“, werfe ich ihr abfällig entgegen, denn sie ist kaum älter als ich. Und scheinbar sehr heißblütig, denn sie nimmt meine Worte als Anlass, sich mit einem Knurren auf mich zu stürzen.

Überrascht, dass sie gleich so reagiert, mache ich einen Schritt zurück und gehe in Abwehrposition, aber Cedric ist schneller als die Behüterin. Er packt Tamara am Arm, wirbelt sie herum und hat sie so blitzartig in die Knie gezwungen, dass ich kaum mit den Augen nachkomme.

„Hör auf, dich wie ein kleines, wütendes Kind zu verhalten, Tamara“, knurrt er und verdreht der Frau den Arm auf den Rücken. „Sie ist auf Gesuch von Twist hier und da hast du sie nicht anzugreifen. Verstanden?“

Es dauert einen Moment, bis die Frau nickt.

„Gut, dann lasse ich dich jetzt wieder los und du wirst brav sein und nicht mehr so einen Unsinn machen.“ Ich habe Cedric, bis auf den Moment, in dem er mich auf dem Unigelände geschnappt hat, noch nie so wütend erlebt. Nun lässt er Tamara gehen, die sich aufrichtet und mir einen Blick zuwirft, der mir sagt, dass sie mir die Schuld an ihrer Schmach gibt.

„Komm“, meint Cedric nur und schiebt mich hinter Leander her. Vincent bleibt bei Tamara und redet leise auf sie ein. Die anderen Behüter haben dem Schauspiel stumm zugesehen und sagen auch jetzt nichts. Doch ihr Missmut ist deutlich angestiegen. Ob nun mir oder Tamara gegenüber weiß ich nicht.

„Du musst ihr verzeihen, Jess. Tamaras Mutter hat sich das Leben genommen, nachdem sie abhängig von Traumperlen geworden ist“, flüstert mir Julian zu.

Ich runzle die Stirn, sage aber nichts. Ich kann die Behüterin verstehen, aber sie sollte nicht so blauäugig jedem Dieb die Schuld an ihrem Schicksal geben.

Unbehelligt erreichen wir die Tür zu Twists Büro und Leander klopft an. Ich flüchte schon fast in den kleinen gemütlichen Raum, in dem nur ein Schreibtisch und eine ganze Menge volle Regale stehen. Fenster nach außen gibt es nicht, nur in Richtung des Großraumbüros, die jedoch mit Jalousien verdeckt sind.

„Bevor ich noch einmal durch diesen Raum laufe, durchquere ich lieber eine Schlangengrube“, seufze ich, als die Tür hinter mir zufällt.

„Es tut mir leid, dass Sie von solch einem großen Auflauf begrüßt wurden, aber ich wollte sie nicht alle wieder wegschicken, da sie extra so früh herkamen, um die berüchtigte Azur zu sehen.“

Von dem großen Schreibtisch steht ein Mann auf. Trotz seiner nett gemeinten Worte blickt er mich ernst und auch ein wenig kühl an. Er trägt einen gut sitzenden Anzug und seine dunklen Haare sind nach hinten gekämmt, was ihn sehr frisch und modern erscheinen lässt. Geschäftig kommt er um seinen Tisch herum und reicht mir die Hand.

„Es freut mich, dass Sie es hergeschafft haben, Miss Read. Wir haben nicht oft einen gesellschaftlich so hochgestellten Besuch.“

Irgendwie klingen seine Worte belustigt, auch wenn ich von seinem Gesicht keinerlei Regung ablesen kann. Dieser Mann ist so geheimnisvoll und gefährlich wie ein lauerndes Raubtier. Das ist mir sofort klar. Trotzdem greife ich nach seiner Hand und drücke sie, weil ich nicht zeigen will, dass ich bereits jetzt eine große Menge Vorsicht ihm gegenüber entwickelt habe.

„Ich bin keine hochgestellte Persönlichkeit, sondern nur mein Vater. Ich halte nichts davon, angeborenen Ruhm zu nutzen. Vor allem weil auch dies nicht auf mich zutrifft.“

Twist lächelt leicht. Scheinbar gefällt ihm meine Bescheidenheit. „Trotzdem freut es mich, dass Sie hier sind.

Bitte setzen Sie sich. Ich muss mich Ihnen wahrscheinlich nicht noch vorstellen, oder?“, fragt er und geht bereits wieder um seinen Schreibtisch herum.

„Nein“, meine ich. „Wer den Chef der Behüter nicht kennt, muss weit abseits von jeglicher Zivilisation leben.“

Ich ziehe den Mantel aus und reiche ihn Cedric, der mir bereits die Hand hinhält, dann setze ich mich Mister Twist gegenüber, auf den einzigen Stuhl, der sich zusätzlich im Raum befindet.

„Würden Sie bitte hinausgehen? Ich möchte gern mit Miss Read allein reden.“

Deutlich spüre ich den Widerwillen der drei Männer hinter mir. Sie wollen mich nur ungern alleinlassen.

„Natürlich, Sir“, sagt Leander nach kurzem Zögern und hält seinen Partnern die Tür auf.

„Viel Erfolg, Jess“, sagt Julian und Cedric drückt mir kurz die Schulter, bevor auch er den Raum verlässt.

Mister Twist schweigt, bis die Tür hinter ihnen zufällt. Dann erscheint überraschenderweise ein Lächeln auf seinen ernsten Lippen. „Ich bin wahrlich darauf gespannt, was Sie mir zu sagen haben. Vor allem weil es vier meiner effektivsten Behüter auf Ihre Seite gezogen hat.“

„Sie sind nicht auf meiner Seite“, berichtige ich ihn. „Sie sind einfach nur gegen die Machenschaften Saphirs. Deswegen versuchen sie, mich zu schützen.“

„Dann überzeugen Sie mich ebenfalls, das zu tun“, verlangt Mister Twist mit erneut ernstem Gesicht.

„Was möchten Sie denn wissen? Sehr wahrscheinlich kennen Sie meine Geschichte bereits. Sie wissen, dass Eduard Read mich adoptiert hat und auch dass er es war, der meine echten Eltern und meinen älteren Bruder umbrachte.

Dass Saphir einer der reichsten Männer der Stadt ist wohl ebenfalls. Was also möchten Sie noch von mir wissen?", frage ich möglichst ruhig. Aber hier allein mit einem der gefährlichsten Männer der ganzen Stadt innerhalb des ausbruchsichersten Hauses des Landes zu sitzen kann einen nur nervös machen.

„Ich möchte Ihre Beweggründe verstehen, Miss Read. Was hat Sie bewogen, sich meinen Behütern anzuvertrauen, Saphir zu verraten, obwohl Sie seine alleinige Erbin sind und wie mir meine Männer erzählt haben, sogar von ihm darauf vorbereitet wurden, die Gilde zu übernehmen. Erklären Sie mir dies und ich verspreche Ihnen, dass ich Sie unter den Schutz der Behüter stelle und meine besten Leute damit beauftragen werde, das Gift aus Ihren Körper herauszubekommen."

Einen Moment blicke ich in seine ernsten Augen, forsche darin, kann aber keine Lüge erkennen. Wenn die anderen diesem Mann vertrauen, werde ich es auch tun müssen. Kurz überlege ich, wie ich ihm am besten klarmachen kann, wieso ich hier sitze. Dann stehe ich auf. Mister Twist zieht eine Augenbraue hoch, rührt sich ansonsten aber nicht.

„Wie Sie sicher wissen, bin ich mit sechs Jahren zu den Dieben gekommen. Vom ersten Tag an wurde ich in Kampf, Geschicklichkeit, Schnelligkeit und in meiner Gabe ausgebildet. Sie haben Recht, dass ich kaum etwas anderes in meinem Leben kenne. Und das ist für ein kleines Mädchen wahrlich furchtbar." Ich hebe den rechten Arm und zeige auf eine Narbe in der Mitte meines Unterarmes. „Ein Knochenbruch im Alter von sieben Jahren, als ich von einer Kletterwand fiel, die ich ungesichert erklimmen musste.“ Ich zeige die Innenseite meines linken Oberarmes, wo sich eine weitere Narbe nur leicht gegen den Rest meiner Haut abzeichnet. „Ein Messerstich im Alter von neun Jahren, den mir mein Trainingspartner zufügte.“ Ich tippe gegen mehrere Stellen meiner Brust. „Insgesamt drei gebrochene Rippen und so viele angebrochene, dass ich aufgehört habe zu zählen. Entweder vom Training oder Wutausbrüchen Saphirs.“ Dann zähle ich weiter auf und berühre jeweils die einzelnen Körperteile. „Schlüsselbein-, Kiefer- und mehrere Brüche des Schienbeins durch Trainingseinheiten. Ein Milzriss hat mich fast getötet, als Saphir ausgeflippt ist und mich verprügelt hat, weil ich einen wichtigen Auftrag verpatzt habe.“

Dann drehe ich dem schockierten Mann den Rücken zu und hebe mein Top hoch. Dass Mister Twist scharf die Luft einsaugen kann, hätte ich niemals gedacht, aber der Anblick ist sicher auch nicht sonderlich schön.

„Eine Bestrafung wegen Ungehorsams. Damals war ich vierzehn und habe mich geweigert meinen Körper für Saphirs Pläne einzusetzen.“ Ich schiebe mein Top wieder hinab und drehe mich um. „Wissen Sie, Mister Twist, damals, als ich all das bekam, dachte ich, dass es einfach mein Leben sei. Dass man solche Dinge durchstehen muss. Dass es jedem im Leben so geht oder dass ich etwas getan haben muss, das mich Gott nun sühnen lassen will.“ Ich zucke mit den Schultern. „Irgendetwas davon musste es sein. Zumindest dachte ich das. Bis ich herausfand, dass es Saphir gewesen ist, der meine Familie ermorden ließ, nur um an meine Fähigkeiten zu gelangen. Können Sie auch nur erahnen, was ich nach der Erkenntnis tat, dass er für all mein Leid verantwortlich war?“

Der Mann mir gegenüber hat sich schnell wieder gefasst. Er faltet die Hände vor sich auf dem Tisch und sieht mich ernst an. „Nein, was haben Sie getan?“

„Ich habe versucht, Saphir zu töten.“

Das überrascht ihn nun wirklich, denn er blinzelt verwundert.

„Es war im Affekt“, erkläre ich. „So viel Wut, Angst und Bedauern staute sich in mir auf, dass ich einfach über seinen Schreibtisch sprang und ihm beinahe seinen Brieföffner ins Auge rammte. Doch ich war zu ungestüm. Er wehrte mich ab und als Strafe stach er mir das Tattoo. Dadurch wurde ich zu einem seiner gewöhnlichen Diebe. Er bändigte mich und denkt immer noch, dass ich mich nun in mein Schicksal füge, weil ich ihm nicht entkommen kann. Und das war auch so, bis ich Ihre vier Behüter als Jessica kennenlernte.“

Vorsichtig setze ich mich wieder und warte. Mister Twist streicht sich nachdenklich über das Kinn.

„Was haben die vier bei Ihnen geändert?“, fragt er schließlich.

Bei dem Gedanken daran muss ich lächeln. Natürlich werde ich ihm niemals sagen, dass ich mich in Cedric verliebt habe und einfach ein Leben führen will, das mich näher zu ihm bringt.

„Sie weckten den Wunsch in mir, in einer Welt zu leben, in der ich Freunde wie sie habe“, sage ich deshalb, denn es ist ebenfalls eine grundlegende Tatsache. „Ich möchte keine Angst mehr vor Strafen bei Versagen haben müssen und einfach in Ruhe leben können, so wie ich es für richtig halte. Außerdem verabscheue ich mich für das, was ich tun muss. Es ist nicht richtig, anderen ihre Träume zu nehmen und ich will das nicht mehr verantworten müssen. Ihre Leute haben mich nur von einem Wunsch überzeugt, den ich schon lange hege. Sie gaben mir die Chance, einen Ausweg zu finden."

Wieder kehrt Schweigen zwischen uns ein und wir sehen uns abschätzend an. Mehr kann ich wirklich nicht tun, um den Chef der Behüter zu überzeugen.

„Sie sind eine beeindruckende Frau, Miss Read. Und das in Ihren jungen Jahren. Aber Sie mussten auch viel durchmachen, um bis hierher zu gelangen. Ich bin durchaus gewillt Ihnen zu helfen, aber Sie wissen auch, dass ich eine Gegenleistung von Ihnen erwarte?"

Ich nicke erleichtert, weil er mir zu glauben scheint, und will etwas sagen, aber Mister Twist unterbricht mich.

„Ich kenne Ihre Bedingungen und ich nehme sie gern an, wenn wir dafür herausbekommen, was Saphir vorhat und Sie uns weiterhin in Fragen zu den Dieben und wie wir Saphir aufhalten können zur Verfügung stehen. Im Austausch für diese Informationen lasse ich Sie untersuchen und versuche einen Weg zu finden, Sie von dem Gift zu befreien. Aber ich hätte noch eine Bedingung."

Ich presse die Lippen zusammen. War es ihm nicht genug, dass ich meinen Vater und die gesamte Diebesgilde verrate?

„Und das wäre?"

„Wenn wir es schaffen sollten, das Gift in Ihnen zu entfernen und Saphir festzunehmen, will ich, dass Sie meinen Behütern beitreten", eröffnet er mir.

Ich kann ihn nur mit offenem Mund anstarren, sodass seine Lippen amüsiert zucken.

„Sie haben mich richtig verstanden, Miss Read. Eine

Frau wie Sie würde ich gern in meinen Reihen wissen. Ihre Art passt perfekt zu uns und ihre Geschichte zeigt nur, welchen Biss Sie besitzen. Von ihren Fähigkeiten und Wissen ganz zu schweigen."

Ich suche nach Worten und bin mir unsicher, was ich antworten soll.

„Lassen Sie sich mit Ihrer Entscheidung Zeit. Ich möchte Ihnen etwas zeigen, bevor ich Sie untersuchen lasse. Danach können Sie mir Ihren Entschluss immer noch mitteilen." Er steht auf und auch ich erhebe mich.

Ein wenig fühle ich mich überfordert und bin dankbar, dass Mister Twist mir noch etwas Zeit lässt. Er öffnet mir die Tür zu seinem Büro und macht eine Geste, dass ich vorgehen soll. Meine vier Freunde warten direkt davor und erleichtert trete ich wieder in ihre Mitte.

Kapitel 15

Geschick und Schnelligkeit

Cedric

Während der ganzen Zeit, die Jess bei Twist im Büro ist, laufe ich nervös auf und ab.

„Mann, ihr wird schon nichts passieren“, versucht mich Vincent von meinem sinnlosen hin und her abzuhalten. Er stieß wieder zu uns, als wir gerade von Twist aus dem Büro gescheucht worden sind. Von Tamara war nichts mehr zu sehen.

„Ich frage mich einfach, was die beiden da drin bereden. Schließlich geht es um Jess‘ Freiheit“, murre ich und streiche mir mit beiden Händen durch das Haar. Verdammt, wieso nur sorge ich mich um diese Frau so? Sie kann schließlich überaus gut auf sich selbst aufpassen.

„Jess ist sehr überzeugend. Das weißt du doch. Twist wird ihr glauben“, sagt Julian sicher.

Davon bin ich eigentlich auch überzeugt, aber solange sie dort drin allein sind, kann ich mich nicht beruhigen. Nach einer schieren Ewigkeit öffnet sich die Tür wieder und Jess tritt gefolgt von Twist heraus. Ihre Augen leuchten auf, als sie uns warten sieht und erfreut eilt sie zu uns. Am liebsten hätte ich sie in meine Arme gezogen, aber ich halte mich zurück. Nicht nur weil sie sich wahrscheinlich dagegen ausgesprochen hätte, sondern auch weil noch immer viele Behüter anwesend sind und erneut neugierig oder missbilligend zu meiner kleinen Diebin sehen. So trete ich nur an sie heran.

„Alles in Ordnung?“

Sie denkt einen Moment darüber nach und nickt dann. „Ich denke schon. Zumindest scheint es sehr wahrscheinlich, dass ich heute nicht in einer Zelle schlafen muss.“

„Na das ist doch zumindest etwas“, meint Vincent und wir sehen auf, als Twist zu uns tritt.

„Wollen wir?“, fragt er Jess und sie nickt.

Neugierig folgen wir den beiden und unser Chef scheint nichts dagegen zu haben, dass wir sie begleiten. Er führt uns erneut durch das Büro und betätigt einen kleinen Schalter, den er aus seiner Hosentasche zieht, bevor er den Fahrstuhl betritt.

„Das ist ein Störsignal, damit die Kameras außer Gefecht gesetzt werden und Sie nicht aufgenommen werden“, erklärt er, als Jess eine Frage dahingehend stellt. „Normalerweise wird bei solch einer Störung sofort Alarm gegeben, aber ich habe den Mitarbeitern in der Sicherheit Bescheid gesagt, dass dies heute öfter passieren wird.“

Ich runzle die Stirn, als wir im achten Stock anhalten und in einen langen, einfachen Flur mit weißen Fliesen treten, von dem vier Türen abgehen. „Wollen Sie Jess die Trainingshallen zeigen?“

Twist neigt leicht den Kopf und Jess merkt neugierig auf. „Ich würde gern Ihre Meinung zu unseren Trainingsmethoden einholen“, sagt er an Jess gewandt.

„Nur meine Meinung?“, fragt sie, als ob sie noch etwas anderes erwarten würde.

Ein leichtes Lächeln ist Twists Antwort darauf. Ich

ziehe eine Augenbraue hoch und sehe die anderen an. Die zucken aber nur mit den Schultern und Jess läuft bereits gespannt unserem Chef hinterher.

In der achten Etage zeigt sich auf sehr eindrucksvolle Art und Weise, wieso dieses Gebäude ideal für uns Behüter ist. Auf dieser Ebene befinden sich vier Raumkomplexe, die sich unerwartet weit in die Höhe schrauben. Allein sie nehmen einen Raum von gut drei normalen Etagen ein, deren Zwischendecken entfernt wurden und es den Behütern somit ermöglicht eine Trainingsumgebung zu schaffen, die den Häusern außerhalb in nichts nachstehen. Hier können wir die Jagd auf die Diebe in den oftmals gefährlichen Höhen der Stadt simulieren, ohne in wirkliche Gefahr zu geraten.

Twist öffnet eine der Doppeltüren, die in die Hallen führen und lässt erneut Jess vorgehen. Ihr entfährt ein Ausruf des Erstaunens, als sie den Raum in all seinem Ausmaß erblickt. Durch die Tür gelangen wir auf Ränge, die es an die hundert Personen erlauben, das Geschehen unter und über ihnen zu beobachten. Das Areal vor uns ist so groß wie ein Fußballfeld und enthält Blöcke aus unterschiedlicher Höhe und Breite. Manche besitzen gerade einmal die Grundfläche von einem Quadratmeter, andere die von gut zehn. Sie variieren stark in der Höhe, aber auch im Material und ermöglichen es, Sparrings durchzuführen, die einen auch bis hinauf an die Decke bringen können. Dazu gestatten allerhand Zusätze die Geschicklichkeit zu fördern. Beispielsweise sind in regelmäßigen Abständen Stangen an die glatten Wände der Blöcke angebracht, auch stehen Leitern, Treppen, Pflöcke oder auch Gruben zur Verfügung. Verstecke ermöglichen ein Abhängen der Gegner und auch

Seile, die von der Decke hängen, bieten unerwartete Auswege. Überall verteilt befinden sich Signale an der Decke, damit die Trainierenden jederzeit und von allen Positionen aus sehen können, wenn ein Training endet. Es ist beeindruckend anzusehen, vor allem wenn man zum ersten Mal diese Hallen betritt. Ich sehe zu Jess, die mit leuchtenden Augen über den Parcours blickt.

„Das ist ja sowas von cool!“, ruft sie aus und läuft zu dem Geländer, das den Zuschauerbereich von der Halle trennt. Ich folge ihr und auch die anderen treten heran. Jess so aufgeregt zu sehen, entlockt mir ein Lächeln und am liebsten hätte ich sie den ganzen Tag beobachtet.

„Wollen Sie hier gern einmal trainieren?“, fragt Twist, als er an Jess‘ andere Seite tritt.

„Dürfte ich denn?“

„Natürlich. Mir wäre es sogar recht, wenn Sie sofort eine Runde mitmachen würden.“

Wir blicken ihn alle verständnislos an. Doch Twist bleibt uns eine Erklärung schuldig. Stattdessen hebt er nur eine Hand und ein Stück weiter rechts treten drei Behüter auf das Gelände. Es handelt sich um Martin und Chat sowie Tamara. Die drei sind in voller Montur und ich bin richtiggehend aufgebracht, als mir klar wird, was Twist vorhat. Er will Jess testen.

„Boss!“, begehre ich auf, aber Jess legt mir beruhigend die Hand auf den Arm.

„Schon gut, Cedric. Ich habe so etwas schon vermutet. Er muss sichergehen, dass ich auch wirklich eine Diebin mit den dazugehörigen Fähigkeiten bin und nicht einfach eine Marionette, die von Saphir hier eingeschleust wurde.“ Sie sieht während sie redet nicht mich an, sondern Twist.

Der beherrschte Mann lächelt leicht. „Sie sind eine kluge Frau, Miss Read. Haben sie deswegen so legere Kleidung an? Damit sie besser kämpfen können?“

„Das ist durchaus möglich“, erwidert Jess ebenso gelassen, aber in ihren Augen blitzt es belustigt auf. Scheinbar mag sie unseren Chef. Sie nimmt ihre Hand von meinem Arm und blickt hinaus in die Trainingshalle. Geschäftig beginnt sie, ihre Haare zusammenzubinden. „Was ist mein Ziel?“

„Am hinteren Ende der Halle befindet sich ein blauer Druckknopf. Ihn müssen Sie drücken“, erklärt Twist.

„Mehr nicht?“

„Und natürlich nicht geschnappt werden. Ihre Hilfsmittel sind zudem in diesem Kampf nicht erlaubt.“

Jess nickt, dass sie verstanden hat, und flicht sich die Haare erstaunlich schnell zu zwei langen Zöpfen, die sie mit Haarnadeln, die sie aus der hinteren Tasche ihrer Shorts zieht, am Kopf feststeckt. Eine gute Frisur, um Feinden so wenig Angriffsfläche wie möglich zu bieten, auch wenn sie damit unglaublich jung und süß aussieht. Dann schlüpft sie aus ihren hohen Schuhen und zieht aus ihrer Tasche Kopfhörer, die sie an ihr Handy steckt. Sie ist wahrlich gut vorbereitet.

„Du hättest uns sagen sollen, dass du so etwas vermutest“, beschwert sich Vincent, woraufhin Jess ihn angrinst.

„Und damit riskieren sollen, dass ihr mir den Spaß nehmt? Sicher nicht!“

„Spaß?“, frage ich erheitert. Mir fällt mein zweites Treffen mit Azur ein, als sie mir mitteilte, dass sie gern eine kleine Jagd mit mir veranstalten wolle. Damals hat mich das furchtbar wütend gemacht. Nun kann ich nachvollziehen, was Jess meinte.

Mit leuchtenden Augen sieht sie mich an. „Natürlich. Wann habe ich schon einmal die Chance gegen gut ausgebildete Behüter zu kämpfen, ohne dass es weder um mein noch um ihr Leben geht? Da stört es mich auch nicht, wenn ich zu Boden gebracht werden sollte."

Ich weiß, dass ich die nächste Bemerkung nicht aussprechen sollte, aber ich kann nicht anders. Mit einem Grinsen beuge ich mich zu ihr und flüstere ihr ins Ohr: „Du hättest nur zu sagen brauchen, dass du gern flachgelegt wirst. Ich stehe dir dafür gern auch mehrmals am Tag zur Verfügung."

Sie schnalzt missbilligend mit der Zunge und versetzt mir einen ausgesprochen heftigen Schlag gegen die Brust. Doch die Röte, die in ihrem Gesicht aufflammt, zeigt mir, dass ich mein Ziel erreicht habe. Lachend richte ich mich wieder auf.

„Na gut, fangen wir an", sagt Jess unwirsch. Sie wendet sich ab, kann das Lächeln auf ihren Lippen aber nicht vor mir verbergen.

Elegant springt sie über die Balustrade hinab in das Trainingsgelände. Als Chat und Martin ihre Gegnerin sehen, blicken sie überrascht zu ihr. Mit einer so zarten Frau haben sie wohl nicht gerechnet. Unsicher sehen sie sich an, während Tamara Jess regelrecht mit Blicken aufspießt.

„Haltet euch ihr gegenüber nicht zurück. Denkt daran, dass sie eine Meisterdiebin ist", ruft Twist, als er die Zweifel der Männer sieht.

„Miss Read? Sind Sie bereit?"

Die steckt sich noch die Kopfhörer in die Ohren und

schiebt das Handy seitlich in ihren BH, wo es wohl am wenigsten stört, ehe sie aufblickt und den Daumen hebt. Die vielen roten Warnsignale schalten auf grün, aber kurz bewegt sich keiner der vier. Sie alle schätzen die anderen ab und das einzige, was Jess an ihrer Haltung ändert, ist ihr Stand. Sie schiebt einen Fuß ein wenig nach hinten und außen, um fester zu stehen. Auf ihren Lippen sehe ich ein fast wölfisches Grinsen. Scheinbar macht ihr das alles jetzt schon großen Spaß.

Jess setzt sich als Erste in Bewegung und als wäre dies ein Signal, laufen auch die Behüter los. Schnell aber bedächtig bewegt sich meine kleine Diebin auf Chat zu, der der Kräftigste, aber auch Behäbigste der drei ist. Was allerdings nicht heißt, dass er langsam wäre. Jess erinnert mich wieder einmal an eine Raubkatze, die sich ihrem Opfer mit übermenschlicher Geschmeidigkeit nähert. Sie läuft schnell und doch scheinen ihre bloßen Füße kaum den Boden zu berühren und verursachen im Gegensatz zu denen der drei Behüter auch keinerlei Geräusche.

Kaum treffen die beiden aufeinander, versucht Chat Jess zu packen, doch sie verblüfft uns alle, indem sie seiner Hand nicht einfach ausweicht, sondern ihn in der gleichen Bewegung packt und mit einer fast schon einfachen Geste den Arm verdreht. Mit einem überraschten Schrei geht der Mann zu Boden, während sich Jess mit einem Rückwärtssalto aus seiner Reichweite bringt.

Damit kommt sie aber Tamara gefährlich nahe, die sie ebenfalls fast erreicht hat. Schon streckt die Frau die Hand nach Jess aus. Diese Handlung hat Jess aber wohl vorhergesehen, denn sie nutzt Tamaras unsicheren Stand aus, um ihr in einer schnellen Drehung die Beine wegzufegen. Der nächste Schrei schallt durch die Halle.

Kaum berührt Tamara den Boden, ist Martin heran und stürzt sich auf Jess. Die weicht ihm in solch anmutigen Bewegungen aus, dass mir glatt der Mund offensteht. Ich weiß, zu was Azur fähig ist. Schließlich habe ich sie eine geraume Zeit fast täglich studiert, aber nun wird mir erst richtig bewusst, dass Jess Azur ist. Sie so zu sehen, in einer skurrilen Art der absoluten Perfektion, als Verkörperung von Anmut und Können fällt mir nur ein Wort zu ihr ein: vollkommen. Ja, das ist die richtige Bezeichnung für sie.

Als die drei Behüter zu Boden gebracht sind, hätte Jess eigentlich zu ihrem Zielpunkt laufen können, doch sie springt nur mit Leichtigkeit auf eine der vielen Erhöhungen und wartet, bis Chat eine Sekunde später wieder kampfbereit ist.

„Sie spielt mit ihnen“, fällt Vincent mit einem Stirnrunzeln auf.

Leander zuckt mit den Schultern. „Sie hat ja schon gesagt, dass sie ihren Spaß will.“

Twist gibt ein leises Schnauben von sich, weswegen ich zu ihm sehe. Er blickt konzentriert auf die Szene hinab, wo sich die drei Behüter erneut auf Jess stürzen. Nachdenklich reibt er sich über das Kinn und scheint nicht zufrieden mit der Situation zu sein.

„Sie müssen bedenken, dass Jess bereits seit ihrem sechsten Lebensjahr in Kampf und Geschick ausgebildet wird. Machen Sie sich keine Sorgen, weil sie besser ist als die drei“, sage ich.

Mein Chef sieht mich an. „Sie haben eine hohe Meinung von ihr.“

„Wie kann man die nicht haben, wenn man sie einmal

kämpfen gesehen hat?", fragt nun Julian. „Und wenn man weiß, was sie durchmachen musste, um dorthin zu gelangen."

Ein wütender Schrei von Tamara zieht unsere Aufmerksamkeit wieder auf das Schauspiel unter uns. Oder besser nun über uns. Chat und Martin sind von Jess abgehängt worden, die die Hürden und Gerätschaften nutzt wie ein Affe einen Baum. Sie ist leicht und unfassbar geschickt, nutzt die kleinsten Unebenheiten der Blöcke, um sich daran hinaufzuziehen und den zupackenden Händen Tamaras zu entgehen.

Die Behüterin ist inzwischen so in Rage, dass sie nicht bemerkt, wie hoch die beiden Frauen bereits gelangten. Ich frage mich, ob es eine gute Idee gewesen ist, gerade sie als Kampfpartnerin für Jess auszuwählen. Aber wahrscheinlich war sie die Erste, die sich dafür gemeldet hatte.

Die beiden Frauen erreichen den höchsten Punkt der Halle und Jess sieht sich kurz um. Einen Ausweg scheint es jedoch nicht mehr zu geben. Tamara lächelt siegesgewiss, doch Jess verzieht für eine Sekunde wissend die Lippen. Ich weiß, dass sie nicht am Ende ist. Und tatsächlich winkt sie Tamara fast höhnisch zu, wendet sich um und stößt sich so kraftvoll vom Rand der Plattform ab, dass sie weit in den freien Raum der Halle fliegt.

Ich halte den Atem an, als sie die Arme ausstreckt, um eines der Signale zu packen. Wenn sie es nicht schafft, würde sie zwanzig Meter in die Tiefe stürzen. Einen Moment scheint sie schwerelos in der Luft zu hängen, dann schließen sich ihre Finger um das metallene Gestell und von ihrem eigenen Schwung getragen, landet sie sicher auf dem nächsten Block. Erleichtert stoße ich die Luft aus. Das war wirklich riskant, aber dorthin konnte Tamara ihr nicht folgen.

Das will Jess ihrer Konkurrentin wohl mit einem Blick ebenfalls kundtun. Aber als sie zu Tamara blickt, reißt sie entsetzt die Augen auf. Fassungslos schauen auch wir zu der Behüterin, die so in ihrer Wut auf Jess steckt, dass ihr alle Gefahr egal ist und nun ebenfalls zum Sprung ansetzt.

„Tamara, lass das!“, ruft Vincent laut und beugt sich so weit über das Geländer, dass er fast nach vorn fällt.

„Tamara!“, befiehlt auch Twist, aber die Behüterin hört nicht.

Schon nimmt sie Anlauf und springt. Ich muss ihr zugutehalten, dass sie sich geschickt anstellt. Sie erreicht ebenfalls das Signal, aber sie ist fast einen Kopf größer als Jess und nicht so zart gebaut wie sie. Außerdem trägt Tamara die schwere Kleidung der Behüter und ist damit wahrscheinlich fast doppelt so schwer wie Jess. Das Signal, das nicht für solch eine Entfremdung der Benutzung gemacht ist, ächzt unter dem Gewicht und alle in der Halle halten den Atem an. Einen Moment hält die Verkabelung, aber kurz bevor Tamara wieder loslässt, reißt sie. Wie in Zeitlupe fliegt Tamara weiter und verfehlt die Kante, an der Jess steht, um Millimeter.

„Tamara!“, schreit Vincent und schon sind er und ich über das Geländer gesprungen, um unserer Kollegin zu Hilfe zu eilen, aber selbst Chat und Martin, die viel näher sind, wären nicht schnell genug, um sie rechtzeitig zu erreichen. Es ist Jess, die Tamara das Leben rettet. Ohne auch nur eine Sekunde zu zögern, springt sie der Behüterin hinterher.

Jess

Ich weiß nicht, was mich geritten hat, Tamara hinterherzuspringen, aber ich will die Behüterin nicht umkommen lassen, egal wie fies sie zu mir war oder wie sehr sie mich hasst. Die blonde Frau schreit überrascht und versucht, irgendwo Halt zu finden. Das ermöglicht es mir, schneller zu fallen als sie. Schon packe ich ihre Hand und rucke einmal kurz, um sie von einer der Kletterstangen wegzuziehen, die wie Geschosse an uns vorbeifliegen. Aber gerade sie sind unsere einzige Chance, am Leben zu bleiben.

Mit großen Augen blickt mich Tamara an. Sie weiß wohl selbst, dass wir das nicht unverletzt überstehen. Fest beiße ich die Zähne zusammen, denn meine nächste Aktion wird sehr wehtun. Der Boden kommt unausweichlich näher und als die nächste Stange in Reichweite ist, packe ich zu.

Ich habe das Gefühl entzweigerissen zu werden, als meine Arme nicht nur mein Gewicht, sondern auch Tamaras halten müssen und unser Fall mit einem heftigen Ruck stoppt. Der Schmerz ist so gigantisch, dass ich laut aufschreie. Ich spüre ein Knacken in meinem rechten Arm und lasse Tamara los, als ich meinen Halt verliere und den anderen Arm nutzen muss, damit wir nicht weiterfallen. Zum Glück packt mich die Behüterin an den Beinen und stürzt nicht weiter hinab. Es kostet mich all meine Selbstbeherrschung, bei Bewusstsein zu bleiben, da der Schmerz in Wellen durch meinen Körper jagt. Noch immer hängen wir fast zehn Meter über dem Boden. Tamara muss selbst hinabklettern, aber die scheint wie erstarrt und klammert sich an meine Beine.

Da erklimmt Vincent behände die Stangen, bis er die parallel zu uns liegende erreicht.

„Tamara, du musst rüber zu mir kommen“, drängte er sanft die betäubte Behüterin. Wahrscheinlich war sie noch nie aus so einer Höhe gefallen. „Jess wird dich nicht mehr lange halten können. Komm, meine Schöne.“

Trotz meiner Schmerzen bemerke ich den zärtlichen Ton in seiner Stimme. Tamara scheinbar auch, denn sie blickt kurz hoch in mein schmerzverzerrtes Gesicht und scheint sich zu fangen. Sie löst eine Hand von mir und reicht sie Vincent. Der zieht sie zu sich heran, gibt ihr Halt, bis ihre Füße auf der Stange stehen. Vincent sieht ernst zu mir und nickt dankbar, bevor er Tamara hilft, hinabzuklettern. Und ich bleibe weiter an einem Arm hier hängen…

„Hm, wie bekommen wir dich denn jetzt hier herunter?“, fragt Cedric hinter mir. Vor Erleichterung kommen mir fast die Tränen. Scheinbar ist er auf der dritten Reihe Stangen hinaufgeklettert.

„Frag mich nicht“, keuche ich.

„Kannst du dich vielleicht hinüberschwingen?“

„Hattest du schon einmal einen ausgekugelten Arm? Da ist man froh, wenn man sich keinen Millimeter bewegen muss, ganz zu schweigen vom Schwingen und Springen“, fauche ich ihn an. Aber es sind die Schmerzen, die aus mir sprechen. Eigentlich bin ich ihm sehr dankbar, dass er da ist.

„Dann müssen wir es anders machen. Bis die anderen

mit einer Hebebühne da sind, wird dich deine Kraft verlassen."

Plötzlich legt sich seine Hand auf meine Stange. Er muss sich wahrlich bis zum Äußersten gestreckt haben, um hierher zu gelangen und immer noch auf der anderen Stange zu stehen. Sein zweiter Arm legt sich um mich, zieht mich zurück in seine Richtung.

„Versuch die Stange zu erreichen", keucht er mir ins Ohr.

Ich strecke ein Bein, aber ich finde nichts. Gern will ich nach hinten schauen, aber mein Blick verschwimmt vor Schmerz. Frustriert knurrt Cedric.

„Warum musst du nur so zierlich sein, du Fee?", beschwert er sich. „Es fehlen noch gut zehn Zentimeter."

„Weiter komme ich aber nicht", stöhne ich, denn eine weitere Welle Schmerz fährt mir schwer durch den Körper. Kurz überlegt er.

„Du musst mir jetzt vertrauen, Jess", sagt er ernst. „Heb das Bein noch ein wenig weiter nach hinten und lass los. Ich ziehe dich auf meine Stange."

„Du wirst das Gleichgewicht verlieren!"

„Das werde ich nicht. Versprochen. Vertrau mir einfach."

Ich schlucke schwer und blicke nach unten, wo Julian ein paar Stangen tiefer angespannt zu uns starrt. Die anderen sehen ebenfalls hinauf, wollen aber nicht hochkommen, um uns nicht zu behindern. Noch nie habe ich einem anderen Menschen mein Leben anvertraut. Allerdings sehe ich keine andere Möglichkeit, weil mich der ausgekugelte Arm viel zu sehr behindert. Und Cedric scheint mir neben

Miranda der einzige Mensch zu sein, dem ich soweit vertraue.

„Na gut“, sage ich und spanne meinen Körper noch mehr an, hebe das Bein und lasse los, als Cedric *jetzt* sagt. Einen Moment schwebe ich nur von seinem Arm gehalten in der Luft, zehn Meter über dem Boden. Dann spüre ich die Stange und wie mich Cedric in eine aufrechte Position zieht. Kurz schwanken wir beide, finden aber zum Glück unser Gleichgewicht wieder.

„Dreh dich um“, verlangt Cedric und mit um die Stange gekrallten Zehen folge ich seinen Worten. Sein Gesicht ist verkniffen und angespannt, aber er grinst mich an, als ich mich an ihn presse.

„Danke für das Vertrauen“, raunt er mir zu und wenn die Situation nicht so gefährlich wäre, würde ich die Nähe zu ihm genießen. Aber wir stehen auf einer dieser verfluchten Stangen, nur von einer seiner Hände gehalten, die er gegen die Wand presst.

„Noch sind wir nicht unten.“

„Das ist nun kein Drama mehr. Aber ich entschuldige mich jetzt schon einmal, dass Folgendes ein wenig weh tut.“

Ich sehe für den Bruchteil einer Sekunde, wie er die Zähne zusammenbeißt, dann geht er plötzlich in die Hocke, schlingt seinen Arm um meine Beine, drückt mir seine Schulter in den Bauch und hebt mich einfach hoch. Ich hätte gern seinen Gleichgewichtsinn bewundert, aber durch die etwas rohe Behandlung fährt ein so heftiger Schmerz durch mich hindurch, dass ich erneut aufschreie. Helle Sterne blitzen vor meinem verschwommenen Blick auf, wodurch ich kaum merke, wie Cedric mich mit Julians

Hilfe auf den Boden zurückbringt. Umsichtig setzt mich Cedric ab.

„Entschuldige“, sagt er leise und ich spüre seine Hand an meiner Wange. Sanft streicht er mir darüber. Ich blinzle die Tränen weg und sehe in sein besorgtes Gesicht.

„Schon gut. Kannst du vielleicht auch einen ausgekugelten Arm wieder einrenken?“, frage ich mit gepresster Stimme.

„Er nicht, aber ich schon“, mischt sich Leander ein und packt einfach meinen Arm. Ohne dass ich mich wappnen kann, hält er mich fest und zieht. Mit einem Knacken und einem Schmerz, der mich entsetzlich fluchen lässt, renkt er ihn wieder ein.

„Gott, ich gehe mit euch wirklich nie mehr irgendwohin“, schwöre ich, während mir schon wieder Tränen über die Wangen laufen.

Cedric lacht erleichtert auf und zieht mich in seine Arme. „Das war eine großartige und sehr aufopferungsvolle Aktion, Jess. Ich bin stolz auf dich“, versichert er mir und ich kann spüren, wie seine Hände beruhigend über meinen Rücken streichen.

Die Situation macht mich schwach, sodass ich mich in seine Arme lehne und das Gesicht kurz an seiner Brust vergrabe. Seine Wärme und Nähe fühlen sich viel zu gut an.

„Also wenn wir es genau nehmen, wurde Jess doch noch gefangen“, lacht Vincent und schlägt Cedric auf die Schulter. Dann schiebt er Tamara zu uns, die sich sichtlich sträubt. „Was sagt man, wenn man gerettet wurde?“

Die blonde Frau verzieht unwillig den Mund, murmelt dann aber, ohne mich anzusehen: „Danke.“

„Gern geschehen“, sage ich, hebe meinen Kopf von Cedrics Brust und entziehe mich seinen Armen. „Das nächste Mal solltest du dich nicht so von deinem Hass treiben lassen. Allerdings tut es mir leid, dass ich nicht gleich zum Endpunkt gegangen bin und euch herausgefordert habe.“

„Du hast gut gekämpft“, gibt einer der Behüter, gegen die ich gekämpft habe, zu. Der zweite nickt, wenn auch widerwillig.

Twist unterbricht die Unterhaltung, indem er zu uns tritt. „Es tut mir leid, dass Sie verletzt wurden, Miss Read. So etwas sollte bei einem Training nicht passieren. Ich danke Ihnen, dass Sie Tamara geholfen haben, aber jetzt sollten wir Sie zu einem Arzt bringen. Mit einer ausgerenkten Schulter ist nicht zu spaßen, außerdem kümmern wir uns gleich mit um das Tattoo.“ Er wendet sich zu Tamara um. „Sie will ich nachher in meinem Büro sprechen, verstanden?“

Seine Stimme wird merklich kühler und ich vermute, dass er sehr ungehalten darüber ist, dass eine seiner Behüterinnen sich nicht unter Kontrolle und somit nicht nur sich, sondern auch einen Gast in Gefahr gebracht hat. Tamara nickt, ohne sich ihre Gedanken anmerken zu lassen. Twist dreht sich ohne ein weiteres Wort um und geht. Ich folge ihm und Cedric, Julian und Leander ebenfalls. Nur Vincent flüstert Tamara noch etwas zu, bevor er uns nacheilt.

Ich weiß nicht, ob es ihm bereits aufgefallen ist, aber die blonde Frau scheint auf dem besten Weg zu sein, den Frauenhelden zu zähmen. Das macht ihn mir sogar ein ganzes Stück sympathischer – und sie mir leider auch. Die Behüter sind wahrlich ein Haufen unter dem ich mich wohl fühle.

Mit einem Lächeln schließe ich zu Twist auf, wobei ich meinen verletzten Arm mit dem anderen ruhig zu halten versuche. Hoffentlich ist er nicht allzu schwer angeschlagen, denn in einigen Tagen werde ich ihn wieder benutzen müssen.

„Ich habe jetzt eine Antwort für Sie“, sage ich zu dem großen, beherrschten Mann.

Fragend sieht er mich an.

„Ich werde auf Ihre Bedingung eingehen.“

Ein Lächeln zeigt sich auf Mister Twists Gesicht. „Damit habe ich bereits gerechnet.“

Kapitel 16

das Gift

Cedric

„Ich bin gespannt, was bei dieser Untersuchung herauskommt“, sagt Julian wohl schon zum zehnten Mal.

„Und das Ergebnis kommt nicht schneller, wenn du das ständig wiederholst“, weist ihn Leander darauf hin.

„Seid ihr denn gar nicht gespannt?“

„Und wie! Aber es nützt nichts, das ständig jedem mitzuteilen“, sagt Vincent unwirsch.

Ich kann über ihr Gequatsche nur den Kopf schütteln und stelle mich neben Twist, der an der Glaswand steht, die einen Blick in das Behandlungszimmer gewährt, in dem Jess auf der Liege sitzt und auf den zuständigen Arzt wartet. Ich wäre gern bei ihr, aber Doktor Stevard hat deutlich gemacht, dass es gegen die Vorschriften verstößt, wenn jemand bei der Untersuchung eines Diebes anwesend ist. Auch wenn er bisher noch nie einen lebenden behandeln durfte.

Da die Vorschriften jedoch auch besagen, dass immer Hilfe in der Nähe sein muss, da ja mit Verbrechern gearbeitet wird, gibt es dieses Zimmer hinter dem Spiegel. Es ist wie auf einem normalen Polizeirevier. Der Festgenommene kann uns nicht sehen, wir aber ihn. Nur dass Jess sehr genau weiß, dass sie beobachtet wird.

„Was für eine Bedingung haben Sie Jess gestellt?“, frage ich meinen Chef, denn mir ist vorhin nicht entgangen, was Jess ihm als Antwort gab.

Ich glaube, eine zufriedene Tonlage herauszuhören, als er mir antwortet. „Sie hat zugestimmt, sich uns anzuschließen, wenn es uns gelingen sollte, sie von dem Gift zu befreien.“

Ich hebe eine Augenbraue. Damit habe ich nicht gerechnet. „Sie wollen sie in unsere Reihen aufnehmen?“

„Oh ja, sie ist eine faszinierende Frau mit Hintergrundwissen, das uns fehlt und dazu noch mit Mut und Erfahrung. Sie wäre eine Bereicherung für unser Team.“

Allein der Gedanke, mit Jess zusammenzuarbeiten, lässt meine Finger vor Vorfreude kribbeln. Aber bis dahin ist es noch ein langer Weg. Vor allem wundert es mich aber, dass Twist Jess so viel Vertrauen entgegenbringt.

„Ihnen ist bewusst, dass sie sich vorher noch von einer Diebesgilde lösen muss, die sie mit Sicherheit nicht gehen lässt? Sie ist Saphirs beste Diebin und dazu seine Adoptivtochter und alleinige Erbin. Selbst wenn er sie nicht mehr durch das Gift beherrschen kann, wird er sie lieber tot sehen, als sie uns zu überlassen.“

„Dann werden wir uns auf einiges an Arbeit einstellen müssen. Mit Jessicas Wissen über Saphirs Pläne bin ich aber positiv gestimmt, dass wir ihn endlich stürzen können“, erwidert Twist.

Ich sehe zu Jess, die aufsieht, als Doktor Stevard eintritt. Ich kenne sie inzwischen recht gut und irgendwie bezweifle ich, dass es so einfach ist, wie Twist denkt. Die junge Frau, die dort drin sitzt und mit einem zauberhaften Lächeln dem Arzt die Hand reicht, ist kein Mensch, der leichthin Leute verrät. Saphir mag ein Verbrecher sein, aber er ist immer noch so etwas wie ein Vater für sie. Es würde mich enttäuschen, wenn es ihr nicht ein wenig schwerfiele.

Ich sehe dabei zu, wie Doktor Stevard Jess die Routinefragen stellt. Er ist ein guter Arzt und seit vielen Jahren hier. Er hat mich schon oft behandelt, wenn ich bei einem Einsatz mit meinem Temperament wieder einmal Prügel kassiert oder zu leichtfertig Diebe verfolgt habe. Wenn jemand das Gift in Jess‘ Körper identifizieren kann, dann er.

Nachdem er die einleitenden Fragen gestellt und Jess sie beantwortet hat, erkundigt er sich nach dem Gift. Jess erzählt ihm genau das, was sie auch uns gesagt hat. Sie hält dabei die ganze Zeit ihren rechten Arm, der wohl noch immer schmerzt. Doktor Stevard runzelt die Stirn.

„Ziehen Sie bitte Ihr Oberteil aus, damit ich mir das Tattoo ansehen kann“, bittet er in dieser abgeklärten Art, die für Ärzte typisch ist.

Jess‘ Blick flackert kurz zu der Glasscheibe und ich kann ihr Unbehagen sehen. Es gefällt ihr nicht, dass wir zusehen, aber schließlich zieht sie das Tanktop mit einem resignierten Seufzen aus.

„Also das können wir gern jeden Tag machen. Nicht wahr, Ced?“, fragt Vincent lachend.

Durchaus, doch ich antworte nicht. Jess nur in der kurzen Shorts und in BH zu sehen, bringt mein Blut unerwartet heftig in Wallung. Ich kann nicht verhindern, dass mein Blick über ihren flachen Bauch und die anziehenden Rundungen ihrer Hüften schweift. Ihre Haut scheint so makellos und ich erinnere mich, wie weich und warm sie sich anfühlt. Schwer schlucke ich, als meine Augen weiter hinaufwandern.

Da dreht sie sich auf Anweisung von Doktor Stevard um und als ich ihren Rücken sehe, erstarre ich. Den erschrockenen Ausrufen der anderen entnehme ich, dass dieser Anblick ebenfalls neu für sie ist.

„Was um Gottes Willen wurde ihr angetan?“, fragt Julian entsetzt.

„Sie wissen nichts davon?“ Twist scheint davon überrascht.

„Nein, sie hat nichts gesagt“, presse ich hervor.

Über Jess‘ Rücken ziehen sich vier lange Narben. Sie sind gleichmäßig verteilt und wohl älter, doch ich müsste schon sehr unwissend sein, um nicht zu erkennen, dass es sich um Peitschenhiebe handelt.

Sogar Twists Blick verfinstert sich. „Saphir hat ihr das angetan. Als Bestrafung.“

Helle Wut bemannt sich mir und ich habe das Bedürfnis, Saphir richtig wehzutun. Stattdessen schlage ich mit der Faust so aufgebracht gegen das Glas, dass es in seiner Fassung erzittert. Doktor Stevard und Jess zucken heftig zusammen. Die zierliche Frau blickt zum Spiegel und weiß scheinbar genau, von wem und warum der Schlag kam. Nicht das traurige Lächeln trifft etwas tief in mir, sondern der resignierte Ausdruck in ihren Augen. Sie hat die Gewalt gegen sich bereits akzeptiert und das ist wiederum etwas, das ich nicht zulassen kann. Niemand hat das verdient, und erst recht nicht Jess. Liebend gern will ich ihr zeigen, dass es auch anders geht. Nur muss ich Jess noch überzeugen, dass ich dazu fähig bin. Eine Aufgabe, die ich zu meistern gedenke. Und zwar bald.

Jess

Ich bin nervös, denn nach mehreren Stunden, die Doktor Stevard mich untersucht hat, ist er verschwunden, um die Ergebnisse des toxikologischen Testes zu holen. Jetzt wird es sich entscheiden, ob gegen die tickende Zeitbombe in meinem Körper ein Kraut gewachsen ist. Ich versuche, meine Aufregung nicht zu groß werden zu lassen und atme tief und ruhig durch. Hoffentlich kommt er bald zurück, denn mir ist es hier zu still, um lang alleinbleiben zu wollen.

Vermutlich ist er aber gerade dabei, Mister Twist und meinen Freunden zu erzählen, was er alles an mir entdeckt hat. Da die Identifizierung des Giftes einiges an Zeit in Anspruch nahm, hat Doktor Stevard diese genutzt, um mich von oben bis unten durchzuleuchten. Lachend erklärte er mir, dass er nicht allzu oft eine Möglichkeit habe, mit einer Diebin zu arbeiten. Ich vermute, dass es das erste Mal war.

Unbehaglich streiche ich mir über den rechten Arm, der nun in einer Schlinge liegt. Cedric wird mit Sicherheit ausrasten, wenn er von den verheilten Knochenbrüchen und was der Arzt noch alles herausgefunden hat, hört. Der wütende Schlag gegen das Glas vorhin konnte nur von ihm kommen. Wer meinen Rücken sieht, muss einzig eins und eins zusammenzählen, um zu wissen, was die Narben verursacht hat. Es überrascht mich nicht, dass dieser Anblick Cedrics gerechten Zorn weckt.

Ein Lächeln zupft an meinen Lippen. Cedric ist ein so leidenschaftlicher Mann. Dass er sein Temperament nicht zügeln kann, wenn es um mich geht, schmeichelt mir und freut mich auch, aber andererseits bin ich immer noch der Meinung, dass er sich lieber von mir fernhalten sollte. Wenn ich allerdings an ihn denke, wünsche ich mir nichts mehr, als dass er meine Einwände mit einer Handbewegung wegwischt und mir in seiner unumstößlichen Art sagt, dass ich mir den Unsinn aus dem Kopf schlagen soll. Wenn ich Glück habe, hat Julian Recht und ich werde Cedric nicht mehr los.

Meine Gedanken verpuffen, als die Tür zu dem kleinen Untersuchungsraum geöffnet wird und Doktor Stevard hereinkommt.

„Würden Sie mich bitte begleiten, Miss Read?“, fragt er ernst und ich schlucke schwer, bevor ich von der Liege rutsche und ihm folge. Er führt mich den langen Gang in der sechsten Etage des Hauptquartiers entlang und öffnet mir eine Tür ganz an dessen Ende. Sie führt in ein Büro, das mit allerhand Aktenschränken gefüllt ist und an der rückwärtigen Wand so ein Gerät aufweist, mit dem man Röntgenbilder ansehen kann. Zu meiner Überraschung erwarten mich bereits die anderen hier. Auch sie sehen mich ernst an und allein dabei bildet sich ein schwerer Klumpen in meinem Bauch.

„Ist es wirklich so schlimm, dass ihr mich wie eine Todgeweihte anseht?“, frage ich.

„Zumindest hast du dir eine ziemliche Scheiße angelacht, Jess“, meint Leander und legt mir wie ein großer Bruder einen Arm um die Schultern. Langsam gewöhne ich mich an diese für die Jungs so selbstverständlichen Berührungen.

„Die gute Nachricht ist aber, dass wir es vielleicht doch wegbekommen“, versucht Julian mich aufzumuntern, was allerdings misslingt, wenn ich so in die finsteren Gesichter von Cedric und Vincent sehe. Nur Mister Twist trägt wie immer eine neutrale Miene zur Schau.

„Nun lassen Sie mich doch erst einmal alles erklären“, unterbricht uns Doktor Stevard und tritt an den Schreibtisch, auf dem eine Akte liegt. „Bevor ich Ihnen mehr über das Gift erzähle, Miss Read, möchte ich gern wissen, wie es Ihnen geht. Spüren Sie nach den Untersuchungen Schmerzen oder eine Art Lähmung?“

Diese Frage überrascht mich, aber da mich die anderen so ernst ansehen, antworte ich ehrlich. „Vielleicht ein leichtes Stechen, wo Sie das Tattoo untersucht haben, aber ansonsten geht es mir gut. Wieso fragen Sie?“

Doktor Stevard zeigt auf den Stuhl, der vor seinem Schreibtisch steht. Langsam setze ich mich darauf. Die Jungs stellen sich hinter mir auf, was nicht unbedingt zu meiner Beruhigung beiträgt.

„Ich frage, weil ich möglicherweise bei meiner Untersuchung ein wenig von dem Gift freigesetzt habe und sie das durchaus spüren könnten. Wenn es nicht der Fall ist, bin ich beruhigt. Trotzdem sollten Sie darauf achten, ob sie Lähmungen oder einen brennenden Schmerz in den nächsten Stunden bemerken.“

„Okay“, sage ich nur, denn mehr kann ich nicht hervorpressen.

Zufrieden schlägt der Arzt die Akte auf und setzt sich auf die Kante des Tisches. „Ich muss gestehen, dass Saphir eine außergewöhnliche Leistung gelungen ist. So ein Gift, wie jenes, das in ihren Körper injiziert wurde, habe ich noch nie in dieser Art gesehen. Es ist ein Nesselgift, ähnlich dem der Seewespe, aber in seiner Struktur verändert, sodass es noch effektiver wirkt. In Ihnen befindet sich genügend davon, um Ihr gesamtes Nervensystem innerhalb von einer Minute zusammenbrechen zu lassen, Lähmungen würden auftreten und ihr Herz zum Stillstand bringen. Keine sehr schöne Art des Sterbens, aber äußerst effektiv. Vor allem wenn man bedenkt, wie Saphir es verpacken ließ."

„Verpacken?", frage ich verwirrt. „Wie meinen Sie das?"

Dass mich das Gift in wenigen Sekunden töten konnte, wusste ich ja schon zuvor. Jetzt kann ich es aber wenigstens zuordnen. Dass es nichts Unbekanntes ist, beruhigt mich eher.

Doktor Stevard zieht ein weißes Blatt Papier hervor und legt es vor mich auf die Tischplatte.

„Sehen Sie. Wenn dies ihre Haut ist", beginnt er und zieht eine einfache Linie über das Blatt. „Dann liegt direkt darunter die Schicht, in die die Farbe des Tattoos gespritzt wurde. Zusammen mit den Farbpartikeln wurde jedoch noch etwas anderes eingeführt, das sich ein wenig tiefer, direkt unter die Haut abgelagert hat. Nicht nur das Gift an sich." Er zeichnet viele kleine Kugeln unter den ersten Strich. „Es ist verkapselt in kleine Hüllen, die davor schützen, dass das Gift den Betreffenden sofort tötet. Diese Kapseln sind eine Nanotechnologie, die noch nicht sonderlich gut erforscht ist. Sie springen auf, wenn ein bestimmtes Signal sie erreicht. Man kann sagen, was man will, aber es ist eine phänomenale Leistung von Saphir, wenn er das durch eine Tätowierung in den Körper seiner Diebe einbringt. Das Gift ist soweit verändert, dass nur wenige Nanogramm davon genügen, um zu töten. Und das auf seinen

Befehl hin."

Schweigend blicke ich den Arzt an. Als er in seinen eigenen Gedanken zu versinken droht, stelle ich eine mir sehr wichtige Frage. „Können Sie es irgendwie neutralisieren?"

Doktor Stevard sieht mich an und ich weiß bereits die Antwort, bevor er sie ausspricht. „Nein, das ist mir zu diesem Zeitpunkt nicht möglich. Das Gift ähnelt nur dem Nesselgift und ich bräuchte Wochen, um es zu entschlüsseln und ein Gegengift zu entwickeln. Wenn das überhaupt möglich ist. Und auch das Signal, das die Kapseln öffnet, werde ich erst identifizieren können, wenn es sich nicht mehr in Ihren Körper befindet, um eine Freisetzung nicht zu riskieren."

Bei seinen Worten bricht für mich eine Welt zusammen. All die Hoffnung, die ich hierauf gesetzt habe, wurde mit diesen Worten zerstört.

Cedric

Bei den Worten des Arztes entfährt Jess eine Art Wimmern. Es ist kaum zu hören, aber sie sackt deutlich zusammen. All ihre Kraft scheint zu schwinden. Sie so zu sehen, versetzt mir einen Stich und voller Mitleid lege ich ihr meine Hand auf die Schulter. Sie greift danach und drückt meine Finger so fest, dass es richtig wehtut.

„Doktor, Sie meinten vorhin, dass es außer Neutralisation noch eine andere Möglichkeit gäbe", wende ich mich an den Arzt.

Doktor Stevard nickt. „Die gibt es tatsächlich. Aber sie ist sehr riskant."

Nun hebt Jess voller Hoffnung den Kopf. „Welche

Möglichkeit?“

„Eine Operation könnte noch helfen. Das Gift ist verkapselt und sollte sich nicht ausbreiten, solange nicht das richtige Signal empfangen wird. Die Ummantelung scheint recht dick und stabil, weil Sie sich ja auch bewegen und sowohl Druck als auch Prellungen an dieser Stelle erleiden könnten, selbst wenn sie keinen so waghalsigen Beruf ausübten. Genau können wir es nicht wissen, aber es kann durchaus zum Erfolg führen, wenn wir das betroffene Gewebe herausschneiden.“

Wir alle sehen zu Jess hinab, deren Gedanken wild umher zu wirbeln scheinen. Noch immer hält sie meine Hand, während die andere nutzlos in der Schlinge hängt.

„Sie müssen sich noch nicht entscheiden. Denken Sie gut darüber nach. So eine Operation kann sehr gefährlich für Sie werden, weil es keine Garantie gibt, dass das Gift nicht währenddessen ausgelöst wird. Außerdem müssen Sie sich danach einige Zeit erholen, was vielleicht auffallen könnte.“

Unschlüssig zögert Jess. Twist nutzt die Ruhe, um sich einzuschalten. „Vielleicht schlafen Sie einfach eine Nacht über das, was Sie hier erfahren haben. Wir setzen Ihnen ja kein zeitliches Limit und entscheiden können Sie sich morgen immer noch. Was allerdings wichtig ist, wären die Informationen, die Sie uns versprochen haben.“

Diesen Schwenk auf ein ganz anderes Thema finde ich ein wenig grob, vor allem wenn man sieht, wie sehr Jess die Situation mitnimmt. Aber ich kann Twist verstehen. Aufregung erfasst mich und ich bin gespannt, was Jess uns über Saphirs Pläne verraten kann. Sie sieht auf und ihre grünen Augen scheinen bei dem Gedanken an den Diebeschef dunkler zu werden.

„Das ist schnell erzählt“, beginnt sie und in ihrer Stimme höre ich bereits das aufziehende Übel. „Saphir will Krieg.“

Kapitel 17

die Stille

Jess

Spät an diesem Abend trete ich zu Cedric in sein Wohnzimmer. Nachdem ich den Behütern erklärt habe, was genau Saphir vorhat, ohne ihnen einen zu tiefen Einblick in seine Pläne zu geben, durfte ich gehen. Die Jungs wollten noch mit mir zusammen essen gehen, wohl um noch einmal alles durchzusprechen. Aber ich hatte keine Lust. Der Appetit war mir vergangen und ich wollte einfach mit Miranda über alles reden. Leider ging das nicht, weil Saphirs Auftrag mich an diesem Abend von meiner Wohnung fernhielt.

Cedric blieb unerwartet ernst, als er mit mir zu seiner Wohnung fuhr. Er versuchte nicht, mich aufzumuntern, sondern ließ mir Zeit, über alles nachzudenken. Dafür war ich ihm sehr dankbar und auch dafür, dass er doch noch eine Pizza bestellte, damit wir nicht hungern mussten.

Die Stunden über zeigte er sich sehr schweigsam, was ich nur nachvollziehen kann, denn schließlich habe ich erklärt, dass mein Vater das Land in den Krieg stürzen will. Es beunruhigt mich jedoch etwas, dass Cedric keinerlei Anstalten macht, mit mir darüber zu reden oder es herunterzuspielen. Es zeigt mir, wie ernst er all das nimmt. Als ich ihm dann mitteilte, dass ich mit Violett telefonieren müsse, ging er wortlos aus dem Raum und ließ mir meine Ruhe.

Irgendwie macht mich das nervös. Cedric ist einfach nicht der schweigsame Typ. Als ich ihn nun am Fensterrahmen gelehnt stehen sehe, zögere ich. Er blickt hinaus in die Nacht und hat sein Lippenpiercing nachdenklich zwischen die Zähne gezogen. Doch den Ausdruck seiner Augen kann ich nicht einschätzen, weil ihm ein paar Locken ins Gesicht fallen. Auf dem Fensterbrett liegt eine Schachtel Zigaretten, aber geraucht hat er nicht, denn ich rieche den typischen Geruch nicht. Irgendwie sorge ich mich um ihn.

„Violett meint, dass deine Wohnung nicht mehr beobachtet wird“, sage ich vorsichtig. „Es wäre sicherer, wenn ich hierbleibe. Aber wenn du willst, gehe ich heim.“

Endlich blickt er auf und die Falten auf seiner Stirn glätten sich, als er mich ansieht. „Das musst du nicht, Jess. Du störst mich in keinster Weise und vielleicht tut es uns beiden gut, wenn wir heute nicht allein sind.“

Er sieht wieder hinaus in die Nacht und seufzt.

„Du machst dir Sorgen“, stelle ich fest und trete zu ihm.

„Kannst du mir das verdenken?“

„Nein, aber bisher kamst du mir nicht wie der große Nachdenker vor“, stichele ich, um ihn wieder aufzumuntern. Scheinbar gelingt mir das sogar ein wenig, denn ich sehe ein schiefes Lächeln auf seinen Lippen.

„Manchmal habe sogar ich solche Phasen. Bei Vinc wirst du so etwas aber nie entdecken“, versichert er mir.

Ich lache auf seine Worte, weil ich es mir nicht einmal vorstellen kann und auch, weil es gut tut. Sich immer Sorgen zu machen beschwert das Herz.

Cedrics Blick wird wärmer und behutsam legt er mir einen Arm um die Schultern. Ich lasse es zu, dass er mich an seine Seite zieht und seine Wange gegen mein Haar lehnt. Er benötigt diese Nähe und wer bin ich, dass ich es ihm verwehre? Vor allem weil es mir ebenfalls gut tut. Wohlige Wärme fließt durch meinen Bauch und ich genieße seine Nähe mehr, als ich mir eingestehen will.

„Meinst du, sein Plan wird aufgehen?“, fragt Cedric leise. Natürlich weiß ich, was er meint.

„Wenn Saphir weiterhin schalten und walten kann, wie er will, ja. Er ist kein Mensch, dessen Pläne nicht funktionieren.“

Cedric schweigt und nach ein paar Sekunden löst er sich von mir. „Du solltest jetzt schlafen gehen. Es war ein langer Tag für dich und du bekommst eh nicht genug Schlaf.“ Er deutet auf das Sofa, auf dem ich nun eine Decke und ein Kissen bemerke. „Mein Wohnzimmer gehört dir. Gute Nacht, Jess.“

Er will das Zimmer verlassen, aber so niedergeschlagen kann ich ihn nicht gehenlassen. Ich greife nach seiner Hand und halte ihn somit auf.

„Cedric, bitte mach dir nicht so viele Sorgen“, dringe ich in ihn. „Ich… ich möchte euch zwar nicht alles verraten, was ich weiß, aber auch ich will keinen Krieg. Saphir ist zu größenwahnsinnig geworden und muss aufgehalten werden. Zusammen können wir ihn sicher von seinem Plan abbringen.“

Mit seinen tiefgründigen braunen Augen sieht mich Cedric an. Dann lächelt er traurig. „Du siehst wirklich eine Art Vater in ihm.“

Er verurteilt das nicht, eher scheint er in etwas bestätigt, was ihn zu einem Lächeln verlockt. Aber mich treffen seine Worte, denn ich wünschte nichts lieber, als Saphir für all seine Taten bluten zu sehen. Allerdings spricht er damit eine unliebsame Wahrheit an, die ich gern aus meinen Gefühlen tilgen würde. Fest presse ich meine Lippen aufeinander.

„Ich habe ja auch nur ihn“, bringe ich hervor.

„Das stimmt nicht, Jess“, sagt Cedric sanft.

Er hebt die freie Hand und streicht mir zuerst durch das Haar, dann über die versehrte Schulter, die ich bereits wieder aus der Schlinge gelöst habe, und weiter hinab zu meiner rechten Hüfte, wo das Tattoo verborgen unter meinem Top liegt. Meine Haut prickelt, als er mich berührt und gespannt halte ich die Luft an, beobachte ihn aufmerksam.

„Saphir hat dir Dinge angetan, die dir nie jemand zufügen würde, der dich liebt. Deine Treue zu ihm in allen Ehren, aber du gibst sie dem Falschen. Es existieren andere Menschen in deinem Leben, denen du mehr vertrauen kannst.“ Er tauscht einen tiefen Blick mit mir und mein Herzschlag beschleunigt sich.

„Wer zum Beispiel?“, frage ich so leise, dass ich es selbst kaum hören kann.

„Ich.“

Cedrics Blick bannt mich und ich kann nicht mehr tun, als ihn zu erwidern. Seine Hand wandert wieder hinauf und legt sich auf meine Wange. Dieses seltsame Gefühl zwischen uns drängt sich mit Macht in den Vordergrund, weswegen ich mich nicht sträube, als Cedric mich zu sich zieht. Ein Seufzen löst sich aus mir, als ich die Wärme seines Körpers an meinem spüre und nur mit Mühe kann ich mich davon abhalten, die Finger nach ihm auszustrecken. Ich sehne mich nach ihm, aber kurz bevor seine Lippen mich berühren, steigen die Zweifel und Ängste wie ein giftiger Nebel aus meinem Inneren empor.

„Cedric, das willst du nicht“, hauche ich und kann meinen Blick nicht von seinen Lippen nehmen.

„Oh doch, Jess, nichts anderes will ich jetzt“, sagt er ernst. Ein wissendes Funkeln tritt in seine Augen. „Und du willst es ebenfalls. Ich sehe es dir an, spüre, wie auch du dich nach einem weiteren Kuss sehnst.“

Damit hat er so Recht! Ich will es unbedingt, will ihn mit allen Sinnen erleben. Ein Keuchen entfährt mir, als er sanft mit seinen Lippen über meine streicht. Es ist kein Kuss, sondern nur eine zärtliche Berührung.

„Aber ich bin eine Diebin“, stoße ich hervor. „Das kann dir nicht egal sein.“

Mit einem resignierten Seufzen lehnt er seine Stirn an meine. „Doch, Jess, das ist mir egal. Du wolltest das nie und ich kann dir das alles verzeihen.“

„Wirklich?“, frage ich so ungläubig, dass er ein Schnauben nicht zurückhalten kann.

„Ja, wirklich. Mir scheint es eher, dass du es bist, die sich nicht verzeihen kann. Jess, bitte lass mich in dein Leben“, drängt er sanft.

Ich sehe in seinen Augen die Wahrheit. Er will wirklich mit mir zusammen sein. Doch das kann ich nicht zulassen. Ich würde diesen großartigen Mann nur zerstören, denn er hat ja keine Ahnung.

„Nein“, sage ich deswegen hart, obwohl mein ganzes Inneres ja schreit.

Der zärtliche Moment ist zerstört und Cedrics Gesichtszüge verschließen sich. Kurz aber fest presst er die Lippen aufeinander, sieht mir ins Gesicht und scheint nachzudenken. Dann drückt er mir einen leichten Kuss auf die Stirn.

„Gute Nacht, Jess", sagt er und verlässt den Raum, ohne noch einmal zurückzublicken.

Mein Innerstes ist leer, als ich das Licht ausmache und mich auf das Sofa lege. Fest klammere ich mich an meine Decke, um zu verhindern, dass ich Cedric nachlaufe. Ich liebe diesen Mann so sehr und er empfindet ebenfalls etwas für mich, aber er hat jemand besseres als mich verdient. Eine kaputte Diebin ist keine Frau, die er an seiner Seite braucht.

Lange liege ich wach, wälze die Gedanken hin und her und falle schließlich in einen unruhigen Schlaf. Ich träume von den Geschehnissen der letzten Tage, die sich zu einem erschreckenden Gemisch aus Angst, Trauer, Scham und Verzweiflung vermengen. Mit einem Keuchen erwache ich daraus und setze mich auf.

Mir fällt es schwer, die Bilder abzuschütteln und dass ich in einer fremden Wohnung bin, macht es nicht einfacher. Die Stille schlägt über mir zusammen wie ein Unheilsbote und eine Enge bemächtigt sich meiner Brust, der ich nicht entkommen kann. Das Atmen fällt mir schwer und die Angst greift mit fester Hand zu. Eine Attacke.

„Oh nein", hauche ich und suche verzweifelt auf dem Boden nach meiner Tasche. Ich weiß, dass sie hier irgendwo ist und meine Kopfhörer befinden sich darin. Ich muss die Stille loswerden!

Meine Finger zittern so stark, dass ich fast nicht zugreifen kann, als ich sie finde. Schnell stecke ich das lange Kabel in mein Handy und suche nach dem richtigen Icon für meine Musik, während ich versuche, meinen Atem zu beruhigen. Laut beginnen die ersten Akkorde, aber heute scheint es nicht zu reichen, um all die Angst zu vertreiben. Das Zittern vergeht nicht und ich drücke fest die Hände auf die Ohren, damit die Musik noch mehr von mir übernimmt. Wieso nur muss das Leben so furchtbar sein? Wieso war Glück und Frieden nicht für mich bestimmt? Ich ziehe die Beine an und lehne den Kopf darauf, als auch schon all das Aufgestaute überquillt und die Tränen kommen.

Cedric

Jess‘ Antwort hat mich verletzt. Nicht nur, weil ich sie nicht hören wollte, sondern auch, weil sie scheinbar nicht einsehen will, dass es nicht ihre Entscheidung ist, ob ich sie liebe oder nicht. Sie ist so davon überzeugt, dass sie als Diebin nicht das ist, was ein Behüter wie ich in seinem Leben haben sollte, dass sie übersieht, wie gut wir einander tun würden. Am liebsten will ich aufspringen und Jess davon überzeugen, dass sie nichts getan hat, was sie sich nicht selbst verzeihen könnte und auch wie sehr ich sie liebe. Stattdessen bleibe ich liegen, voller Sehnsucht, Verwirrung und Wut. Keine tolle Mischung.

Irgendwann schlafe ich ein, allerdings nicht besonders tief, weil es eigentlich nicht meine Zeit zum Schlafen ist. Ein Geräusch weckt mich und ich hebe den Kopf aus dem Kissen, um zu lauschen. Ich glaube, Musik zu hören und nach ein paar weiteren Sekunden ein leises, unterdrücktes

Schluchzen. Jess!

Sofort bin ich auf den Beinen und eile aus dem Schlafzimmer zu ihr. In der Tür zum Wohnzimmer bleibe ich stehen, entsetzt von dem Anblick. Jess sitzt auf dem Sofa, drückt sich verzweifelt die Kopfhörer gegen die Ohren, aus denen laut die Musik hämmert, und bemüht sich, die Tränen zu bändigen, was ihr nicht sonderlich gut gelingt. Der nächste Schluchzer zerreißt mich fast, so voller Schmerz ist er. Sie versucht, ruhig zu atmen, aber es scheint nicht so recht zu funktionieren, zu tief ist sie in einer Angst gefangen, die ich nicht verstehe.

Sie hat mich zwar von sich gestoßen, aber das ist in diesem Moment egal. Ich will ihr nur helfen und setze mich neben sie. Vorsichtig lege ich ihr die Hände auf die Schultern.

Heftig zuckt Jess zusammen und fährt zu mir herum. Ihre Augen sind weit aufgerissen und das Licht der Straßenlaternen lässt sie schimmern wie zwei tiefe, dunkle Teiche.

„Cedric“, schluchzt sie und im nächsten Moment ziehe ich sie bereits in meine Arme.

Nun gibt es kein Halten mehr für sie. Die Tränen laufen ungehemmt, erschüttern ihren ganzen Körper und mit jeder verstreichenden Sekunde raubt sie mir mehr von meinem Herzen. Julian hatte Recht. Egal was Jess in der Vergangenheit tun musste, für ihr empfindliches Wesen ist es zu viel gewesen. Es hat sie soweit gebrochen, dass sie in solch einen Zustand geriet. Aber das darf nicht sein. Sie hat etwas Besseres verdient und ich werde mit allem, was mir zur Verfügung steht, dafür sorgen, dass sie das erkennt.

Aber in diesem Moment scheint das, was Jess braucht,

einfach nur meine Nähe zu sein. Also halte ich sie, während sie weint, streiche über ihr seidenes Haar und lausche ihren Schluchzern. Irgendwann wird sie ruhiger und bettet erschöpft ihren Kopf an meine Brust. Sacht ziehe ich ihr die Kopfhörer aus den Ohren.

„Geht es wieder?"

Ein fast nicht zu bemerkendes Nicken folgt.

„Was ist passiert?"

Nun schüttelt sie den Kopf. Also gebe ich ihr noch Zeit.

„Es ist die Stille", erklärt sie schließlich und ich höre die Angst aus ihrer Stimme.

„Die Stille?", frage ich verwirrt.

Jess setzt sich weiter auf, rutscht an mich heran, um dann ihr Gesicht an meiner Halsbeuge zu verbergen. Ihre Hand legt sie mir auf die Brust und ich kann die Wärme durch mein T-Shirt spüren, als sie darüber streicht. Es würde ihr nicht gefallen, wenn sie wüsste, was sie damit in mir auslöst. Doch diese Empfindungen verschwinden sofort, als sie weiterredet.

„Früher, in der gesamten Zeit, die ich in der Gilde leben musste, war es für mich das Schlimmste, wenn ich nach meinen Aufträgen im Dunkeln und in der Zeit, in der kaum mehr ein Geräusch zu hören war, in meinem Bett lag. Täglich wurde ich wach und hörte durch die Tür, was den anderen Frauen angetan wurde. Ich hielt mir die Ohren zu und betete, dass meine Tür verschlossen bleiben würde. Natürlich blieb sie das. Ich bin Azur, die Adoptivtochter von Saphir und sein größter Schatz. Er ließ nicht zu, dass ich geschändet wurde. Aber sag das einem neunjährigen Mädchen, das gerade erst begriff, was da passierte."

Ich bin geschockt. Schnell schiebe ich Jess von mir, um

ihr ins Gesicht zu sehen. „So etwas passiert in der Gilde?“

Ich lese die Antwort in Jess‘ traurigen Augen.

„Fuck!“, rufe ich, springe auf und will durch das Zimmer laufen. Doch ich bleibe mitten darin stehen und streiche mir mit beiden Händen durch das Haar. Das durfte doch nicht wahr sein! Wie verkommen ist die Gilde nur? Nach solchen Erlebnissen ist es verständlich, dass Jess solche Angst zeigt, wenn ein Mann ihr näherkommen will. Und diese Panikattacke… Mein Hass auf die Diebe entbrennt von Neuem heiß und sengend.

„Was erwartest du, Cedric? Die meisten dieser Menschen sind Verbrecher. Das kann man nicht beschönigen. Aber glaube mir, es sind nicht alle so. Manche sind so wie ich aus Zwang dort und andere, weil es das Schicksal schlecht mit ihnen meinte. Malachit und Violett zum Beispiel.“

„Freunde von dir?“, knurre ich, denn ich kann nicht glauben, dass man unter den Dieben so etwas findet.

„Ja“, bestätigt Jess, wischt sich über die Augen und zieht schniefend die Nase hoch. „Du hast sie beide bereits kennengelernt.“

Ich runzle die Stirn und drehe mich wieder zu ihr um. Nachdenklich ziehe ich mein Piercing zwischen die Zähne. Da fällt mir der Abend bei Jess daheim ein. „Deine beiden Freunde?“

Sie nickt.

Ungläubig lache ich. „Du willst mir ehrlich sagen, dass ich, ohne es zu wissen, einen echt fabelhaften Abend mit drei Dieben verbracht habe?“

Ein kleines Lächeln findet seinen Weg zurück in ihr

Gesicht und es zieht mich automatisch wieder zu ihr. Wortlos setze ich mich neben sie und ziehe sie in meine Arme. Sie spannt sich an und ich befürchte schon, dass sie mich abwehren will, aber dann lehnt sie sich an mich.

„Irgendwann habe ich begonnen, mit Musik einzuschlafen. Das schlechte Gewissen, weil ich einfach wegsah, plagte mich sehr und von dieser Zeit habe ich irgendwie einen Knacks zurückbehalten. Die Angst kommt wie eine Welle, wenn es um mich herum still ist, und ich kann sie nicht aufhalten. Bisher hat mir die Musik gute Dienste geleistet, aber am Ende muss ich mich selbst wieder unter Kontrolle bringen."

Was sie durchleben musste, ist furchtbar und nun verstehe ich auch, wieso sich Jess immer so vor körperlicher Nähe sträubt. Ich will mir gar nicht vorstellen, was ihr noch alles hätte widerfahren können.

„Musstest du immer allein durch diese Attacken?" Sanft fahre ich mit den Fingern durch ihr Haar und sie seufzt mit einem kleinen Laut der Zufriedenheit auf. Freude darüber wallt in mir hoch, auch wenn mich ihre Geschichte mehr als wütend macht.

„Nicht immer. Violett ist seit meinem neunten Lebensjahr bei mir. Ich konnte sie nicht beschützen, aber sie gab mir Halt und zusammen sind wir dann aus der Gilde ausgezogen."

„Es ist gut, dass du nicht allein warst. Und ab jetzt bist du es auch nicht mehr", erkläre ich ihr entschlossen.

Sie braucht kurz, ehe sie begreift, was ich damit meine. Sie setzt sich auf und sieht mich mit dieser Entschlossenheit an, die mir einen Blick auf das Feuer gewährt, das in ihr brennt.

„Du kannst nicht bei mir bleiben.“

„Und wieso nicht?“

„Weil ich furchtbare Dinge getan habe.“

„Damit kann ich leben. Wie du von mir verlangt hast, habe ich darüber nachgedacht und bin mir inzwischen mehr als sicher.“

Wortlos sieht sie mich an und ich kann nicht in ihrem Gesicht lesen. „Du hast etwas Besseres als mich verdient… Jemand einfacheren.“

Nun reicht es mir. Ihr Zeit zu lassen hin oder her, was zu viel war, war zu viel. Sie japst auf, als ich sie plötzlich nach hinten auf die Couch drücke. Schon bin ich über ihr und blicke sie finster an.

„Was gut und was schlecht für mich ist, habe ich immer für mich selbst entschieden. Und auch von dir lasse ich mir das nicht vorschreiben, Kätzchen. Solange du es nicht bist, die meine Nähe ablehnt, hast du nicht zu bestimmen, ob ich die deine suche oder nicht. Also, du brauchst nur zu sagen, dass du nichts für mich empfindest und ich dir fernbleiben soll und ich tue es“, knurre ich.

Abwartend sehe ich sie an. Sie blinzelt überrascht, aber auch nach einer Minute sagt sie nichts.

„Damit wäre das also geklärt“, meine ich und setze mich wieder auf, weil ich sonst nur auf dumme Ideen komme.

„Aber ich bin eine Diebin“, flüstert sie leise und bleibt einfach auf den Polstern liegen.

Ich zögere und lege ihr schließlich eine Hand auf das nackte Bein. Ihre Haut fühlt sich traumhaft gut an und ich kann spüren, wie sie erzittert, als ich beginne, darüber zu streichen.

„Das ist mir bewusst, Jess. Aber für das, was du getan hast, wurdest du bereits mehr als genug bestraft. Vor allem, wenn man bedenkt, dass du es nie wolltest. Nicht ich bin es, der etwas Besseres in seinem Leben verdient, sondern du. Ich weiß zwar nicht, ob ich dafür genüge. Aber wenn du willst, biete ich mich an."

Als ich sie ansehe, erblicke ich einen Ausdruck solcher Fassungslosigkeit, dass ich glatt lachen muss.

„Jess, ich will mit dir zusammen sein, egal ob du eine Diebin bist oder nicht, akzeptiere das endlich", fasse ich es noch einmal in Worte. Ein Schluchzen löst sich aus ihrer Kehle und sie rappelt sich auf, um mir dann um den Hals zu fallen.

„Ja! Ja, das ist mehr als genug", ruft sie und im nächsten Moment spüre ich ihre Lippen auf meinen.

Der Kuss überrascht mich so sehr, dass ich zuerst nicht reagiere. Dann pulsiert pure Freude durch mich hindurch und ich schlinge meine Arme um Jess' zarten Körper. Sie endlich wieder zu schmecken und zu spüren, reißt all meine Selbstbeherrschung davon. Ich vertiefe den Kuss, dränge mit meiner Zunge zwischen ihre Lippen und bin erst zufrieden, als sie sich mit ihrer vereint. Ich ziehe sie auf meinen Schoß, will so viel von ihrem Körper spüren, wie ich fassen kann und stöhne leise auf, als sie ihre Hände in meinem Haar vergräbt und sich an mich schmiegt. Ich will mehr von ihr, viel mehr. Als meine Finger von ihrem Rücken weiter hinabstreichen, erstarrt Jess plötzlich.

„Stopp, Cedric", keucht sie und sofort halte ich inne. Noch zu genau sind mir ihre Worte und das, was sie in ihrer Jugend durchmachen musste, in Gedanken geblieben.

Sie scheint ein wenig beschämt, als sie mich schwer atmend ansieht. „Ich bin nicht sonderlich geübt in so etwas und die Angst krallt sich leider viel zu stark in mir fest. Bitte geh es nicht so schnell an."

Aufmerksam blicke ich sie an und mir wird bewusst, dass Jess' Vergangenheit sie sehr wahrscheinlich von allen Männern, die sie kennt, ferngehalten hat.

„Noch gar nicht?", frage ich und sie schüttelt den Kopf, als sie versteht, was ich meine. Jess ist tatsächlich noch Jungfrau. Ein Grinsen bildet sich unwillkürlich auf meinem Gesicht, was mir einen Schlag gegen die Schulter einbringt. Nun lache ich tatsächlich und küsse Jess noch einmal kurz auf die Lippen.

„Das bekommen wir schon hin", versichere ich ihr. „Dann lassen wir es langsam angehen."

Dankbar lächelt mich Jess an, doch sie japst überrascht auf, als ich meine Arme fester um sie schlinge und aufstehe.

„Wo willst du hin?", fragt sie, als ich mit ihr den Raum verlasse. Fest pressen sich ihre Beine an meine Hüften, was ein heißes Feuer durch meine Adern schickt.

„Ich nehme dich mit in mein Bett", erkläre ich ihr und muss lachen, als sie mich mit großen, weit aufgerissenen Augen ansieht. „Keine Sorge, ich will nur schlafen. Aber glaube mir, jetzt da du mich endlich nicht mehr von dir stößt, nutze ich jede Minute, die wir beisammen sind."

Jess' Wangen röten sich und ich kann mir ein breites Grinsen einfach nicht verkneifen. Als wir mein Schlafzimmer betreten, trage ich sie zu meinem Bett und lasse sie bedächtig hinab. Sie bewegt sich nicht, als ich sie ablege, sondern sieht mich einfach nur an, während ich mich rechts und links von ihr aufstütze. Ihr langes Haar breitet sich in wunderschönen Wellen aus und ihr Körper scheint mich eher zu locken, als abzuhalten. Fast werde ich schwach, doch ich ziehe mich zurück, obwohl mein Körper etwas ganz anderes will. Ich habe es Jess schließlich versprochen.

„Los, rutsch hoch. Oder willst du mich die ganze restliche Nacht ansehen?“, frage ich und das Lächeln auf ihren Lippen sagt mir, dass sie diese Möglichkeit gar nicht so schlecht findet.

Sie setzt sich auf, doch anstatt sich komplett auf die Matratze zu legen, hebt sie eine Hand und berührt sacht meine Wange. „Danke, Cedric. Dafür dass du dich nicht einfach abgewandt hast, als ich dich wegstieß. Du hast mein gesamtes Leben gerade um etliches besser gemacht.“

„Glaube mir, Jess, du meines auch“, versichere ich ihr.

Ein Lächeln zeigt sich auf ihrem Gesicht, ehe sie sich abwendet und einen gemütlichen Platz in meinem Bett sucht. Bevor sie ihn findet, habe ich sie bereits eingeholt und sie lacht auf, als ich sie packe und in die Kissen drücke. Fest lege ich meine Arme um sie und ziehe sie nah an mich heran, sodass ich sie am ganzen Körper spüre. Endlich…

„Cedric“, tadelt sie mich und will mit ihrem Hintern wegrutschen, der sich einfach perfekt in meinen Schoß einfügt. Schnell halte ich sie auf und ziehe sie zurück.

„Oh nein, kleines Kätzchen. Das ist deine Schuld, also musst du damit auch leben“, grinse ich und drücke den Ausdruck meiner Lust noch ein wenig fester an sie. Ich kann mir vorstellen, wie sie knallrot wird. Belustigt streiche ich ihr das Haar zur Seite und küsse sie in den Nacken, bevor ich die Decke über uns beide ziehe.

„Gute Nacht, Jess.“

„Gute Nacht“, flüstert sie nach einigen Sekunden.

Und mehr als zufrieden schlafe ich mit dem Geruch nach Veilchen in der Nase ein.

Kapitel 18

unerwartete Aufgaben

Jess

Ich kann mich nicht erinnern, wann ich in meinem Leben das letzte Mal so gut geschlafen habe wie an Cedrics Seite. Tief und traumlos ruht mein Körper und sammelt endlich die verlorene Kraft der letzten Wochen. Deswegen fällt es mir schwer, den Schlaf gehenzulassen, als ich durch Geräusche geweckt werde. Mit einem missgestimmten Murren ziehe ich die Decke, unter der es traumhaft gemütlich ist, ein Stück höher. Eine Hand legt sich beruhigend auf meinen Kopf und fährt mir durch das Haar.

„Guten Morgen, Jess“, sagt Cedric mit seiner angenehmen Stimme und nun öffne ich die Augen, um ihn anzublinzeln. Er sitzt im Schneidersitz neben mir und sieht sehr anziehend aus nur in Shirt und Shorts und mit den zerzausten Haaren. Er lächelt mich an, aber in seinen Augen sehe ich Sorge.

„Guten Morgen, Cedric. Ist etwas passiert?“, frage ich und reibe mir den Schlaf aus den Augen.

Er seufzt und deutet mit einer Fernbedienung auf den Fernseher, der an der Wand neben der Tür hängt. Dadurch, dass die Jalousie noch heruntergelassen ist, blendet mich das helle Licht des Gerätes beinahe. „Eigentlich wollte ich dich in Ruhe schlafen lassen, aber Vinc hat mir geschrieben, dass ich die Nachrichten anschalten soll."

Das waren also die Geräusche, die mich geweckt haben. Neugierig, was Vincent so früh morgens dazu bewegt hat, Nachrichten zu sehen, setze ich mich auf. Eine adrette Nachrichtensprecherin blickt ernst in die Kamera, während sie von den Geschehnissen in der Welt spricht.

„Die Neuverhandlungen der Ölkonzerne haben gestern eine neue Spitze erreicht. Die Spannungen in dieser Branche sind bereits seit Monaten sowohl bei uns als auch weltweit zu spüren und haben die Preise für Rohöl und damit für jedes daraus resultierende Produkt in die Höhe getrieben. Um die Bevölkerung zu entlasten, hat der führende Ölmanager unseres Landes, McKley, Gespräche veranlasst, um die Situation zu beruhigen. Dies war ihm jedoch nicht möglich. Im Gegenteil verschlechterten die Gespräche das Verhältnis in der Ölindustrie und heizten die Stimmung nur noch mehr an. Infolgedessen reisten die Verhandlungspartner ab und der Ölpreis hat in den frühen Morgenstunden ein Rekordhoch erreicht. Nun überlegt die Regierung, ob sie sich selbst einschalten soll. Eine Krisendiskussion beginnt in wenigen Stunden im Regierungssitz."

Mit einem Stöhnen vergrabe ich mein Gesicht in den Händen. „Das ist alles meine Schuld."

„Weil du McKley nächtliche Besuche abgestattet hast?", fragt Cedric und schaltet den Fernseher auf stumm.

Ich nicke. „Wahrscheinlich wären die Verhandlungen ohne mein Eingreifen gut verlaufen."

„Aber was nützt es Saphir, wenn der Ölpreis steigt?", fragt Cedric mit einem Stirnrunzeln.

„Es geht nicht um den Ölpreis an sich, sondern darum, dass das Volk nun mehr für Benzin und andere Güter zahlen muss und die Wirtschaft viel Gewinn durch Mehraufwand verliert. Unser Land hält das aus, ohne Frage, aber es heizt die Stimmung gegen unseren Nachbarn auf. Fehler sucht man nie bei sich. Der erhöhte Preis wird auf die Ölanbieter zurückgehen und die sitzen Großteils im Land nebenan. Es geht darum, den Hass untereinander zu schüren."

Cedric erwidert nichts und sieht finster auf den Bildschirm. Sein Schweigen gibt meinem schlechten Gewissen nur noch mehr Feuer.

„Es tut mir leid", seufze ich.

Verständnislos sieht Cedric mich an. Dann schnaubt er, zieht mich in seine Arme und lässt sich mit mir in die Kissen zurückfallen. „Du brauchst dir nicht die Schuld daran geben. Du bist nur eine Spielfigur, die ihre Arbeit machen muss. Saphir ist für alles verantwortlich. Gezielt pickt er sich die Schwachstellen heraus und lässt darin herumbohren, ohne sich selbst die Finger schmutzig zu machen", sagt er und blickt an mir hinab.

Mein Shirt ist ein wenig hinaufgerutscht und das Tattoo liegt offen für jeden da. Er nimmt einen Arm von mir und streicht sanft über den blauen Schmetterling. Ein Kribbeln fährt mir über die Haut und setzt sich als wohlige Wärme in meinem Bauch fest.

„Deine Taten liegen nur an diesem kleinen, unscheinbaren Bild."

Da muss ich nun doch widersprechen.

„Bevor ich es bekam, habe ich auch schon geklaut", erinnere ich ihn und versuche die Gefühle in seinen Augen zu deuten.

„Damals warst du ein Kind."

„Dir fallen aber auch immer Ausreden ein, um meine Taten zu rechtfertigen, hm?"

Nun grinst er mich auf diese besondere Weise an. „Ich kann ja schließlich nichts auf meine Diebin kommen lassen. Und vielleicht stehe ich auch ein wenig auf das Verbotene, das damit verbunden ist."

Ich muss lachen und freue mich, dass er mich *seine Diebin* genannt hat, auch wenn mir das ein wenig Angst macht. Noch nie habe ich einen Mann so nah an mich herangelassen und auch wenn ich es nicht möchte, halten mich Misstrauen, Vorsicht, Angst und Panik fest in der Hand. Es wird noch einiges an Zeit benötigen, bis ich mich auf Cedric komplett einlassen kann.

Da berührt er mich sanft an der Wange. „Du hast ein sehr gutes Herz, Jess. Nur das ist wichtig und niemand könnte das, was du zu tun gezwungen warst, verurteilen." Kurz sieht er mich mit einem Ausdruck an, der mein Herz zum Spurt veranlasst. „Weißt du, dass du wunderschön bist, wenn du lachst?"

Zuerst bin ich sprachlos, dann zucken meine Lippen erheitert. „Dieses Kompliment kann ich nur zurückgeben."

Sein Lächeln erleuchtet meine Welt mehr als die Sonne, die draußen gerade aufgeht. Seine Hand, die immer noch auf meiner nackten Haut liegt, streicht nach hinten und zieht mich zu ihm hin. Diese Sekunde, bevor mein Körper sich an seinen schmiegt und sich unsere Lippen finden, ist fast magisch und ich hätte nichts bedauert, wenn ich in diesen Moment gestorben wäre.

Jedenfalls bis zu dem Moment, in dem ich merke, dass der Kuss, der darauf folgt, noch viel besser ist. Meine Zeit scheint einzufrieren und alle Sorgen und Ängste sind wie weggewischt. Es macht mir nichts aus, als Cedric seine Hand über meinen Rücken wandern lässt und sacht die spürbaren Vertiefungen meiner Narben nachfährt. Ich schlinge meine Arme um seine Schultern und genieße das Gefühl seines starken, festen Körpers an meinem. Seine Lippen sind wundervoll warm und ich sauge leicht an seinem Lippenpiercing, was Cedric ein Seufzen entlockt.

Da klingelt es plötzlich so laut an der Tür, dass ich zusammenzucke. Cedric flucht und blickt aus der offenen Schlafzimmertür in Richtung Eingang. „Echt jetzt? Um diese Uhrzeit?“

Ich muss lachen, weil er so ungehalten über die Störung ist.

„Die Welt vergisst uns halt nicht“, sage ich und mache dann etwas, von dem ich selbst verblüfft bin: ich schlage ihm spielerisch auf den Hintern.

Cedric überrascht das wohl auch, denn er zuckt zusammen und sieht mich einen Moment perplex an.

„Los, aufmachen“, weise ich ihn an und versuche, das gefährliche Funkeln in seinen Augen mit einem unschuldigen Blick zu quittieren.

„Das war geschickt“, sagt er nur und steht auf, um zu sehen, wer da so früh klingelt.

Mit einem zufriedenen Lächeln lasse ich mich zurücksinken und kuschle mich noch einmal in die Decke. Ein Blick zur Uhr zeigt mir, dass es auf acht zugeht. Um neun muss ich an der Uni sein, was bedeutet, dass ich mich gleich beeilen muss.

Da höre ich eine bekannte Stimme.

„Meine Güte, Cedric. Kann ich anmelden, dass du mir

immer so die Tür öffnest?“, fragt Miranda mit ihrer rauchigen Stimme. Sofort springe ich auf und eile in den Flur. Die schwarzgelockte Frau deutet gerade mit einem Finger an Cedric hinab und wieder hinauf. „Aber das nächste Mal darfst du gern auch noch das Shirt ausziehen.“

Cedric beißt sich belustigt auf die Unterlippe. „Noch einen Wunsch?“

„Mal sehen“, zwinkert Miranda. Da entdeckt sie mich und sofort wird Cedric uninteressant.

„Guten Morgen, meine Süße“, ruft sie und zieht mich in ihre Arme.

„Guten Morgen, Miranda. Was führt dich gerade hierher?“, frage ich besorgt, umarme sie jedoch genauso innig.

Nun wird die ältere Frau ernst. „Ich konnte einfach nicht warten, bis du heute Nachmittag zu mir kommst. Ich habe Neuigkeiten, die ich dir nicht übers Telefon sagen wollte.“

„Was für welche?“

Doch Miranda schaut nur zweifelnd zu Cedric, der die Tür schließt. Seine gepiercte Braue schießt in die Höhe.

„Du brauchst in seiner Gegenwart nichts zu verheimlichen. Er weiß über dich Bescheid“, versichere ich Miranda.

Ungläubig sieht sie nun mich an. „Du hast es ihm verraten?“

„Hat sie, Violett“, grinst Cedric und tritt an meine Seite, um mir einen Arm um die Schultern zu legen.

Es freut mich, dass er seine Meinung nicht nur über mich sondern über die Diebe im Allgemeinen ein wenig geändert zu haben scheint. Nun hasst er sie nicht mehr alle automatisch, sondern hinterfragt ihr Schicksal, bevor er sie verurteilt.

Ein grandioses Mimikspiel zeigt sich auf Mirandas Gesicht. Zuerst scheint sie empört und öffnet bereits den Mund, dann bemerkt sie die Vertrautheit zwischen mir und Cedric, was wiederum zuerst Verwirrung und dann Verzückung auslöst. Ihre Augen leuchten erfreut auf, doch sie hält sich noch zurück.

„Mir scheint, zwischen euch hat sich etwas geändert. Darf ich fragen was? Hast du endlich eingesehen, dass deine Taten nicht unverzeihlich sind?“, fragt sie mich.

„Man könnte sagen, dass ich sie überzeugt habe“, erklärt Cedric und sieht mich mit leuchtenden Augen an.

Nun quiekt Miranda wirklich, reißt mich an sich, bevor ich ebenfalls etwas erwidern kann, und drückt mir die Luft aus den Lungen. „Habe ich es dir nicht gesagt? Der Kerl hier ist ein guter Mann! Heißt das, du wurdest endlich entjungfert?“

Bei dieser Frage entgleiten mir wohl meine Gesichtszüge, denn Cedric lacht laut auf.

„Nein, sie hat mich nicht gelassen“, erklärt er und mir wird die ganze Situation immer peinlicher.

„Können wir dieses Thema endlich lassen?“, fauche ich und spüre die Hitze in meinen Wangen.

Miranda winkt ab. „Das hat ja auch keine Eile. Hach, das ist so romantisch: eine Beziehung zwischen einer Diebin und einem Behüter.“ Hingerissen legt sie sich eine Hand an die Brust.

Ich werfe Cedric einen Blick zu. „Also so genau haben wir das eigentlich noch nicht festgelegt.“

Der Blick aus seinen braunen Augen schwenkt zu mir und ich sehe ganz deutlich, was er darüber denkt. Aber allein der Gedanke, mich tatsächlich an einen Mann zu binden, macht mir Panik. Die Zweifel und die Angst wollen sich wieder meiner bemächtigen und ich bin kurz davor, zu flüchten. Da nimmt Cedric meine Hand in seine und küsst mich leicht auf die Finger.

„Vielleicht ist es noch zu früh, das zwischen uns beim Namen zu nennen. Jess braucht Zeit und die werde ich ihr geben“, sagt er leise, und obwohl seine Worte an Miranda gerichtet sind, sieht er mir in die Augen.

Die Angst lässt nach und ich atme erleichtert auf. Er hat Recht, ich brauche einfach Zeit, um mich an den Gedanken zu gewöhnen, dass es jemanden in meinem Leben gibt, dem ich als Frau wichtig bin, der mich vielleicht sogar liebt. Ich habe mich so lange gegen jegliche Annäherung gewehrt, dass es mir nun schwerfällt, mich darauf einzulassen.

Miranda, die uns mit einem leichten Lächeln angesehen hat, gibt sich einen Ruck. „Na gut, die Neuigkeiten.“

Cedric nickt und zeigt hinter sich auf die Tür zu seinem Wohnzimmer. „Setzen wir uns. Ich will so etwas nicht im Flur besprechen.“

Ihm scheint es völlig egal zu sein, dass er noch immer nur ein Shirt und Unterwäsche trägt und führt uns in das Zimmer. Auf dem Sofa liegen noch die zerknüllte Decke und mein Kissen. Cedric wirft beides achtlos zur Seite auf den Boden und setzt sich. Ich folge seinem Beispiel, doch Miranda ist zu ruhelos. Sie zieht eine Mappe aus ihrer Handtasche.

„Heute Nacht, als ich von meinem Raubzug ins Hauptquartier zurückgekehrt bin, um meine Beute abzugeben, hat mir Rainforest deinen nächsten Auftrag mitgegeben.

Sieh wer es ist."

Sie reicht mir die Mappe und Cedric beugt sich neugierig zu mir, als ich sie aufschlage.

„Ist das nicht dieser reiche Partyboy, der in den letzten Tagen so oft in den Schundblättern auftaucht?", fragt er und besieht sich eines der Fotos, die in der Mappe liegen.

„Ja, der Sohn reicher Eltern, wie viele Männer der Partyszene. Jung, gutaussehend und zu locker mit Papis Geld. Außerdem treibt er sich in gefährlichen Gegenden herum. Ich habe gehört, dass er die Traumgärten regelmäßig aufsuchen soll", erklärt Miranda.

Ich runzle die Stirn. „Was habe ich dann mit der Sache zu tun? Wenn er abhängig ist, wird er keine Träume zum Stehlen haben."

„Er ist auch nicht dein Ziel." Miranda tippt auf ein anderes Foto in der Mappe. „Es ist einer seiner Bodyguards. Ein rechtschaffener Mann, der mit der Lebensweise seines Schützlings nicht zufrieden ist. Du sollst ihn für die Einflüsterungen eines von Saphirs Männern empfänglicher machen."

„Mit welchem Ziel?", fragt Cedric.

Mir ist klar, was dabei herauskommen soll und angewidert werfe ich das Bild auf den Couchtisch.

„Er soll den Mann, den er eigentlich schützen will, erschießen", erklärt Miranda.

„Wozu?", fragt Cedric mit einem tiefen Stirnrunzeln.

„Kennst du diesen Mann?", frage ich statt eine Antwort zu geben und ziehe das dritte Bild aus der Mappe. Der Mann darauf ist bereits älter und seine helle Haut sowie das blonde Haar weisen darauf hin, dass er aus unserem Nachbarland stammt.

Cedric stöhnt auf und reibt sich das Kinn. „Außenminister Miro Charlair. Lasst mich raten, der Knabe da ist sein Sohn?“

Miranda und ich nicken.

„Was macht der bitte in unserem Land?“, beschwert er sich.

„Urlaub, während Papi seiner Arbeit nachgeht. Die ganze Familie ist einen Monat hier, um öffentlich zu zeigen, dass die Beziehungen unserer Länder gut sind. Wenn sein Sohn stirbt und dies auf einen Bodyguard aus unserem Repertoire zurückzuführen ist, wird das Gegenteil bewiesen“, erklärt Miranda.

„Allein das könnte schon Krieg auslösen“, murre ich und blicke auf die drei Bilder.

„Das können wir nicht zulassen“, begehrt Miranda auf.

„Und was soll ich deiner Meinung nach machen? Mich Saphir widersetzen?“

Miranda öffnet den Mund, aber Cedric unterbricht uns mit einem strengen „Nein“.

Wir sehen ihn an.

„Ich will Jess nicht in Gefahr bringen. Du hast doch noch ein wenig Zeit, bis du zu ihm musst, oder?“, wendet er sich an mich.

„Ja, ich habe meist eine Woche Zeit, um mir alle nötigen Informationen zu suchen. Aber ich kann mir denken, dass Saphir mich früher zu ihm schickt. Er benötigt meine Fähigkeiten im Moment an zu vielen Stellen, um mir lange Vorbereitungszeit zuzusprechen.“

„Dann werde ich Twist davon erzählen. Vielleicht können wir diesen Mord verhindern, selbst wenn du seine Träume stiehlst. So kannst du deinen Auftrag erfüllen und wir retten trotzdem ein Leben."

„Mir gefällt seine Idee", verrät Miranda.

„Wird das denn klappen?"

„Das werden wir sehen. Mach deine Arbeit erst einmal wie sonst auch", sagt Cedric. „Twist wird sicher eine Lösung finden."

„Wie lief es gestern eigentlich? Was konnten die hochgelobten Behüter über das Gift herausfinden?", fragt nun Miranda.

Cedric

Violetts Frage ist für mich das Stichwort, mich aus dem Gespräch auszuklinken. Ich unterbreche Jess, bevor sie auch nur ein Wort sagen kann. „Ich werde euch bei dem Thema alleinlassen und mir nach dem Bad erstmal einen Kaffee zum Munterwerden machen."

Jess' Augen leuchten auf. „Kaffee", singt sie beinahe.

„Schon verstanden. Ich mache dir einen mit", grinse ich. „Ich werde dann auch so bald wie möglich zu Twist fahren. Deine Uni liegt auf dem Weg dorthin. Willst du mit?"

Jess stimmt mir dankbar zu und wendet sich bereits wieder an Violett, doch ich will noch etwas Wichtiges von ihr, bevor ich aufstehe.

„Jess", unterbreche ich sie erneut. Als sie fragend zu mir blickt, lege ich ihr bereits eine Hand in den Nacken und ziehe sie zu mir heran. Innig küsse ich sie und gebe sie erst wieder frei, als sie richtig atemlos ist. Es pusht mein Ego schon ein wenig, dass ihre Augen ganz glasig zu mir aufblicken, als ich mich erhebe.

„Die Damen", empfehle ich mich mit einer amüsierten Verbeugung.

Violett lacht noch immer, als ich im Bad verschwinde. Als ich dort fertig bin und in die Küche wechsle, höre ich die beiden ernst miteinander reden. Ich hoffe sehr, dass Violett Jess ermutigt, die Operation durchführen zu lassen, denn das Wissen, dass Jess jederzeit sterben könnte, behagt mir ganz und gar nicht.

Während ich in der Küche für frischen Kaffee und etwas zu essen sorge, rufe ich Leander an, um ihn wegen dem verwöhnten Söhnchen auf den neusten Stand zu bringen. Er erklärt mir im Gegenzug, wie die Nacht der anderen verlaufen ist, während ich eine rauche. Da ich mich um Jess kümmern sollte, waren Vincent und Julian allein unterwegs gewesen, was nur in einer Katastrophe enden konnte. Doch die Schicht war ruhig geblieben und die beiden konnten sogar einen Dieb abhalten, bevor er einen Traum stahl. Als ich schließlich den Frauen anbieten will, dass sie ihre Unterhaltung in die Küche verlegen, höre ich Violett genervt aufstöhnen.

„Jess, du brauchst keine Schuldgefühle haben. Nicht gegenüber Saphir", ruft sie tadelnd.

Ich lehne mich an den Türrahmen zum Wohnzimmer und sehe die beiden Frauen an. Violett steht noch immer, hat ihre Hände in die Hüften gestemmt und sieht aus, als ob sie Jess gerade eine Standpauke halten würde. Meine kleine Diebin sieht dementsprechend geknickt aus.

„Das weiß ich, aber es sitzt irgendwie in meinem Kopf drin. Auch wenn Saphir ein furchtbarer Mensch ist, ist er alles an Familie, was ich habe", gibt sie leise zu und blickt finster auf ihre gefalteten Hände hinab. Noch immer trägt sie nur die Shorts und das Tanktop, das sie gestern schon getragen hat. Obwohl sie eine Tasche mit Wechselkleidung mit hierher genommen hat, scheint es ihr nichts ausgemacht zu haben, in diesen Sachen zu schlafen. Auf Jess' Antwort reagiert Violett mehr als allergisch.

„Das ist überhaupt nicht wahr!", ruft sie aus und wirft die Arme in die Luft.

Jess seufzt. „Dann ist er eben das Einzige, was ich kenne. Mir erscheint es einfach nicht richtig, ihn ohne mit der Wimper zu zucken zu hintergehen."

Ihre Worte bestätigen mir das, was sie in der vergangenen Nacht angedeutet hat und was ich mir von Jess erhofft habe. Trotz all dem, was Saphir ihr angetan hat, kann sie ihn nicht von heut auf morgen verraten. Das beruhigt mich ungemein, auch wenn ich für Jess wünschte, dass sie versteht, wie eine richtige Familie sein sollte. Ein paar Tage mit meinen Eltern und Maria würden bei Jess wahrscheinlich eine Überdosis an Fürsorglichkeit auslösen.

„Wollt ihr vielleicht in die Küche wechseln und etwas frühstücken?", frage ich dazwischen, bevor Violett wieder loslegen kann.

„Ja bitte!", ruft die Frau mit den dunklen Locken aus und stampft an mir vorbei.

Jess erhebt sich ebenfalls.

„Ich mag ihr Temperament", grinse ich sie an.

Ein leichtes Lächeln erscheint auf ihrem hübschen Gesicht. „Sie deines auch."

Zu gern würde ich ihr sagen, dass Violett Recht hat, aber wahrscheinlich wird Jess dann zusperren und sich dem Thema verweigern. Also lasse ich es ruhen und wechsle es, während wir Violett folgen.

„Hast du dich wegen der OP entschieden?“

„Ja“, sagt Jess, verzieht aber gleich darauf den Mund. „Ich würde es gern riskieren, denn alles ist besser, als weiterhin mit der Angst zu leben, jederzeit sterben zu können. Außerdem vertraue ich Doktor Stevard. Aber er meinte auch, dass ich danach gut zwei Wochen brauchen werde, bis die Wunde gut genug für nächtliche Streifzüge verheilt wäre. Das dauert zu lang. In dieser Phase von Saphirs Plan wird er mir diese Zeit nicht lassen, egal welche Ausrede ich ihm biete.“

„Dann müssen wir etwas finden, das er nicht abschlagen kann“, überlege ich.

Jess legt mir eine Hand auf den Arm, als ich in die Küche treten will. „Ich gehe kurz ins Bad.“

Ich sehe ihr mit einem Seufzen nach. Sie tut mir leid. Ein Leben wie ihres wünsche ich niemandem. Dass sie trotzdem eine so wundervolle Frau geworden ist, zeigt mir nur, wie stark sie ist. Und nun, da sie mich in ihr Leben gelassen hat, werde ich es schon hinbekommen, alles für sie ein wenig besser zu machen. Ich kann ihre Vergangenheit nicht ändern, aber ihre Zukunft beeinflussen.

„Mir gefällt der Ausdruck in deinen Augen, wenn du Jess ansiehst“, sagt Violett, als ich die Küche betrete. Sie hat sich bereits einen der vorbereiteten Kaffees genommen und sich an die Arbeitsfläche gelehnt. Ernst blicken ihre dunklen Augen zu mir. „Aber auch wenn Jess dir vertraut, rate ich dir, sie niemals zu verletzen. Denn wenn du das tust, werde ich dafür sorgen, dass du niemals mehr ruhig schlafen kannst.“

Ihre Drohung ist durchaus ernst gemeint. Aber es ist gut, dass Jess jemanden hat, dem sie so wichtig ist.

„Du weißt schon, dass es in einer Beziehung nie funktioniert, dass nicht irgendwann einer von beiden einmal verletzt ist? Vor allem zu Anfang, wenn man sich erst aufeinander einstellen muss?“

Die Diebin winkt ab. „Du weißt, was ich meine. Jess ist zu sensibel und von dem Leben in der Gilde zu beeinflusst, als dass sie es ertragen könnte, von dir schwer verletzt zu werden.“

„Da brauchst du dir keine Gedanken machen. Das wird niemals passieren“, versichere ich ihr.

Kurz sehen wir uns an, bevor Violett zufrieden nickt. „Ich glaube dir einmal, auch wenn es mir schwerfällt, einem Behüter zu vertrauen.“

Nun grinse ich sie schief an. „Das beruht auf Gegenseitigkeit.“

„Nur müssen wir uns jetzt wohl daran gewöhnen. Ich gönne Jess die Chance, durch euch aus der Gilde zu entkommen und Saphir aufzuhalten. Dafür würde ich auch einen Pakt mit dem Teufel eingehen. Und wenn sie es geschafft hat, folgen Alex und ich gerne nach. Danke, dass ihr Jess diese Möglichkeit gegeben habt, anstatt sie gleich einzusperren.“

Ich gehe zum Küchenfenster und öffne es, bevor ich eine weitere Zigarette anzünde.

„Jeder andere Behüter hätte es wahrscheinlich gemacht“, sage ich und denke an all die Zufälle, die geschehen mussten, damit Jess und ich uns überhaupt kennenlernten. Ich zucke mit den Schultern. „Vielleicht war es Schicksal.“

Violett gibt dieses raue, mitreißende Lachen von sich. „Und so etwas aus dem Mund von einem Mann wie dir“, grinst sie. Dann hält sie mir ihre Hand entgegen. „Auf gute Zusammenarbeit."

Mir ist klar, dass Violett mir noch immer nicht wirklich vertraut. Trotzdem bietet sie mir dies hier an, was mir diese Frau nur sympathischer macht. Mit einem schiefen Grinsen schlage ich ein.

Kapitel 19

mitten in der Nacht

Rainforest erhebt sich mit einem müden Seufzen von ihrem Stuhl, um Feierabend zu machen, da die Nacht bereits weit fortgeschritten ist. Eigentlich hatte sie nicht wieder so lang bleiben wollen, doch die Aufgaben scheinen im Moment einfach kein Ende zu nehmen. Nicht nur die Diebe mussten all ihre Kräfte aufwenden, um Saphir zufriedenzustellen, sondern auch ihr Organisationtalent wurde fast rund um die Uhr in Anspruch genommen. Außerdem wollte sie um Ostern herum Urlaub nehmen und musste daher einiges an Vorarbeit leisten, damit Cloud in ihrer Abwesenheit die Diebe beschäftigen konnte.

Nun geht es aber bereits auf zwei Uhr morgens zu und wenn sie sich nicht beeilt, würden die ersten Diebe zurückkehren, bevor sie das Gebäude verlassen hatte und dann konnte es leicht passieren, dass sie abgepasst wurde. Also fährt sie schnell ihren Computer herunter und packt ihre Sachen zusammen, um sie in ihre Handtasche zu stecken. Gerade in diesen Moment schwingt die Tür, die von ihrem Büro aus in die Diebesgilde führt, auf und Diamant tritt ein. Er trägt noch seinen schwarzen Mantel, doch ist er bereits dabei, sich herauszuschälen.

Rainforest seufzt und blickt dem ruhigen, großen Mann entgegen. Er ist mit Ende vierzig der älteste von Saphirs festen Dieben und neben Azur der erfahrenste und erfolgreichste. Unter seinen Kollegen besitzt er den Ruf eines Urgesteins. Wenn sie einen Rat benötigen, gehen sie zu ihm. Wenn es einen Streit gibt, schlichtet Diamant ihn und wenn er der Meinung ist, dass einer der Diebe nicht loyal genug gegenüber Saphir ist, nimmt er ihn sich zur Brust. Selbst Saphir vertraut ihm und zweifelt nie an seinem Können, selbst wenn er die besonderen Aufgaben immer für Jessica zurückbehält. Rainforest kennt jeden der Diebe, die Stärke ihrer Gabe, ihre Vergangenheit, ihr Wesen, doch wieso gerade der ruhige Diamant hier ist und auch bleibt, weiß sie nicht. Doch die Gilde wäre ohne ihn eine andere.

„Bitte sag mir, dass du heute nur besonders früh fertig geworden bist und nicht, dass gleich noch weitere auftauchen, die mir ihre Beute vor die Nase halten", bittet Rainforest, als Diamant ein kleines, schwarzes Samtsäckchen aus seiner Manteltasche zieht.

Seine Lippen, die von einem etwas liederlichen Bart umrahmt werden, zucken einmal kurz. Diamants Mimik könnte freundlich gesagt minimalistisch genannt werden. Noch nie hat ihn Rainforest richtig lächeln oder gar lachen sehen. Allerdings kann sie ihn auch nicht emotionslos nennen, denn dafür funkeln seine Augen viel zu sehr voller Leben.

„Nein, keine Sorge. Ich bin heute einfach nur früher aufgebrochen. Hast du einen neuen Auftrag für mich?", fragt der große Mann mit einer dunklen Stimme, die tief in der Brust vibriert.

„Natürlich, warte kurz." Sie beugt sich ein wenig vor und zieht einen Ordner aus dem offenen Schrank neben ihrem Schreibtisch. Dort besitzt jeder Dieb sein eigenes Fach, aber nur sie durchschaut die unbeschriftete Ordnung.

Sie reicht Diamant seinen neuen Auftrag und nimmt dafür das seidene Säckchen entgegen.

„Danke“, brummt Diamant und wendet sich mit einem knappen Nicken wieder um.

Erneut seufzt Rainforest und blickt auf das bisschen schwarzen Stoff in ihrer Hand hinab. Darin klimpern ganz deutlich vier neue Traumperlen. Eigentlich sollte sie diese gleich Saphir bringen, doch kann sie sich vorstellen, dass ihm sofort etwas einfällt, das sie von ihrem Feierabend fernhalten würde.

Einen Moment zögert sie, macht ein ungehaltenes Geräusch und tritt zu der Tür, die in Saphirs Büro führt. Als sie klopft, dauert es mehrere Sekunden, ehe sie hereingebeten wird. Wann Saphir schläft, weiß sie sich selbst nicht zu erklären. Egal wie lang sie arbeitet oder wie früh sie in die Gilde zurückkehrt, er ist immer da. Fest und sicher, wie ein unverrückbarer Fels.

„Was willst du, Rainforest?“, fragt er ruppig, als sie in sein Büro tritt. „Du solltest längst daheim sein.“

Obwohl so unfreundlich ausgesprochen, freut sich Rainforest über seine Sorge um sie. „Ich wollte auch gerade gehen, aber Diamant hat mich abgefangen. Er ist bereits zurück.“

Sie hebt das Säckchen und nun sieht Saphir von seinem Bildschirm auf. Kurz mustert er sie und winkt sie dann zu sich. Er hält ihr seine Hand entgegen und sie geht zu ihm, um die Traumperlen seinen Fingern zu übergeben. Geschickt öffnet er den Verschluss und betrachtet die golden funkelnden Perlen. Zufrieden nickt er.

„Du kannst jetzt gehen“, sagt er und lässt das Säckchen in einer seiner Schreibtischschubladen verschwinden.

Rainforest nickt und hält einen kleinen Moment inne, um die hell erleuchtete Stadt durch das gigantische Glas zu betrachten. Sie arbeitet nun schon so viele Jahre hier, aber dieser Anblick kann sie noch immer in Ehrfurcht versetzen. Doch heute hätte sie sich diese Zeit nicht nehmen sollen.

„Da fällt mir etwas ein", beginnt Saphir. „Ich benötige einen Profikiller, den wir entbehren können, für den Auftrag A16."

Kurz überlegt Rainforest und runzelt dann die Stirn. „Das ist Jessicas kommender Auftrag. Wofür benötigst du da einen Profikiller?"

Ihr ist durchaus bewusst, dass sie neben Saphirs Adoptivtochter die einzige Person ist, die das Recht hat, solche Fragen zu stellen. Niemand anderes hätte das auch nur gewagt, geschweige denn eine Antwort erhalten.

Saphir sieht sie wegen ihrer Dreistigkeit finster an, aber sie weiß, dass sie nur zu warten braucht. Saphir kann es sich nicht leisten, ihr über den Mund zu fahren, denn ohne sie würde die Gilde nicht laufen. Das weiß er und sie ist stolz, dass sie eine so hohe Stellung bei ihm innehat, obwohl sie niemals auf die Idee käme, sie überzustrapazieren.

„Das geht dich nichts an", erklärt Saphir dieses Mal jedoch und blickt dabei auf seinen Bildschirm. „Und nun geh."

Rainforest weiß, wann sie nicht mehr nachfragen sollte, und neigt daher nur den Kopf, ehe sie sich umdreht und den Raum verlässt. Obwohl sie schon viele Mörder, Attentäter oder zwielichtige Personen für Saphir besorgen musste, macht sich dieses Mal Besorgnis in ihr breit. Warum will Saphir einen Profi für Azurs nächsten Auftrag? Sie hofft innig, dass er seine Tochter nicht in Gefahr bringt.

Zwar ist Jessica seine Erbin und er will sie unbedingt als seine Nachfolgerin einführen, aber Rainforest weiß nur zu genau, dass er sie ohne mit der Wimper zu zucken opfern würde. Vor allem, wenn es seinen Plänen einen Nutzen bringt.

Kurz zögert sie, Saphirs Befehl sofort auszuführen. Es widerstrebt ihr sogar, zu sehr von der Sorge um Jessica befangen. Also schreibt sie Saphirs Anweisung auf einen Zettel, den sie sich an den Bildschirm klebt. Jessica wird erst in einer Woche zu ihrem nächsten Auftrag gehen, genug Zeit also, um sich an einem anderen Tag um den Profi zu kümmern.

Weiter geht es in Teil zwei
„Azur – Wenn eine Diebin ausbricht"